보이지 않는 인간 1

INVISIBLE MAN

Ralph Ellison

보이지 않는 인간 1

랠프 엘리슨 | 송무 옮김

문예출판사

아이더에게

"당신은 구조됐소" 하고 델라노 선장은 점점 더 의아스럽고 화가 나서 소리쳤다. "당신은 구조됐단 말이오. 그런데 왜 그렇게 얼굴에 수심이 가득하오?"

—허먼 멜빌, 《베니토 체레노》에서

해리 : 정말이다. 너희들이 보고 있는 것은 내가 아니다.
너희들이 싱글거리고 웃어대고 있는 것도 내가 아니고
너희들이 자신만만한 표정으로 단죄하고 있는 것도 내가 아니다.
그건 너희들이 나라고 생각한 다른 사람이다.
시체를 좋아하는 너희들이니 그 시체나 실컷 파먹어라…….

—T. S. 엘리엇, 《가족의 재회》에서

프롤로그

나는 보이지 않는 인간이다. 아니, 그렇다고 에드거 앨런 포의 소설에 잘 나오는 무슨 유령 같은 것은 아니고, 할리우드 영화에 나오는 심령체 같은 것도 아니다. 나는 실체를 가진 인간이며, 살도 있고, 뼈도 있고, 힘줄도, 체액도 다 있는 인간이다.

게다가 내게는 정신도 있다고 할 수 있을지 모른다. 내가 보이지 않는 건, 다름이 아니라, 사람들이 한사코 나를 보지 않으려고 하기 때문이다. 그 점을 이해해주기 바란다. 나는 서커스 곁들이 프로 같은 데서 간혹 볼 수 있는, 몸뚱이 없는 사람의 머리들처럼, 마치 상(像)이 찌그러져 비치는 단단한 거울들로 둘러싸여 있는 것만 같다. 사람들은 나를 향해 다가올 때 내 주위에 있는 것들이며, 자기 자신들의 모습, 혹은 자기들이 머릿속으로 지어낸 것들밖에는 보지 못한다—정말이지, 볼 건 빠짐없이 다 보면서도 유독 나만은 보지 못하는 것이다.

내 모습이 보이지 않는 것은 또한 내 몸에 무슨 생화학적 이변이 일어나서 그러는 것도 아니다. 내가 말하는, 안 보이는 현상이 생기는 이유는, 내가 접촉하는 사람들의 눈이 갖는 특이한 이유 때문이다. 그것은 그들 '내부의' 눈 구조, 다시 말해, 신체의 눈을 통해 현실을 볼 때 그들이 사용하는 그 눈의 구조 때문이다. 불평하는 것도, 항의하는 것도 아니다. 안 보이는 것이 간혹 편리할 때도 있다. 물론 대개는 상당히 신경이 피곤한 일이긴 하지만 말이다. 게다가 또, 눈 나쁜 사람들하고는 늘 부딪치기가 일쑤다. 그뿐인가. 때로는 내가 정말 이 세상에 존재하는가 하는 생각이 들 때도 있다. 그저 다른 사람들의 마음속에 비친 무슨 허깨비 같은 것 아닌가 하는 생각이 드는 것이다. 말하자면 잠든 사람이 악몽을 꾸면서 필사적으로 죽이려고 덤벼드는 어떤 사람의 모습 같은 것이 아닐까 하는 생각이 든다는 것이다. 그런 기분이 들면 분통이 치밀어와 이번에는 이편에서 일부러 사람들에게 부딪쳐보기 시작한다. 그런데 솔직히 말해 그런 기분을 느낄 때가 대부분이다. 그리하여 내가 이 현실 세계에 정말로 존재한다는 사실을 확인해보고 싶어서, 그리고 내가 이 모든 소리와 고뇌의 일부를 이루고 있다는 사실을 확인해보고 싶어서 안달하며, 상대방에게 나의 존재를 인식시키기 위해 주먹을 내지르고 욕지거리를 퍼붓는다. 그런데, 아아, 그게 성공하는 경우가 드물다.

어느 날 밤, 나는 우연히 어떤 남자 하나와 부딪친 적이 있었다. 아주 깜깜한 때는 아니었기 때문인지 그자는 나를 보고는 욕설을 퍼부어댔다. 나는 녀석에게 달려들어 멱살을 움켜쥐고, 사과하라고 을러댔다. 녀석은 키가 커다란 금발 사내였다. 내가 녀석의 얼굴에 얼굴을 들이대자, 녀석은 푸른 눈으로 거만하게 나를 노려보며 욕설을 해댔고, 몸부림을 치면서 내 얼굴에 뜨거운 입김을 훅훅 내뿜었다. 나는 와락 녀석의 턱을 내 정수리 위로 끌어당기며, 언젠가 봤던 서부 인디언들이 하듯이 머리로 들이받았다. 살이 찢어지고 피가 터져 나오는 것 같았고, 그래서 "빌어! 빌어!" 하고 소리를 질렀다. 그러나 녀석은 계속 버둥거리면서 욕설을 멈추지 않았고, 그래서 녀석을 연거푸 들이받았더니, 이윽고 피를 철철 흘리면서 푹 꼬꾸라져 무릎을 꿇고 말았다. 나는 계속 미친 듯이 녀석에게 발길질을 했다. 녀석이 입술에 온통 피거품을 물고도 계속 욕설을 퍼부었기 때문이었다. 정말이다. 난 녀석에게 발길질을 했다.

그뿐이 아니었다. 나는 격분한 나머지 나이프를 꺼내 녀석의 목을 잘라버리려고 했다. 인적이 끊긴 거리의 가로등 바로 밑에서 한 손으로 녀석의 멱살을 움켜쥐고 이빨로 나이프를 열어젖혔다—그런데 그때, 퍼뜩 한 생각이 떠올랐다. 이 친구가 실은 나를 '보지' 못한 것이 아닌가 하는 생각이. 그리고 이 친구는 자기가 걸어다니면서도 악몽을 꾸고 있다고 생각할지도 모른다는 생각이. 그래서 나는 칼날을 멈추고 녀석을 밀어뜨리며 허공만 한차례 그어대고 말았고, 녀석은 다시 길바닥에 꼬꾸라졌다. 자동차의 두 줄기 불빛이 어둠을 가르고 비쳤을 때, 나는 녀석을 뚫어지게 노려보았다. 녀석은 아스팔트 위에서 신음 소리를 내며 널브러져 있었다. 유령에게 죽을 뻔한 사내였다. 그렇게 생각하니 맥이 풀리고 말았다. 역겹기도 하고 부끄럽기도 했다. 나 자신이 술 취한 사람처럼 힘없는 다리로 휘청거렸다. 그러고 나니, 또 재미있다는 생각이 들었다. 이 사내의 아둔한 머리에서 뭔가 불쑥 튀어나와 그를 초죽음이 되도록 두들겨 팬 게 아닌가 말이다. 이 굉장한 발견을 하고 나자 웃음이 나기 시작했다. 이 친구는 막 죽으려는 순간에 눈을 뜬 것이 아닐까? 눈뜬 삶을 위해 사신(死神)이 직접 이 친구를 놓아준 것이 아닐까? 그러나 나는 그 자리에서 얼쩡거리지 않았다. 어둠 속으로 달아났다. 달아나면서 얼마나 웃었는지 온몸이 터져버리지나 않을까 생각될 정도였다. 다음날 나는《데일리 뉴스》지에서 사내의 사진을 보았다. 기사는 그가 '괴한의 습격'을 받았다는 내용의 표제 아래 실려 있었다. 가엾은 멍청이, 보이지 않는 사람에게 봉변을 당한, 앞을 못 보는 가엾은 멍청이 하고 생각하며 나는 그를 진심으로 동정했다.

대개 나는 그처럼 공공연히 난폭하게 굴지는 않았다(그렇다고 전처럼 왕년의 난폭성을, 그것을 무시해버리고 부정할 생각은 없다). 나는 내 모습이 보이지 않는다는 사실을 염두에 두고, 잠든 사람들을 깨우지 않기 위해 항상 조용조용히 걸어다닌다. 어떤 때는 자는 사람들을 깨우지 않는 것이 상책이다. 세상엔 몽유병자들처럼 위험한 것도 없으니까. 하지만 나는 얼마 안 가서 상대방이 전혀 눈치채지 못하게 사람들과 싸움을 벌일 수 있다는 사실을 알게 되었다.

예컨대, 나는 얼마 전부터 전력 회사를 상대로 싸움을 벌이고 있다. 전기를 쓰면서 전기료는 한 푼도 안 내는데, 회사에서는 그걸 모르는 것이다. 아니, 전력이 어딘가로 빠져나간다는 것은 눈치 챘겠지만, 어디로 빠져나가는지는 모른다. 회사 측이 아는 것은 고작 발전소의 마스터 계기로 볼 때 엄청난 양의 전류가 할렘의 정글 속 어딘가로 사라져간다는 사실뿐이었다. 재미있는 것은, 내가 할렘에 살지 않고 접경 구역에 산다는 사실이다. 몇 년 전에는(그러니까 내가 보이지 않는 것의 이점을 발견하기 전에는) 나도 정식으로 전기 공급을 받고 그 터무니없는 전기료를 꼬박꼬박 물곤 했다. 하지만 이제는 그렇지는 않다. 나는 그런 따위의 것은 전부, 아파트고 뭐고 다 때려치웠고, 과거의 생활 방식은 다 때려치워버렸다.

그러한 생활 방식은 내가 다른 사람들처럼 눈에 보이는 인간이라는 그릇된 가정에 따른 것이었다. 이제 나는 내가 보이지 않는 인간임을 알고, 백인들에게만 임대하게끔 엄격히 제한된 건물에서 집세를 물지 않고 공짜로 산다. 내가 머무는 곳은 지하실 한 구역으로, 지난 세기에 폐쇄된 후 쓰지 않고 버려둔 곳인데, 내가 그날 밤 파괴자 라스에게서 달아나려고 하다가 발견한 곳이었다. 그러나 그 일은 내 이야기의 한참 뒤에야 나온다. 거의 끝쯤. 하긴 끝이란 이미 시작 속에 있으면서 저 뒤에 자리잡고 있는 것이긴 하지만.

지금 말하려는 것은, 요컨대, 내가 집을 하나 구했다는 것이다. 아니, 뭐하면 땅속 굴이라고 해도 좋다. 내가 내 집을 '굴'이라고 부른다고 해서 무슨 무덤 속처럼 눅눅하고 싸늘한 곳이라고 섣불리 단정 짓지 않기 바란다. 추운 굴도 있고 따뜻한 굴도 있는 법이다.

내 굴은 따뜻하다. 생각해봐라. 곰은 겨울에 굴에 들어가 봄까지 지내지 않는가? 봄이 되면 곰이란 놈은 부활제의 병아리가 껍질을 깨고 나오듯, 동굴에서 어슬렁어슬렁 기어 나온다. 내가 이런 말을 하는 것은, 내가 보이지도 않고 또 땅굴에 산다고 해서 죽은 사람이라고 생각한다면 잘못이라는 것을 확신시켜주기 위해서다. 나는 죽지도 않았고, 가사 상태에 빠지지도 않았다. 나를 '곰'이라고 불러주기 바란다. 지금 동면 중이니까.

내 굴은 따뜻하고, 빛으로 가득하다. 그렇다. 빛으로 가득하다. 뉴욕 전체에서 내 굴보다 더 밝은 곳이 있을까. 브로드웨이까지 포함하더라도 말이다. 어느 사진가가 말하는, 밤에 본 꿈속의 엠파이어 스테이트 빌딩도 제외하지 않는다. 그러나 그런 식으로 말하면 여러분을 속이는 셈이 된다. 그 두 곳은 우리 나라 전체 문명—아니, 용서하라. 우리 나라 전체 '문화'(중대한 차이가 있다고 들었다) 중에서 가장 어두운 장소에 속한다—그렇다고 하면 무슨 우스개처럼, 혹은 모순처럼 들릴지 모르겠지만, 세상 돌아가는 방식은 바로 그렇다. (말하자면 모순으로) 세상은 화살처럼 움직이는 것 아니라 부메랑처럼 움직인다(역사의 나선식 진행에 대해 말하는 사람들을 조심하라. 그자들은 부메랑을 던질 준비를 하고 있으니까. 철모를 옆에 준비해두어라). 나는 알고 있다. 지금까지 내 머리 위로 워낙 많은 부메랑들이 날아다녔기 때문에 이제 밝음의 어둠을 볼

줄 안다. 그리고 나는 빛을 사랑한다. 보이지 않는 인간이 빛을 필요로 하고, 빛을 원하고, 빛을 사랑한다니 기이하게 생각할지도 모르겠다. 그러나 그건 다름 아닌 내가 보이지 않는다는 사실 때문일 것이다.

빛은 나의 실재를 확인해주고, 내 형체를 탄생시켜준다. 어느 아름다운 소녀가 한번은 이런 이야기를 해주었다. 번번이 같은 악몽을 꾸는데, 그 꿈속에서 자신은 커다랗고 깜깜한 방 한가운데에 누워 있었다고 한다. 꿈속에서 그녀는 얼굴이 점점 부풀어올라 급기야는 방을 온통 꽉 채우는 형체가 없는 거대한 덩어리가 되었고, 두 눈은 담즙 젤리처럼 말랑말랑해져 굴뚝 속으로 밀려 올라가는 듯했다는 것이다. 그런데 그건 나에게도 마찬가지다. 빛이 없으면 나의 모습은 보이지도 않고 형체도 갖지 못한다. 자신의 형체를 인식하지 못한다는 것은 죽은 삶을 산다는 것이나 마찬가지다. 지금까지 20여 년을 살아왔지만, 내가 보이지 않는 현상을 발견하기 전까지는 살아 있는 목숨이 되지 못했다.

그것이 바로 내가 전력 회사를 상대로 싸움을 벌이는 이유다. 더 깊은 이유를 대라면 이렇게 말할 수 있다. 전력 회사는 나로 하여금 생생하게 살아 있다는 느낌을 갖도록 해준다고. 또 하나의 이유는, 내가 나 자신을 보호할 수 있게 되기 전에 전력 회사가 내게서 너무 많은 돈을 빼앗아갔기 때문이다. 지하실의 내 굴에는 정확히 말해 1천3백69개의 전등이 있다. 나는 천장 전체에 촘촘하게 배선을 했다. 그것도 형광등이 아니라 전기가 많이 드는 구식 필라멘트 전구를 사용해서 말이다. 일종의 사보타주라 할 것이다. 벽에도 이미 배선을 하기 시작했다. 내가 아는 고물상이—그는 시력을 가진 사람이다—내게 전선이며 소켓 등을 대왔다. 폭풍도, 홍수도, 아무것도 우리의 빛에 대한, 그리고 더 많은, 더 밝은 빛에 대한 욕구를 저지하지 못할 것이다.

진리는 빛이고 빛은 진리다. 사방 벽에 전등을 다 달면 나는 바닥에도 전등을 달기 시작할 것이다. 어떤 방식으로 달게 될지, 그건 나도 모른다. 하지만 누구든 보이지 않는 인간으로 나만큼 살다 보면 모두 발명의 재간 같은 것을 익히게 마련이다. 나는 그 문제를 해결하게 될 것이다. 그뿐 아니라 혹 침대에 누운 채로 커피포트를 불 위에 올려놓는 장치 같은 것을 발명하게 될지도 모르며, 또한 침대를 데우는 장치 같은 것을 고안해낼지도 모른다—어느 사진 잡지에서 보았던, 손수 구두를 땜질하는 장치를 만들어낸 그 친구처럼 말이다. 보이지 않는 인간이긴 하지만 나도 저 위대한 미국의 땜장이 전통을 이어받았다 할 것이다. 그러고 보면 나도 포드나 에디슨, 프랭클린과 친척 관계가 아닐까. 나는 이론도 갖추고 있고 개념도 갖추고 있으니 나를 '사상가 땜장이'라고 불러주기 바란다. 그렇다. 난 내 신발을 땜질하겠다. 내 신발에는 아무래도 그런 장치가 필요하다. 대개는 구멍투성이니까. 그 일도 해야겠고 또 다른 일도 더 해야 하리라.

지금 내게는 전축이 한 대 있다. 앞으로 다섯 대를 가질 계획이다. 내 굴에는 어딘가 음량의 죽음과 같은 상태가 있다. 그래서 음악을 들을 때, 그 음악의 진동을 귀로뿐만 아니라 온몸으로 '느끼고' 싶다. 루이 암스트롱이 연주하고 노래 부르는 〈내 무얼 했길래 그처럼 검은 우수에 젖었나?〉라는 음반 다섯 장을 듣고 싶다—다섯 장을 동시에 말이다. 요즘은 가끔 좋아하는 디저트인 바닐라 아이스크림과 오얏을 넣은 진을 들며 루이의 노래를 듣곤 한다. 그 빨간 술을 아이스크림의 하얀 언덕 위에 붓고, 그곳에서 반짝이며 김이 오르는 것을 바라보노라면, 루이는 그 군대식 악기로 한 줄기 빛나는 서정적 음향을 연주해낸다. 내가 루이 암스트롱을 좋아하는 것은 아마 그가 보이지 않는 것으로부터 시를 만들어

냈기 때문일 것이다. 그가 그럴 수 있었던 것은 분명 그 자신이 보이지 않는 인간이라는 사실을 모르기 때문이라고 생각된다. 그런데 나의 보이지 않음에 대한 깨달음은 내게 그의 음악을 이해할 수 있도록 도움을 준다.

한번은 담배 한 개비를 빌려달랬더니 짓궂은 녀석들이 대마초를 준 적이 있었다. 나는 집에 와서 전축을 틀어놓고 앉아 그걸 피워 물었다. 그날 저녁은 참 이상한 저녁이었다. 설명하자면 이렇다. 보이지 않는 상태는 약간 다른 시간 감각을 주어 우리로 하여금 좀처럼 시간의 박자에 맞출 수가 없게 한다. 우리는 어떤 때는 앞서기도 하고 어떤 때는 뒤지기도 한다. 빠르게, 그리고 지각할 수 없이 흘러가는 시간의 흐름 대신 시간의 마디마디가, 즉 시간이 정지하거나 비약하는 순간순간의 지점들이 느껴지는 것이다. 그러면 우리는 시간의 그 마디마디 사이로 흘러들어 사방을 둘러보게 된다. 그것이 바로 루이의 음악에서 우리가 어렴풋이 들을 수 있는 것이다.

언젠가 어느 프로 권투 선수가 한 시골뜨기 선수와 시합하는 모습을 본 적이 있다. 권투 선수는 민첩했고 놀랄 만큼 기교가 뛰어났다. 그의 몸뚱이는 빠른 율동의 격류와도 같았다. 그가 시골뜨기에게 1백 번쯤이나 펀치를 먹이는 동안에 시골뜨기는 놀라서 두 손을 든 채 넋을 놓고 서 있었다. 그런데 질풍 같은 글러브의 세례 속에 비틀거리던 시골뜨기가 난데없이 일격을 가했고, 그것으로 기교와 스피드와 풋워크를 무덤처럼 싸늘하게 눕혀버렸다. 한다 하는 도박꾼들의 돈이 링 바닥에 쏟아졌다. 모험적인 도박이 이기고 만 것이다. 그 시골뜨기는 그저 상대방의 시간 감각 안으로 살짝 들어선 것뿐이었다. 그런 식으로 나는 대마초에 취해 분석적으로 음악을 들을 수 있는 새로운 방법을 발견했다. 들어본 적 없는 소리들이 들려왔고, 한 가닥 한 가닥의 선율들이 저마다 독자적으로 존재했으며, 그것들은 나머지 소리들과 뚜렷이 분리되어 있었고, 스스로의 이야기를 했으며, 또 다른 소리들이 이야기하기를 참을성 있게 기다렸다. 그날 밤 나는 나 자신이 시간적으로뿐만 아니라 공간적으로도 들을 수 있다는 사실을 깨달았다. 나는 음악 속으로 들어섰을 뿐 아니라, 단테처럼 음악의 하계(下界)까지도 내려갔다.

그러자 그 빠르고 열광적인 템포 아래에는 한결 느린 템포가 있었고, 동굴이 있었으며, 나는 그곳으로 들어가 사방을 둘러보았다. 한 노파가 플라멩코와 같이 '세계고(世界苦)'가 가득 찬 흑인 영가를 부르는 소리를 들었으며, 그 밑으로 더 낮은 평지가 있었는데 거기서 상아빛 살갗의 아름다운 소녀가 알몸 입찰을 시키려는 한 무리의 노예 소유주들 앞에 서서 내 어머니와 같은 목소리로 애원하는 것을 보았고, 그 아래를 보니 한결 낮은 평지와 한결 빠른 템포가 들렸는데 누군가가 외치는 소리가 들려왔다.

"형제자매 여러분, 오늘 아침 제 설교 주제는 '어둠의 어둠'입니다."

그러자 회중의 목소리가 대답했다.

"그 어둠은 아주 어두우며, 형제여, 아주 어두우며……."

"태초에……."

"맨 처음에."

그들은 소리 질렀다.

"……어둠이 있었다……."

"설교해주시오……."

"……그리고 태양이……."

"태양이, 주여……."

"……피와 같이 붉었다……."

"붉었다……."

"이제 어둠은……."

설교자가 소리쳤다.

"피와 같이……."

"어둠이라고 했소……."

"형제여, 설교해주시오……."

"……그런데 어둠은 결코……."

"붉다고. 주여, 붉다고. 붉다고 했어!"

"아멘…… 형제여."

"어둠은 너희를 이길 것이고……."

"맞습니다. 그럴 겁니다……."

"……또한 그러지 못할 것이다……."

"그래, 그러지 못할 것이다!"

"그러할 것이다……."

"그러할 것이다. 주님……."

"……또한 그러지 않을 것이다."

"할렐루야……."

"……어둠은 너희를, 내 주여, 오 영광스러운 주여, 고래의 뱃속에 집어넣으리라."〔구약성경 《요나》서에서, 신의 명령을 어기고 도망치던 요나는 풍랑을 만나 고래에게 잡아먹힌다〕

"형제여, 설교해주시오……."

"……그리고 시험에 들게 하오……."

"전능하신 하느님."

"넬리 아줌마!"

"어둠은 너희를 만들고……."

"어둠은……."

"……또한 어둠은 너희를 망칠 것이다."

그런데 바로 그때 트롬본 같은 음색의 목소리가 내게 꽥 소리쳤다.

"여기서 썩 나가지 못해. 이 멍청아! 너 이 녀석, 배신할 준비가 되어 있느냐?"

그래서 나는 억지로 그곳을 떠나며, 아까 흑인 영가를 부르던 그 노파가 "가서 네 하느님을 저주하고 죽어라" 하고 탄식하는 소리를 들었다.

나는 걸음을 멈추고 노파에게 무슨 일 때문에 그러느냐고 물었다.

"주인양반을 끔찍이 사랑했지."

노파가 대답했다.

"미워해야 했을 텐데요."

"그 양반이 내게 아들 몇 녀석을 주었어. 그런데 난 자식들을 사랑하기 때문에 그애들 아비도 사랑하는 법을 배웠지. 미워하면서두 말이야."

"저도 그런 양면 감정을 알게 되었습니다. 그 때문에 여기 온 거죠."

내가 말했다.

"그게 무슨 말이야?"

"아무것도 아니에요. 설명이 안 되는 말이죠. 할머니는 왜 그렇게 슬퍼하고 계시죠?"

"그 양반이 죽어서 이렇게 탄식하고 있지."

노파가 말했다.

"그럼 저 위에서 웃고 있는 사람은 누구죠?"

"내 자식들이야. 좋아들 하고 있어."

"알겠어요. 그것도 이해할 만합니다."

"나도 좋아. 웃음이 나오는걸. 하지만 탄식도 나와. 그 양반은 우리를 자유의 몸으로 만들어준다고 약속해놓고는 그러지 못하고 죽고 말았어. 하지만 난 그 양반을 사랑해……."

"사랑한다고요? 그렇다면……."

"아, 아무렴. 난 다른 걸 훨씬 더 사랑하지."

"무얼 더 말입니까?"

"자유야."

"자유라고요? 자유는 증오하는 데 있어요."

"아냐. 이봐, 자유는 사랑하는 데 있어. 나는 그 양반을 사랑해서 독을 먹였지. 그랬더니 그 양반 서리 맞은 사과처럼 시들시들 죽어버렸어. 안 그랬으면 저 녀석들이 손수 만든 칼로 발기발기 찢어 죽였을 거야."

"어딘가 잘못된 게 있었군요. 뭐가 뭔지 모르겠습니다."

그리고 나는 뭔가 다른 말들을 하고 싶었다. 그러나 위층의 웃음소리가 너무 요란스럽게, 마치 신음 소리처럼 들려왔고, 나는 그 소리로부터 빠져나가려고 했지만 그럴 수가 없었다. 막 그곳을 떠나려는 참에 나는 노파에게 그게 무슨 자유였느냐고 묻고 싶은 강렬한 충동을 느끼고 다시 돌아섰다. 노파는 두 손으로 머리를 감싸 쥐고 앉아 나직이 구슬픈 신음 소리를 내고 있었다. 노파의 가죽 같은 갈색 얼굴은 슬픔에 가득 차 있었다.

"할머니, 할머니께서 그처럼 사랑하는 자유란 게 뭔가요?"

나는 마음 한구석에 있는 것을 물었다.

노파는 놀라는 기색을 보이더니, 잠시 생각에 잠기다가 난처한 표정이 되었다.

"잊어버렸어. 온통 뒤죽박죽이야. 처음엔 이거라고 생각되다가도 다시 생각하면 저거 같단 말이야. 그래서 머리가 빙글빙글 돌아. 이제 생각해보니 그건 딴 게 아니라 내 머릿속으로 생각해낸 것을 말로 할 줄 아는 것인가 봐. 하지만 그건 수월한 일이 아니지. 너무 많은 일이 너무 짧은 시간에 일어났어. 난 열병이 났나 봐. 발걸음을 떼려고만 하면 머리가 어질어질해서 주저앉고 만다니까. 그게 아니면, 애들 때문이겠지. 저 녀석들 웃기 시작했어. 백인들을 잡아 죽이고 싶은 거야. 저 녀석들 인정사정없어요. 정말 그래……."

"하지만 자유는 어떡허고요?"

"혼자 있게 좀 해줘. 골치가 아파 죽겠어."

나 자신도 현기증을 느끼면서 노파에게서 떠났다. 그러나 멀리 가지는 못했다.

난데없이 노파의 아들 중에 6척 거구 사내가 어디서인지 불쑥 나타나 주먹으로 나를 후려갈겼다.

"이봐, 왜 그래?"

나는 소리 질렀다.

"네가 엄마를 울렸지?"

"내가 어쨌길래?"

나는 주먹질을 피하며 되물었다.

"그 따위 것들을 묻지 않았느냔 말이야. 여기서 썩 꺼져서 얼씬거리지 말아. 그 따위 것들 묻고 싶거든 요담엔 네게나 물어봐."

그자는 차디찬 돌덩이처럼 나를 꽉 움켜쥐었다. 손가락들이 숨통을 쥐어 눌러 이제 숨막혀 죽나 보다 하는 생각이 들었을 때, 그자는 손을 놓아주었다. 나는 정신이 아찔아찔해 비틀거렸고 귓속에서는 음악 소리가 히스테릭하게 울려왔다. 사방은 깜깜했다. 머리는 맑아졌고 나는 뒤에서 그자가 쫓아오는 발소리가 들리지 않나 마음 죄며 깜깜하고 비좁은 통로를 이리저리 더듬어 내려갔다. 가슴이 쓰렸고, 나의 존재 속으로, 평온함에 대한, 평화와 고요에 대한 깊은 갈망이 찾아들었다. 내가 절대로 도달하지 못하리라고 느껴지는 그러한 상태에 대한 갈망이. 우선 트럼펫이 울어대고 있었고, 리듬은 너무나 광적이었다. 심장이 쿵쿵거리듯 울리는 북소리가 트럼펫 소리를 누르고 더 크게 울리기 시작하여 내 귀를 가득 채워버렸다. 나는 물을 마시고 싶었고, 길을 더듬어 나가는 동안 손끝에 닿는 차가운 수도관 안으로 세차게 흘러가는 물소리를 듣긴 했지만, 나를 뒤쫓아 오는 발소리 때문에 걸음을 멈추고 물을 찾을 수가 없었다.

"헤이, 라스."

나는 소리 질렀다.

"파괴자 자넨가? 라인하트?"

대답이 없었다. 다만 나를 뒤쫓는 규칙적인 발소리뿐. 한번은 길을 가로 건너려고 해보았으나 질주해온 자동차가 나를 스쳐 다리의 살갗을 벗기면서 요란하게 지나갔다.

그러고 나서 어찌어찌하여 간신히 그곳에서 빠져나왔다. 소리의 하계에서 허둥지둥 올라오니 루이 암스트롱이 천진난만하게 이렇게 묻는 소리가 들렸다.

내 무얼 했길래
그처럼 검은

우수에 젖었나?

처음엔 겁이 났다. 이 귀 익은 음악은 내게 행동을, 나로서는 불가능한 종류의 행동을 요구했던 것이다. 그러나 그곳 지하에서 좀 더 얼쩡거렸더라면 혹시 행동을 해보려고 했을지도 몰랐다. 그럼에도, 이제 나는 정말 이 음악을 귀담아듣는 사람이 거의 없다는 사실을 알게 되었다. 나는 땀에 흠뻑 젖어 의자 끄트머리에 앉아 있었다. 1천3백69개의 전구 하나하나가 저마다 무대 장치를 비추는 클리그 등〔무대 조명용 강력한 전등〕처럼 변하고 나는 라스와 라인하트에게 붙들려 그 불빛으로 고문당하는 것 같았다. 그건 온몸을 녹초로 만들었다—마치 며칠 동안의 기아 상태에서 오는 무시무시한 평정 속에서 한 시간 동안 줄곧 숨을 죽이고 있었던 듯했다.

그런데 보이지 않는 인간이 소리의 침묵을 듣는다는 건 이상스럽게도 만족스러운 느낌을 주는 체험이었다. 나는 무언가 알 수 없는 내 존재의 강박 현상들을 발견했다—내가 비록 그것들의 명령에 "예스"라고 대답할 수 없다 하더라도 말이다. 그러나 그 뒤로는 대마초를 피우지 않았다. 그것이 위법이라서가 아니라 구석구석까지 다 둘러보는 것으로 충분하기 때문이다(그것은 보이지 않는 사람에게는 드물지 않은 일이다). 그러나 구석구석까지 다 듣는다는 것은 무리다. 그것은 행동을 억제한다. 그리고 '브라더 잭'이나 '형제애단'에 소속되어 있던, 그 모든 슬픈 시절이 지나갔음에도 나는 행동이 결여된 것은 아무것도 믿지 않는다.

잠깐, 정의를 내려보자. 동면이란 더 명백한 행동을 위한 은밀한 준비 과정이다. 게다가 마약이란 시간 감각을 완전히 파괴해버린다. 그렇게 되면 나는 어느 밝은 아침을 피해야 한다는 사실을 잊어버릴지 모르며, 어떤 얼간이가 오렌지색과 노란색의 전차로, 혹은 성난 버스로 나를 치어 넘어뜨릴지도 모른다. 아니면 행동이 필요한 순간이 닥쳤을 때도 내 굴을 떠나는 걸 잊게 될지도 모를 일이었다.

하여간 그러면서 나는 전력 회사의 우대로 생활을 즐기고 있다. 여러분은 나와 아주 가까이 있을 때조차도 나를 몰라볼 것이므로, 그리고 분명 여러분은 내가 존재한다는 사실을 웬만해서는 믿지 않으려고 할 것이므로, 내가 이 건물 안으로 전선을 끌어들여 땅속의 내 굴에까지 끌어넣고 있다는 사실을 안다고 하더라도 상관없을 것이다. 전에 나는 내가 쫓겨 들어간 어둠 속에서 살았지만, 지금은 나도 본다. 나는 보이지 않는 나의 어둠을 환하게 밝혀버린 것이다—어둠의 불가시성을 밝혔다고 해도 좋으리라. 그리하여 그는 내 고립의 보이지 않는 음악을 연주한다. 방금 이 말은 맞는 말 같지 않다. 그렇잖은가? 그러나 맞는 말이다. 여러분에게는 이 음악이 들린다. 다른 이유에서가 아니다. 음악이란 들리는 것이고 좀처럼 보이지는 않는 것이니까. 음악가들에게는 예외지만. 보이지 않는 현상을 문자화하려는 이 같은 강박 현상은 따라서 보이지 않는 음악을 만들어내려는 충동일 수 있을까? 하지만 나는 웅변가요 민중 선동가다—지금? '과거에' 그랬다. 그리고 앞으로도 아마 다시 그럴 것이다. 누가 알겠는가? 모든 병이 다 죽음에 이르는 것은 아니다. 보이지 않는 현상도 마찬가지다.

나는 여러분이 이렇게 말하는 것을 들을 수 있다.

"참 끔찍하고 무책임한 녀석이로군!"

옳다. 나는 기꺼이 여러분의 말에 동의한다. 나는 지금까지 살았던 무책임한 인간들 중에서도 가장 무책임한 인간이다. 무책임이 나의 불가시성의 일부다. 여러분이 어떤 방식으로 그것을 대하든 그것은 하나의 거부다. 하지만 여러분들이 한사코 나를 보기를 거부하는데 내가 누구에게 책임을 질 수 있고, 또 왜 책임을 져야 하겠는가? 내가 정말로 얼마나 무책임한 인간인가를 보여줄 때까지 기다려주기 바란다. 책임이란 알아봄에 기초를 둔 것이고 알아봄이란 동의의 한 형식이다. 내가 죽일 뻔했던 그 사내의 경우를 예로 들어보자.

그 살인에 가까운 행위에 대해서는 누구에게 책임이 있었을까?—나였을까? 난 그렇게 생각지 않는다. 그리고 그걸 거부한다. 그런 생각을 받아들이지 않을 것이다. 여러분은 그런 사고 방식을 내게 부여할 수 없다. 그자가 내게 부딪힌 것이고 그자가 나를 모욕한 것이다. 그자는 자신의 일신상의 안전을 위해서라도, 내 히스테리 상태를, 내 '잠재적 위험'을 알아봤어야 하지 않았을까?

그는, 말하자면, 꿈의 세계에서 헤매고 있었다. 하지만 그자는 그 꿈의 세계를—아, 그건 너무나도 현실적인 세계였다—다스리지 않았던가. 그리고 그는 그곳에서 나를 배제해버리지 않았던가? 그리고 그가 만약 경찰을 소리쳐 불렀다면 내가 가해자로 잘못 생각되었을까? 그래, 그래, 좋다. 여러분 말에 동의하기로 하자. 난 무책임한 인간이었다. 왜냐하면 난 사회의 더 많은 이익을 위해서 내 나이프를 사용해야 했을 테니까. 언젠가 이런 어리석음 때문에 우리에게는 비극적인 고난이 닥쳐올 것이다. 모든 꿈꾸는 사람들이나 몽유병자들은 대가를 치러야 할 것이며, 보이지 않는 희생자조차도 모든 사람의 운명에 책임이 있다.

그러나 나는 그 책임을 회피했다. 내 머릿속에서 윙윙거리던 그 양립 불가능한 생각들 사이에서 너무 혼란스러워졌다. 나는 비겁했다…….

하지만 내가 무엇을 했길래 그처럼 우울해야 한단 말인가? 참고 내 이야기를 들어주기 바란다.

1

아주 오래전으로 거슬러 올라가는 일이다. 거의 20여 년 전 일이니까. 나는 한평생 늘 무엇인가를 찾아다녔다. 그런데, 가는 곳마다 누군가가 그것이 무엇인지를 내게 가르쳐주려고 했다. 나도 그들의 답변을 받아들였다. 비록 그들의 답변이 번번이 서로 어긋나고, 심지어는 자기모순을 포함할 때도 있었지만 말이다. 나는 순진했다. 나는 나 자신을 찾고 있었던 것이고, 나 자신이, 그리고 나 자신만이 대답할 수 있었던 물음들을 나 자신이 아닌 모든 사람에게 묻고 있었다. 다른 사람들은 가지고 태어나는 듯싶은 하나의 깨달음을 얻기 위해 나는 오랜 시간을 허비해야 했고, 내가 세상에 던진 기대들은 부메랑처럼 몹시 고통스럽게 나를 향해 다시 돌아왔다. 그 깨달음이란, 나는 나 자신 외에 어느 누구도 아니라는 것이었다. 그러나 먼저 나는 내가 보이지 않는 인간이라는 사실을 발견해야 했다.

그러나 그렇다고 나는 자연의 기형아도 아니요, 역사의 기형아도 아니다. 85년 전, 다른 것들은 다 평등했기 때문에(불평등했다고도 할 수 있지만) 나는 어떻게 되게끔 되어 있었다.

나는 내 할아버지 할머니가 노예였던 사실을 부끄럽게 생각지 않는다. 한때 부끄럽게 여겼던 나 자신이 부끄러울 따름이다. 약 85년 전, 그 양반들은 이런 말을 들었다. "이제 자유다. 공동의 이익에 속한 모든 일에서는 우리 나라의 다른 주민들과 하나로 결속되어 있고, 사회적인 모든 일에서는 손가락이 각각이듯 별개로 독립되어 있다"고 말이다.

그 양반들은 그 말을 믿었다. 그래서 기뻐 날뛰었다. 그들은 그들의 신분을 버리지 않고 열심히 일했고, 아버지도 그들처럼 하도록 가르쳐 길렀다. 그러나 내 할아버지는 괴짜였다. 아주 이상한 노인 양반이었다. 나는 그 양반을 닮았다고들 한다. 나중에 나의 괴로움의 원인이 되었던 것은 바로 그 양반이었다. 임종의 자리에서 할아버지는 아버지를 불러 놓고 이렇게 말했던 것이다.

"애야, 내가 죽고 난 뒤에도 넌 계속 야무지게 싸워 다오. 이런 말은 처음이다만 우리네 사는 것은 전쟁이다. 난 한평생 배신자 노릇을 해왔어. '남부 주 재편입' 때 총을 버리고 난 후로 쭉 적국에서 스파이 짓을 해왔단 말이다. 사자 아가리에 머릴 처박아 넣은 듯 살아라. 그저 예, 예 해서 상대방을 사로잡아놓고, 그저 이를 악물고 웃으면서 놈들의 발밑을 파들어가란 말이야. 죽는 시늉, 망하는 시늉 다 하더라도 맞장구를 치면서 놈들을 결국 죽게 하고 망해버리게 하라고. 그리고 날 잡아 잡수해. 제놈들이 토해놓든지 배때기를 터뜨릴 때까지 말이다."

아버지 어머니는 이 노인 양반이 돌아버린 것이라고 생각했다. 할아버지는 생전에 더없이 양순한 사람이었으니까. 애들은 부랴부랴 밖으로 쫓겨나가고 차일이 내려졌으며, 램프의 불꽃도 낮췄다. 불꽃은 너무 낮게 내려진 탓에 노인네의 숨결처럼 심지 위에서 바지직바지직거렸다.

"애들에게도 그렇게 가르쳐주어라."

할아버지는 안간힘을 내어 속삭이듯 말했다. 그러고는 숨을 거뒀다.

그런데 집안 식구들은 죽음보다는 당신의 유언에 더 놀라고 있었다. 그 말이 엄청난 불안감을 일으키는 것으로 보아 할아버지는 전혀 죽은 것 같지 않았다. 나는 할아버지가 한 말을 다 잊어버리라는 엄중한 주의를 받았다. 사실 집 밖에서 그 이야기를 하는 것은 이번이 처음이다. 하여간 그 일로 나는 엄청난 영향을 받았다. 나는 할아버지가 말한 뜻을 확실히는 알 수 없었다. 할아버지는 말썽이라고는 한 번도 일으켜본 적 없는 아주 과묵한 노인이었으면서도, 죽어가는 마당에 자신을 배신자니 스파이니 했는가 하면, 자기의 양순했던 태도도 일종의 위험한 행동이었던 것처럼 말했으니 말이다. 그것은 내 마음속 깊은 곳에서 답변을 얻지 못한 채 하나의 영원한 수수께끼로 남고 말았다. 그런데 내 일들이 순조롭게 잘 풀려나갈 때마다 늘 나는 할아버지가 생각났고, 어쩐지 죄스럽고 불안한 느낌이 들었다. 나도 모르는 사이에 나는 할아버지의 충고를 실행하는 것 같았다. 더더욱 거북한 것은 나의 그런 처세 때문에 사람들이 다들 나를 좋아하는 것이었다. 나는 흑인들에게 배척적인 읍내의 대부분 백인들에게 칭찬을 받았다. 나는 바람직한 행동의 본보기로 여겨졌던 것이다—할아버지의 경우와 꼭 마찬가지였다.

알 수 없는 것은 할아버지가 그것을 '배신'이라고 규정했다는 사실이었다. 행동이 훌륭하다고 칭찬을 받을 때 이런 생각이 들어 나는 마음이 켕겼다. 나는 지금 어떤 면에서 보면 실은 백인들이 바라는 것과는 정반대의 짓을 하고 있다. 그 사람들이 알면 반대로 행동하기를 바랄 것이다.

난 잘 토라지고 비열하게 굴어야 한다. 그게 정말은 그 사람들이 원하는 것이리라. 비록 자기들이 속아서 내가 지금 하는 방식으로 행동해주기를 원한다고 생각하더라도 말이다. 언젠가는 그 사람들이 나를 배신자로 보게 될 것이고 그러면 난 볼짱 다 보게 된다고 생각하자 겁이 났다. 그러나 그렇다고 다른 방식으로 행동하기는 더더욱 두려웠다. 백인들이 그런 걸 싫어했기 때문이었다. 할아버지의 말은 저주나 다름없었다.

학교를 졸업하던 날, 나는 졸업 식사(式辭)를 했다. 거기서 나는 겸손이 비결이며, 그것이 다름 아닌 진보의 본질이라고 역설했다(그걸 믿은 것은 아니다—할아버지 말을 생각하면 어찌 믿을 수 있겠는가—다만 효과가 있다고 믿었을 뿐이다). 연설은 대성공이었다. 다들 나를 칭찬해주었고, 읍의 백인 유지들 모임에서 그 연설을 해 달라는 청을 했다. 그것은 우리 흑인 전체의 쾌거였다.

모임은 일류 호텔의 메인 볼룸에서 열렸다. 도착해보니 남자들만의 사교 모임이었는데, 이왕 그곳에 왔으니 나도 여흥의 일부로 내 급우들 몇 명과 집단 난투를 벌이는 이른바 '배틀로열'이라는 권투 경기에 참가하는 게 좋겠다고 했다. 권투 시합 순서가 먼저였다.

읍내의 한다 하는 거물들이 정장 차림으로 빠짐없이 참석하여 뷔페식으로 차려놓은 음식들을 게걸스럽게 먹어치우고 있었다. 맥주며 위스키를 마셔대고, 까만 여송연을 피워 물었다. 회장은 천장이 높다란 방이었다. 의자들이 이동용 복싱 링의 세 면에 빙 둘러 가지런히 줄지어 놓여 있었다. 나머지 한쪽은 그냥 비워둔 채여서 잘 닦인 마룻바닥의 반짝이는 공간이 드러나 보였다.

그런데, 난 어쩐지 그 집단 권투 경기라는 게 꺼림칙하게 여겨졌다. 싸움하는 게 구미에 안 맞았다기보다 경기에 참가하는 다른 녀석들이 별로 마음에 들지 않았기 때문이었다. 다른 녀석들은 마음에 괴로움을 주는 할아버지의 저주 따위는 겪어본 것 같지 않은 악바리 녀석들이었다. 녀석들이 악바리라는 것은 누구나 알 수 있는 일이었다. 그리고 또 한편으로 그 난투 경기를 하다 보면 내 연설에 품위가 떨어지지 않을까 하는 생각도 들었다. 보이지 않는 인간이 되기 전 시절에 나는 장차의 내 모습을 제2의 부커 T. 워싱턴〔흑인 선각자. 교육가〕 같은 사람으로 그려보곤 했다.

그런데 다른 녀석들도 역시 내가 별로 마음에 들지 않기는 마찬가지인 모양이었다. 녀석들은 아홉 명이었다. 나는 나름대로 그들보다는 우월하다는 생각을 가지고 있었고, 그래서 우리가 함께 우르르 사환용 엘리베이터를 타게 되었을 때 그런 식으로 그 녀석들과 함께 어울려 있는 게 싫었다. 그 녀석들도 내가 같이 있는 걸 싫어했다. 사실 불빛을 따뜻하게 밝힌 플로어들이 엘리베이터 앞으로 휙휙 지나가는 동안, 우리는 내가 난투 경기에 나가 녀석들 중 하나를 때려눕혀 하룻밤 동안 일을 못하게 만들어놓았던 사실에 대해 이야기를 주고받았다.

우리는 안내를 받아 엘리베이터에서 나와서 로코코 양식의 복도를 지나 어딘지 곁방 같은 곳으로 들어갔고, 거기서 권투 경기 복장으로 갈아입으라는 지시를 받았다. 제각기 권투 글러브 한 켤레씩을 지급받고 밖으로 나온 우리는 거울이 달린 커다란 홀로 안내되어 들어갔다. 그러면서 우리는 조심스럽게 사방을 두리번거리며, 혹시 어쩌다 우리 목소리가 실내의 소리보다 더 커지지 않을까 하여 나직이 수군거렸다. 홀 안에는 담배 연기가 자욱했다. 그리고 이미 위스키의 술기운이 오른 모양이었다. 나는 읍의 내로라 하는 명사들 몇 명이 곤드레만드레 취한 모습을 보고 깜짝 놀랐다. 명사란 명사는 다 나와 있었다—은행가, 변호사, 판사, 의사, 소방서장, 교사, 상인 등, 상류 인사들이 많이 다니는 교회의 목사도 있었다. 우리에겐 보이지 않았지만 저 앞쪽에서는 한창 무슨 일이 진행되는 중이었다. 클라리넷이 관능적인 가락을 뽑아냈고, 사람들이 일어서서 우 앞으로 몰려가 있었다.

우리 일행은 조그만 동아리를 이루어 함께 바짝 붙어 있었는데, 서로 부딪치는 벌거벗은 우리의 웃통은 조바심 때문에 벌써부터 땀으로 번들거렸다. 그러는 동안 앞쪽에서는 명사 나리들이, 우리에게는 안 보이는 무슨 일인가로 점점 흥분해갔다. 바로 그때 나는, 나를 그 모임에 나오라고 했던 교육감이 커다랗게 소리 지르는 것을 들었다.

"여러분, 저 깜둥이들을 올려보내세요, 저 깜둥이 애들을 올려보내요."

우리는 황급히 연회장 앞쪽으로 떠밀려 갔다. 그곳에서는 담배와 위스키 냄새가 훨씬 독했다. 그러고 나서 우리는 나란히 늘어세워졌다. 그때 나는 하마터면 팬티에 오줌을 싸버릴 뻔했다. 반감을 품은 얼굴, 재미있어 하는 얼굴, 무수한 얼굴 들의 물결이 우리를 빙 둘러쌌고, 맞은편 한가운데는 멋진 금발머리 여자 하나가 홀딱 벗은 채로 서 있었던 것이다. 쥐 죽은 듯한 침묵이 흘렀다. 갑자기 싸늘한 바람이 몰아쳐 나는 몸이 오싹해지는 걸 느꼈다. 뒤쪽으로 물러나려고 했지만 뒤에도 옆에도 사람들이 꽉 막아서 있었다. 애들 중 몇은 고개를 푹 숙이고 벌벌 떨었다. 당치 않은 죄의식과 공포감이 한차례 파도처럼 나를 휩쓸고 지나갔다. 이빨은 딱딱 부딪쳤고, 살에는 소름이 돋았으며, 무릎이 후들거렸다.

그러나 나는 호기심에 잔뜩 끌려 나도 모르게 그곳을 보고 말았다. 보는 대가로 눈이 멀어버린다 해도 보고 말았을 것이다. 머리칼은 서커스에 등장하는 큐피 인형처럼 금발이었고, 얼굴은 추상 가면이라도 만들려는 듯 분과 루즈를 덕지덕지 발랐으며, 두 눈은 움푹했고 비비 원숭이의 엉덩이처럼 푸르뎅뎅한 색깔이었다. 눈으로 그녀의 몸을 천천히 더듬어가면서 그녀에게 침을 뱉어주고 싶다는 욕망을 느꼈다. 그녀의 젖가슴은 마치 동인도 사원(寺院)의 둥근 지붕처럼 옹골차고 동그랬다. 나는 워낙 가까이 서 있었기 때문에 그 고운 살결과 분홍빛으로 도드라진 젖꼭지 주위에 이슬처럼 반짝이며 맺힌 진주알 같은 땀방울들을 볼 수 있었다.

나는 그 방에서 뛰쳐나가버리고 싶었고, 그런가 하면 동시에 바닥 밑으로 꺼져 들어가버리고 싶은 생각이 들었고, 여자에게 달려들어 나도 못 보고 다른 사람도 못 보도록 내 몸으로 그녀를 가려버리고 싶은 생각이 드는가 하면 부드러운 허벅다리를 만져보고도 싶었고, 그녀를 애무하고 싶은가 하면 그녀를 망치고 싶었고, 그녀를 사랑하고 싶은가 하면 그녀를 죽이고도 싶었고, 그녀로부터 숨어버리고 싶은가 하면 조그맣게 성조기 문신을 새긴 그녀의 배 아래, 허벅다리가 Y자 모양으로 모아진 곳을 쓰다듬어보고 싶었다. 내게는 그녀가 실내의 모든 사람들 중에서 유독 나만을 초연한 눈으로 바라보는 것 같다는 생각이 들었다.

이윽고 그녀는 천천히 관능적인 동작으로 춤을 추기 시작했다. 무수한 시가들에서 뿜어 나온 연기가 얇은 베일처럼 그녀의 몸에 찰싹 휘감겼다. 그녀는 마치 잿빛으로 으르렁대는 바다의 격노한 물결 위에서 베일에 에워싸인 채 나를 부르는 아름다운 새 소녀 같았다. 나는 황홀감에 도취되어 있었다.

그런데 그때 클라리넷의 연주 소리와 함께 명사 나리들이 우리를 향해 고함을 지르고 있다는 사실을 깨달았다. 어떤 사람들은 우리가 여자를 들여다본다고 으름장을 놓았다. 나는 내 오른쪽에 있던 한 녀석이 실신하는 것을 보았다. 그러자 한 사람이 테이블에서 은 주전자를 집어 들고 다가와서 실신한 애에게 얼음물을 끼얹어 일으켜 세우고는 우리 중 두 명에게 부축하도록 했다. 그애의 머리는 축 늘어졌고, 두툼하고 푸르뎅뎅한 입술 사이로는 신음 소리가 새어나왔다. 또 한 애가 집으로 보내달라고 애원하기 시작했다. 일행 중에서 제일 큰 애였는데, 입고 있는 암적색 권투용 팬티가 너무 작아 꼭 끼어서, 살살 비위를 맞추어대는 듯한 나지막한 클라리넷의 신음 소리에 답하기라도 하듯 불쑥 돌출한 그 발기물(勃起物)을 감출 수가 없었던 것이다. 그는 글러브로 그걸 가려보려고 애쓰고 있었다.

그러는 동안에도 내내 금발의 여자는 넋 잃고 자기를 바라보는 명사들에게 어렴풋이 웃어 보이며, 그리고 우리의 겁먹은 모습에도 희미한 웃음을 지어 보이며 계속 춤을 추었다. 나는 어떤 상인이 입을 헤벌리고 침을 흘리면서 걸신들린 듯 여자의 모습을 바라보는 것을 보았다. 거대한 올챙이배 때문에 불룩한 셔츠 앞가슴에 다이아몬드 장식 단추를 단, 몸집이 커다란 사내였는데, 그는 금발 여자가 엉덩이를 물결치듯 흔들어댈 때마다 대머리 위에 듬성듬성 난 머리칼을 손으로 쓸어 넘기기도 하고 두 팔을 들어 올려 술 취한 팬더 같은 볼썽사나운 자세로 천천히 음란하게 배를 돌려대기도 했다. 이 사내는 완전히 넋을 빼앗긴 모양이었다.

어느 사이 음악이 빨라졌다. 댄서가 초연한 표정을 띤 채 갑자기 온몸을 요란히 흔들어대자 사람들이 저마다 여자를 만져보려고 손을 뻗기 시작했다. 나는 남자들의 살진 손가락이 그 부드러운 살을 파고드는 것을 볼 수 있었다. 다른 몇몇 사람이 말리려고 했으나 여자가 우아하게 원을 그리며 마루 위를 빙빙 돌기 시작하자 사내들은 매끄러운 바닥 위에서 넘어지고 미끄러지며 여자를 뒤쫓았다. 한마디로 난장판이었다. 사내들이 웃고 소리 지르며 여자를 쫓아가느라고 의자들이 쿵쾅거리며 넘어지고 술잔들이 쏟아졌다.

여자가 막 문에 도달한 순간 그들은 여자를 붙잡아 마루에서 번쩍 들어 올려서 대학생들이 신입생들의 버릇을 잡으려고 애먹일 때처럼 공중으로 던져 올렸다. 웃음을 띠었지만 굳게 다문 붉은 입술 위로 그녀의 두 눈에는 공포와 혐오감이 어린 것이 보였다. 그것은 마치 나 자신의 공포감과도 같았고, 또 다른 아이들의 얼굴에서 볼 수 있는 공포감과도 같았다. 바라보고 있으려니 사내들은 여자를 두 번이나 공중으로 던져 올렸고, 여자의 부드러운 젖가슴은 바람에 부딪쳐 짜부라드는 것 같았으며, 휘돌아 떨어질 때 그녀의 두 다리는 거칠게 벌어졌다. 덜 취한 몇몇 사람들이 여자가 달아나도록 도와주었다. 나는 다른 아이들과 함께 대기실을 향해 무도장에서 뛰기 시작했다.

몇몇은 아직도 열띤 흥분 상태 속에서 계속 소리를 질러대고 있었다. 우리는 그곳에서 달아나려고 해봤지만 곧 제지당했고, 링 안으로 들어가라는 지시를 받았다. 하라는 대로 할 수밖에 없었다. 우리 열 명은 모두 로프 밑으로 기어들어갔고, 흰 천으로 된 넓은 띠로 저마다 눈을 가리게 되었다. 우리가 로프에 기대어 서 있자 누군가 좀 딱하다 싶은 생각이 들었는지 기운을 내라고 성원을 보냈다. 우리 중 몇은 이를 악물고 웃어 보이려고 했다.

"저기 저 녀석 보이나?"

누군가 말했다.

"종이 울리면 냅다 달려가서 저 녀석 복부를 정통으로 갈겨버리란 말이야. 네가 저 녀석을 잡지 못하면 내가 네 녀석을 잡아버리겠어. 난 저 녀석 인상이 마음에 안 든다 말이야."

우리는 저마다 그와 비슷한 말을 들었다. 눈가리개가 씌워졌다. 그러나 그 순간에도 나는 내가 했던 그 연설을 되씹어보고 있었다. 내 머릿속에서 그 한 마디가 불꽃처럼 환히 빛났다. 나는 헝겊이 눈 위를 내리누르는 것을 느끼고 잔뜩 미간을 찡그렸다. 미간을 폈을 때 헐거워지게 하기 위해서였다.

그러나 그때 나는 갑자기 걷잡을 수 없이 엄습해오는 공포감을 느꼈다. 어둠에는 익숙하지 않았다. 문득 내가 독 있는 물뱀들이 우글거리는 깜깜한 방 안에 들어선 것만 같았다. 집단 난투전을 빨리 시작하라고 독촉하는 고함 소리가 희미하게 들려왔다.

"시작시켜!"

"내 저 커다란 깜둥이 녀석을 맡지!"

나는 그래도 약간은 친근한 그 소리에서 억지로 어떤 안도감 같은 것을 얻어보려고 교육감의 목소리를 간신히 가려 들었다.

"난 저 깜둥이 녀석들을 맡을게!"

누군가 소리 질렀다.

"안 돼요, 잭슨 씨. 안 돼!"

다른 목소리가 맞받아 소리를 질렀다.

"여기 누가 날 도와 잭 좀 잡아줘요."

"난 저 새앙색 깜둥일 맡고 싶은걸. 저 녀석 사지를 발기발기 찢어놔!"

첫 번째 목소리가 고함을 질렀다.

나는 로프에 기대 서서 몸을 후들후들 떨었다. 당시 나는 새앙색깔이었고, 듣고 보니 그 사람은 나를 마치 바삭바삭한 새앙과자처럼 이빨 사이에 넣고 와삭와삭 씹어 먹을 것 같았기 때문이었다.

대난투전이 벌어졌다. 의자들이 사방에서 발에 채여 넘어졌고 나는 무섭게 용을 쓰는 듯 끙끙거리는 소리들을 들을 수 있었다. 나는 보고 싶었다. 전보다 더욱 필사적으로 보고 싶었다. 그러나 눈가리개는 살갗을 조여 당기는 두툼한 딱지처럼 단단히 조여 있었고, 그래서 글러브를 낀 손을 들어 올려 첩첩이 싸인 흰 천을 밀쳐놓으려 하자 누군가 버럭 소리 질렀다.

"야, 안 돼, 이 깜둥이 자식아. 그냥 놔둬."

"종을 울려요. 잭슨이 깜둥이를 하나 죽이기 전에!"

갑자기 조용해졌을 때 누군가 소리쳤다. 그러고 나서 나는 종이 울리는 소리를 들었고 앞으로 다가오는 어지러운 발소리를 들었다.

글러브를 낀 손 하나가 내 머리를 후려갈겼다. 나는 몸을 돌려 어색하게 팔을 내뻗었으나 그자를 지나쳐버렸고, 내뻗을 때의 충격이 팔을 따라 어깨까지 찌르르 전해지는 것을 느꼈다. 다음 순간, 아홉 명의 아이들 전부가 한꺼번에 내게 달려드는 것 같았다. 주먹들이 사방에서 날아와 나를 두들겨 팼다. 나는 있는 힘껏 주먹을 휘둘렀다. 나를 때리는 주먹이 얼마나 많은지 링 안에서 눈가리개를 한 사람은 나밖에 없는 것이 아닌가 하는 생각이 들었고 잭슨이라는 사람이 결국 날 붙잡은 것이 아닌가 하는 생각도 들었다.

눈을 가린 상태에서 나는 내 움직임을 제어할 수가 없었다. 그런 내 꼴에 품위가 있을 수 없었다. 나는 어린애처럼, 술 취한 사람처럼 이리저리 비틀거렸다. 연기는 더 자욱해졌고, 한 대씩 얻어맞을 때마다 연기는 허파를 바짝 타게 하고, 더 나아가 숨을 막히게 하는 것 같았다. 내 타액은 뜨겁고 쓴 아교처럼 끈적끈적해졌다. 글러브 하나가 머리를 갈겼다. 입 안에 뜨거운 피가 가득 넘쳤다. 온몸이 피범벅이었다. 내 몸에 축축하게 느껴지는 것이 땀인지 피인지 알 수가 없었다. 호된 일격이 내 목덜미로 떨어졌다. 넘어지는구나 하고 생각했을 때 머리가 바닥에 부딪혔다. 푸르스름한 빛살들이 눈가리개 속의 암흑 세계를 가득 채우고 있었다. 나는 녹다운된 척하고 엎어져 있었으나 손들이 나를 붙들고 일으켜 세우는 것이 느껴졌다.

"시작해, 깜둥아! 싸워!"

두 팔은 납덩이처럼 무거웠고 머리는 얻어맞아 멍멍했다. 나는 더듬더듬 간신히 로프 있는 데로 가서 로프를 붙들고 잠시 숨을 돌리려고 했다. 글러브 하나가 배 한가운데를 강타했고, 연기가 나이프처럼 복부를 쑤시는 것 같은 느낌과 함께 또다시 넘어졌다. 나는 사방의 어지러운 다리들에 이리 차이고 저리 밀리다 결국 몸을 일으켜 세웠고, 마치 재빠른 속도로 북처럼 쳐대는 주먹질에 맞추어, 이리저리 흐느적거리며 춤을 추는 술 취한 사람들처럼 연기 자욱한 푸르스름한 대기 속에서 땀에 흥건히 젖은 검은 형체들이 이리저리 움직이는 모습을 볼 수 있음을 알았다.

모두가 히스테리 상태에서 싸우고 있었다. 완전히 난장판이었다. 모두가 자기 아닌 모두와 싸웠다. 패를 지어 싸워봤자 그렇게 오래 끌지는 못했다. 둘, 셋, 넷이 하나를 상대로 싸우다가도 이내 자기네들끼리 붙어 싸우는가 하면 다른 측으로부터 공격을 받기도 했던 것이다. 잘 묶은 글러브뿐 아니라 풀린 글러브가 벨트 아래를 치기도 하고 옆구리를 강타하기도 했다.

난 눈가리개가 약간 벗겨졌으므로 이제 그다지 공포감은 없었다. 주의를 끌 만한 것은 별로 많지 않았지만, 나는 주먹들을 피해 조심스럽게 움직여 이 패에서 저 패로 옮겨가며 싸웠다. 애들은 마치 앞을 못 보기 때문에 바짝 조심하고 있는 게들처럼 웅크린 자세로 복부를 가린 채, 머리는 어깨 쪽에 바짝 끌어당기고 팔을 불안한 듯 자꾸 앞으로 내지르며, 주먹으로는 마치 달팽이들의 혹이 달린 민감한 더듬이라도 되는 양 연기 가득 찬 허공을 휘둘러보면서 사방을 더듬거렸다. 한쪽 코너에서 얼른 보니 한 애가 허공을 호되게 내갈기다 주먹이 링 포스트에 맞자 아파서 비명을 질러댔다. 그 찰나 나는 그가 손을 움켜쥐고 웅크리는 것을 보았고, 다음 순간 주먹 한 대가 무방비 상태인 그의 머리를 내지르자 꼬꾸라졌다.

나는 한 패거리와 다른 패거리에게 싸움을 붙여놓았다. 슬쩍 끼어들어 펀치를 한 대 날리고 얼른 사정거리 밖으로 빠져나오면서 다른 패거리를 그 엎치락뒤치락하는 혼전 사이로 밀어넣어, 나를 노리고 무턱대고 휘두르는 주먹들을 맞게 하는 것이었다. 담배 연기가 고통스러울 지경이었을 뿐 아니라 피로를 회복시켜줄 3분 마디의 라운드도 없었고 종소리도 없었다. 방이 내 주위를 빙빙 돌았다. 전깃불들도, 연기도, 긴장한 백인들의 얼굴에 둘러싸인 땀에 젖은 몸뚱이들도 빙글빙글 돌았다. 내 양쪽 코와 입에서 피가 흘렀고 가슴 위까지 튀었다.

사람들은 계속 소리를 질렀다.

"갈겨! 깜둥아, 복부를 갈겨. 창자를 쏟아내!"

"어퍼컷! 죽여! 저 큰 녀석 죽여버려!"

나는 일부러 쓰러지면서 내 옆으로 한 애가 고목처럼 넘어지는 걸 보았다. 우리는 마치 단 일격에 넘어진 것 같았다. 운동화를 신은 발 하나가 넘어진 애의 가랑이로 불쑥 들어왔고 그애를 넘어뜨린 두 녀석이 넘어진 애에게 걸려 넘어졌다. 나는 울컥 욕지기를 느끼며 몸을 굴려 그 자리를 피했다.

우리가 격심하게 싸우면 싸울수록 백인들은 더 험악해졌다. 그런데 또 내 연설이 걱정되기 시작했다. 그건 어찌 될까. 사람들이 내 능력을 인정해줄까? 나에게 뭘 줄까?

나는 어느새 기계적으로 싸우고 있었다. 그러던 중 문득, 애들이 하나씩하나씩 링을 빠져나가고 있다는 사실을 알아차렸다. 난 깜짝 놀랐다. 미지의 위험과 함께 혼자만 남겨진 것 같아 기겁을 하지 않을 수 없었다. 다음 순간 그 까닭을 알 수 있었다. 애들은 이미 자기네들끼리 그러기로 미리 짜두었던 것이다. 링에 남은 두 사람이 상금을 걸어놓고 끝까지 싸우는 게 관례였다. 너무 늦게야 나는 그 사실을 깨달았다.

종이 울리자 턱시도 차림의 두 사람이 링으로 뛰어 들어와 눈가리개를 벗겼다. 보니 패거리 중에서 제일 덩치가 큰 태틀록이 내 앞에 서 있었다. 속이 매스꺼웠다. 귓속에서 종 울리는 소리가 그치는가 싶더니 금방 다시 요란하게 울렸고, 나는 그 녀석이 나를 향해 민첩하게 다가오는 것을 보았다. 이것저것 생각할 겨를도 없이 녀석의 콧잔등을 힘껏 후려갈겼다. 녀석은 퀴퀴한 냄새를 역하게 풍기며 계속 달려들었다. 녀석의 얼굴은 검은 공동(空洞) 같다고 할까. 두 눈만이 번쩍번쩍 살아 있었다—나에 대한 증오심 때문에 말이다. 그리고 우리 모두에게 일어난 일 때문에 그의 눈은 열병 같은 공포로 이글이글 타올랐다. 초조해졌다. 나는 연설을 해야 했고 녀석은 마치 나를 두들겨 연설을 못하게 하려는 듯이 공격을 퍼부었다. 나는 들어오는 녀석의 주먹을 그대로 맞으면서 녀석에게 연거푸 강타를 퍼부어댔다. 그러다가 불현듯 어떤 충동에 이끌려 녀석을 가볍게 치고 클린치를 하면서 나지막이 속삭였다.

"나한테 쓰러진 척해. 상금은 네가 갖고 말이야."

"네 등짝을 부숴뜨릴 테야."

녀석은 쉰 목소리로 나지막하게 대꾸했다.

"저 사람들을 위해서냐?"

"날 위해서다, 이 새끼야."

사람들이 우리에게 떨어지라고 소리를 질렀다. 나는 태틀록이 먹인 일격으로 몸이 절반쯤 돌아가버렸고, 마치 회전 카메라가 회전 장면을 찍듯이 돌아가며, 불그레한 얼굴들이 자욱한 푸르스름한 잿빛 담배 연기 밑에서 고래고래 소리 지르며 잔뜩 웅크리고 있는 것을 보았다. 순간 세계가 흔들리고, 풀리고, 흘러넘쳤고, 다음 순간엔 머리가 맑아졌으며, 태틀록이 앞에서 팔짝팔짝 뛰는 것이 보였다. 내 눈앞에서 퍼득이는 그림자는 잽을 넣는 그 녀석의 왼손이었다. 다음 순간 나는 앞으로 넘어지면서 머리를 녀석의 젖은 어깨에 갖다 대고 낮은 소리로 말했다.

"5달러 더 주겠다."

"놀지 마, 새끼야."

그러나 그의 근육은 내가 누르는 체중에 약간 풀리는 듯했고, 그래서 나는 속삭였다.

"7달러 어때?"

"니 어미나 줘라, 새끼야."

녀석은 내 심장 아래를 마구 후려갈기며 말했다.

그래서 나는 녀석을 붙잡은 채로 머리로 들이받으며 떨어져 나왔다. 온몸이 펀치로 묵사발이 되는 것 같았다. 에라 모르겠다는 심정이 되어 필사적으로 반격했다. 나는 무엇보다도 이 세상에서 연설을 하고 싶었다. 왜냐하면 거기 모인 사람들만이 내 능력을 제대로 판단해줄 거라는 생각이 들었기 때문이었다. 그런데 지금 이 미련한 촌놈이 내 기회를 망쳐놓고 있었다. 나는 이제 신중하게 싸우기 시작했다. 달려 들어가 펀치를 날리고 아주 재빨리 다시 빠져나왔다. 녀석의 턱을 강타한 행운의 일격으로 나도 역시 녀석을 넘어뜨렸다—그러고 나서 난 누군가 큰 소리로 "난 저 큰 녀석에게 돈을 걸었어" 하는 소리를 들었다.

이 소리를 듣고 하마터면 가드를 내릴 뻔했다. 머리가 혼란스러웠다. 내가 과연 저 사람 말을 거스르고 이기려고 해야만 할까? 그렇다면 그것은 내가 한 연설에 위배되는 처사가 아닐까? 그리고 이 순간이 바로 겸양과 무저항을 보여줄 수 있는 기회가 아닐까? 이리저리 팔짝팔짝 뛰다가 나는 머리에 한 방을 맞았는데 오른쪽 눈이 깜짝상자에서 인형 튀어나오듯 튀어나오는 것 같았고, 그것으로 나의 딜레마는 깨끗이 끝나버렸다. 내가 쓰러지자 방은 빨갛게 물들었다. 마치 꿈속에서 쓰러지듯 내 몸뚱이는 맥을 잃은 채 쓰러질 곳을 찾아 신경을 곤두세우고 있었는데, 마룻바닥이 이윽고 참지 못하고 세차게 솟구쳐 올라 나와 충돌하고 말았다. 잠시 후 정신이 들었다. 최면에 걸린 듯한 목소리 하나가 "파이브" 하고 힘주어 세었다. 그리고 나는 그 자리에 누운 채로 얼룩진 검붉은 나의 피가 한 마리 나비 같은 형체를 만들며 링 바닥의 더러운 잿빛 세계로 반짝이며 스며들어가는 어슴푸레한 모습을 바라보았다.

느즈러진 목소리가 "테엔" 하고 헤아리고 나자 나는 일으켜 세워져 의자로 끌려갔다. 나는 멍멍한 정신으로 앉아 있었다. 쿵쿵거리며 심장이 박동 칠 때마다 한쪽 눈이 부풀어올라 아팠고, 이제 내가 연설을 해도 좋은 건지 알 수 없었다. 나는 땀으로 범벅이 되었고, 입에서는 아직도 피가 흘렀다. 이제 우리는 벽 가에 한 동아리로 모여 있었다. 다른 애들은 나를 거들떠보지도 않고 태틀록에게 축하를 보내며 얼마를 받게 될지 헤아려보았다. 한 녀석은 얻어맞은 손이 아픈지 우는 소리를 냈다. 고개를 들어 앞을 보니 하얀 상의를 입은 시중꾼들이 이동용 링을 밀어 내보내고 의자로 둘러싸인 그 빈자리에 네모난 조그만 융단을 깔고 있었다. 아마 저 융단 위에 서서 연설을 하게 되리라고 나는 생각했다.

그때 사회자가 우리를 불렀다.

"자, 이리들 와서 돈을 가져가요."

우리는 백인들이 의자에 앉아 웃고 떠들며 기다리는 곳으로 우르르 달려 나갔다. 이제 보니 그들은 다 다정스러운 사람들처럼 보였다.

"돈은 저기 융단 위에 있다."

사회자가 말했다. 보니, 융단은 온갖 크기의 주화들이며 몇 장의 구겨진 지폐들로 뒤덮여 있었다. 그러나 나를 흥분시킨 것은 여기저기 흩어진 금화들이었다.

"학생들, 이게 다 자네들 거야. 가질 수 있을 만큼 가져라."

사회자가 말했다.

"그렇고말고, 깜둥이."

금발의 남자 하나가 내게 남몰래 눈을 찡긋해 보이며 말했다.

나는 아픈 것도 잊고 흥분감에 떨었다. 난 금화와 지폐를 가지리라고 마음을 먹었다. 양손을 다 사용할 작정이었다. 가까이에 있는 애들에게는 몸을 들이대어 금화를 못 집어가게 막으리라.

"자, 이제 융단에 둘러앉아요. 그리고 내가 신호를 보내기 전에는 아무도 만져선 안 돼."

사회자가 일렀다.

"근사한 구경거리가 되겠어."

누군가 하는 말이 들렸다.

시키는 대로 우리는 네모난 융단 주위에 무릎을 꿇고 앉았다. 사회자가 반점 투성이의 손을 천천히 들어 올리자 우리의 눈도 그 손을 따라 올라갔다.

이런 소리가 들렸다.

"이 깜둥이 녀석들은 영락없이 기도 올릴 채비를 하고 있는 것 같군."

이윽고 "준비" 하고 사회자가 말했다.

"땅!"

나는 융단의 푸른 무늬 위에 놓인 노란 금화를 향해 돌진해 거기에 손을 갖다 댔다. 순간 나는 소스라친 비명을 내질렀고 그 비명 소리는 내 주위에서 일어난 다른 비명 소리와 함께 뒤섞였다. 미친 듯이 손을 떼보려 했으나 뗄 수가 없었다. 뜨겁고 맹렬한 힘이 몸 속을 쏜살같이 휩쓸고 지나가며 내 몸을 마치 물에 젖은 쥐처럼 격렬히 흔들어댔다. 융단에 전류가 통하는 것이다. 몸을 흔들어 그곳에서 떨어져 나왔을 때는 머리카락들이 뻣뻣하게 곤두서 있었다. 내 근육은 펄떡펄떡 뛰었고 신경은 절렁거렸으며 뒤틀렸다. 그러나 그렇다고 그것이 다른 애들의 행동을 멈추게 하진 못한다는 사실을 알 수 있었다. 공포와 곤혹감으로 일그러진 웃음을 지으며 아이들 몇은 뒤로 물러나 다른 애들이 고통으로 뒤틀다가 떨어뜨린 돈들을 집어 올렸다. 그처럼 악전고투하는 모습을 보며 백인들은 우리의 머리 위에서 왁자지껄 웃어댔다.

"주워! 망할 것. 주으란 말이야!"

누군가 굵직한 목소리를 내는 앵무새처럼 소리쳤다.

"어서 주워!"

나는 민첩하게 바닥을 기어 다니며 돈을 주워 모았으나 동전은 피하고 지폐나 금화를 주으려고 했다. 전기 충격은 웃음으로 넘겨버리고 민첩하게 주화들을 융단 밖으로 쓸어내놓으면서 나는 내가 전기를 품을 수 있다는 사실을 깨달았다—터무니없는 말 같지만, 사실이 그렇다. 그러자 사람들은 우리를 융단 위로 밀어붙이기 시작했다. 우리는 난감한 웃음을 지으며 그들의 손아귀를 간신히 피해 계속 돈을 쫓아다녔다. 우리는 흠뻑 젖어 미끈미끈했기 때문에 붙잡기 어려웠다.

문득 나는 한 아이가 공중으로 들어 올려지는 걸 보았다. 그애의 몸뚱이는 서커스단의 물개처럼 땀으로 번쩍였다. 그의 젖은 등이 전기가 통하는 융단 위로 똑바로 떨어졌다. 나는 그애가 비명을 지르는 소리를 들었고, 그애가 양 팔꿈치로 바닥을 미친 듯이 두드리며, 무수한 날벌레의 침에 쏘이는 말 몸뚱이처럼 근육을 격렬하게 실룩거리며, 과장 없이 말해서, 드러누워 춤을 추는 모양을 보았다. 마침내 그애가 몸을 굴려 융단 밖으로 나왔을 때 얼굴은 잿빛이었고, 그가 터져나온 웃음꽃 사이로 연회장에서 도망쳐 나갔을 때 아무도 막는 사람은 없었다.

"돈을 가져. 근사한 미국 돈이다."

사회자가 외쳤다.

그러자 우리는 돈을 홱 낚아채 움켜쥐고 홱 낚아채 움켜쥐곤 했다. 나는 이제 융단 옆으로는 너무 가까이 가지 않으려고 신중을 기하면서 후끈후끈한 술 냄새 풍기는 입김이 악취를 풍기며 뭉실뭉실 내 위로 내려오는 것이 느껴지자 손을 뻗어 아무거나 의자 다리를 움켜쥐었다. 의자에는 누군가 앉아 있었다. 나는 죽어라 의자 다리를 붙들고 늘어졌다.

"떨어져, 깜둥아. 떨어지지 못해!"

거대한 얼굴을 흐느적흐느적 내 얼굴 위로 내려뜨리며 사내는 나를 밀쳐 떼어놓으려 했다.

하지만 내 몸뚱이는 미끈미끈했고 그는 워낙 취해 있었다. 그 사람은 여러 개의 극장과 '오락 궁전'들을 가지고 있는 콜코드 씨였다. 그가 나를 붙잡을 때마다 난 그의 손아귀에서 미끈미끈 빠져나갔다. 그야말로 그건 진짜 투쟁이었다. 나는 그 취한 사람보다도 전기 융단이 더 무서웠던 것이고, 그래서 의자 다리에 계속 늘어 붙었던 것인데, 한순간 그 사람을 융단 위로 넘어뜨리려는 나 자신을 발견하고는 기겁을 했다. 너무 엄청난 생각이었다. 그런데 난 정말 그 생각을 실천하고 있는 나 자신을 발견했던 것이다. 노골적인 데를 내보이지는 않으려고 했으나 내가 그 사람의 다리를 움켜쥐고 의자 밖으로 넘어뜨리려고 하자, 그 사람은 요란하게 웃어젖히며 벌떡 일어서더니 정색을 하고 내 눈을 뚫어지게 노려보면서 내 가슴을 모질게 걷어찼다. 의자 다리가 내 손아귀 밖으로 튕겨 날아갔고 나는 내 몸뚱이가 떨어져 나가 뒹구는 것을 느꼈다. 뜨거운 석탄불 바닥 위를 뒹구는 것 같았다. 그곳에서 굴러 나오려면 1백 년은 흘러야 할 것 같았다. 그 1백 년 동안 내 가장 깊은 속살에서부터 몸 안의 공포에 질린 숨결까지 속속들이 익어버렸고, 숨결은 뜨겁게 달아올라 금방이라도 폭발해버릴 것 같았다. 눈 깜짝하면 다 끝날 거야 하고 나는 밖으로 굴러 나오며 생각했다. 눈 깜짝하면 다 끝날 거야.

그러나 아직 끝난 것이 아니었다. 건너편 남자들이 졸도한 사람처럼 부어오른 붉은 얼굴들을 하고 의자 위에서 몸을 앞으로 내밀고 대기하고 있었다. 그들의 손가락이 나를 향해 다가오는 것을 보고 나는 펌블한 풋볼 공이 선수의 손끝에서 빠져 굴러 나가듯 다시 석탄불 위로 굴러들었다. 그런데 이번에는 운 좋게도 융단을 밀어뜨려 제자리에서 이탈되게 만들 수가 있었다. 주화들이 쩔렁이며 마룻바닥에 떨어지고 애들이 달려들어 돈을 집어드는 소리가 들렸고, 사회자가 "됐다. 애들아, 그만 됐어. 가서 옷을 입고 돈을 받도록 해요" 하고 소리를 질렀다.

나는 완전히 녹초가 되어 있었다. 등짝은 쇠 채찍으로 맞은 듯 욱신거렸다. 우리가 옷을 다 입자 사회자가 들어와 각자에게 5달러씩 나눠주었다. 태틀록만은 예외로 링에 맨 마지막까지 남았다고 해서 10달러를 받았다. 그러고 나서 사회자는 우리에게 돌아가라고 했다. 연설을 해보기는 다 틀렸구나 하고 나는 생각했다.

절망적인 기분에 휩싸여, 그 어둠침침한 낭하로 막 나서려는 참에 나보고 돌아오라고 멈춰 세우는 소리를 들었다. 나는 연회장으로 되돌아갔다. 사람들은 의자들을 뒤로 밀어놓고 둥그렇게 모여 서서 이야기를 나누고 있었다.

사회자가 탁자를 두드려 조용히 하도록 했다.

"여러분."

그가 말을 시작했다.

"우리는 오늘 프로그램의 중요한 부분을 잊어버릴 뻔했습니다. 아주 중대한 부분입니다. 여러분, 이 소년이 오늘 여기 온 것은 어제 졸업식에서 했던 연설을 다시 하기 위해서였습니다……."

"브라보!"

"이 소년은 그린우드 지방에서 우리가 본 아이들 중에서 가장 총명한 아이라고 합니다. 알고 있는 어려운 단어의 수가 포켓 사전에 나온 것보다 더 많답니다."

왁자한 박수와 웃음.

"자, 그럼 여러분, 이 소년의 연설에 귀를 기울여주시기 바랍니다."

내가 그들을 마주하고 섰을 때까지도 웃음소리는 그치지 않았다. 입은 바싹바싹 말랐고 한쪽 눈은 욱신욱신거렸다. 나는 천천히 입을 열었다. 그러나 목은 굳어 있었다.

사람들이 "안 들린다! 안 들려!" 하고 소리를 지르기 시작했기 때문이었다.

"우리 젊은 세대에 속하는 사람들은 저 위대한 지도자이며 교육자이신 분의 지혜를 찬양합니다."

나는 커다랗게 소리를 질렀다.

"그분은 최초로 다음과 같이 불꽃 같은 지혜의 말씀을 하셨습니다. '여러 날 동안 바다에서 길을 잃고 헤매던 배 한 척이 어느 날 갑자기 우방의 선박 한 척을 발견했다. 이 불행한 선박의 마스트에는 〈물, 물, 우리는 갈증으로 죽어간다〉라는 신호가 올랐다.' 저는 그분처럼, 그리고 그분의 말을 인용하여 이야기하고 싶습니다. 이역의 나라에서 생활 조건의 향상에 애쓰는 우리 동족에게, 그리고 바로 이웃인 남부 백인들과의 우호적인 관계 배양의 중요성을 과소 평가하는 우리 동족에게 저는 이렇게 말하고 싶습니다. '그 자리에서 물통을 던져 내려라'고—우리를 둘러싼 모든 인종의 사람들과 모든 인간적인 방법으로 친구가 되는 일에서도 '그 자리에서 물통을 던지라'고 말입니다."

나는 기계적으로 말했고 백인들이 여전히 떠들며 웃고 있다는 사실도 모르고 너무 열을 내어 말했기 때문에, 급기야는 마른 입 안으로 상처에서 나온 피가 치올라 거의 숨을 못 쉴 지경이 되어버렸다. 나는 기침이 나와 연설을 멈추고 모래를 채운, 높은 놋쇠 타구 대들이 있는 데로 가서 침을 뱉어내고 싶었지만 몇몇 사람들, 특히 교육감이 귀를 기울이고 있는 것을 보자 그러기가 겁이 났다. 그래서 피며 침이며 할 것 없이 다 꿀꺽 삼켜버리고 연설을 계속해 나갔다(그 당시엔 정말 인내력도 대단했다! 열정도 대단했고! 정의라는 것을 얼마나 믿고 있었던가 말이다!). 고통스러웠는데도 나는 더욱 크게 말했다.

그러나 사람들은 그 더러운 귓속에 솜을 틀어막았는지 여전히 떠들어댔고 여전히 웃었다. 그래서 더욱 격양된 감정으로 힘을 주어 말했다. 떠들든 말든 아랑곳하지 않고, 차오르는 피를 삼키며 소리 지르느라고 구역질이 날 지경이었다. 연설은 전보다 1백 배나 길게 느껴졌지만 나는 한 마디도 빠뜨릴 수가 없었다. 남김없이 전부 이야기해야 했다. 기억해두었던 하나하나의 모든 뉘앙스가 고려되고 전달되어야 했다. 그뿐만이 아니었다. 내가 세 음절 이상의 말을 할 때면 그때마다 사람들 한 무리가 그걸 다시 말해보라고 고함을 지르는 것이었다. 난 '사회적 책임'이라는 말을 썼는데 그 말을 듣고 사람들이 소리를 질렀다.

"뭐라고 했지, 학생?"

"사회적 책임 말입니다."

나는 대답했다.

"뭐라고?"

"사회적……."

"안 들려."

"……책임."

"더 크게 해봐!"

"책……."

"다시 해봐!"

"……임."

실내는 한바탕 요란한 웃음소리로 가득 찼고, 그러다 나는 분명 피를 삼키느라고 정신이 헛갈린 때문이었겠지만 그만 실수를 하여, 종종 신문 사설 같은 데서 비난받고 은밀히 논의되던 어떤 말을 외치고 말았다.

"사회적……."

"뭐라고?"

사람들이 외쳤다.

"……평등……."

갑작스런 웃음이 정적 속에서 마치 연기처럼 허공에 걸렸다. 나는 어리둥절하여 눈을 떴다.

불쾌감을 나타내는 소리들이 실내를 메웠다. 사회자가 황급히 앞으로 뛰어나왔다. 사람들은 내게 적의에 찬 말들을 퍼부어댔다.

난 까닭을 알 수 없었다.

앞줄에 앉아 있던 땅딸막하고 콧수염을 기른 남자가 버럭 소리쳤다.

"이봐, 그 말을 다시 천천히 해봐!"

"무슨 말 말씀이십니까?"

"금방 한 말 말이야."

"사회적 책임이라고 했습니다."

나는 대답했다.

"자네가 영리하게 굴진 않았지, 안 그래?"

그는 쌀쌀하지는 않게 말했다.

"네, 그랬습니다."

"'평등'이라는 말은 분명히 실수였단 말이지?"

"네, 그렇습니다. 피를 삼키느라 그랬습니다."

"좋아요. 우리가 알아들을 수 있도록 좀 더 천천히 이야기를 하는 게 좋겠어. 우리는 자네들을 정당하게 대우하려고 해요. 하지만 자네들은 항시 자네들 분수를 알아야지. 자, 그럼 연설을 계속해봐요."

두려웠다. 가버리고 싶으면서도 연설을 하고 싶었고 그러면서도 그들이 또 끌어내리면 어떡할까 걱정이 되었다.

"감사합니다."

나는 중단되었던 데서부터 다시 시작했고, 앞서처럼 좌중은 나를 아랑곳하지 않고 그냥 두었다.

그런데도 연설을 마치자 우레 같은 박수갈채가 터졌다. 나는 교육감이 흰 포장지로 싼 무슨 꾸러미를 들고 앞으로 걸어 나와 조용히 하라는 손짓을 하고는 좌중을 향해 이렇게 말하는 것을 듣고 깜짝 놀랐다.

"여러분, 제가 이 소년을 과찬한 것이 아니었음을 아실 것입니다. 이 소년은 연설을 썩 잘합니다. 그러니, 앞으로 언젠가 자기 민족을 올바른 길로 인도하게 될 것입니다. 그리고 그것이 오늘날 같은 때에 얼마나 중요한지는 제가 굳이 말씀드릴 필요도 없을 것입니다. 이 학생은 훌륭하고 총명한 학생입니다. 그래서 저는 이 학생이 올바른 길을 가도록 북돋워주기 위해 교육위원회의 이름으로 다음과 같은 상을 주고 싶습니다."

그가 잠시 말을 중단하고 포장지를 뜯자 번쩍이는 송아지 가죽 가방이 나왔다.

"……쉐드 휘트 모어 상점에서 산 최고급품입니다. 자, 학생."

그는 나를 부르고 말했다.

"이 상을 받고 잘 간직하도록 해요. 이걸 소임의 상징이라고 생각하고 소중하게 간수해요. 현재의 너를 계속 발전시켜 나가면 언젠가 이 가방은 네 민족의 운명을 형성하는 데 도움이 될 중요한 서류들로 가득 차게 될 거야."

나는 너무 감격한 나머지 감사의 말을 할 수가 없을 지경이었다. 삼줄 같은 한 줄기의 피 섞인 침이 발견되지 않은 대륙 모양을 이루며 가죽 위로 흘러내려서 그걸 황급히 닦아냈다.

난생처음으로 나 자신이 대단히 중요한 존재처럼 느껴졌다.

"뭐가 들어 있나 열어봐요."

상쾌한 가죽 냄새를 맡으며 떨리는 손으로 가방을 열고 보니, 안에는 무슨 공문서 같아 보이는 서류가 들어 있었다. 그것은 주립 흑인대학에 갈 수 있는 장학 증서였다. 내 두 눈에는 눈물이 가득 괴어왔고, 나는 어색한 태도로 그곳에서 달려 나왔다.

너무나 기뻤다. 얼마나 기뻤던지 내가 아귀처럼 다투어 주워 모았던 그 금화들이 실은 어떤 자동차 제품을 선전하는 주머니용 놋쇠 토큰이었다는 사실을 알고도 개의치 않았다.

집으로 돌아오자 온 집안 식구가 흥분을 감추지 못했다. 다음날은 이웃 사람들이 나를 축하하러 왔다. 평소에는 할아버지가 임종하셨을 때의 저주가 늘 내 의기양양한 기분을 망쳐놓기 일쑤였지만, 이번에는 그것도 소용없었다. 나는 가방을 손에 들고 할아버지의 사진 아래 서서 고집이 세어 보이는 검은 농군의 얼굴을 향해 득의의 웃음을 지어 보였다.

사진의 얼굴은 나를 사로잡는 매혹적인 얼굴이었다. 그 두 눈은 내가 어디를 가든 나를 뒤따르는 듯했다.

그날 밤 나는 할아버지와 함께 서커스 구경을 간 꿈을 꾸었다. 할아버지는 광대들이 무슨 짓을 하든 좀처럼 웃지 않았다. 나중에 할아버지는 내게 가방을 열어 그 안에 든 것을 읽어보라고 하셨다. 할아버지 말대로 가방을 열고 보니 거기엔 주(州)의 봉인이 찍힌 공용 봉투가 한 장 들어 있었다. 봉투 안에는 또 하나의 봉투가 들어 있었고 그 안에는 또 하나의 봉투가, 그리고 그 안에는 또 하나의 봉투가 끝없이 들어 있었다. 나는 지쳐 쓰러질 것만 같았다.

"그건 세월이다."

할아버지가 말했다.

"이번엔 저걸 열어봐라."

하라는 대로 하니 거기엔 금박 글씨로 짤막한 전언이 새겨진 서류가 한 장 들어 있었다.

"읽어라."

할아버지가 말했다.

"크게 읽어봐!"

"관계자 귀하."

나는 영창(詠唱) 하듯 읽었다.

"이 흑인 소년을 계속 뛰게 할 것."

귓전에 할아버지의 웃음소리가 쩡쩡 울려오는 가운데 눈을 떴다.

(이것은 내가 결코 잊을 수 없었던 꿈이었고 몇 년 후에 내가 다시 꾼 꿈이기도 하다. 하지만 당시에 나는 그 꿈의 의미를 통찰할 능력이 없었다. 먼저 나는 대학에 다녀야 했다.)

2

아름다운 대학이었다. 건물들을 오래되었고 덩굴로 뒤덮였으며 구내 도로들은 우아하게 굽이돌았고 길가엔 생울타리와 여름날 태양에 눈부신 장미덩굴이 늘어서 있었다. 인동덩굴과 자줏빛 등나무덩굴이 나무들 위에 무겁게 휘늘어졌고 벌들이 윙윙대는 허공에서 흰 목련꽃들은 그들의 향기와 뒤섞였다. 종종 나는 여기 내 굴 속에서 그곳을 회상하곤 한다. 봄철이면 푸르게 변해가던 풀들, 꼬리를 퍼덕이면서 울어대던 개똥지빠귀들, 건물들 위로 쏟아지던 달빛, 값지고 짧았던 수업 시간이 끝났음을 알리던 부속 교회당 종탑의 종소리, 그리고 화사한 여름옷을 입고 잔디밭을 오가던 여학생들. 이곳에서 나는 밤이면 눈을 감고 여학생 기숙사 옆을 휘돌아드는 그 금지된 길을 따라 얼마나 자주 걸어가보았던가.

나는 창문들이 뜨겁게 불 밝힌 시계탑 건물을 지나 달빛을 받아 더욱 더 희게 보이는 조그맣고 흰 가정학과 실습관을 뒤로하고, 어둠 속에서 규칙적으로 땅을 뒤흔드는 엔진의 굉음을 내며 창문들이 용광로 화염으로 붉게 물든 검은 발전실 옆으로 나란히 나 있던, 비탈도 많고 굴곡도 많은 길을 따라 내려가, 덤불과 덩굴들이 뒤엉킨, 마른 강바닥 위에 놓인 다리로 이어지던 곳까지 가곤 하는 것이다. 그 통나무 다리는 연인들을 위해 만들어진 것이었으나 한 번도 시험을 받지 못한 채 아직도 그대로 순결을 지니고 있었다. 그 길을 따라 더 올라가, 시내 거리의 반 블록은 될 만큼 긴 남쪽 베란다들이 있는 건물들을 지나면, 마침내 건물들도, 새도, 풀도 없이 갑자기 갈림길이 나타났고, 거기서 길은 꺾여 정신병원으로 나 있었다.

나는 언제나 거기까지 가서 눈을 뜬다. 주술은 깨지고 나는 토끼들을 다시 보려고 애쓴다. 그놈들은 사람들에게 한 번도 쫓겨본 적이 없기 때문에 아주 길이 잘 들어 생울타리나 길가에서 놀았다. 깨진 유리 조각과 햇볕에 달궈진 돌들 사이에 자라는 자줏빛, 은빛의 엉겅퀴며, 일렬로 안절부절못하며 기어가는 개미들이 보인다. 그러면 나는 돌아서서 오던 길을 따라 병원 앞으로 난 구불구불한 길로 돌아온다. 이 병원에서는 밤이면 어떤 병동에선가 동성연애를 하는 견습 간호사들이 그곳 내막을 훤히 아는 재수 좋은 사내들에게 환약보다 훨씬 귀한 것을 조제해준다고 했다.

그곳을 지나 나는 교회당 앞에서 걸음을 멈춘다. 그러고 나면 때는 갑자기 겨울이다. 달은 휘영청 높이 떠 있고 첨탑에선 종소리가 울리며, 한 무리의 트롬본이 낭랑하게 크리스마스 캐롤을 연주한다. 온누리에 고요와 아픔이 드리워 있다. 마치 온 세상이 외로움인 듯, 나는 걸음을 멈추고 높이 걸린 달 아래 귀를 기울이며 네 개의 트롬본과, 그리고 그 다음에는 오르간이 연주하는 장엄하면서도 부드럽게 울려오는 〈우리 주는 강한 성〉을 듣는다. 음악 소리는 밤하늘처럼 맑고, 투명하고, 청아하고, 외롭게 모든 것 위를 떠돈다. 그러면 나는 하나의 응답처럼 서서 마음의 눈으로 황톳길 너머 빈 벌판에 둘러싸인 통나무집들을 떠올린다. 그리고 어떤 길 너머로, 흐르지 않고 정지한 듯 느릿느릿 움직이는, 누르스름한 녹색의 수초들로 뒤덮인 강을 본다.

더 많은 빈 벌판들을 지나 철로 건널목에 이르면 햇빛에 우그러든 통나무집들이 나오고, 그곳으로 상이군인들이 목발과 지팡이를 짚고 절뚝거리며 매춘부들을 찾아들었다. 어떤 때는 빨간 휠체어에 탄, 다리나 허벅다리를 잘린 불구자들을 밀면서. 그리고 이따금 음악 소리가 그곳까지 미칠 때면 귀를 기울여 듣지만, 슬프디슬픈 매춘부들의 술 취한 웃음소리밖엔 생각해내지 못한다. 그러고 나서 나는 세 갈래 길이 동상 근처에서 모여드는 원형 광장에 선다.

그곳에서 우리는 주일이면 제복을 반듯하게 다려 입고, 구두는 번쩍번쩍 닦고, 마음은 단단히 조이고, 눈은 인조 인간들의 눈처럼 앞을 보지 못한 채 4열로 나란히 서서 매끈한 그 아스팔트를 걸어가 교회당으로 들어서서, 흰 회를 칠한 야트막한 사열대 위 참관인들과 학교의 임원들이 있는 데로 행진해갔다.

그건 너무 오래전의 까마득한 일이라, 보이지 않는 인간이 된 지금 생각해보면 그런 일이 과연 있기는 했나 싶기도 하다. 그다음 내 마음의 눈에는 그 대학 설립자의 동상이 떠오른다. 냉정한 아버지의 상이다. 그의 양손은, 무릎을 꿇은 한 노예의 얼굴 위에서, 단단한 금속질의 주름을 펄럭이는 베일을 마악 걷어 올리려 하는 숨가쁜 순간의 몸짓을 취하며 앞으로 내뻗쳐 있다. 나는 지금 그 베일이 정말 걷히는 중인지, 아니면 더 단단히 내려씌워지는 중인지 단정을 못 짓고 어리둥절하여 서 있다. 내가 지금 목격하는 것은 드러내는 것인지 아니면 더 효율적으로 가리는 것인지, 나는 갈피를 잡을 수가 없다. 바라보노라니 새들의 날갯짓 소리가 들리고 눈앞으로 찌르레기 한 떼가 날아가는 것이 보인다. 다시 바라보니 내가 한 번도 본 적이 없는 세계를 공허한 눈으로 바라보는 동상의 얼굴이 해맑은 회백색 달과 함께 밤하늘에 흘러가고 있다. 또 하나의 아리송한 점을 불러일으켜 어둠 속을 더듬는 내 정신을 어지럽히며, 왜 새

똥이 내려앉은 동상은 말끔한 동상보다 더 위풍당당해 보이는 걸까?

오, 길게 뻗은 푸른 캠퍼스. 오, 저물 녘에 들려오던 은은한 노랫소리. 오, 첨탑에 입맞추고 향그러운 밤누리에 온통 넘쳐흐르던 달빛. 오, 아침에 울려대던 나팔 소리. 오, 정오면 우리를 군대식으로 발맞추게 만들던 북소리—무엇이 진짜였겠는가. 무엇인들 분명한 일이었겠는가. 시간이나 보내기 위한 기분 좋은 몽상 이상의 무엇이었겠는가. 내가 이처럼 보이지 않는 인간이 되어버린 마당에 그것들이 어찌 현실일 수 있었겠느냐는 말이다. 만약 현실이었다면 왜 나는 그 푸르름의 섬 어디서고, 부서진 채 썩어 말라버린 샘 말고는 어느 샘 하나 머릿속에 떠올릴 수 없는 것일까? 왜 내 추억 속에는 비가 내리지 않고, 왜 내 기억 속에는 빗소리가 들리지 않으며, 왜 비는 내 가까운 과거를 덮고 있는 그 단단하고 메마른 껍질에 젖어들지 않을까? 왜 내 기억 속에 봄철에 싹을 틔우는 씨앗의 향기 대신 죽은 잔디 위에 통으로 쏟아 뿌린 누우런 비료만이 떠오르는 것일까? 왜 그럴까? 무슨 까닭일까? 어떻게 된 일이냔 말이다.

풀들은 어김없이 자랐고, 푸른 잎들은 나무 위에서 돋아났으며, 이윽고 그것들은 가로수 길을 온통 그림자와 그늘로 가득 채웠다. 그리고 그와 함께 어김없이 봄마다 개교 기념일이면 백만장자들이 북부에서 내려왔다. 그들이 오는 모습이란 참으로 굉장한 것이었다. 웃음을 머금고, 이곳저곳을 살펴보며, 격려도 하고, 나직이 대화를 나누는가 하면 귀를 기울여 듣는 우리 흑인과 황인 학생들 앞에서 연설을 하기도 하고……. 그리고 떠날 때는 저마다 적지 않은 액수의 수표를 한 장씩 남기고 갔다. 아무리 생각해도 어떤 신묘한 마술이 아닐 수 없었다. 그건 달빛의 연금술임에 틀림없었다. 학교는 지천에 꽃들이 널린 벌판으로 변했고 바위들은 가라앉고 없었으며, 메마른 바람은 어디론가 숨어버렸고, 길

잃은 풀벌레들은 노랑나비들을 향해 울어댔던 것이다. 그런데 오오, 오오, 오오, 그 억만장자들이여!

그들은 모두 이제는 죽고 없는 내 다른 삶의 일부였기 때문에 나는 그들을 전부 기억할 수는 없다. (물론 그 시절은 내가 존재했듯이 존재했다. 그러나 그 당시의 시절도, 그 당시의 '나'도 이제는 더는 존재하지 않는다.) 그러나 이 한 사람만은 생각이 난다. 3학년 말경 나는 그 사람이 학교에 머물던 일주일 동안 그의 자동차 운전사로 일했다. 산타클로스의 얼굴처럼 불그레한 얼굴에 더부룩한 은빛 백발, 부드럽고 소탈한 태도, 그건 내게도 예외가 아니었다. 보스턴 출신, 시가 애호가, 품위 있는 흑인 이야기를 잘하는 사람, 빈틈없는 은행가, 노련한 과학자, 중역, 박애주의자, 40세에 백인의 짐을 진 자, 60세엔 '위대한 전통'의 상징.

우리는 자동차로 달렸다. 힘센 모터는 기분 좋게 그르렁거리며 내게 한편으로는 자랑스러운 마음과 한편으로는 불안한 기분을 가득 채워주었다. 자동차에서는 박하 냄새와 시가 연기 냄새가 났다. 우리가 천천히 굴러 지나가자 학생들은 우리를 쳐다보곤 아는 체하며 웃음을 지어 보였다. 나는 막 저녁을 먹고 나온 참이었다. 트림을 참느라고 몸을 앞으로 구부리려고 했는데 나도 모르게 핸들의 클랙슨을 눌러버렸고, 그 통에 큰 소리로 트림이 나온 데다가 귀청 찢어지는 요란한 경적 소리까지 내고 말았다. 길 가던 사람들이 고개를 돌리고 물끄러미 이쪽을 바라보았다.

"아이구, 정말 죄송합니다."

이렇게 말했지만 블레드소우 학장에게 고해바치지나 않을까 겁이 났다. 그러면 학장은 내게 다시는 운전을 시키지 않을지도 모를 일이었다.

"괜찮아요, 괜찮아."

"어디로 모셔드릴까요?"

"가만있자……."

백미러를 통해 그가 아주 가느다란 줄이 달린 회중시계를 꺼내 들여다보고 나서 그걸 다시 체크 무늬의 조끼 주머니에 집어넣는 것을 볼 수 있었다. 그는 부드러운 비단 와이셔츠를 입었고 거기에 눈에 두드러지는 푸른색과 흰색 물방울 무늬 보타이(나비 모양의 넥타이)를 맸다. 그의 거동에는 귀족다운 품위가 배어 있었고 동작은 맵시 있고 상냥했다.

"다음 회의에 가기는 이르겠군. 그냥 드라이브나 하면 어떨까? 자네 좋을 대로 아무 데나."

"캠퍼스는 전부 보셨습니까?"

"그래, 그랬을 걸세. 난 여기 최초 설립자 중 한 사람이니까."

"그러십니까? 그건 모르고 있었습니다. 그럼 도로 몇 군데를 달려봐야겠군요."

물론 나는 그가 설립자의 한 사람이란 것을 알았다. 그러나 돈 많은 백인들에게는 아첨을 해두는 것이 이롭다는 것 역시 알았다. 잘하면 그가 두둑하게 팁을 줄지도 모르고, 아니면 옷을 한 벌, 아니면 내년에 장학금을 줄지도 모를 일이었으니까.

"다른 데면 자네 좋은 대로 아무 데나 가지. 우리 학교 캠퍼스는 내 인생의 일부고 난 내 인생을 꽤 잘 아는 편이니까 말이야."

"그러죠."

그는 여전히 웃고 있었다.

잠시 후 덩굴로 뒤덮인 건물들이 서 있는 녹색의 캠퍼스는 우리 뒤로 물러났다. 자동차는 도로 위를 미끄러지듯 달렸다. 학교 캠퍼스가 어째서 자기 인생의 일부라는 것일까 하고 나는 생각했다. 그리고 누가 어떻게 자기 인생을 '꽤 잘' 알게 되는 것일까?

"이봐, 자넨 아주 훌륭한 학교의 일부인 셈이야. 현실로 이루어진 위대한 꿈이지……."

"그렇습니다."

나는 대꾸했다.

"자네도 그럴 게 분명하지만 난 이곳과 인연을 맺은 것을 행운이라고 느낀다네. 오래전에 내가 여기 왔을 때만 해도 자네들의 그 아름다운 캠퍼스는 온통 황량한 벌판이었지. 나무도 없었고, 꽃도 없었고, 기름진 농토도 없었어. 자네가 태어나기도 전이었네……."

나는 넋을 잃고 귀를 기울였고, 내 눈은 도로의 한가운데를 나누는 하얀 선을 뚫어지게 바라보았으며, 나의 생각은 그가 말하는 시대로 재빨리 달려가려고 했다.

"자네 양친들도 아직 젊었을 때였지. 노예제도가 막 폐지되었던 참이었네. 자네들 민족은 어떻게 해야 할지 모르고 갈팡질팡했지. 솔직히 말한다면 내 집에 있던 사람들도 어찌 해야 할지를 모르더군. 그런데 자네들의 위대한 설립자는 알고 있었어. 내 친구였지. 난 그 친구의 비전을 믿었네. 얼마나 그 친구를 믿었던지 어떤 땐 그게 그 친구의 비전이었는지 내 비전이었는지 모르겠단 말이야……."

그는 푸풋 하고 조용히 웃었다. 눈 가장자리에 주름이 잡혔다.

"물론 그건 그 친구의 것이었지. 난 돕기만 했으니까. 난 친구와 함께 그 불모지를 보러 내려왔어. 그러곤 도울 수 있는 건 무엇이든지 도왔지. 매년 봄마다 내려와서 세월이 이루어놓은 변화를 보는 게 내 즐거운 운명이었다네. 내겐 나 자신의 일보다도 그게 더 즐겁고 더 흡족한 체험이었어. 정말 즐거운 운명이었지."

그의 목소리는 부드러웠고 나로서는 헤아릴 수 없는 깊은 의미를 담고 있었다. 차를 몰아가자니 도서관에 진열되어 있는 누렇게 변색된 학교 초창기의 사진들이 내 머릿속의 화면을 퍼뜩퍼뜩 스쳐가며, 경련적으로, 그리고 단편적으로 되살아났다—노새와 황소가 끄는 마차들을 탄, 검고 먼지 앉은 옷을 입은 남녀들의 사진들이었다.

그들은 전부 개성이 없고, 표정 없는 얼굴로 앞을 바라보며 뭔가를 기다리는 듯한 흑인 군중으로 보였는데, 그들 사이에는 예외없이 웃음짓는 백인 남녀들이 모여 있었다. 그들은 한결같이 이목구비가 뚜렷하고, 인상적이고, 우아하며, 자신만만한 태도였다.

이제는 나도 그들 가운데서 설립자와 블레드소우 박사를 알아볼 수 있지만 사진 속 인물들은 지금까지 한 번도 실제로 살아 있었다는 느낌을 주지 못했고, 오히려 사전의 맨 마지막 장에서 볼 수 있는 기호나 부호들처럼 보였다……. 그러나 지금 나는 한 가지 위대한 일에 동참하고 있다는 기분이었고 자동차가 내 발의 압력을 받아 유유히 뛰어오를 때 나는 뒷좌석에서 회상에 잠긴 그 부자나 나 자신을 하나로 묶어놓았다.

"즐거운 운명이었어."

그는 되풀이했다.

"자네의 운명도 즐겁길 바라네."

"네, 감사합니다."

나는 나를 위해 뭔가 즐거움을 빌어주었다는 것이 기뻐서 대답했다.

그러나 한편으로는 알 수가 없었다. 어찌해서 사람의 운명이 '즐거운' 것일 수 있느냔 말이다. 나는 운명이라는 것을 고통스러운 어떤 것으로 생각해왔다. 내가 아는 사람들은 아무도 운명을 즐겁다느니 하고 말하지 않았다—우리에게 그리스 극(劇)들을 읽도록 한 우드리지 선생도 마찬가지였다.

우리는 이제 학교 소유지의 가장 먼 곳으로 나와 있었는데, 나는 문득 고속도로를 벗어나 낯설어 보이는 도로를 달려보기로 작정했다. 나무들은 보이지 않았고 대기는 눈부셨다. 도로 저 아래쪽의 한 창고에 함석 간판이 박혀 있었는데, 태양이 그 위로 부딪쳐 무자비하게 이글거렸다. 언덕 허리에는, 괭이 위로 몸을 굽히고 있던 호젓한 사람 모습이 지친 듯 몸을 일으켜 세우고 손을 흔들었다. 그는 사람이라기보다 지평선을 배경으로 선 하나의 그림자 같았다.

"우리가 얼마나 왔나?"

어깨 너머로 묻는 소리가 들렸다.

"1마일가량 왔습니다."

"이 부근은 생각이 나지 않는군."

나는 대답을 하지 않았다. 나는 내 앞에서 맨 처음 운명이니 뭐니 하는 이야기를 했던 사람, 내 할아버지를 생각하고 있었다. 할아버지가 말한 것에는 즐거운 것이란 아무것도 없었고, 나는 그걸 잊어버리려고 애써왔다. 그런데 지금, 자신의 운명이라고 부르는 것을 아주 즐겁게 생각하는 백인과 함께 이 힘 좋은 자동차를 타고 가면서 나는 무언가 두려움을 느꼈다. 할아버지가 이걸 보셨다면 배신이라고 말했을 것인데, 나는 그게 어떤 식의 배신인가 이해할 수가 없었다. 문득 나는 그 백인도 그렇게 생각할지도 모른다는 사실을 깨닫고 죄의식에 사로잡혔다. 그는 어떻게 생각했을까? 그는 내 할아버지와 같은 흑인들이 그 당시 우리 대학이 설립되기 직전에 해방되었다는 것을 알고 있을까?

샛길로 들어섰을 때, 나는 다 부서진 수레에 매여 있는 황소 두 마리를 보았다. 누더기를 입은 수레 주인이 숲정이 그늘 아래 의자 위에서 꾸벅꾸벅 졸고 있었다.

"저것 보셨습니까?"

나는 어깨너머로 물었다.

"뭘 말인가?"

"황소들 말입니다."

"아니, 못 봤네. 나무들 때문에 안 보이네."

그는 뒤를 돌아다보며 말했다.

"좋은 숲이야."

"죄송합니다. 돌아갈까요?"

"아냐, 더 보고 싶네. 더 가게."

나는 졸던 그 남자의 야위고 굶주린 얼굴을 생각하며 계속 차를 몰았다. 내가 두려워하는 종류의 백인은 바로 그런 사람이었다. 갈색 밭이 지평선까지 쭉 뻗어 있었다. 한 떼의 새가 살풋 날아 내려 빙빙 돌다가 솟구쳐 날아갔다. 새들은 마치 보이지 않는 끈들로 서로 연결된 것 같았다. 열기의 파도가 엔진 덮개 위에서 뛰놀았고 타이어는 고속도로를 달리며 노래했다. 마침내 나는 수줍음을 누르고 물었다.

"저, 이사님께서는 어떻게 해서 학교에 관심을 가지게 되셨나요?"

"글쎄."

그는 생각에 잠겨 목소리를 높였다.

"젊은 나이이긴 했지만 나는 자네들 민족이 내 운명과 어쩐지 밀접하게 관련되어 있다고 느꼈는데, 아마 그 때문이었던 것 같아. 이해하겠나?"

"잘 모르겠는데요."

나는 대답은 했지만 그렇게 말하기가 부끄러웠다.

“자네, 에머슨은 배웠겠지?”

“에머슨이오?”

“랠프 월도 에머슨 말일세.”

나는 몰랐기 때문에 여간 당황스러운 게 아니었다.

“아직 못 배웠습니다. 아직 그 사람까진 읽지 못했습니다.”

“그래?”

그는 놀란 어조로 말했다.

“좋아, 상관없네. 나는 에머슨처럼 뉴잉글랜드 사람이야. 자네들, 그 사람에 대해서 알아둬야 하네. 그 사람은 자네 민족에게 중요한 사람이야. 그 사람은 자네들 운명과 관련을 맺고 있었어. 그래, 그게 내가 말하고자 하는 점일 거야. 난 자네 민족이 어쩐지 내 운명과 관련되어 있다는 느낌을 가졌던 거야. 자네들에게 일어난 일, 그것이 나에게 일어날 일과 관련되어 있다는 느낌을 가졌던 것이네…….”

나는 이해해보려고 애쓰면서 차의 속도를 늦췄다. 백미러를 통해, 그가 매니큐어를 칠한 갸름한 손가락으로 우아하게 시가를 쥐고 길게 타오른 재를 물끄러미 내려다보는 모습을 보았다.

“그래, 젊은 친구, 자넨 내 운명이야. 자네만이 내게 과연 그것이 무엇이냐고 물을 수 있어. 이해하겠나?”

“이해할 수 있을 것 같습니다.”

“내 말은, 내가 자네들 학교를 도우면서 이제껏 보내온 세월의 성과가 바로 자네에게 달렸다는 것이네. 그게 내 필생의 일이었네. 내 은행일이나 내 연구가 아니고, 인간의 삶을 내가 직접 조직하는 일 말일세.”

이제 보니 그는 앞좌석 쪽으로 몸을 기울이고 전에 없이 열렬한 어조로 말하고 있었다. 도로에서 눈을 돌려 그를 마주보기가 어려웠다.

"또 하나의 이유가 있지. 훨씬 중요하고, 훨씬 정열적이고, 그래, 다른 어떤 이유보다도 훨씬 신성한 이유가 있어."

그는 더는 나를 보지 않고 혼잣말을 하듯이 말했다.

"그래, 다른 어떤 이유보다도 훨씬 신성한 이유야. 한 여자, 그러니까, 내 딸 때문이었어. 그애는 시인들이 그릴 수 있는 그 어떤 자유로운 꿈보다도 더 보기 드물고, 더 아름답고, 순수하고, 더 완전하고, 더 우아한 애였지. 그애가 내 혈육이라고 믿을 수 없을 정도였으니까. 그애의 아름다움은 그지없이 맑은 생명수의 샘과 같아서 그애를 바라보노라면 자꾸만 마시고 싶고, 또 마시고 싶고, 또 마시고 싶었어……. 그애는 보기 드문 완전한 창조물이었고 가장 순수한 예술 작품이었다네. 투명한 달빛 속에 핀 한 송이 우아한 꽃이랄까. 이 세상 아닌 저 세상의 자연이었지. 성서에 나오는 어떤 처녀처럼, 상냥하고 여왕다운 품위를 가진 인격체였던 거야. 난 아무래도 믿어지지 않았어. 그애가 바로 내……."

갑자기 그는 조끼 주머니를 더듬더니 좌석 너머로 뭔가를 불쑥 디밀어 나를 깜짝 놀라게 했다.

"이걸 보게, 젊은이. 자네가 그런 학교에 다닐 수 있는 행운을 갖게 된 것은 다분히 이애 덕분이야."

조각된 백금 테를 두른 채색 세밀화를 바라보았다. 하마터면 그걸 떨어뜨릴 뻔했다. 우아하고 몽롱한 용모를 가진 젊은 여자가 나를 올려다보고 있었다. 퍽 아름다운 여자였다. 그때 나는 그렇게 생각했다. 너무나 아름다운 나머지 느낀 대로 솔직히 경탄을 나타내야 할지, 아니면 그냥 점잖은 태도를 보여야 할지 알 수가 없었다. 그러나 나는 그녀를, 아니 그런 여자를 전에 한 번 본 적이 있는 것 같았다. 이제 생각해보니 그런 느낌이 들었던 것은 다름 아닌 부드럽고 얇다란 천으로 된 하늘하늘한 옷 때문이었지만 말이다. 오늘날 여성 잡지들에 나오는 것처럼 스마트하고, 잘 지어진, 모나고, 멋없고, 유선형에다 로젯 무늬〔시계 뒤 덮개, 증권 들에 기계로 새겨 넣는 줄무늬〕가 있고, 통풍이 잘되는 최신 의상들을 걸쳐놓고 보면 그녀는 공작 기계로 깎은 값비싼 보석처럼 평범하고 또 생명 없는 듯 보일 것이다. 하지만 당시엔 나도 얼마간은 그가 가진 열정을 같이 품고 있었다.

"그애는 이 세상에서 살기에는 너무 청순했네."

그는 슬프게 말했다.

"너무 청순하고 너무 착하고 너무 아름다웠어. 우리는 함께 배를 타고 세계 일주를 했지. 그애와 단둘이서 말이야. 그러던 중에 이탈리아에서 그애는 병이 났네. 그때 나는 그 병을 대수롭지 않게 생각하고 여행을 계속하여 알프스를 넘었지. 뮌헨에 도착했을 때 그애는 이미 시들어가고 있었네. 우리가 대사관에서 주최한 어느 파티에 참석했을 때 그애는 그만 쓰러지고 말았어. 세계 최고라는 의술도 그애를 살려내지 못했네. 돌아오는 길은 혼자 외로웠네. 쓰라린 여행이었어. 그 뒤로 나는 한 번도 그 아픔에서 벗어나지 못했네. 결코 나 자신을 용서하지 못했어. 그애가 떠나간 뒤로 내가 한 일은 모두 그애를 추모하는 기념비를 세우는 일이었네."

그는 입을 다물고 푸른 눈을 들어 햇살 속에 뻗은 들판 너머 저 먼 곳을 묵묵히 바라보았다. 나는 다시 사진에 눈길을 돌리고 도대체 이분이 왜 내게 자신의 속마음을 털어놓는 것일까 의아하게 생각했다. 나는 그런 식으로 속마음을 내보인 적이 한 번도 없었다. 속을 노출시킨다는 것은 위험한 일이었다. 첫째, 무슨 일에도 그런 식의 감정을 가지면 위험했다. 왜냐하면, 그럴 경우 그런 감정을 되찾지 못하게 되고 또는 무엇인가가 혹은 누군가가 그걸 빼앗아가버리기 때문이다. 그리고 또 아무도 이편의 마음을 이해하지 못하고 웃으면서 돌았다고 생각할 것이기 때문이다.

"이제, 자네도 알겠지. 비록 나를 한 번도 만난 적이 없었지만 자넨 내 인생과 아주 밀접한 관계가 있는 거야. 자넨 하나의 위대한 꿈과 하나의 아름다운 기념비와 한데 묶여 있어. 자네가 훌륭한 농부가 되든, 요리사가 되든, 목사가 되든, 의사가 되든, 가수가 되든, 기계공이 되든……. 하여간 무엇이 되든 간에, 아니 설령 자네가 인생에 실패한다 해도 자넨 내 운명이야. 그러니 자넨 내게 편지를 써서 그 결과를 알려야 해."

나는 백미러로 웃는 그를 보고 마음이 놓였다. 그러나 혼란스러웠다. 이 사람이 내게 농담을 하는 것일까? 책에 나오는 어떤 사람처럼 내가 어떻게 받아들이나 보려고 짐짓 해보는 이야기일까? 아니면, 이런 생각은 겁이 났지만, 이 돈 많은 사람이 살짝 돈 것은 아닐까 하는 터무니없는 생각도 났다. 내가 자기의 운명을 어떻게 말해준단 말인가? 그가 머리를 들어 올렸고 우리는 한순간 백미러를 통해 눈길이 마주쳤다. 곧 나는 눈을 내리깔고 도로를 가르는 눈부신 차선으로 시선을 돌렸다.

도로변의 나무들은 울창하게 쭉쭉 뻗어 있었다. 우리는 커브를 틀었다. 그러자 메추라기 떼가 후르르 날아올라 갈색의 무더기를 지어 들판을 가로지르더니 이윽고 한데 뒤섞이면서 다시 내려앉았다.

"자네, 내 운명을 말해주겠다고 약속하겠나?"

이렇게 말하는 소리를 들었다.

"네?"

"그래 주겠나?"

"지금 말입니까?"

나는 당황하여 물었다.

"자네 맘이네. 괜찮다면 지금 해주게."

나는 입을 다물었다. 그의 목소리는 진지했고 위압적이었다. 뭐라고 대답해야 할지 알 수 없었다. 자동차는 엔진 소리를 기분 좋게 내고 있었다. 벌레 한 마리가 앞 유리창에 부딪혀 으깨지면서 노랗고 끈끈한 얼룩을 남겼다.

"지금은 잘 모르겠습니다. 이제 겨우 3학년이고……."

"그럼 알게 되면 이야기해줄 수 있겠지?"

"그러도록 해보겠습니다."

"좋아요."

백미러를 힐끔 들여다보니 그는 다시 웃고 있었다. 나는 그에게 이렇게 묻고 싶었다. 돈 많고, 유명하고, 게다가 학교 운영을 도와 학교를 현재만큼 만들어놓았으면 충분하지 않느냐고. 그러나 나는 겁이 났다.

"자네, 내 생각이 어떤가?"

그가 물었다.

"글쎄요. 이사님께서는 지금 찾고 계시는 것은 다 가지고 계시지 않나 하는 생각이 들 뿐입니다. 왜냐하면 제가 실패한다든가 학교에서 퇴학당한다든가 해도 그게 이사님 잘못은 아니라는 생각이 드니까요. 또 이사님께서는 이 학교를 오늘날과 같은 학교가 되게끔 도우셨고요."

"그럼 자넨 그걸로 충분하다고 생각한다는 건가?"

"네, 학장님께서 우리에게 말씀하시는 것도 그렇고요. '너희들은 너희들의 것을 가졌고 그것은 너희들 스스로가 얻은 것이다'고 말입니다.

그와 똑같이 우리 스스로를 향상시켜야 한다는 겁니다."

"하지만, 이봐, 그게 전부는 아냐. 나야 재산도 있고 명망도 있고 신망도 있어……. 그래, 다 있지. 하지만 자네의 그 훌륭하신 설립자께선 그뿐만이 아니었어. 그분의 생각, 그분의 행동엔 몇만의 삶이 의존했어. 그분이 하시는 일은 자네 민족 전체에 영향을 끼쳤지. 어떤 점에선 그분은 왕과 같은 힘을 가지고 계셨네. 어떤 의미에선 신과 같은 힘이었지. 그게 나 자신의 과업보다도 훨씬 중요해. 나는 그렇게 믿게 됐네. 더 많은 것이 자네에게 달려 있으니 말이야. 자네가 중요한 이유는 자네가 실패할 경우 한 사람 때문에, 다시 말하면 한 개의 못 쓰게 된 톱니바퀴 때문에 내가 실패하는 셈이 되기 때문이야. 전에는 그것이 그다지 중요하지 않았네만 이제 나도 늙어가고 있고, 그래서 이제는 그게 아주 중요한 것이 되었지……."

하지만 당신은 내 이름도 모르잖소 하고 나는 속으로 생각했고, 이게 도대체 어떻게 되어가는 이야기인지 알 수가 없었다.

"……이게 내겐 얼마나 중요한 일인지 자넨 아마 이해하기 힘들 거야. 하지만 자네가 성장하면, 내가 나 자신의 운명을 알기 위해 자네에게 의존한다는 사실을 기억하게 될 걸세. 자네와 자네의 학우들을 통해서 나는, 말하자면, 3백 명의 교사가 되고, 7백 명의 숙련 기사가 되고, 8백 명의 솜씨 좋은 농부 등이 되는 것이네. 그런 식으로 나는 살아 있는 인간들을 통해 내가 과연 돈과 내 시간과 내 희망을 얼마만큼 성과 있게 투자했는지 알 수 있네. 나는 또한 내 딸을 위해 살아 있는 기념비를 세우게 되는 셈이고 말일세. 알겠나? 나는 자네들의 훌륭한 설립자가 불모의 흙덩이를 기름진 토양으로 바꾸어놓은 땅에서 그 땅이 맺은 열매들을 볼 수 있게 돼."

말이 끝났고, 나는 백미러를 통해 푸르스름한 담배 연기 가닥이 떠도는 것을 보았고, 내 자리 뒤에서 전기 라이터가 쇠줄에 매달려 짤칵 하고 다시 닫히는 소리를 들었다.

"이제 조금 알 것 같습니다."

"좋아요, 학생."

"계속 이 방향으로 갈까요?"

"물론이지."

그는 전원 풍경을 내다보며 말했다.

"이 근방은 와보지 못했어. 여기는 내겐 새 영토야."

나는 그가 지금까지 한 이야기들을 생각해보며, 얼마쯤 무의식적으로 흰 차선을 따라 차를 몰고 갔다. 얼마 후 언덕을 오르노라니, 뜨거운 바람의 물결이 우리를 휩쓸어갔다. 마치 사막을 향해 다가가는 것 같았다. 나는 숨이 막힐 것 같아 몸을 구부려 팬의 스위치를 넣었다. 별안간 부르르 하고 모터 돌아가는 소리가 났다.

"고맙네."

가벼운 미풍이 차 안을 채우자 그가 말했다.

우리는 이제 비바람에 하얗게 바래고 판자들이 뒤틀린 판잣집과 통나무집들이 모인 곳을 지나고 있었다. 햇빛 비치는 지붕 위에 물에 젖어 볕에 말리려고 널어놓은 트럼프 카드처럼 흰 널빤지들이 얹혀 있었다. 그 집들은 네모난 방 두 개로 이루어졌는데, 방들은 마루와 지붕 하나로 이어졌고, 그 사이에 포치(건물의 현관 또는 출입구의 바깥쪽에 튀어나와 지붕으로 덮인 부분)가 있었다. 그곳을 지나면서 우리는 집들 사이로 그 너머의 밭을 볼 수 있었다. 다른 집들과 동떨어진 어느 집 앞에서 그가 흥분한 어조로 차를 세우라고 해서 나는 멈췄다.

"저게 '통나무집'인가?"

그건 새하얀 점토로 틈을 메우고 훤한 새 널빤지로 지붕을 이은 낡아빠진 오두막집이었다.

아차, 이 길을 공연히 왔다 싶은 생각이 들었다. 나는 멜빵 달린 뻣뻣한 새 작업복을 입고 흔들거리는 울타리 곁에서 노는 어린이들을 보고 대뜸 그 집이 누구의 집인지 알 수 있었다.

"네, 맞습니다. 통나무집입니다."

나는 대답했다.

그건 흑인 사회에 치욕을 가져다준, 소작인 짐 트루블러드의 집이었다. 몇 달 전인가 그는 학교 사람들 사이에 상당한 분노를 일으켰고, 이제 그의 이야기를 하려면 반드시 목소리를 낮추어야 했다. 그 일이 있기 전에는 학교 근방에 잘 오지 않았지만, 그는 자기 식솔의 생계는 잘 꾸려 나가는 근면한 일꾼으로 평가받았고, 옛날 얘기들을 재미있고 실감나게 하는 신통한 재주를 가졌다 하여 호감을 샀다. 또 그는 솜씨 좋은 테너 가수이기도 해서 백인 귀빈들이 학교를 방문할 때면 시골 4중창단과 함께 그를 불러들여 일요일 저녁 같은 때 부속 예배당에 우리가 모인 자리에서 학교 직원들이 소위 '원시 흑인 영가'라고 하는 것들을 부르게 했다. 우리는 그들이 부르는 비속한 하모니에 당혹감을 느끼면서도 참관인들이 경건한 태도로 듣고 있었기 때문에 짐 트루블러드가 4중창단을 리드하며, 그 생경하고, 높고, 구슬픈 짐승 같은 소리를 낼 때 감히 웃을 엄두를 못 냈다. 그런데 그것도 이제 그가 저지른 그 치욕스러운 일 때문에 다 과거지사가 되어버렸고, 학교 당국이 보였던, 관용으로 누그러진 경멸적인 태도도 증오감으로 강화된 경멸적 태도로 바뀌어버렸다. 보이지 않는 인간이 되기 전에는 그들의 증오감도 나의 증오감도 공포심으로 가득 차 있었다는 사실을 나는 깨닫지 못했다. 그 당시에 우리는 모두 흑인 지대의 이른바 '소작인'들을 얼마나 증오했던가 말이다. 우리는 그들의 지위를 끌어올리려고 무진 애를 쓰는데도 그 사람들은 트루블러드처럼 우리를 끌어내리려고 온갖 짓을 다 하는 것같이 여겨졌다.

"꽤 낡아 보이는군."

노턴 씨는 푸른색과 흰색 체크 무늬가 있는 새 깅엄 옷을 입은 두 여자가 솥에 담은 빨래를 하는, 풀이 나지 않은 단단한 마당을 건너다보며 말했다. 솥에는 까맣게 검댕이 묻었고, 솥 허리를 핥는 가냘픈 불꽃은 불그레하게 보였으며 상복을 입은 듯 가장자리가 검었다. 여자들은 둘 다 만삭의 몸으로 동산 같은 배를 내밀고 뒤뚱뒤뚱 힘겹게 움직였다.

"그렇습니다. 저것하고 비슷한 다른 두 채는 노예제도 시대 때 지은 것입니다."

내가 말했다.

"그래? 저것들이 그렇게 오래가다니, 말해주지 않았으면 믿지 못했겠는걸. 노예제도 시대부터라."

"정말입니다. 그리고 전에 대농장이었을 당시 저 땅을 소유했던 백인 집안이 아직도 시내에 사는걸요."

"그래, 옛 집안들이 아직도 많이 남아 있다는 걸 나도 알아. 살아남은 사람들도 있어. 인간 종족이란 타락은 하더라도 살아가는 법이니까. 그런데 이 통나무집들은 말이야!"

그는 놀라고 어리둥절한 모양이었다.

"자넨 저 여자들이 저 집의 나이나 내력을 알 것 같나? 나이든 여자는 알 만해 보이는군."

"글쎄, 제가 보기엔 저 여자들…… 별로 똑똑해 뵈지 않는데요."

"똑똑해 뵈지 않는다고?"

그는 시가를 입에서 떼며 말했다.

"저 아낙네들이 나와 이야기를 하지 못할 거라는 말인가?"

그는 의아스럽다는 듯이 물었다.

"네, 그렇습니다."

"왜 그렇단 말인가?"

난 설명하고 싶지가 않았다. 이야기하기가 창피스러운 기분이 들었던 것이다. 그런데 그는 내가 뭔가 안다는 걸 알아채고 나를 채근했다.

"좀 뭐한 이야깁니다만, 제 생각엔 저 여자들이 저희와 이야기를 하려고 하지 않을 것 같습니다."

"우리가 학교에서 온 사람들이라고 하지 뭐. 그럼 분명 얘길 할 걸세. 내가 누구란 걸 밝혀도 좋고."

"그렇죠. 하지만 저 사람들은 우리 학교 사람들을 싫어합니다. 학교엔 발걸음을 하지도 않고……."

"뭐라고?"

"정말입니다."

"그럼 저 아래 울타리에서 놀고 있는 애들도 그렇단 말인가?"

"그렇습니다."

"도대체 이유가 뭔가?"

"잘 모르겠습니다. 하지만 이 근방 사람들은 적잖이 그렇습니다. 워낙 무지해서 그러지 않나 싶습니다. 전혀 관심이 없는 사람들이니까요."

"난 믿어지지 않네."

어린애들은 놀이를 멈추고 뒷짐을 진 채 자동차를 물끄러미 바라보았다. 그들의 새 작업복은 사이즈가 훨씬 컸는데도 불룩 나온 배 부분을 꼭 조였기 때문에, 마치 그들도 임신을 한 것같이 보였다.

"남편들은 어떤가?"

난 머뭇거렸다. 이 사람은 왜 그걸 그처럼 이상하게 여기는 걸까?

"그 사람도 저희를 싫어합니다."

"그 사람이라니? 저 여자들 둘 다 결혼한 게 아닌가?"

난 흠칫했다. 실수를 저지르고 만 것이다.

"나이 많은 여자는 결혼을 했죠."

나는 마지못해 말했다.

"젊은 여자 남편은 어떻게 됐나?"

"저 여자는…… 그러니까…… 전……."

"뭔가 이 사람아, 자네 저 사람들 아나?"

"조금밖엔 모릅니다. 얼마 전에 학교에서 저 사람들 말이 좀 있었죠."

"무슨 말 말인가?"

"글쎄, 저 젊은 여자가 저 나이 많은 여자의 딸이라는……."

"그래서?"

"글쎄, 사람들 말이…… 그러니까…… 제 말은 사람들 말이 저 딸에겐 남편이 없다는 겁니다."

"아, 알겠네. 그런데 그거야 별로 이상할 것 없지. 난 알아. 자네네 사람들은…… 아냐! 그게 전분가?"

"글쎄요……."

"그래, 또 뭔가?"

"사람들 말로는 자기 아버지가 그 짓을 했다는 겁니다."

"뭐?"

"글쎄 그렇답니다……. 딸에게 임신을 시켰다는 거예요."

나는 고무 풍선에서 갑자기 바람이 빠지듯 흡 하고 거세게 숨을 들이키는 소리를 들었다. 그의 얼굴이 빨개졌다. 나는 난처했다. 두 여자들 때문에 창피한 기분이 들었고 너무 지나친 이야기까지 하여 이 사람의 기분을 상하게 하지 않았나 걱정스러웠다.

"그래, 학교에서는 아무도 진상을 조사하지 않았나?"

그가 마침내 입을 열었다.

"했습니다."

"뭘 밝혀냈나?"

"소문이 사실이었다는 겁니다."

"그래 그자가 그—그런 망측한 짓을 어떻게 설명했다던가?"

그는 양손으로 무릎을 움켜쥐어 손마디가 하얘진 채 뒷자리에 눌러앉아 있었다.

나는 고개를 돌리고 뜨겁게 이글거리는 도로의 콘크리트를 내려다보았다. 우리가 지금 백색의 차선 저 건너편을 달리는 중이며 그 조용하고 푸른 캠퍼스로 돌아가는 길이기를 바랐다.

"남자가 자기 아내와 딸을 모두 취했단 말이지?"

"그렇답니다."

"그러니까, 그자가 저애들 모두의 아버지란 말이지?"

"그렇습니다."

"저런! 저런! 저런!"

그는 몹시 고통스러운 듯한 소리를 냈다. 나는 그를 걱정스럽게 바라보았다. 어떻게 된 것일까? 내가 뭐라고 말했나?

"그럴 수가! 그런……."

그는 경악에 가까운 어조로 말했다.

사내가 오두막을 돌아 나타났을 때 나는 태양이 그 푸른 새 작업복 위에서 타오르는 것을 보았다. 그는 갈색 새 구두를 신었고, 뜨거운 땅 위에서 가볍게 움직였다. 그는 체구가 조그만 사내였는데, 일종의 익숙함 같은 것으로 그의 마당을 가득 채웠다. 깜깜한 어둠 속에서도 똑같은 확실성을 갖고 걸을 수 있을 것 같은 그런 익숙함이었다. 사내는 푸른 비단 손수건으로 부채질을 하며 가까이 다가와 여자들에게 뭐라고 말을 건넸다. 여자들은 실쭉한 태도로 사내를 바라보는 것 같았을 뿐 별로 대꾸를 하는 것 같지도 않았고, 그쪽을 보는 것 같지도 않았다.

"저 사내가 그자인가?"

노턴 씨가 물었다.

"네, 그런 것 같습니다."

"내리게! 내 저 친구와 이야기를 좀 해야겠어."

그가 소리를 질렀다.

움직일 수가 없었다. 나는 깜짝 놀랐고 이 사람이 트루블러드와 그 여자들에게 무어라고 이야기할지, 무어라고 물어볼지 두렵기도 하고 화가 나기도 했다. 왜 그 사람들을 그냥 놔두지 못하는가 말이다!

"어서!"

나는 차에서 내려 뒷문을 열었다. 그는 차에서 나와, 영문 모를 무슨 다급한 용무가 있는 것처럼 뛰다시피 길을 가로질러 마당 쪽으로 다가갔다. 그러자 별안간 두 여인네가 몸을 돌려 뒤뚱거리며 미친 듯이 집 뒤쪽으로 달아나는 것이 보였다. 황망히 뒤를 따라가며 보니 노턴 씨는 사내와 어린애들 있는 데서 걸음을 멈추었다. 그들은 조용해졌다. 얼굴에는 구름이 끼었고, 표정은 누그러지고 소극적이 되었으며, 눈은 상냥해지고 뭔가를 감추려는 듯이 보였다. 그들은 자기들의 눈 뒤에 웅크리고 앉아 그가 입을 열기를 기다리고 있었다—그런데 나는 나 자신도 내 눈 뒤에서 몸을 떨고 있다는 사실을 알아차렸다. 가까이 다가가서 보니 차에서는 볼 수 없었던 것이 보였다. 사내의 오른쪽 뺨에는 마치 대장간 망치로 얼굴을 얻어맞은 듯한 흉터가 나 있었다. 상처는 살이 드러나 끈적끈적했고 이따금 사내는 손수건을 들어 올려 상처에서 각다귀들을 쫓았다.

"내…… 내…… 자네에게 할 이야기가 있네."

노턴 씨는 더듬거렸다.

"예, 무슨 말씀이신데요?"

짐 트루블러드는 놀라는 빛 없이 노턴 씨의 말을 기다렸다.

"사실인가? 자네가 그랬느냔 말이야."

"예?"

트루블러드가 물었고 나는 고개를 돌려버렸다.

"자넨 살아 있군그래."

노턴 씨는 불쑥 그렇게 말했다.

"그런데, 그게 사실인가?"

"예에?"

농부는 당황하여 미간을 찡그리며 되물었다.

"죄송스런 말씀이지만 이 사람은 무슨 말인지 이해를 못하는 것 같습니다."

내가 말했다.

그는 내 말 따위는 아랑곳하지 않고 트루블러드의 얼굴에서 내가 알아차리지 못한 무슨 메시지를 읽어내는 듯 그의 얼굴을 노려보았다.

"그러고도 멀쩡하군!"

그는 소리 질렀다. 그의 푸른 두 눈은 질투심과 분노심 같은 것을 품고 사내의 검은 얼굴을 태워버릴 듯 이글거렸다. 트루블러드는 난감한 표정으로 나를 쳐다보았다. 나는 고개를 돌려버렸다. 그가 영문을 알 수 없는 만큼 나도 마찬가지로 알 수 없었으니까.

"그 못된 짓을 하고도 몸이 성하다니!"

"아니, 영감님, 전 아무 탈 없는뎁쇼."

"그래? 자넨 마음의 고통도 못 느끼고, 죄지은 눈을 빼버릴 필요도 못 느낀단 말이지?"

"예에?"

"대답해봐!"

"전 아무 일도 없는뎁쇼, 영감님."

트루블러드는 거북하게 말했다.

"제 눈도 별 탈 없굽쇼. 복통이 날 때는 소다수를 조금 마시면 금방 낫고요."

"아냐, 아냐! 그늘진 데로 가세."

그는 흥분하여 주위를 휘휘 둘러보더니 포치가 드리운 손바닥만 한 그늘 쪽으로 빠르게 걸어갔다. 우리는 그의 뒤를 따랐다.

농부가 내 어깨에 손을 얹었으나 나 자신도 뭐라 설명할 수 없다는 걸 알고 그 손을 뿌리쳤다. 우리는 포치에서 소작인과 백만장자 사이에 나를 두고 반원을 그리며 접이의자에 앉았다. 포치 언저리의 땅은 단단했고, 오래전부터 빨래한 물을 쏟던 자리는 하얘져 있었다.

"자네 요즘 지내기가 어떤가?"

노턴 씨가 물었다.

"내가 도울 수 있을지도 모르겠네."

“그다지 나쁜 편은 아닙니다요. 사람들이 여기 우리 사정 이야기를 듣기 전에는 아무한테도 도움을 얻을 수 없었습죠. 하지만 이젠 많이 마음 쓰시고 일부러 도와들 주시니까요. 저기 언덕배기 학교에 계시는 어르신네들도 도와주시죠. 무슨 모함이 있긴 했지만서두요. 그 사람들은 저희들더러 이곳을 떠나 달라, 그러면 경비는 뭐든 다 대주겠다, 거기다 정착금으로 1백 달러를 주겠다고 했습죠. 허지만 저희들은 이곳이 좋으니까 싫다고 했습죠. 그랬더니 이리로 사람을 하나 보냈더구만요. 그 사람도 높은 사람이었습니다요. 그 사람 하는 말은 제가 떠나지 않으면 백인들을 풀어 버릇을 가르쳐놓겠다는 거였습죠. 그 말을 들으니 속이 안 뒤집혔겠습니까요? 겁이 나기도 허고요. 저 동네 학교 사람들은 백인들과 워낙 가까우니까 그게 잔뜩 겁이 났습죠.

하지만 처음에 전 그 사람들이 여기 왔을 때 이런 생각을 했습죠. 그 사람들은 제가 오래전에 책 좀 배우고 농사짓는 법을 몇 가지 배우려고 찾아갔을 때 허구는 딴판이라고 말입니다요. 그건 제가 제 몫의 땅뙈기를 가졌을 때였습지요. 전 이렇게 생각했습니다요. 한꺼번에 출산할 여자를 둘이나 거느리고 있으니 저 사람들이 날 도우려나 보다고 말입니다요. 헌데 저희들이 더러운 짓을 했다고 그 사람들이 저희들을 쫓아내려 한다는 것을 알고는 정신이 획 돌아버렸습죠. 예, 사실입니다요. 전 정말 돌아버렸습죠. 그래, 전 부케넌 씨를 만나러 갔습죠. 지주 양반 말입니다요. 가서 그 일에 관해 얘기를 했습니다요. 그랬더니 보안관에게 보내는 쪽지를 하나 적어주시면서 그걸 보안관에게 가져가라시더구만요. 그 양반이 시키는 대로 했습죠. 구치소로 가서 쪽지를 바버 보안관에게 주었습죠. 보안관이 제게 자초지종을 이야기해보라고 하더구만요. 전 이야기를 했습죠. 그랬더니 몇 사람을 더 불러들였습니다요. 그 사람들이 제게 또 이야기를 시키더군요. 딸아이 이야기를 여러 번 듣고 싶어 했습니다요. 그러곤 먹을 거며 마실 것을 주고 담배도 주었습죠. 전 놀랐습지요. 잔뜩 겁을 집어먹고 딴 걸 생각하고 있었으니까요. 글쎄, 이 지방 흑인치고 백인 양반들과 저만큼 오래 이야기한 사람도 없을 겁니다요. 이야기를 다 끝내자 그 양반들이 제게 걱정 말라, 바로 이곳에서 별일 없이 살 수 있도록 자기들이 학교에 말을 해주겠다고 했습니다요. 흑인들 중에도 높은 양반들은 저를 야단치지 않더군요. 흑인이 아무리 높은 자리에 올라도 백인들은 아무 때나 그 사람을 꺾어버릴 수 있다는 건 그것만 봐도 알 수 있었습니다요. 백인 양반들이 저를 두둔해주었습죠.

게다가 그 백인 양반들은 일부러 여기까지 오셔서 저희들을 만나고 저희들과 이야기를 나누셨습니다요. 어떤 분들은 더 먼 데 떨어진 큰 학교에서 오신 높은 양반들이었습지요. 제게 저희들 사는 형편이며, 저희 흑인들, 저희 자식들에 관해 어떻게 생각하느냐고 이것저것 물으시고는 그것들을 죄다 무슨 책에다 적었습니다요. 허지만 뭐니 뭐니 해도 저로서 제일 좋은 건, 영감님, 제게 전보다도 더 많은 일거리가 생겼다는 거였습니다요……."

그는 이제, 뭐랄까 만족스러운 빛을 띠고 선선히 이야기했으며, 머뭇거리거나 부끄러워하는 기색은 전혀 없었다. 노부호(老富豪)는 불을 붙이지 않은 시가를 우아한 손가락 사이에 끼고 뭐가 뭔지 납득할 수 없다는 표정으로 귀를 기울였다.

"이제 형편이 꽤 폈습니다요."

농부가 말했다.

"전엔 어찌나 춥고 고생스러웠는지 생각만 해도 몸이 떨리곤 합니다요."

그는 씹는담배 한 토막을 꺼내 씹기 시작했다. 무엇인가 포치에 쨍그랑 소리를 내며 부딪쳐, 나는 그걸 주워들고 이따금씩 들여다보았다. 그건 양철을 잘라 만든 빨간 사과였다.

"정말이지, 춥기는 한데 불이 있어야지요. 장작뿐이고 석탄은 없었습니다요. 도움을 좀 받을까 해도 누가 도와주는 사람도 없었습죠. 게다가 일자리고 뭐고 찾을 수가 있어야지요. 너무 추워 식구들이 다 부둥켜안고 자야 할 판이었습니다요. 집사람이고 딸아이고 할 것 없이 함께 말입니다요. 그래서 일이 시작된 겁죠."

그는 헛기침을 하며 목을 가다듬었다. 그는 그 이야기를 아주 여러 차례 되풀이한 듯 눈을 반짝거렸고, 착 가라앉은 목소리는 주문을 외우는 듯한 어조를 띠었다. 날파리와 작고 흰 각다귀들이 그의 상처 근처에 우글거렸다.

"그런 형편이었습니다요."

그가 말했다.

"제가 이쪽, 집사람이 저쪽, 딸아이가 가운데, 그런 식이었습죠. 칠흑 같았습니다요. 타르 통 한가운데처럼 말입니다. 애 녀석들은 방 한구석에 있는 개들 침대에서 다같이 엉겨 잤고요. 제가 아마 맨 나중에 잠이 들었을 겁니다요. 이튿날 입에 풀칠할 생각, 딸년 생각, 그리고 딸년을 졸졸 따라다니는 그 젊은 아이 생각, 이것저것 생각하자니 도무지 잠이 와야지요. 전 그 사내 녀석이 맘에 들지 않았습니다요. 그런데 자꾸만 그 녀석 생각이 떠나질 않지 뭡니까요. 그래 그 녀석더러 딸년을 따라다니지 말라고 해야겠다고 마음을 먹었습니다요. 애녀석 중의 하나가 자면서 보채는 소리가 들리고, 마지막 몇 개 남은 장작개비가 난로 안에서 뿌지직거리며 타오르다가 사그라들고, 비계 냄새가 마치 찬 당밀 접시에 담아놓은 고기 기름처럼 식어서 허공에 움직이지 않고 떠 있는 것 같았습죠. 전 딸아이와 그 사내 녀석을 생각하면서 제 옆에 딸아이의 팔이 닿는 것을 느꼈습죠. 저쪽에서 집사람이 신음을 하듯이 끙끙거리며 코를 고는 소리를 들었습니다요. 전 집안 식구들 걱정했지요. 다들 어떻게 먹고 사나 하고 말입니다요. 딸아이가 방구석 저쪽에서 자는 어린것들만 했을 때를 생각하고 그애가 지 어미보다는 절 더 따랐지 하는 생각도 했지요. 저희들은 거기서 그렇게 깜깜한 데서 다들 숨을 쉬고 있었습죠. 다들 제 마음속으로밖엔 볼 수가 없었습니다요. 마음의 눈으로 저는 하나하나 다 보았습니다요. 딸아이는 집사람 젊었을 때 모습 그대로였습죠. 제가 집사람을 처음 만났을 때 모습 그대로 말이에요. 다른 점이 있다면 더 이뻐 보였다는 점뿐이었지요. 아시다시피, 저희 흑인들도 용모가 점점 나아지고 있으니까요…….

하여간 전 온 집안 식구들이 숨쉬는 소리를 들을 수 있었습니다요. 그러지 않았더라도 그러다 보면 잠이 들었을 테지요. 그러던 참인데, 갑자기 딸아이가 잠결에 '대디' 하고 나직하게, 가만히 부르는 소리가 들리는 게 아니겠습니까요? 저는 이애가 아직도 안 자나 하고 들여다보려고 했습죠. 하지만 뭐가 보여야지요. 고작 냄새를 맡고 옆으로 가서 손으로 살결을 만져보는 수밖에 별수가 없었습죠. 너무 나직한 소리였기 때문에 제가 무슨 소리를 들었는지조차 확실히 자신이 없었습죠. 그래 저는 그냥 자리에 누워 귀를 기울였습니다요. 무슨 쏙독새 울음 같은 것이 들린 것 같았습죠. 전 혼자 이렇게 생각했습죠. 여기서 꺼져라, 이놈의 새야, 보이기만 하면 혼쭐을 내줄 테니 하고 말입니다요. 그때 저는 저 너머 학교에서 시계가 네 시를 치는 소리를 들었습니다요. 쓸쓸한 소리였지요.

그러고 나서 한참 거슬러 올라가 제가 농장을 떠나 모바일로 살러 갔던 때를 떠올리고 그때 만났던 아가씨를 생각하기 시작했습니다요. 그땐 저도 젊었습니다요—지금 그 젊은 아이놈처럼 말입니다. 저희들은 강가에 있는 이층집에서 살았습죠. 여름 밤이면 저희들은 침대에 누워 이야기를 하곤 했지요. 그 아가씨가 잠들어버리고 나면 저는 눈을 뜬 채 물 위로 솟아오르는 불빛들을 바라보기도 하고 지나가는 뱃소리에 귀를 기울이기도 했지요. 배들은 대개 악사들을 태우고 있어서 저는 종종 배들이 강을 따라 올라오면 아가씨를 깨워 음악 소리를 듣게 하곤 했습죠. 거기 누워 있노라면 사방은 고즈넉했습니다요.

전 저 멀리, 아주 먼 데서 들려오는 음악 소리를 들을 수 있었습니다요. 꼭 메추라기 사냥을 할 때 같습죠. 날이 어둑어둑해지면 대장 새가 자기 떼를 다시 불러 모으느라고 나직이 지저귀는 소리가 들리잖습니까요? 그놈은 사냥꾼이 어딘가에 총을 들고 숨어 있다는 걸 알기 때문에 천천히 다가오면서 나직이 울어댑니다요. 그래도 그놈은 자기 무리를 불러 모아야 하기 때문에 계속 다가옵니다요. 대장 메추라기는 선량한 사람과 비슷하지요. 해야 할 일을 하니까요.

하여간 배들은 그런 식으로 소리를 내곤 했습죠. 저 먼 데서부터 차츰차츰 다가왔습니다요. 거의 잠이 들었을 때 처음 배가 가까이 다가왔는데, 그 소리는 마치 누가 크고 반짝이는 곡괭이로 저를 천천히 찍어대는 소리 같았습니다요. 곡괭이의 끝이 똑바로 이쪽을 향해, 그러면서 천천히 내리찍히는데 그건 암만해도 피할 수 없었습죠. 그래 이제 찍힌다 싶으면 그건 곡괭이가 아니라 누가 저 멀리서 온갖 색깔의 조그만 유리병들을 깨뜨리고 있는 거지 뭡니까요. 허지만 그 소리는 그래도 계속 가까이 다가옵니다요. 그러다간 바짝 옆에까지 다가온 소리가 들리지요. 뭐랄까요. 이층 창문에서 수박을 가득 실은 수레를 내려다볼 때 같다고 할까요? 줄무늬가 있는 퍼런 수박 위에 시원하고 다디단, 물이 뚝뚝 듣는 싱싱한 놈을 쫙 갈라놓잖습니까요. 어서 먹으란 듯이 말입니다요. 그러면 빨갛게 잘 익어 물이 뚝뚝 듣는 속이 내다보이고 속에 박힌 그 반짝반짝하는 씨니 뭐니 다 보이지요. 하여간 그러고 나면 배의 바깥바퀴(배 양쪽이나 고물에 설치된 물레방아 모양의 추진 장치)들이, 아무도 깨우고 싶지 않다는 듯이, 철썩철썩 물을 치는 소리를 들을 수 있습죠. 그러면 저희들은, 저하고 그 아가씨 말입니다, 무슨 부자나 된 것 같은 기분이 되어 배에 탄 사내들이 근사한 복숭아 브랜디처럼 달짝지근하게 연주를 하는구나 하고 느끼면서 그 자리에 누워 있곤 하는 거예요.

그러고 나면 배들은 지나가버리고, 창으로 보이는 불빛도, 음악 소리도 사라져버립니다요. 어쩌면 빨간 옷을 입고 널따란 밀짚모자를 쓴 아가씨가 저희들 앞을 지나 양쪽에 나무들이 늘어선 오솔길 저쪽으로 사라지는 걸 볼 때와 같다고나 할까요. 이 아가씨는 포동포동하고 물기가 잘잘 흐르는데, 뭐랄까요, 꼬리를 살살 흔드는 겁니다요. 우리가 보고 있다는 걸 자기도 아니까요. 아가씨가 안다는 걸 저희들도 알지요. 하여간 저희들은 그 자리에 꼼짝 않고 서서 빨간 밀짚모자 꼭대기밖엔 아무것도 보이지 않을 때까지 그쪽을 지켜봅니다요. 그러다가 그것도 사라지고 나면 아가씨는 이제 언덕 너머로 가버렸구나 하는 걸 알게 됩니다요. 어떤 아가씨를 그런 식으로 지켜본 적이 있었습죠. 그때쯤이면 들려오는 소리라고는 제 옆에서 숨쉬고 있는 그 모바일 아가씨—마거릿이라는 이름이었습니다만—의 숨소리뿐이지요. 아마 그때쯤일 거예요. 그 아가씨는 '대디, 아직도 안 주무세요?' 하고 묻곤 했습니다요. 그러면 전 '으응' 하는 소리로 대꾸하며 잠에 빠져들었지요. 선생님들, 전 모바일에서 살던 때를 되돌아보길 좋아합니다요."

짐 트루블러드는 말했다.

"아무튼, 매티 루가 '대디' 하고 부르는 소리를 들었을 때는 그런 식이었지요. 하는 투로 보아 이 아이가 분명 지금 꿈에서 누군가를 본 게 틀림없었습니다요. 그게 그 젊은 녀석이 아닐까 하는 생각이 들어 울컥 부아가 치밀어오르더군요. 저는 이애가 입 속으로 웅얼거리는 소리를 한참이나 들어봤습니다요. 혹시나 그 녀석 이름을 부르지나 않나 하고요. 허지만 그러지는 않았습죠. 사람들 말에 잠꼬대하는 사람의 손을 따뜻한 물에 집어넣으면 별의별 소리 다 해댄다고 합니다만 물이 웬만큼 차야지요. 전 하여간 그렇게까지 하진 않았을 겁니다요. 그래도 이애가 몸을 뒤척이며 저에게 몸을 갖다 붙이고 비비 틀거나, 이불이 닿지 않아 싸늘하게 식은 제 목 위로 팔을 휘감아왔을 땐 이 녀석도 이제 어른이 다 됐구나 하는 생각이 들었습죠.

이애가 무슨 못 알아들을 소리를 하는데 그게 영락없이 여자가 남자에게 아양떨 때 내는 소리와 똑같지 뭡니까요. 그때도 이애가 다 큰 처녀라는 생각이 들었습죠. 이애가 그 짓을 몇 번이나 해봤을까, 상대방은 그 빌어먹을 사내자식이 아닐까 하는 생각이 들더군요. 전 그애의 팔을 치웠습니다요. 부드럽더군요. 그런데 이애는 아무것도 모르고 자고 있었습죠. 그래, 이름을 불러봤습니다요. 그래도 깰 줄을 몰랐습죠. 그래서 전 등을 돌리고는, 좁아서 여유가 없기는 했지만 딸아이에게서 멀리 떨어지려고 했습니다요. 허지만 전 여전히 딸아이가 저에게 와 닿고 저에게 달라붙는 것을 느낄 수 있었습죠. 하여간 그러는 사이에 전 꿈속으로 빠져 들어갔던 게 분명합니다요. 이제 그 꿈 이야길 해드려야 할 판입니다요."

나는 지금이 떠날 때다 싶어 노턴 씨를 바라보며 자리에서 일어섰다.

하지만 그는 트루블러드의 이야기를 너무 열심히 듣느라고 나를 쳐다보지도 않았다. 나는 입 속으로 이 농사꾼을 욕하면서 다시 주저앉았다. 꿈 얘기라니 빌어먹을!

"죄다 기억은 안 납니다만 무슨 비곗고기를 찾고 있었던 것 같습니다요. 시내의 백인 양반들 사는 데로 갔더니 브로드낙스 씨에게 가보라고 하더군입쇼. 그 양반이 줄 거라고요. 그 양반은 언덕 위에 살았습죠. 그래서 전 그 양반을 만나러 그리로 올라갔습니다요. 얼마나 높은지 세상에 그렇게 높은 언덕은 없을 것 같더군요. 그런데 웬일인지 올라가면 올라갈수록 브로드낙스 씨 집은 점점 더 멀어지는 것 같았습니다요. 하지만 끝내 가기는 갔습죠. 너무나 피곤한 데다 그 양반을 빨리 만나고 싶은 마음에 앞문으로 들어갔습니다요. 그래선 안 된다는 걸 알긴 했지만 별수 있어야지요. 들어가 보니 넓은 방이 하나 있고 불이 켜진 촛불이며 번쩍이는 가구가 가득 차 있더군입쇼. 사방 벽에는 그림들이 걸렸고, 바닥에는 푹신푹신한 것이 깔려 있었습죠. 그런데 사람이라곤 하나도 보이지 않았습니다요. 그래 그 양반 이름을 불러봤습죠. 누구 하나 나오는 사람도 없고 대답하는 사람도 없었습니다요. 문이 하나 눈에 띄길래 그리로 들어가 보니 커다랗고 새하얀 침실이었습니다요. 제가 어렸을 적에 어머니를 따라 어떤 큰 집에 갔을 때 봤던 것과 똑같았습죠. 방 안에 있는 것은 죄다 새하얘서 전 거기서는 용무가 없다는 걸 알면서도 그냥 거기에 서 있었습죠. 게다가 그건 또 여자의 방이었습니다요. 나가려고 해봤는데 문이 보이지 않았습니다. 게다가 사방에서 여자 냄새가 나고, 그 냄새는 점점 심해지는 겁니다요.

그러다가 한구석을 보니 추가 달린 큰 시계가 있는데 시계 치는 소리가 들리고 유리문이 열리더니 백인 여자 하나가 거기에서 걸어 나오더군요. 그 여자는 부드럽고 새하얀 명주 잠옷밖에는 아무것도 걸치지 않았는데 저를 똑바로 쳐다보는 겁니다요. 전 어떡해야 좋을지 모르겠더구만요. 달아나고 싶었지만 눈에 띄는 문이라고는 그 여자가 서 있는 그 시계 속의 문뿐이었습죠—하여튼 전 꼼짝 못했고 또 그 시계는 계속 커다란 소리를 냈습니다요. 시계는 점점 빨라졌지요. 전 무슨 말을 해보려고 했지만 도무지 말이 나와야지 말입죠. 그러고 있을 때 느닷없이 여자가 비명을 질러대기 시작했는데, 전 귀가 먹지나 않았나 하는 생각이 들었습니다요. 그 여자가 입을 움직이는 것만 보였지 아무 말도 들리지는 않았습니다요. 그런데 이상하게 시계 소리는 계속 들려왔습니다요.

저는 여자에게 브로드낙스 씨를 만나러 온 것뿐이라고 말을 해봤지만 여자는 제 말을 알아듣지 못했습죠. 무슨 말인지 못 알아듣고 여자는 제게 달려들어 목을 꼭 끌어안고는 시계 안으로 못 들어가게 하지 뭡니까요. 전 정말 그때 어떡해야 좋을지 몰랐습니다요. 말을 해보려고도 하고, 몸을 빼려고도 해봤습죠. 하지만 이 아가씨는 계속 절 붙들어 잡고 있는 겁니다요. 아가씨가 백인 여자라 어디 겁이 나서 손을 댈 수가 있어야지요. 그래, 전 너무 겁이 나 아가씨를 침대 위에 내동댕이치고 몸을 빼내려 했습니다요. 아가씨가 눈앞에서 꺼져 들어가버리는 것 같았습니다요. 침대가 너무 푹신푹신해서 말입죠. 침대가 너무 깊이 꺼져 들어가서 이러다간 둘 다 숨 막혀 죽겠다 싶은 생각이 들더구만요. 그런데 그때 첨벙! 하는 소리가 나더니 난데없이 조그만 흰 거위 떼가 푸덕푸덕 침대 속에서 날아오르지 않겠습니까요. 땅속에 묻힌 돈을 파낼 때 그러는 것처럼 말입니다요. 아이구 하고 깜짝 놀라 보니 어느새 거위들은 어디론가 없어져버리고 무슨 문이 열리는 소리가 나더니 브로드낙스 씨 목소리가 들리더군요. '저 깜둥이 녀석들, 저 짓 하라고 그냥 놔둬' 하는 겁니다요."

검둥이들 하는 짓이 다 그렇다고 세상이 떠들 걸 뻔히 알 텐데도 이자는 어떻게 그런 이야기를 백인에게 할 수 있을까 하고 나는 생각했다. 나는 마룻바닥을 내려다보았다. 눈앞에 붉은 고뇌의 안개가 뿌옇게 어린 것 같았다.

"그래도 전 그만둘 수가 없었습니다요—뭔가 해선 안 될 일을 하고 있다는 생각이 들었지만요. 그러는 참에 전 아가씨에게서 빠져나와 시계 있는 데로 달려갔습니다요. 처음엔 문이 도대체 열려야지요. 무슨 강철 솔같이 구불구불한 것들이 겉에 붙어 있었습니다요. 그래도 문을 열고 안으로 들어갔습죠. 후텁지근하고 깜깜하더군요. 깜깜한 굴을 따라 올라가, 별별 소리를 다 내면서 열을 뿜어내는 기계 있는 데까지 갔습니다요. 영락없이 학교에 있는 발전실 같았습니다요. 불난 집처럼 뜨거웠습니다요. 그래 전 도망 나가려고 달리기 시작했습죠. 냅다 달렸어요. 지칠 때까지요. 그런데 그렇게 달려도 피곤한 줄 모르겠고 달릴수록 더 편안한 기분이 드는 겁니다요. 그렇게 한참 달리노라니 마치 날고 있는 것 같았습니다요. 거리 위를 훨훨 날기도 하고 둥둥 떠가기도 했습죠. 그런데도 여전히 굴 속에 있었습니다요. 그러다가 저 앞쪽을 보니 어떤 무덤 위에 무슨 도깨비불 같은 훤한 불이 보이지 않겠습니까요. 그 불빛은 점점 환해졌는데, 저걸 어떻게든 잡아야겠다는 생각이 들었습니다요. 그랬는데 갑자기 제가 그 불 위에 와 있었고 그 불은 제 눈 속에서 커다란 전등이 터지듯이 터져서 제 온몸을 깡그리 태워버리는 겁니다요. 아니, 그냥 타버린 게 아니고 제 몸이 무슨 호수 속으로 빠져드는 것 같았습죠. 윗물은 뜨겁디뜨겁고 아랫물은 얼얼할 정도로 차디찬 호수로 말입니다요. 그러고는 금방 그게 끝나더니 저는 어느새 다시 바깥의 서늘한 햇빛 속으로 빠져나왔습죠.

이 당찮은 꿈 이야기를 집사람에게 해주려고 잠에서 깼습니다요. 어느새 아침이 되어 사방이 희부예지고 있었습니다요. 그런데 눈을 떠보니 바로 제 코밑에 딸년의 얼굴이 있고 딸년은 무슨 발작이라도 일으킨 것처럼 저를 때리고 할퀴고, 벌벌 떨며, 울어대고 있지 않겠습니까요. 전 너무 놀라서 꼼짝도 못했습니다요. 딸년은 '대디, 대디, 대디' 하면서 울어대고 말입니다요. 퍼뜩 집사람 생각이 나더군요. 집사람은 저희들 바로 옆에서 코를 골고 있었습죠. 전 꼼짝할 수 없었습니다요. 꼼짝하면 죄가 되리라 싶었습죠. 또 이런 생각도 들더군요. 꼼짝 않고 있으면 죄가 안 될지 몰라, 자는 사이에 일어난 일이니까 하고 말입니다요—어떤 때 머리를 딴 아가씨를 보면 갈보인 줄 아는 때도 있지만요—다들 아시잖습니까요? 하여간 움직이지 않으면 집사람에게 들키게 된다는 걸 깨달았습니다요. 전 집사람에게 들키고 싶지 않았습죠. 그건 죄보다도 '더 무서운' 일이니까요. 전 귓속말로 딸아이를 달래면서 어떻게 하면 죄를 짓지 않고 이 곤란한 지경에서 벗어날까 궁리를 했습죠. 딸년은 나 때문에 숨이 막힐 지경이었습니다요.

하지만 한번 그런 자리에 옴짝달싹 못하게 빠져버리니 별수가 있어야지요. 이제 제 힘으로는 안 되는 겁죠. 그래 저는 있는 힘을 다해 빠져나가려고 해보았습니다요. 허지만 움직이지 '않고' 움직여야 했습죠. 들어갈 때는 날아 들어갔지만 나올 때는 걸어 나와야 했단 말입니다요. 그런데 생각하면 할수록 나란 인간은 항상 이런 식이로구나 하는 생각밖엔 들지 않더군요. 제 살아온 게 꼭 그런 식이었습니다요. 제 생각에, 제가 그런 걸 벗어날 수 있는 방법이 딱 하나 있다면 그건 칼을 사용하는 방법뿐이었습니다요. 허지만 제겐 칼이 없었습죠. 게다가, 가슴에 어린

수퇘지들 거세하는 걸 보신 적이 있으시면 아시겠지만, 죄를 못 짓게 하느라고 그렇게까지 한다는 건 너무한다는 생각도 들었습니다요. 별의별 생각들이 다 전쟁이라도 하듯 마음속에서 들끓었습지요. 그러나 제가 빠진 곤경을 생각하는 것만으로 다시 힘이 생기더군입쇼.

그런데 일이 고약하게 된 것은 딸아이가 더는 견뎌내지 못하고 이제 제 녀석이 움직여대는 게 아니겠습니까요. 처음에는 그 녀석이 절 밀어내려고 하고 전 저대로 죄를 짓지 않으려고 그 녀석을 제쳐놓으려고 했죠. 그런데 이번에는 제가 개 어미를 깨우지 않으려고 몸을 빼내며 조용히 하라고 쉬잇 하는데, 글쎄 이 녀석이 절 붙들어 꽉 껴안는 겁니다요. 이제 절 놔주기 싫었나 봅니다요—또 솔직히 말해서 저도 떨어지기 싫다는 걸 알았습죠. 그때의 제 심정은—나중엔 후회가 되었습니다만—버밍햄의 그 사내와 꼭 같은 심정이었나 봅니다요. 자기 집에 틀어박혀 경찰에게 총질을 해대다가 결국 경찰이 집에 불을 놓자 타 죽고 만 친구 말입니다요. 전 어찌해야 좋을지 몰랐습죠. 우리가 빠져나가려고 몸을 비비 꼬고 틀수록 더 거기 그대로 있고 싶은 겁니다. 그래 그 작자처럼 그 자리에 눌러앉아 끝장을 볼 때까지 계속 싸울 수밖에 없었습니다요. 그 친구는 죽을지도 몰랐지만, 지금 생각해보면 죽기 전까지 상당히 만족감을 느끼지 않았나 싶구만요. 제가 겪은 일 같은 거야 어디에도 없다는 걸 '알고 있지만' 그걸 어떻게 설명해드려야 좋을지 모르겠거든입쇼. 진짜 술 좋아하는 사람이 술에 취한 때 같다고나 할까, 진짜 신앙 독실한 여자가 열이 오른 나머지 옷을 홀랑 벗어 던진 때 같다고나 할까, 아니면 진짜 노름꾼이 돈을 잃으면서도 노름을 계속하고 있는 때 같다고나 할까, 단단히 매달려 그만두고 싶어도 그러지 못한단 말씀입니다요."

"이사님, 이제 학교에 돌아가실 시간입니다. 약속 시간에 늦으시겠는데요.”

나는 숨이 넘어가는 소리로 말했다.

노턴 씨는 내 쪽을 쳐다보지도 않았다. 귀찮은 듯이 손을 내저으며 “가만히 있게” 하고 말했을 뿐이었다.

트루블러드는 백인에게서 눈을 돌려 나를 보고는 눈 속으로 싱긋 웃는 것 같더니만 다시 입을 열었다.

“집사람의 비명 소리가 들릴 때까지도 전 그 짓을 그만두지 못하고 있었습니다요. 그 소리를 듣자 피가 얼어붙는 것 같았습죠. 마치 미친 말들이 갓난애를 짓밟는 것을 보고도 꼼짝 못하는 여자의 비명 소리 같았습죠. 집사람의 머리는 귀신이라도 본 듯이 곤두서고 잠옷은 벌어져 열리고 목의 힘줄은 금방이라도 터질 것만 같았습니다요. 그리고 또 눈은 어쨌게요. 어이구 그 눈 말입니다요. 전 딸년과 담요 위에 엎드려 있다 고개를 들어 집사람을 봤죠. 너무 기운이 없어 움직일 수가 없었습니다요. 집사람은 비명을 지르면서 손에 잡히는 대로 집어 들고 아무거나 닥치는 대로 던지기 시작했습니다요. 어떤 건 안 맞기도 했고 어떤 건 맞기도 했습죠. 작은 것도 있고 큰 것도 있었습니다요. 차디차고 고약한 냄새가 나는 게 날아와 제 머리에 쾅 부딪혀 흠뻑 적셔놓기도 하고요. 뭔지 벽에 가서 부딪히기도 하고—쿵쾅쿵쾅 하는 게 무슨 대포 소리 같았습니다요. 전 머리를 감싸 막으려고 했습니다요. 집사람은 미친 여자처럼 알아들을 수 없는 소리를 지껄여댔굽쇼.

‘가만있어 봐. 여보 그만해!’ 하고 전 말했습니다요.

그래, 잠시 멈추는가 싶더니 마루를 쭈르르 달려가는 소리가 들리더군입쇼. 고개를 돌려봤더니, 아 글쎄, 내 엽총을 들고 있지 않겠습니까요! 그러고는 집사람은 입에 거품을 물고 총의 공이를 잡아당기며 말하는 겁니다요.

'일어나! 일어나!' 하고 말입니다요.

'아냐, 안 돼, 케이트' 하고 제가 말렸습죠.

'뒈져버리게 해줄 거야! 내 딸년한테서 몸을 떼고 일어나란 말이야!'

'이봐, 케이트. 내 말 좀 들어봐…….'

'잔말 말고 일어나라니깐!'

'그걸 내려놔, 여보!'

'내리라니, 일어서!'

'탄알이 들어 있어, 탄알이!'

'들어 있고말고!'

'내려놓으란 말이야!'

'골통을 날려 지옥에 보내주마!'

'매티 루가 맞겠어!'

'그애가 아냐—네놈이지!'

'산탄이 퍼지면, 여보, 이애도 맞아!'

케이트는 절 겨누면서 이리저리 움직였습니다요.

'자, 각오는 됐겠지…….'

'케이트, 꿈 때문이야. 내 말 들어봐…….'

'말 들어야 할 건 네놈이야……. 거기서 일어나!'

여편네가 총을 휙 들어 올리고, 전 눈을 감아버렸습니다요. 헌데 뇌성벽력이 절 쪼개놓는가 했더니 그게 아니고 딸년의 외마디 비명 소리가 들려왔습니다요.

'엄마! 으아아아아…… 엄마!'

그때 전 굴러 넘어질 뻔했고 케이트는 멈칫거렸습니다요. 집사람은 총을 봤다가 우리를 봤다가 하더니 열병이라도 난 듯 잠시 몸을 후들후들 떨었습니다요. 그러더니 갑자기 총을 털썩 내려놓곤 고양이처럼 잽싸게 휙 몸을 돌려 난로에서 뭔지 집어 드는 겁니다요. 그걸 옆구리에 맞으니 누가 옆구리를 뾰족한 가래로 파헤치는 것 같더군입쇼. 숨이 콱 막혔습니다요. 케이트는 내내 집어던지면서 중얼거렸습니다요.

그래 고개를 들어 보니 맙소사, 손에 인두를 들고 있지 뭡니까요! 전 소릴 질렀지요.

'피는 안 돼, 케이트. 피를 흘려선 안 돼!'

'이 더러운 개 같은 놈! 더러운 짓 하기보다는 피를 흘리는 게 낫다, 이놈아!'

'안 돼, 케이트. 다 까닭이 있어서 그랬어. 꿈속에서 지은 죄 때문에 피를 흘리는 죄를 저지르면 안 돼!'

'시끄러워, 깜둥이 자식아. 네놈은 더러운 짓을 했어!'

그래서 전 이제 설명을 해도 소용이 없다는 걸 알았습니다요. 주는 대로 받자고 마음을 먹었습죠. 제가 할 수 있는 일이라고는 벌을 받는 것뿐이라는 생각이 들었습니다요. 혼자 이렇게 생각했습죠. 죗값을 받는 게 제일 낫겠다. 케이트가 날 두들겨 패도 싸, 넌 죄가 없다지만 이 여편네는 그렇게 생각지 않는걸. 넌 맞고 싶지 않지만 이 여편네는 두들겨 패지 않고는 못 배길 기분일 거야. 넌 일어나고 싶어도 너무 기력이 빠져 움직일 수가 없지 하고 말이에요.

정말 그랬습죠. 전 겨울에 어린애가 펌프 손잡이에 입술을 갖다 댔다가 얼어붙은 것처럼 그 자리에서 꼼짝없이 얼어붙어버렸습니다요. 영락없이 어치가 말벌들에게 쏘여 사지가 굳어버린 꼴이었습니다요. 그래도 눈은 아직 살아서 자기가 벌들에 쏘여 죽어가는 것을 보고 있는 거지요.

그러자 제 머릿속으로, 눈 속 저 안으로 멀리 물러 들어가버린 것 같았습니다요. 마치 폭풍이 볼 때 바람막이 뒤에 서 있는 것처럼 말입니다요. 저쪽을 바라보니 케이트가 무엇인가를 질질 끌고 제게로 달려오는 게 보이지 뭡니까. 저게 뭔가 하고 궁금해서 보았습죠. 케이트의 잠옷이 난로에 걸려 있고 손에 뭘 든 게 눈에 들어오지 않겠습니까요. 저건 무슨 손잡이로구나 하는 생각이 들었습니다요. 무엇 때문에 저 손잡일 갖고 있는 걸까 하는데 보니 집사람이 제 바로 위에 서 있는 겁니다요. 그 커다란 덩치가 말입니다요. 집사람은 남정네가 열 근짜리 대장간 망치를 휘두르는 것처럼 두 팔을 내휘둘렀습니다요. 이 사람의 손가락 마디마디는 멍들어 피가 나왔고, 손에 잠옷이 걸치적거려 걷어 올라가 허벅다리가 내비쳐 보이고, 추위 때문에 살이 불그죽죽해진 것이 보이고, 또 이 사람이 몸을 굽혔다 펴는 게 보이고, 뭐라고 중얼대는 소리가 들리고, 팔을 뒤흔드는 것도 보이고, 땀 냄새도 나는 겁니다요. 저는 그 반짝이는 나무를 보고 이 사람이 내게 뭘 내리치려는 줄 알았습니다요. 어이쿠 맙소사. 맞아요. 저는 그 물건이 이번엔 이불을 내리쳐 이불을 끌어올리더니 이불을 다시 방바닥에 떨어뜨려놓는 걸 봤습죠.

그래서 보니 이제 도끼가 거칠 것 없이 다가오는 겁니다요. 바로 제가 며칠 전에 갈아놓아 번쩍번쩍했습죠. 그래 전 제 몸 속의 저 안쪽 바람막이 뒤에서 소리를 질렀어요.

'안 돼! 케이트—제발 케이트, 안 돼!'"

그의 목소리가 느닷없이 날카로워져 나는 깜짝 놀라 얼굴을 들었다. 트루블러드는 노턴 씨의 멀건 눈을 똑바로 바라보는 것 같았다. 애들이 놀다 말고 죄지은 듯이 그들의 아버지를 쳐다보았다.

"무슨 쇳덩어리를 놓고 애원하는 편이 나았을 것 같았습니다."

그는 말을 이었다.

"도끼가 날아 내려오더군요. 도끼날에 빛이 번쩍이는 것이 보이고 집사람의 못생긴 얼굴이 보였습죠. 전 어깨를 움츠리고 목을 곧추세우고 기다렸습니다요—그 기다리는 시간이 얼마나 긴지 등골 빠지는 1천만 년의 세월 같았습니다요. 기다리는 시간이 너무 길어 제가 그때까지 저질렀던 온갖 못된 짓이 머릿속에 떠올라왔습죠. 기다리는 시간이 너무 길어 저는 눈을 떴다 감았다 다시 떴습죠. 도끼가 내려오는 게 보이더군입쇼. 도끼는 6척 황소의 똥 떨어지듯이 번개같이 떨어지고 있었습니다요. 그런데 그렇게 기다리는 사이에 무언가 제 몸 안에서 감겨 올라가 물로 변해버리는 것 같은 기분이 들었습니다요. 전 그걸 봤습죠. 정말입니다요. 전 그걸 보았고, 그걸 보면서 고개를 틀어버렸습죠. 별수 없었습니다요. 케이트는 겨냥을 잘했지만 말입니다요. 전 몸을 움직였습죠. 가만히 있으려고 해도 움직여지는 겁니다요. 예수 그리스도가 아니고는 누구든 그랬을 겁니다요.

얼굴 한쪽이 깡그리 날아가버린 것 같았습죠. 뜨거운 납덩어리가 절 후려친 것 같았습니다요. 어찌나 뜨거운지 뜨겁다기보다는 감각이 없어져버린 느낌이었습죠. 전 방바닥에 널브러졌지만 속으로는 등뼈가 부러진 개처럼 빙글빙글 뛰어올랐고 결국은 다리 속에 꼬리를 처박고 다시 마비 상태가 되어버렸습니다요. 얼굴에는 이제 살이 다 날아가고 맨 뼈만 남은 것 같더군입쇼. 그런데 한 가지 이해할 수 없었던 게 있었습니다요.

그렇게 아프고 감각이 없는 중에도 안도감이 느껴지는 겁니다요. 그렇습니다요. 전 그런 안도감을 더 느끼고 싶어 다시 그 바람막이 뒤에서 뛰어나와 케이트가 도끼를 들고 서 있는 데로 나간 것 같습니다요. 그러곤 눈을 뜨고 기다렸습죠. 정말입니다요. 저는 더 벌을 받고 싶어 기다렸습지요. 저는 집사람이 절 내려다보고 도끼를 쳐드는 것을 보았습죠. 허공에 떠 있는 도끼를 보고 저는 숨을 죽였는데 그때 갑자기 도끼가 멈췄습니다요. 마치 누가 지붕에서 손을 내뻗쳐 도끼를 붙잡은 것처럼 보였습지요. 도끼는 요번엔 집사람 등 뒤로 해서 방바닥에 떨어졌습니다요. 케이트는 구역질을 해댔고 저는 눈을 감고 기다렸습지요. 집사람이 끙끙 신음 소리를 내면서 비틀비틀 문을 열고 나가더니 포치에서 굴러 마당으로 떨어지는 소리가 들렸습니다요. 그러고는 뱃속의 창자가 뿌리까지 온통 쏟아져 나오는지 꺽꺽 구역질을 해대는 소리가 들리더구만요. 그러다 아래를 내려다보니 매티 루의 온몸이 피투성이가 되어 있었습니다요. 그건 제 피였습지요. 제 얼굴에서 피가 흐르고 있었던 겁니다요. 그걸 보니 몸이 움직여지더구만요. 저는 몸을 일으켜 비틀비틀 집사람을 찾아나섰습죠. 나가 보니 집사람은 저쪽 버드나무 아래 무릎을 꿇고 앉아 장탄식을 하고 있더군입쇼.

'내가 무슨 짓을 저질렀담, 하느님, 내가 무슨 짓을!'

입가에 푸르죽죽한 것을 흘리면서 집사람은 다시 토하기 시작했고 제가 다가가서 어루만지자 더욱 심해졌습니다요. 저는 얼굴을 붙들고 솟아나는 피를 멈추려고 하면서 이젠 도대체 어찌 되는 것일까 생각하며 그 자리에 서 있었습니다요. 아침 해를 쳐다보니 어쩐지 해가 뇌성을 울릴 것만 같았습니다요. 그렇지만 벌써 훤하게 갠 채 해가 솟아올랐고 새들이 울어댔습죠. 그때 전 벼락에 맞은 것보다도 더 무서워져서 '하느님, 자비를 베풀어주십시오. 하느님, 자비를!' 하고 소리를 지르고 기다렸습니다요. 그런데 아침 해만 맑고 환했지 아무 일도 일어나지 않았습니다요.

아무 일도 일어나지 않았지만 저는 그때 듣지도 보지도 못한 무슨 무서운 일이 장차 제게 일어나리라는 걸 알았습니다요. 저는 아마 반 시간 가량을 거기서 돌처럼 꼼짝 않고 서 있었을 겁니다요. 케이트가 일어나서 집 안으로 들어갈 때까지도 그 자리에 서 있었으니까요. 피가 산지사방 옷 위로 흘러내리는 바람에 날파리들이 달려들어 전 안으로 들어가 피를 멈추게 하려 해봤습죠.

매티 루가 쭉 뻗어 있는 걸 보고 죽었나 싶었습니다요. 얼굴에는 핏기 하나 없고 숨소리도 제대로 안 들리는 겁니다요. 얼굴색은 잿빛이 되어 있었습죠. 어떻게든 해보려 했지만 뾰족한 도움을 줄 수도 없는 데다 집사람은 말도 붙이려 하지 않고 쳐다보지도 않았습니다요. 이 사람이 날 다시 죽이려고 하는가 보다 생각했는데 그렇진 않더군입쇼. 정신이 너무나 어질어질해져 거기서 그냥 주저앉아 있는데, 그동안에 집사람은 어린것들을 둘둘 말아 안고 길 저 건너 윌 니콜라스 집으로 데려갔습죠. 전 눈으로는 다 보면서도 아무것도 할 수가 없었습니다요.

제가 아직 그렇게 주저앉아 있는데 집사람이 매티 루를 돌볼 아낙네 몇 명을 데리고 돌아왔습죠. 아무도 제게 말을 붙이지 않았습죠. 제가 무슨 새로 나온 목화 따는 기계라도 되는 양 말똥말똥 쳐다보긴 하면서두요. 기분이 안 좋았습니다요. 저는 꿈 이야기를 해주었지만 그 사람들은 비웃어대기만 했습죠. 그래 집에서 뛰쳐나오고 말았습니다요. 전 목사님을 찾아갔습죠. 그 양반도 저를 믿어주지 않았습니다요. 나가라, 너 같은 부정한 인간은 본 적도 없다, 죄를 고백하고 하느님께 용서를 빌라는 거였습니다요. 저는 그곳에서 나와 기도를 해보려고 했지만 되지 않았습니다요. 전 제가 얼마나 죄 많은 인간인가 하고 생각해보기도 하고, 아냐, 난 죄가 없어 하고도 생각해보면서, 생각을 하고 또 생각을 했습죠.

그러다 보니 머리가 터질 것만 같더군입쇼. 저는 아무것도 먹지 않고, 아무것도 마시지 않고, 밤에는 잠도 자지 못했습니다요. 그러던 어느 날 밤, 아주 이른 새벽에 하늘의 별을 바라보다가 전 노래를 부르기 시작했습죠. 노래 부를 생각도 없었고 노래라곤 생각지도 않았는데, 저절로 노래가 나오기 시작하는 거였습니다요. 무슨 노래인지도 몰랐습죠.

무슨 찬송가가 아니었나 싶습니다만, 아는 거라고는 끝에 가서는 블루스를 불렀다는 것뿐입죠. 제가 그날 밤 부른 블루스는 이제까지 한 번도 불러본 적 없는 것들이었습죠. 그런데 그 블루스들을 부르면서 난 결국 나 외에 아무도 아니다, 그리고 세상일이란 되어가는 대로 둘 수밖에 별도리가 없다는 생각을 굳히게 되었습죠. 전 다시 집으로 돌아가 케이트를 대면하기로 마음먹었습니다요. 매티 루도 보고 말입니다요.

집으로 돌아와 보니 다들 제가 달아난 줄 알고 있더군입쇼. 아낙네들이 케이트와 함께 많이 모여 있었지만 죄다 내쫓아버렸습니다요. 사람들을 내쫓을 때 아이들도 나가 놀라고 내보내고 문을 걸어 잠근 다음, 저는 케이트와 매티 루에게 꿈 이야기를 해주고 가슴 아픈 일이긴 하지만 이미 일어난 일은 일어난 일 아니냐고 이야기했습죠.

'왜 우릴 버리고 나가버리지 않구 그냥 왔어?'

집사람의 첫마디가 그랬습니다요.

'나나 이 아이에게 그만큼 했으면 됐지 않아?'

'난 나갈 수 없어. 난 가장이고 가장은 식구를 버리지 않는 법이야!'

저는 대꾸했습니다요.

그랬더니 집사람 하는 말이, '아냐, 당신이 어디 가장이야? 가장이 그런 짓을 해?' 하는 것이었습니다요.

'그래도 나는 가장이야.'

'그럼, 일이 나고 말았으니 이제 어떻게 할 참이야?'

집사람이 물었습죠.

'무슨 일이 났단 말이야?'

제가 다시 물었습죠.

'당신의 시커먼 몹쓸 것이 태어나 당신의 그 못된 죄를 하느님의 눈 앞에서 낱낱이 떠들어대면 어떡하겠느냔 말이야!' (그런 말은 필시 목사님에게서 배웠겠지요.)

'태어나? 누가 태어나?'

'우리 둘 다지 누구야. 내가 낳구 매티 루가 낳는단 말이야. 우리 둘 다 낳는다고, 이 더럽고 추잡하고 몹쓸 미친 개야!'

그 말을 들으니 까무라칠 것 같더군입쇼. 그제서야 왜 매티 루가 절 쳐다보지도 않고 아무에게도 말 한마디 꺼내지 않는지 까닭을 알 수 있었습죠.

'당신이 이 집구석에 있을 생각이라면 우리를 위해 클로 할멈을 불러오겠어?' 하고 집사람이 말하더군입쇼. 그러고는 '난 평생 사람들 손가락질 받을 죄의 씨는 낳지 못하겠으니까. 매티 루도 마찬가지구' 하는 것이었습니다요.

'이봐, 클로 할멈은 산파 아냐. 내 당신 소릴 듣고 맥이 빠지긴 하지만 그 할멈이 내 집 여자들을 갖고 바보짓 하는 건 싫어. 그러면 죄지은 데다 또 죄짓는 셈이야.'

그러면서 저는 집사람에게 '안 돼, 클로 할멈이 이 집 가까이 오기만 하면 노인네가 됐든 뭐가 됐든 죽여버릴 거야' 라고 했습니다요. 정말 그럴 기분이었습니다요. 그걸로 이야기는 끝났습죠. 전 자기들끼리 울고불고 하라고 내버려두고서 밖으로 나와버렸습니다요. 또 혼자서 어디론가 가버리고도 싶었지만 이런 일에서 도망치려고 해봤자 소용없었습죠. 어딜 가든 따라다닐 테니까요. 게다가 솔직히 까놓고 말하자면 갈 데도 없었던 데다 땡전 한 푼 없었굽쇼.

곧장 일들이 터지기 시작했습니다요. 저 너머 학교에 있는 흑인들이 내려와 절 쫓아내려고 했습죠. 사람 미치겠더구만요. 그래 백인 양반들을 찾아갔더니 그 양반들이 도움을 주더군입쇼. 전 그게 또 이해가 안 갔습니다요. 한 집안의 가장이 할 수 있는 일 중에서 제일 몹쓸 짓을 했는데도 절 이 지방에서 쫓아내기는커녕 어떤 선량한 흑인에게도 베풀어주지 않았던 도움을 베풀어주었으니까 말입니다요. 집사람과 딸년이 제게 말을 걸지 않는 것만 빼놓고 제 형편은 그 어느 때보다도 좋아진 편입지요. 게다가, 집사람은 말은 안 걸어도 제가 시내에서 사온 새옷을 입고요. 이제 그 사람이 아주 오랜 전부터 갖고 싶어 했던 안경도 주문할 겁니다요. 하여간 알 수 없는 건, 사람이 제 집안에서 할 수 있는 제일 몹쓸 짓을 했는데도 사정이 나빠지기는커녕 잘 돼간다는 거였습니다요. 저 학교에 계시는 양반들은 절 싫어해도 백인 양반들은 제게 잘 대해주시굽쇼."

그는 농사꾼치고 대단한 사람이었다. 나는 이야기를 들으며 굴욕과 매력의 양갈래로 마음이 갈라지는 나머지 수치심을 죽이느라고 시종 그의 긴장된 얼굴을 뚫어지게 바라보고 있을 수밖에 없었다. 그렇게 해서 나는 노턴 씨를 바라보지 않아도 되었다. 그러나 이제 이야기가 끝나자 앉은 채 노턴 씨의 발을 내려다보았다. 마당 저쪽에서 낮은 음의 쉰 듯한 목소리로 여자들이 부르는 찬송가 소리가 들려왔다. 장난치며 재잘거리는 어린애들의 목소리가 커졌다. 나는 허리를 구부리고 앉아 뜨거운 햇볕 속에서 타들어가는 다른 장작의 톡 쏘는 듯한 메마른 냄새를 맡았다. 나는 눈앞에 놓인 두 켤레의 구두를 물끄러미 바라보았다. 노턴 씨는 검은 테를 두른 흰 구두였다. 그 구두는 맞춤구두였고, 그 옆 농부의 적갈색 싸구려 날가죽 구두 옆에서 고급 장갑처럼 우아하고 갸름하고 잘 가꾼 모양을 갖추고 있었다. 이윽고 누군가 헛기침을 했고, 눈을 들어 보니 노턴 씨가 아무 말 없이 짐 트루블러드의 눈을 빠안히 바라보고 있었다. 나는 깜짝 놀랐다. 그의 얼굴은 핏기 없이 핼쑥했다. 번쩍이는 눈으로 트루블러드의 검은 얼굴을 태워버릴 듯 쏘아보는 그의 모습은 마치 유령 같았다. 트루블러드는 왜 그러느냐는 듯 쳐다보았다.

"저애들 소리 좀 들어보십쇼."

그는 당황하여 말했다.

"'런던 다리 떨어진다'는 놀이를 하고 있습니다요."

무슨 일이 일어나고 있었지만 그게 뭔지 난 알 수 없었다. 노턴 씨를 데려가야만 했다.

"이사님, 괜찮으십니까?"

나는 물었다.

그는 얼빠진 눈으로 나를 바라보았다.

"괜찮느냐고?"

그는 물었다.

"네, 오후 회의에 가실 시간인 것 같습니다만."

나는 황급히 말을 이었다.

그는 나를 물끄러미 응시했다.

나는 옆으로 다가갔다.

"정말 괜찮으십니까?"

"더위 때문인지도 모르겠습니다요."

트루블러드가 말했다.

"이런 더위에 견뎌내려면 여기서 태어난 사람 아니면 안 됩죠."

"그럴지도 모르겠네. 더위 때문이야. 가는 게 좋겠어."

노턴 씨가 말했다.

노턴 씨는 여전히 트루블러드를 뚫어지게 바라보며 휘청휘청 몸을 일으켰다. 일어서더니 그는 웃저고리 주머니에서 빨간 모로코 가죽 지갑을 꺼냈다. 백금 테를 두른 사진이 지갑에 딸려 나왔지만 그는 이번에는 사진을 보지 않았다.

"받게."

그는 지폐 한 장을 내밀며 말했다.

"이걸 가지고 애들 장난감이나 사다줘요."

트루블러드는 떨리는 손으로 돈을 받아 쥐었는데, 입은 딱 벌어지고 두 눈은 휘둥그레졌으며 눈물이 그렁그렁 솟아올랐다. 1백 달러짜리 지폐였다.

"자, 이젠 됐네, 젊은이."

노턴 씨는 말했다. 마치 속삭이는 소리 같았다.

나는 노턴 씨보다 먼저 차 있는 데로 가서 문을 열었다. 그는 약간 비틀거리며 차에 올랐고 나는 팔을 빌려주었다. 그의 얼굴은 여전히 핼쑥했다.

"여기서 빨리 가버리세. 빨리!"

그는 갑자기 미친 듯 소리쳤다.

"네, 알았습니다."

나는 기어를 넣으면서 짐 트루블러드가 손을 흔드는 것을 보았다.

"개새끼."

나는 입 속으로 내뱉었다.

"나쁜 새끼! 네 자식이 1백 달러를 벌었어!"

차를 돌려 그곳을 떠나는 순간에도 트루블러드는 여전히 같은 자리에서 서 있었다.

갑자기 노턴 씨가 내 어깨를 두드렸다.

"이봐, 뭐든 정신 드는 약이 있어야겠어. 위스키라도 조금만."

"알았습니다. 이사님, 괜찮으십니까?"

"약간 어질어질해. 하지만 정신드는 약만……."

그의 목소리는 꺼져 들어갔다. 무언가 서늘한 것이 가슴을 스쳤다. 이 양반에게 무슨 일이 일어나면 블레드소우 박사는 나를 나무랄 것이다. 나는 어디로 가야 위스키를 구할 수 있을지 생각하며 자동차의 액셀러레이터를 밟았다. 시내는 곤란했다. 거긴 너무 시간이 걸렸다. 그렇다면 딱 한 군데, '황금시절'뿐이었다.

"조금만 기다리시면 구해보겠습니다, 이사님."

"될 수 있으면 빨리 부탁하네."

그가 말했다.

3

그자들의 모습을 본 것은 우리가 철로와 '황금시절' 사이의 그 짧은 구간 쪽으로 가까이 갔을 때였다. 처음에 나는 그자들을 알아보지 못했다. 그들은 도로 중간을 나누는 흰 선에서부터 뙤약볕으로 뜨거워진 콘크리트 슬래브 가장자리에 잡초가 축축 늘어져 자라는 곳까지 길을 가로막은 채, 띄엄띄엄 엉성한 무리를 지어 도로를 따라 걸어 내려가고 있었다.

나는 혼잣말로 욕설을 퍼부어댔다. 그들은 도로를 가로막고 있었고 노턴 씨는 숨을 헐떡였다. 라디에이터의 번쩍이는 곡선 너머로 그들은 도로 공사를 하는 죄수의 무리처럼 보였다. 하지만 쇠사슬에 묶인 죄수들은 일렬 종대로 걸어가는 법인데 말 탄 간수들의 모습도 눈에 띄지 않았다. 가까이 다가감에 따라 나는 제대 군인들이 입는 헐렁한 회색 셔츠와 바지를 알아볼 수 있었다. 빌어먹을! 이자들은 지금 '황금시절'로 가는 중이 아닌가.

"술을 좀 했으면 좋겠네" 하는 소리가 등 뒤에서 들렸다.

"2, 3분만 가면 됩니다."

앞쪽에, 자신을 군악대장쯤으로 생각하는 듯싶은 사람 하나가 우쭐대며 걷는 모습이 보였다. 그는 궁둥이를 들썩이며 큰 걸음으로 원기 좋게 움직이면서 지휘를 했는데, 머리 위로 치켜 올린 지팡이가 음악에 박자를 맞추기라도 하듯 오르락내리락했다. 차의 속도를 늦추면서 보니 그자는 보폭을 줄이며 지팡이를 가슴 높이에 갖다 붙이고 뒤따라오는 사람들을 향해 돌아서고 있었다. 그런데 뒤에 가는 사람들은 여전히 그자를 아랑곳도 하지 않고 무리 지어 걸어가면서, 어떤 사람들은 옹기종기 모여 이야기를 하는가 하면 어떤 사람들은 자기네들끼리 뭐라고 지껄이며 손짓 발짓을 했다.

갑자기 군악대장이 자동차를 발견하고 그의 지휘봉인 지팡이를 흔들어댔다. 나는 경적을 울렸고 사람들이 길가로 붙어서는 것을 보고 천천히 차를 앞으로 몰았다. 군악대장은 두 다리를 척 버티고 양손을 허리에 짚은 채 제자리에서 꼼짝도 하지 않아 나는 그를 치지 않으려고 황급히 브레이크를 밟았다.

군악대장은 사람들을 헤치고 자동차 있는 곳으로 달려왔고, 그가 달려들면서 지팡이로 자동차 엔진 덮개를 쿵 하고 내리치는 소리가 들렸다.

"당신 도대체 뭐길래 분대를 깔아뭉개려는 거야? 암호를 대봐. 누가 이 부대를 지휘하는 거야. 자네들 달구지들은 항상 너무 겁이 없단 말이야. 암호를 대봐."

"이 차는 퍼싱〔제1차 세계대전 때 미국의 원정군 사령관〕 장군님 찹니다."

그에게는 전쟁 때 그의 사령관 이름이 나오면 효과가 있다는 소리를 들은 적이 있어 나는 그렇게 말했다. 그 사나운 눈빛이 대뜸 달라졌고, 그자는 뒤로 성큼 물러서서 깍듯이 경례를 갖다 붙였다. 그러더니 아무래도 미심쩍은 듯 뒷좌석을 들여다보면서 소리를 질렀다.

"장군님은 어디 계신가?"

"저기 계십니다."

나는 몸을 돌려 노턴 씨가 맥없이 창백한 얼굴로 자리에서 몸을 일으키는 것을 보며 말했다.

"무슨 일인가? 왜 멈춘 거지?"

"상사께서 멈추게 했습니다."

"상사? 무슨 상사 말인가?"

그는 일어나 앉았다.

"장군님이십니까?"

퇴역 군인은 경례를 붙이며 말했다.

"저는 장군님께서 오늘 전선을 시찰하고 계시는 줄 몰랐습니다. 죄송합니다, 장군님."

"뭐라고……?"

노턴 씨는 말했다.

"장군님은 지금 바쁘십니다."

나는 재빨리 말했다.

"그러실 거야. 돌아보실 곳이 많을 테니까. 군기는 엉망이고 포병대 사격술은 엉터리야."

퇴역 군인은 그렇게 말하고는 길을 걸어가는 사람들을 향해 외쳤다.

"장군님께서 지나가시도록 길을 비켜드려. 퍼싱 장군께서 지나가신다. 퍼싱 장군님께 길을 비켜드려!"

그가 옆으로 비켜서자 나는 사람들을 피해 냉큼 도로 중앙선을 건너질러 차를 내몰았다. 그러고는 '황금시절'로 향하는 동안 내내 반대편으로 달렸다.

"그 사람 누구였나?"

노턴 씨가 뒷좌석에서 헐떡이며 물었다.

"군인이었던 사람입니다. 제대 군인이죠. 다 제대 군인입니다. 약간

씩 전쟁 신경증에 걸려 있는 환자들이죠."

"그렇다면 수행원이 따라다녀야 하지 않나?"

"안 보이는군요. 하지만 해를 끼칠 사람들은 아닙니다."

"그래도 그렇지. 수행원이 따라다녀야 해."

그자들이 도착하기 전에 노턴 씨를 그곳에 데려갔다가 얼른 떠나버려야 했다. 오늘은 그 사람들이 여자들을 찾아가는 날이라서 황금시절은 적잖이 소란스러울 것이다. 그들 중 나머지는 어디 있는지 알 수 없었다. 전부 50명이어야 했다. 하여간 얼른 뛰어 들어가 위스키만 사가지고 냉큼 떠나버릴 작정이었다. 그건 그렇고, 노턴 씨는 도대체 어떻게 된 걸까? 트루블러드 때문에 그 정도로 당황해야 할 이유가 뭔가? 나는 듣기만 해도 창피스러웠고 서너 번은 웃음이 터져 나오려고 했는데 노턴 씨는 그 때문에 속이 좋지 않다니, 의사의 진찰을 받아야 할지도 몰라. 그런데 빌어먹을, 의사에게 가자는 소리는 하지 않는단 말이야. 빌어먹을 트루블러드.

뛰어 들어가 한 파인트만 사가지고 얼른 뛰어나와야지 하고 생각했다. 그러면 노턴 씨는 황금시절을 보지 못할 것이다. 나는 뉴올리언스에서 새 계집애들이 왔다는 소리가 들려왔을 때 친구들과 어울려 간 것 말고는 혼자서는 좀처럼 그곳에 가지 않았다. 학교 측에서는 황금시절을 점잖은 곳으로 만들어보려고 애썼지만, 그 지방 백인들이 그곳과 무슨 꿍꿍이 관계가 있는지 도무지 효과가 없었다. 학교 당국에서 할 수 있는 일이라고는 그곳을 출입하다 붙들린 학생을 따끔하게 혼내주는 정도에 불과했다.

차에서 내려 황금시절로 뛰어 들어갔을 때, 노턴 씨는 잠든 사람처럼 누워 있었다. 돈을 달라고 하고 싶었지만, 내 돈을 쓰자고 마음먹었다.

입구에서 잠시 걸음을 멈췄다. 벌써 대만원이었다. 헐렁헐렁한 회색 셔츠와 바지를 입은 제대 군인들과 짧고, 꼭 달라붙고, 빳빳이 풀을 먹인 깅엄 천 에이프런을 두른 여자들로 그곳은 꽉꽉 차 있었다. 사람들의 목소리와 주크박스의 소음을 뚫고 김빠진 맥주 냄새가 방망이처럼 코를 후려쳤다. 문 안으로 들어서자마자 한 사내가 얼빠진 얼굴로 내 팔을 움켜쥐고 내 눈을 빤히 들여다보았다.

"5시 반에 있다네."

사내는 나를 똑바로 쳐다보며 말했다.

"뭐가 말이에요?"

"만인을 포용하는 절대적인 위대한 휴전, 세계의 종말이!"

내가 대꾸하기도 전에 조그맣고 똥똥한 여자가 내 얼굴에 웃음을 던지고 나서 사내를 끌고 가면서 말했다.

"이번엔 당신 차례야. 당신과 내가 이층에 올라갈 때까지는 그 일이 일어나지 않도록 해주세요. 어째서 내가 늘 당신을 데리러 와야 하지?"

"아냐, 정말이야. 오늘 아침 파리에서 무전을 보내왔는걸."

"이봐요. 그럼, 당신과 내가 서둘러야 되겠어. 일어나기 전에 여기서 챙겨야 할 돈이 많이 있거든. 그건 잠시 비밀에 붙여주세요, 네?"

그녀는 내게 눈을 찡긋해 보이며 사람들을 뚫고 계단 쪽으로 사내를 끌고 갔다. 나는 초조한 심정으로 사람들을 헤치고 바 쪽으로 갔다.

모인 사람들은 과거에 의사, 변호사, 교사, 공무원이었던 사람들이었다. 요리사는 여럿 있었고 목사가 한 명, 정치가가 한 명, 화가가 한 명 있었다. 그중에 한 사람, 아주 돌아버린 사람이 있었는데 그 사람은 전에 정신과 의사였다. 나는 그 사람들을 볼 때마다 마음이 편치 않았다. 그 사람들은 나 자신이 막연하게나마 여러 번 꿈꾸어보았던 직업을 가졌던 사람들이었다. 그들이 비록 나를 보는 것 같지는 않았지만, 나는 그 사람들이 진짜 환자들이라고는 믿을 수가 없었다. 어떤 때는 그 사람들이 나와 학교 사람들을 상대로 대규모의 복잡한 게임을 하고 있는 것처럼 보이기도 했다. 나로선 도저히 이해할 수 없는 룰을 가지고 미묘하게 진행해서 결국 한바탕 왁자하게 웃으려는 목적을 가진 게임 말이다.

내 바로 앞에 두 남자가 서서, 그중 하나가 열심히 이야기를 하고 있었다.

"……그러고는 존슨이 제프리를 왼쪽 아래쪽으로부터 45도 각도로 갈기자, 시신경 전체에 즉각 폐색이 일어나고 그 부분이 냉각기의 냉각 장치처럼 하얗게 얼어버리더니 자율 신경 계통이 붕괴되고 초경련적인 근육의 진동과 함께 거대한 벽돌쌓기 과자처럼 요동하다 미골(尾骨) 최선단으로 죽은 듯이 푹 쓰러지는가 했더니 이번에는 괄약근(括約筋)의 신경과 근육에 격렬한 외상적 반응이 일어나지 뭔가. 그러고 나니 이보게, 녀석들이 그 친구를 쓸어 담더니 생석회를 뿌리고 나서 손수레에 실어 끌고 가버리는 거야. 물론, 다른 치료법은 없었지."

"실례합니다."

나는 두 사람 사이를 밀치고 지나가며 말했다.

몸집 큰 핼리가 바를 보고 있었다. 그의 검은 피부가 땀에 젖은 셔츠를 통해 비쳐 보였다.

"학생, 뭘 할래?"

"핼리, 위스키 더블로 줘요. 쏟지 않고 가지고 나갈 수 있게 아무 데나 바닥이 깊은 잔에다 좀 넣어줘요. 밖에 있는 사람이 마실 거니까."

핼리의 입술이 불쑥 튀어나왔다.

"제기랄, 안 돼!"

"왜요?"

나는 그의 통방울눈에 떠오른 화난 표정에 놀라 물었다.

"자네, 아직도 학교에 다니지?"

"그럼요."

"그래, 그 자식들이 또 내 가게 문을 닫게 하려는 거란 말이야. 그래서 그래. 자네, 여기서는 얼굴이 샛노래지도록 마셔도 좋아. 그러나 가지고 나갈 술이라면 눈곱만큼도 못 팔겠어."

"하지만 차 안에 환자가 있는걸요."

"무슨 차? 자넨 차가 없었잖아?"

"백인 차예요. 내가 운전해주고 있죠."

"자네, 학교에 다니고 있지 않나?"

"그 사람, 학교 분이에요."

"그래, 누가 아파?"

"그 사람이 아파요."

"높으신 분이라 이런 델 못 들어온단 말이야? 우린 아무도 인종차별하지 않는다고 해."

"하지만 환자예요."

"뒈지라지."

"핼리, 그 사람 유명 인사예요. 대학 이사라니까요. 그 사람 갑부인데 병 나서 무슨 일이 일어나 봐요. 보따리를 꾸려서 나를 고향으로 보내버릴 거예요."

"이봐, 어쩔 수 없어. 데리고 들어와. 들어가 헤엄을 칠 만큼 내줄 테니까. 나 혼자 마시는 술맛도 보게 해줄게."

그는 상아 주걱으로 맥주 몇 잔의 흰 거품을 걷어내고 바 저쪽으로 밀어 보냈다.

나는 속이 매스꺼웠다. 노턴 씨는 들어오고 싶지 않을 것이다. 그는 몸이 너무 안 좋았다.

게다가 그에게 정신병자들이며 창녀들을 보이고 싶지 않았다. 밖으로 나가려니까 실내는 점점 더 어지러워졌다. 보통 때 환자들을 조용히 시키는, 흰 제복을 입은 수퍼카고는 어디에도 보이지 않았다. 나는 그게 못마땅했다. 그가 이층에 올라가 있으니 아래서는 완전히 제멋대로들 아닌가. 나는 밖으로 나와 차 있는 데로 갔다. 노턴 씨에게 뭐라고 말한다? 문을 열었을 때 그는 여전히 조용히 누워 있었다.

"이사님, 이 사람들이 가져갈 술은 팔지 않는대요."

그는 아주 조용히 누워 있었다.

"이사님."

그는 새하얀 석고처럼 누워 있었다. 나는 겁이 나서 가만히 그를 흔들어보았다. 그는 간신히 숨을 몰아쉬고 있었다.

이번에는 힘을 주어 흔들어대자 그의 머리가 괴이하게 흔들거렸다. 푸르뎅뎅한 입술이 벌어지고 안에서 길고, 가늘고, 섬뜩하게도 짐승 같은 이빨이 드러나 보였다.

"이사님!"

질겁을 하여 나는 다시 황금시절 안으로 뛰어들어 마치 보이지 않는 벽을 뚫고 들어가듯 소음을 뚫고 달려갔다.

"빨리! 도와줘요. 그 사람 죽어가요!"

나는 사람들 사이를 헤쳐 나가려 해보았지만, 아무도 내 말을 들은 것 같지 않았다. 양쪽으로 길이 막혀버렸다. 사람들이 꽉꽉 메워져 있었다.

"헬리!"

환자 둘이 고개를 돌리고 내 얼굴을 바라보았다. 그들의 눈이 바로 내 코 두 치 위에 있었다.

"이 양반 어떻게 됐나, 실베스터?"

키 큰 쪽이 말했다.

"밖에서 사람이 죽어가고 있어요!"

나는 말했다.

"늘 누군가 죽어가고 있지."

다른 하나가 말했다.

"맞아. 하느님의 위대한 천막 아래서 죽는다는 건 좋은 일이야."

"위스키를 좀 마셔야 해요!"

"오, 그건 또 별문제지."

한 사람이 그렇게 말했고 그들은 사람들을 밀치고 바 쪽으로 갔다.

"고뇌를 가라앉히기 위한 최후의 빛나는 한 잔을 말이야. 좀 비켜주쇼."

"학생, 벌써 갔다왔나?"

핼리가 말했다.

"위스키 좀 줘요. 이사님이 죽어가요!"

"이봐, 내 말했잖나. 데리고 들어오는 게 좋다고. 죽으라지그래. 하지만 난 아직 빚 갚을 게 남아 있단 말이야."

"제발 부탁해요. 전 형무소엘 갈 겁니다."

"자넨 대학에 다니잖나. 잘 생각해봐."

"그 양반을 데리고 들어오는 게 낫겠어."

실베스터라고 불리는 사내가 말했다.

"자, 우리가 돕지."

우리는 사람들을 헤치고 간신히 나왔다. 노턴 씨는 아까 그대로였다.

"이봐, 실베스터! 이 양반 토머스 제퍼슨이야."

"나도 막 그렇게 말하려던 참이었어. 난 오래전부터 이 양반과 이야기하고 싶었지."

나는 아연하여 그들을 바라보았다. 둘 다 단단히 미쳤다. 아니면 농담을 하는 건가?

"좀 도와주세요."

내가 말했다.

"아무렴!"

나는 노턴 씨를 흔들었다.

"이사님!"

"이 양반 마지막 술 한잔 즐기게 하려면 빨리 하는 게 좋겠군."

하나가 생각이 깊다는 듯 말했다.

우리는 노턴 씨를 들어 올렸다. 그는 낡은 자루처럼 우리 사이에서 흐늘거렸다.

"빨리!"

노턴 씨를 끌고 황금시절 쪽으로 가는 도중에 한 사람이 갑자기 걸음을 멈췄다.

노턴 씨 머리는 축 늘어졌고, 그의 백발은 흙바닥에 질질 끌렸다.

"여보게들, 이 양반, 내 할아버지야."

"이 사람은 백인이에요. 이름이 노턴이고요."

"자기 할아버지는 알아봐야 하는 법이지. 이 사람 토머스 제퍼슨이고 난 그 손자야. '땅 파는 검둥이' 쪽으로 말이야."

키 큰 남자가 말했다.

"실베스터, 난 전적으로 자네 말이 맞다고 믿어. 정말이야."

그는 노턴 씨를 빤히 들여다보았다.

"이 이목구비 좀 보라고. 영락없는 자네야. 꼭 닮았어. 이 양반이 자넬 옷 입힌 채로 세상에 뱉어놓은 것 같지 않아?"

"아냐, 아냐. 그건 아버지였지."

사내는 진지하게 말했다.

그리고 그는 입구 쪽으로 가는 동안 자기 아버지에게 지독하게 욕설을 퍼붓기 시작했다. 핼리가 문 앞에서 기다리고 있었다. 그는 용케 사람들을 조용히 시키고 실내 한가운데 자리를 마련해놓았다. 사람들이 노턴 씨를 보려고 가까이 몰려들었다.

"누가 의자 좀 가져와요."

"그래, 에디 씨를 앉힙시다."

"이봐요. 저 사람 에디 씨가 아닌걸. 저 사람 존 록펠러야."

누군가 말했다.

"여기 구세주가 앉으실 의자가 있소."

"다들 물러서요."

핼리가 말했다.

"자리를 좀 내줘요."

전에 의사였던 번사이드가 황급히 뛰어나와 노턴 씨의 맥을 짚어보았다.

"굉장하군! 이 사람 맥박 굉장해! 뛰는 게 아니라 진동하는 판이야. 이것 보통 일이 아냐. 보통 일이."

누군가 그를 끌어냈다. 핼리가 술병과 잔을 가지고 다시 나타났다.

"자, 누가 이 사람 머리를 뒤로 좀 젖혀줘요."

그러자 내가 미처 움직이기도 전에 키가 작고 곰보 자국이 있는 사내 하나가 나서서 양손으로 노턴 씨의 머리를 붙잡고 뒤로 잔뜩 젖히더니 면도칼을 갖다 대려는 이발사처럼 턱을 가만히 꼬집으면서 재빠르고 날쌔게 두들겼다.

"푸우……."

노턴 씨의 머리가 잽을 얻어맞은 펀칭 백처럼 경련하듯 흔들렸다. 다섯 개의 불그레한 줄이 흰 볼 위에 피어올라 마치 투명한 돌 아래서 타오르는 불꽃처럼 빛났다. 나는 내 눈을 믿을 수 없었다. 달아나고 싶었다. 여자 하나가 킥킥대며 웃었다. 서너 명의 사내가 문 쪽으로 뛰어나가는 것이 보였다.

"그만둬, 이 바보야!"

"히스테리 증세야."

곰보 자국 사내가 기가 죽어 말했다.

"꺼져버려! 누가 이층에 가서 그 너구리 같은 수퍼카고 좀 데려와요. 빨리 내려오라고 해요!"

"단순한 히스테리 경증이야."

곰보 자국 사내는 사람들이 그를 끌어내자 말했다.

"빨리 술을 먹여요, 핼리."

"이봐 학생, 잔을 들고 있어. 이건 내가 마시려고 아껴둔 브랜디야."

누군가 억양 없는 목소리로 내 귀에 대고 수군거렸다.

"이봐, 내가 아까 5시 반에 일어난다고 했잖나. 창조주께선 벌써 오셨어."

얼빠진 얼굴의 사내였다.

나는 핼리가 병을 기울이자 미끈한 호박색 브랜디가 찰랑이며 잔 안으로 흘러들어가는 것을 보았다. 그러고 나서 나는 노턴 씨의 고개를 뒤로 젖히고 잔을 입술에 갖다 대고 술을 부었다. 갈색의 실낱같은 액체가 그의 입언저리에서 섬세한 턱 아래로 흘러내렸다.

실내는 갑자기 조용해졌다. 손에 가벼운 움직임이 느껴졌다. 어린애가 한바탕 울고 나서 훌쩍일 때 가슴에 손을 대보면 느낄 수 있는 그런 움직임이었다. 실낱같은 혈관이 퍼져 있는 그의 눈꺼풀이 껌벅거렸다. 그는 기침을 해댔다. 홍조가 서서히 피어올라 목 위로 뻗어갔고, 이윽고 얼굴 전체로 번졌다.

"학생, 이걸 코에 갖다 대. 냄새를 맡게 하란 말이야."

나는 노턴 씨의 코밑에 대고 술잔을 움직였다. 이윽고 노턴 씨는 파르스름한 눈을 떴다. 얼굴 전체를 홍건히 물들인 홍조 가운데서 그의 두 눈은 맑은 물빛으로 보였다. 그는 오른손을 후들후들 떨며 턱으로 가져가더니 몸을 일으켜 앉으려고 했다. 두 눈이 커다랗게 떠지며 이 사람 얼굴에서 저 사람 얼굴로 빠르게 이동했다. 이윽고 내 얼굴에 이르러 그의 물기 머금은 두 눈은 나를 알아본 듯 초점이 맞아 들어갔다.

"이사님께선 정신을 잃으셨습니다."

내가 말했다.

"여기가 어딘가, 학생?"

그는 힘없이 물었다.

"황금시절입니다, 이사님."

"뭐라고?"

"황금시절입니다. 일종의 도박장이죠."

나는 거북하게 덧붙였다.

"이제 브랜디 한 잔 더 드리게."

헬리가 말했다.

나는 한 잔을 따라 그에게 건네주었다. 그는 코로 냄새를 맡아보고 나서 갈피를 못 잡겠다는 듯 눈을 내리감고는 잔을 들이켰다. 그의 양 볼이 조그만 바람통처럼 부풀어올랐다.

그는 입 안을 헹구고 있었다.

"고맙네."

그는 이제 약간 기운을 차리고 물었다.

"여기는 뭐 하는 곳인가?"

"황금시절이죠."

정신병자 서너 명이 이구동성으로 말했다.

그는 천천히 주위를 둘러보고 나서 소용돌이 무늬와 나무 장식이 있는 발코니를 올려다보았다. 커다란 깃발 하나가 마루 위에 치렁치렁 걸려 있었다. 그는 얼굴을 찌푸렸다.

"여긴 전에 무엇에 쓰던 건물이었나?"

그가 물었다.

"전엔 교회였다가 그다음은 은행, 그다음은 식당 겸 고급 도박장, 그리고 지금은 우리가 쓰고 있죠."

헬리가 설명했다.

"교도소였던 적도 있다는 것 같더군요."

"우린 일주일에 한 번 여기 와서 한바탕 마음껏 놀도록 허용이 되어 있습니다."

누군가가 말했다.

"술을 사가지고 나갈 수가 없어서 부득이 모시고 들어올 수밖에 없었습니다."

나는 겁을 집어먹고 사정을 설명했다.

그는 주위를 둘러보았다. 나는 그의 눈길을 좇으며, 묵묵히 그의 눈길을 받고 있는 환자들의 얼굴에 떠오르는 갖가지 표정들을 보고 놀라움을 금치 못했다. 적의를 나타내는 자들이 있는가 하면 잔뜩 위축된 자들도 있었고 공포에 질린 자들이 있는가 하면 자기들끼리 아주 난폭하게 굴다가 이제 어린애처럼 유순해진 것 같은 자들도 있었다. 어떤 측은 또 이상하게 재미있어 하는 눈치였다.

"당신네는 다 환자들이오?"

노턴 씨가 물었다.

"전 여길 운영하는 사람입니다. 여기 딴 사람들은……"

핼리가 말했다.

"우린 치료 목적으로 이곳에 보내진 환자들이오."

키가 작고, 통통하고, 영리해 뵈는 남자가 말했다.

"하지만" 하고 그는 웃었다.

"당국에선 감독격으로 수퍼카고를 딸려 보냅니다. 치료가 실패하도록 감시하려고요."

"이 미친 녀석들, 난 에너지 발전기야. 난 전지를 충전하려고 왔지."

제대 군인 하나가 우겨댔다.

"전 역사학도지요."

또 다른 사내가 극적인 제스처를 쓰며 끼어들었다.

"세계는 마치 룰렛의 회전반처럼 원을 그리며 돌고 있죠. 초기에는 흑(黑)이 우위를 차지하고 중기에는 백(白)이 승기를 잡습니다만 곧 이디오피아가 그 고결한 날개를 펼치게 될 것입니다. 그러니 돈을 흑에 거십시오."

그의 목소리는 흥분하여 떨렸다.

"그때까지는 태양이 아무런 열기도 지니지 못할 것이고 지구의 중심은 얼음으로 가득 찰 겁니다. 앞으로 2년 후면 나는 내 흑백 혼혈 모친, 그 반 백인 암캐에게 목욕을 시켜줄 수 있을 만큼 나이가 들 겁니다."

그는 유리알 같은 눈에 분노를 터뜨리며 팔짝팔짝 뛰면서 덧붙였다.

노턴 씨는 눈을 껌벅거리며 몸을 곧추세웠다.

"난 의사요. 맥을 짚어볼까요?"

번사이드가 말하며 노턴 씨의 팔목을 붙잡았다.

"저 친구 말에 신경 쓰지 말아요, 선생. 저 친군 10년 동안 의사 노릇 따윈 해보지 않았으니까. 저 친구는 피를 팔아먹으려다가 붙잡혔다우."

"팔아먹긴 팔아먹었지."

그 남자가 크게 소리 질렀다.

"그걸 내가 발견했는데 존 록펠러가 내게서 그 처방을 훔쳐간 거야."

"록펠러 씨라고 했소? 분명히 착각하고 있군."

노턴 씨가 말했다.

"거기 아래 무슨 일이야?"

누군가 발코니 위에서 소리를 질렀다. 모두 고개를 돌려 위를 바라보았다. 흰 반바지만 입은 거대한 몸집의 흑인이 몸을 흔들며 계단 위에서 있었다. 총감독을 맡고 있는 수퍼카고였다. 빳빳하게 풀먹인 흰 제복 차림이 아니어서 나는 그를 못 알아볼 뻔했다. 그는 늘 팔에 스트레이트 재킷〔미치광이나 사나운 죄수에게 입혀 두 손을 못 쓰게 하는 옷〕을 걸치고 환자들을 겁주며 다니는 게 보통이었고, 그러면 환자들은 그가 있을 때는 얌전해지고 말을 잘 들었다. 그런데 이번에는 환자들이 그를 못 알아봤는지 욕설을 퍼부어대기 시작했다.

"자기가 취하고 나서 어떻게 질서를 잡겠다는 거야?"

핼리가 고함을 질렀다.

"샬린! 샬린!"

"네에?"

발코니 저쪽 어느 방에선가 잔뜩 부어오른 여자의 목소리가 들려왔다. 건네오는 그 목청의 소리가 놀랄 만했다.

"저 너구리 같은 주정뱅이 작자 데리고 들어가서 술 좀 깨게 해주었으면 좋겠어. 그러고 나서 흰 옷 입혀 가지고 이리 내려와 질서 좀 잡으라고 해. 우리 가게에 백인이 찾아오셨단 말이야."

여자가 핑크색 모직 옷을 휘감아 끌고 발코니에 모습을 나타냈다.

"이번엔 내 말 좀 들어봐요, 핼리."

그녀는 느릿느릿 말했다.

"난 여자예요. 그 사람에게 옷을 입히고 싶으시거든 직접 입혀보시구려. 나는 한 남자만을 빼놓고는 남자들에게 옷을 입히지 않아요. 그 남자는 지금 뉴올리언스에 있고요."

"그건 상관없어. 그 너구리 술 좀 깨워!"

"거기 아래 질서 좀 안 지키나?"

수퍼카고가 버럭 소리를 질렀다.

"그 아래 백인이 들어왔다면 두 배로 잘해야 할 것 아냐!"

갑자기 뒤쪽 바 근처에 있던 사람들 사이에 한차례 분노에 찬 소리가 일더니 사람들이 우르르르 계단으로 뛰어가는 것이 보였다.

"저 자식 데려와!"

"질서 좀 가르쳐줘!"

"비켜!"

다섯 남자가 계단으로 돌진해갔다. 나는 그 거한이 몸을 구부리고 양손으로 계단 맨 위 기둥을 움켜쥔 채 단단히 버티고 서 있는 것을 보았다. 흰 반바지만 입은 그의 알몸이 번쩍번쩍했다. 노턴 씨 뺨을 때렸던 작은 사내가 앞장을 서고 있었다. 그런데 그가 긴 계단을 뛰어올라 꼭대기에 이르자마자, 수퍼카고는 몸을 척 가누고는 그 조그만 사내를 붙잡아 가슴을 세게 걷어찼다. 그러자 그는 뒤쫓아 오는 사람들 한가운데로 반원을 그리며 나동그라져버렸다. 수퍼카고는 다시 발을 휘두르기 시작했다. 계단은 비좁아서 한 번에 한 사람씩밖에는 올라가지 못했다. 사내들은 재빨리 뛰어오른다고 뛰어올랐지만 거인은 발길로 그들을 걷어차버렸다. 그는 마치 배팅 연습을 할 때 외야 볼을 날리듯 발을 휘둘러 그들을 차 넘겼다. 그 광경을 구경하느라고 나는 노턴 씨도 잊고 있었다.

황금시절은 북새통이 되었다. 반라(半裸)의 여자들이 발코니 너머 이 방 저 방에서 밖으로 나왔다. 환자들은 축구 시합 구경이라도 하듯 우우거리며 고함을 질렀다.

"질서를 지켜!"

거인은 한 사내를 계단 아래로 날려 보내며 고함을 질렀다.

"술이 든 병을 던지고 있어요. 진짜 술이 들었어요!"

여자 하나가 비명을 질렀다.

"저 자식은 질서를 바라지 않아."

누군가 말했다.

술병과 술잔이 소나기처럼 위스키를 뿌리며 날아가 발코니에 부딪혔다. 수퍼카고가 갑자기 벌떡 일어나 이마를 움켜쥐었다. 그의 얼굴은 위스키로 범벅되어 있었고 그는 "으이이이! 으이이이!" 하고 비명을 질렀다. 나는 그가 휘청거리며 발목부터 위로 점점 뻣뻣해지는 것을 보았다.

계단 앞의 사람들은 잠시 꼼짝 않고 그 모양을 지켜보았다. 그러더니 화다닥 위로 뛰어올라갔다.

수퍼카고는 그들이 아래에서 발을 낚아채 끌고 내려가려 하자 계단 난간 손잡이를 움켜쥐었다. 그들이 마치 지원 소방대원들이 호스를 들고 달리듯이 발목을 끌고 내려오자 수퍼카고의 머리는 계단에 부딪혀 퉁기면서 연방 총소리 같은 소리를 냈다. 사람들이 우르르르 앞으로 달려들었다. 핼리가 내 귀 바로 옆에서 바락바락 악을 써댔다. 나는 수퍼카고가 홀 한가운데로 질질 끌려나오는 것을 보았다.

"저 자식에게 질서를 가르쳐줘."

"내 나이 마흔다섯인데 저 새끼가 꼭 내 아비나 되는 듯이 행세한단 말이야!"

"그래, 한번 질러보고 싶단 말인가?"

키 큰 사내 하나가 구둣발로 수퍼카고의 머리를 겨누며 말했다. 그의 오른쪽 눈 위의 살이 바람을 집어넣은 듯 잔뜩 부풀어 있었다.

그때 노턴 씨가 내 옆에서 소리를 질러대는 게 들렸다.

"그만둬요. 그만둬! 그 사람 쓰러졌으니 그만둬!"

"백인 양반의 말 좀 들어보세."

누군가 말했다.

"저 자식 백인의 앞잡이야!"

사람들은 이제 두 발로 수퍼카고 위로 뛰어올랐고 나도 너무 흥분한 나머지 그 사람들과 합세를 하고 싶었다. 여자들까지 덩달아 소리를 질러댔다.

"본때를 보여줘!"

"저 녀석 언제나 돈을 안 낸단 말이야!"

"죽여!"

"제발 다들 이러지 마! 여기서 이러지 말란 말이야! 우리 집에선 안 돼!"

"저 자식 근무 중일 때는 하고 싶은 말도 못하면서."

"빌어먹을, 안 돼!"

어떻게 된 일인지 나는 노턴 씨 옆에서 밀치고 밀려 실베스터라는 사내 옆에 와 있었다.

"이봐, 학생."

그가 말했다.

"저길 봐. 저 갈비뼈에서 피가 나오는 데를 보란 말이야."

나는 고개를 끄덕였다.

"자, 꼼짝 말고 보고 있어."

나는 어길 수 없는 명령이라도 받은 것처럼, 아래쪽 늑골 바로 밑과 좌골 바로 윗부분을 바라보고 있었고, 실베스터는 축구공을 차듯이 발끝으로 신중하게 가늠하여 그곳을 내질렀다.

수퍼카고는 상처 입은 말처럼 신음 소리를 냈다.

"학생도 해봐. 기분이 썩 좋아. 그러고 나면 기분이 풀릴걸."

실베스터가 말했다.

"가끔 저 자식이 무서워질 때는 저 자식이 내 머릿속에 들어 있는 것 같은 기분이야. 저거 봐!"

그는 말하며 수퍼카고를 또 한 번 걷어찼다.

지켜보노라니 한 남자가 두 발로 수퍼카고의 가슴 위에 뛰어올랐다. 그러자 수퍼카고는 기절해버렸다. 사내들은 그에게 차디찬 맥주를 쏟아붓기 시작했고, 그가 정신을 차리자 다시 발길질을 시작하여 또다시 기절시켜버렸다. 얼마 뒤 수퍼카고는 피와 맥주로 범벅이 되고 말았다.

"저 새끼 완전히 가버렸군."

"내다 던져버려."

"아냐, 잠깐. 누가 나 좀 도와줘."

그들은 수퍼카고를 바 위에 던져 올려 길게 누이고 양팔을 시체처럼 가슴 위에 포개놓았다.

"자, 이제 한잔 듭시다."

핼리가 어정거리며 바 뒤로 들어가려 하지 않자 그들은 욕설을 퍼부어댔다.

"들어가서 술 팔아. 이 비곗자루 같은 자식아."

"라이 위스키 한 잔 줘!"

"여기 이쪽이야, 치사한 친구!"

"잘 흔들어봐!"

"알았어, 알아. 가만있어."

핼리는 황급히 그들에게 술을 따랐다.

"마시고 돈만 내."

수퍼카고는 꼼짝 못하고 바 위에 널브러져 있었고 사람들은 미치광이처럼 빙글빙글 돌았다. 그래도 아슬아슬하게나마 한결 정신의 균형을 유지하고 있던 몇몇 사람들도 흥분된 분위기로 인하여 그 균형을 지나칠 정도로 무너뜨리고 만 것 같았다. 그중에는 고래고래 목청을 돋우어 병원과 나라와 우주를 비난하는, 적개심에 가득 찬 연설을 하는 사람도 있었다.

작곡가라 자칭하는 한 남자는 자기가 유일하게 아는 듯한 어떤 요란한 곡을 조율도 안 된 피아노로 계속 쿵쾅거리며 연주했는데, 건반을 주먹과 팔꿈치로 두들겨대는가 하면 상처 입은 곰의 신음 소리와 같은 베이스 목소리로 또 다른 효과를 냈다. 최고 교육을 받았다는 사람 중 하나가 내 팔을 붙잡았다. 그는 과거의 화학자로 언제 어디서나 어김없이 빛나는 파이 베타 카파 회원〔대학 우등생으로 조직되는 친목회〕 장(章)을 달고 다니는 사람이었다.

"이 사람들 자제력을 잃었어. 당신들 떠나는 게 좋겠네."

그는 그 떠들썩한 소리 사이로 말했다.

"그러려는 중입니다. 제가 노턴 씨 옆으로 갈 수만 있다면 말이에요."

나는 말했다.

노턴 씨는 아까 나와 같이 있던 자리에 있지 않고 어디론가 사라져버리고 없었다. 나는 허둥지둥 그의 이름을 부르며 북새통이 된 사람들 속을 이리저리 찾아다녔다.

그는 계단 아래 있었다. 차고 박고, 휘청거리는 사람들에 밀려 어떻게 해서 거기까지 갔던 모양인데, 그는 낡은 인형처럼 의자에 길게 누워 있었다. 희미한 불빛 아래에서 보니 그의 얼굴은 고통스러운 듯 새하얗고, 내리감은 그의 두 눈은 잘 다듬어진 얼굴에 그어진 두 가닥의 뚜렷한 선 같았다. 나는 실내의 소음보다 더욱 커다랗게 그의 이름을 불러보았으나 그에게서는 아무런 대답이 없었다. 그는 또 정신을 잃었던 것이다. 나는 처음엔 가만히, 그다음엔 세차게 그를 흔들어보았다. 그러나 그의 주름진 눈꺼풀은 전혀 껌벅거릴 기미를 보이지 않았다. 그때 치거니 받거니 하던 몇 사람이 나를 노턴 씨 쪽으로 밀어붙였다.

갑자기 거대한 백색 더미가 내 눈 두 치 앞으로 떠올랐다. 그건 다름 아닌 노턴 씨의 얼굴이었지만 그 순간 형언할 수 없는 공포의 전율을 느꼈다. 백인의 얼굴을 그처럼 가까이에서 본 적은 한 번도 없었다. 공포감에 휩싸여 나는 달아나려고 몸부림쳤다.

눈을 떴을 때보다 감았을 때 모습이 더 무서워 보였다. 그는 홀연히 눈앞에 나타난 형체 없는 백색의 죽음 같았다. 거기에 내내 숨어 있다가 황금시절의 광란 속에 방금 모습을 드러낸 죽음의 모습 같았다.

"소리 지르지 마!"

누군가 명령했다. 누군가 나를 끌어당기는 것 같았다. 키 작은 뚱뚱보 남자였다.

나는 비로소 그 날카로운 비명이 다름 아닌 내 입에서 나오고 있다는 사실을 깨닫고 입을 틀어막았다. 사내의 얼굴이 풀리더니 내게 일그러진 웃음을 지어 보였다.

"그래야지."

그는 내 귀에 대고 소리쳤다.

"저자는 사람에 불과해. 그걸 기억하게. 저자는 사람에 불과하단 말이야!"

나는 그에게 노턴 씨는 훨씬 그 이상이라고 말하고 싶었다. 그는 백인 갑부이고 내가 책임 맡은 사람이라는 걸 알리고 싶었다. 그러나 내가 그를 책임 맡고 있다는 건 너무 엄청난 생각 같아서 그걸 말로 옮길 수가 없었다.

"이 사람을 발코니로 옮기세."

사내는 나를 노턴 씨의 발 쪽으로 떠밀며 말했다. 나는 기계적으로 몸을 움직여 노턴 씨의 가느다란 발목을 움켜쥐었고 그는 백인의 겨드랑이를 들어 올려 계단 밑에서부터 뒷걸음질하여 계단을 올라갔다. 노턴 씨는 술에 곤죽이나 된 듯, 혹은 죽은 듯, 머리가 가슴 위 축 늘어졌다.

이 제대 군인은 여전히 웃음을 머금고 한 번에 한 칸씩 뒷걸음질로 계단을 올라가기 시작했다. 나는 그도 다른 사람들처럼 술에 취하지나 않았을까 걱정하기 시작하는 판인데, 그때 계단 난간에 기대어 실내의 난장판을 구경하던 세 명의 아가씨들이 노턴 씨를 끌어올리려는 걸 도우려고 우리를 향해 내려오는 것이 보였다.

"노인네들은 안 된다니까."

한 아가씨가 소리 질렀다.

"아주 곤죽이 되셨군."

"정말이야. 핼리가 꺼내간 이 술은 백인들이 마시기엔 너무 독해."

"취한 게 아냐. 병이 난 거지."

뚱보 사내가 말했다.

"가서 빈 침대가 있나 찾아봐. 이 양반 잠시 눕혀놓게."

"알았어요, 영감님. 그것 말고 제가 또 수고해드릴 것 없나요?"

"그러면 됐어."

아가씨 하나가 앞으로 뛰어 올라갔다.

"내 시트는 금방 갈았어요. 그 양반을 이리 데려와요."

그녀가 말했다.

얼마 후 노턴 씨는 길이가 보통 침대의 4분의 3쯤 되는 침대 위에 누워 희미하게 숨을 몰아쉬고 있었다. 나는 뚱보 제대 군인이 아주 노련하게 환자 위로 몸을 구부리고 맥을 짚는 모습을 지켜보았다.

"아저씨, 의사예요?"

한 아가씨가 물었다.

"지금은 아냐. 지금은 환자지. 하지만 웬만큼은 알고 있어요."

또 한 아가씨는 그를 재빨리 옆으로 밀치는 것 같았다.

"이분 괜찮을 거예요. 여기서 데리고 나갈 수 있도록 정신을 좀 차리게 해줘요."

"걱정할 것 없네. 난 저 아래 있는 사람들과는 달라요, 젊은이."

그는 말했다.

"난 진짜 의사였어. 이 사람을 다치게 하지는 않겠네. 이 사람은 일종의 가벼운 쇼크를 일으킨 것뿐이야."

우리는 그가 노턴 씨 위로 몸을 굽히고 맥을 짚어보며 눈꺼풀을 뒤집어보는 것을 지켜보았다.

"가벼운 쇼크야."

그는 다시 말했다.

"여기 황금시절에 오면 누구든 쇼크를 받을 만하지."

아가씨 하나가 매끈하고 육감적인 굴곡을 이룬 배 위의 에이프런을 만지작거리며 말했다.

다른 여자가 노턴 씨의 흰 머리카락을 이마 위로 쓸어 넘겨 만지작거리며 공허한 웃음을 지었다.

"이 양반 귀엽게 생겼어. 꼭 작은 백인 아기 같아."

"어떤 늙은 아기 말이야?"

작고 비쩍 마른 여자가 물었다.

"그거야, 늙은 아기."

"에드나, 넌 백인이 아주 좋은가 보구나. 그뿐이야."

마른 여자가 말했다.

에드나는 머리를 흔들며 자기가 생각해봐도 재미있다는 듯 웃음을 지었다.

"맞아, 난 백인을 좋아해. 하여간 이 양반, 늙긴 했지만 내 침대 밑에 신발을 벗어두겠다면 어느 날 밤이라도 대환영하겠어."

"망할 것, 나 같으면 저런 늙은이는 죽여버리겠다."

"죽이긴 왜 죽이니?"

에드나가 대꾸했다.

"얘, 너 이 백인 갑부들이 원숭이 생식선에다 숫염소 불알을 가지고 있다는 것 모르니? 이 늙은 작자들은 아무리 가져도 양이 안 찬대. 세계를 몽땅 갖고 싶은 거야."

의사가 내 얼굴을 보고 웃었다.

"알겠나? 자넨 지금 내분비학에 관한 모든 것을 배우는 중이야. 내가 아까 자네에게 이 사람은 사람에 불과하다고 했는데 틀렸군. 지금 보니 이 사람의 일부는 숫염소, 일부는 원숭이 같아. 그 두 가지 다인지도 모르지."

"사실이에요."

에드나가 말했다.

"시카고에 있을 때 한 사람 있었죠."

"이봐, 넌 시카고에 가본 적이 없잖아."

다른 하나가 참견했다.

"네가 어떻게 아니? 2년 전이야. 망할 것, 넌 몰라. 거기 그 백인 노인네는 모르긴 몰라도 양쪽에 수나귀 불알을 해넣었을 거야."

뚱보 남자는 히죽 웃으며 소리를 높였다.

"과학자이자 의사로서 난 그 이야기를 받아들일 수가 없어. 그런 수술은 아직 시행되어본 적이 없으니까."

그러고 나서 의사는 용케 여자들을 밖으로 몰아냈다.

제대 군인이 말했다.

"이 양반이 정신이 들어 그 소리를 듣는다면 또 한 번 정신이 나가겠군. 더군다나 그 아가씨들이 과학적인 호기심을 발동시키면 이 양반이 정말 원숭이 생식선을 가지고 있는지 확인하려 들지 모를 테고, 그러면 아마 약간 음란한 광경이 됐을 거야."

"이분을 다시 학교로 모셔다드려야 해요."

내가 말했다.

"좋아, 내가 도울 수 있는 일이 있으면 도와주지. 얼음이 있나 좀 찾아봐주게. 그리고 너무 걱정 말고."

밖으로 나와 발코니 위에 서서 보니 사람들의 머리가 내려다보였다. 사람들은 여전히 우글우글 몰려다녔고, 주크박스는 소리 내어 울부짖었으며 피아노는 여전히 쿵쾅거렸고, 홀의 저편 끄트머리 바 위에는 맥주에 흠뻑 젖은 수퍼카고가 녹초가 되어버린 말처럼 길게 누워 있었다.

내려가면서 나는 먹다 말고 놓아둔 술잔 속에서 반짝이는 커다란 얼음 덩이를 발견하고 화끈거리는 손으로 그 차가운 것을 움켜쥐고 얼른 이층 방으로 되돌아왔다.

제대 군인은 앉아서 노턴 씨를 들여다보고 있었는데, 노턴 씨는 이제 약간 고르지 않은 소리를 내며 숨을 몰아쉬었다.

"동작 빠르군."

그는 일어서서 얼음을 받으려고 손을 내밀며 말했다.

"걱정도 빠르더니 동작도 빨라."

그는 자기에게 말하듯이 덧붙였다.

"저 깨끗한 수건 좀 주게. 저기 대야 옆에 있잖아."

수건을 건네주자 그는 그걸로 얼음을 싸서 노턴 씨 이마에 갖다 댔다.

"별일 없습니까?"

내가 물었다.

"몇 분만 있으면 괜찮을 걸세. 무슨 일이 있었지?"

"드라이브를 하던 참이었어요."

"사고를 냈나?"

"아니요. 어떤 소작인하고 이야기한 것밖엔 없어요. 해가 뜨거워서 정신을 잃고 말았죠……. 그래서 아래층 북새통 속에 끼어들게 된 거고요."

"이 사람 몇 살이나 됐나?"

"글쎄요. 하지만 이분은 이사님이세요."

"최초의 이사 중 한 사람이 분명하겠지."

그는 푸르스름한 혈관이 비쳐 보이는 노턴 씨의 눈 위를 토닥거리며 말했다.

"의식(意識)의 수탁 관리자였을 거야."

"그게 뭔데요?"

나는 물었다.

"아무것도 아냐……. 자, 이제 정신이 들기 시작하는군."

나는 그 방에서 뛰어나가 달아나버리고 싶은 충동을 느꼈다. 노턴 씨가 내게 뭐라고 말할 것인지 무서웠고 그의 눈 속에 떠오른 표정이 무서웠다. 그런데도 달아나버리기도 겁났다.

나는 눈꺼풀을 껌벅거리는 그 얼굴에서 눈길을 뗄 수가 없었다. 머리가 희미하게 빛나는 전구 불빛 속에서 이리저리 움직였다. 마치 나에게는 들려오지 않는 어떤 집요한 소리를 거부하고 있는 것 같았다. 이윽고 눈꺼풀이 열리고 푸르스름하고 몽롱한 두 개의 멀건 웅덩이가 드러났고, 그것은 마침내 두 개의 점으로 응집하여 이제 웃음을 거두고 내려다보는 제대 군인의 얼굴 위에 못박혔다.

우리 같은 사람은 노턴 씨 같은 사람을 그런 식으로 바라볼 수가 없었다. 나는 황급히 앞으로 다가섰다.

"이분은 진짜 의삽니다, 이사님."

"내가 설명하지."

제대 군인이 말했다.

"물 한 컵 가져오게."

나는 머뭇거렸다. 그는 나를 똑바로 바라보았다.

"물을 가져와."

그는 몸을 돌려 노턴 씨를 부축해 일으키며 말했다.

밖으로 나와 에드나에게 물 한 컵을 부탁하자 그녀는 나를 데리고 홀을 내려와 조그만 주방으로 들어가서 녹색 구식 냉각기에서 물 한 컵을 꺼내주었다.

"이봐, 그 노인네에게 술 한잔 주고 싶으면 내게 있는 좋은 술을 줄 수 있어."

그녀가 말했다.

"이거면 되겠어요."

나는 대답했다. 손이 떨려 물이 쏟아졌다. 돌아왔을 때 노턴 씨는 혼자 힘으로 일어나 앉아 제대 군인과 이야기를 나누고 있었다.

"여기 물 드십시오, 이사님."

나는 유리컵을 내밀었다.

그는 컵을 받아 들었다.

"고맙네."

"너무 많이 들지 마십시오."

제대 군인이 주의를 주었다.

"당신 진단은 내 전문의의 진단과 꼭 같아요."

노턴 씨는 말했다.

"잘한다는 의사들을 여럿 찾아보고 나서야 그런 진단을 받았소만. 당신은 어떻게 알았소?"

"저도 전엔 전문의였죠."

제대 군인이 말했다.

"그래도 어떻게? 그런 지식을 가진 사람은 이 나라 전체에서 손꼽을 정도밖에 안 되는데……."

"그럼 그중 한 사람이 경증환자 정신병원에 입원해 있는 환자겠죠."

제대 군인은 말했다.

"그렇다고 뭐 전혀 불가사의한 점은 없습니다. 전 잠시 도망했을 뿐이니까요. 육군 의무대를 따라 프랑스로 가서 거기서 휴전 뒤까지 남아 연구도 하고 임상 치료도 했죠."

"아, 그래요? 프랑스엔 얼마 동안이나 있었소?"

노턴 씨가 물었다.

"아주 오래 있었어요. 잊어서는 안 될 근본적인 것들까지 잊어버릴 만큼 오랜 시간 동안 있었습니다."

"근본적인 것들이라니, 무슨 이야깁니까?"

노턴 씨가 물었다.

제대 군인은 웃으며 고개를 치켜들었다.

"인생에 관한 것들이죠. 대부분의 농민이나 민중이 대개는 체험을 통해 알고 있는 그런 것들입니다. 의식적인 생각을 통해 아는 경우는 드물지만 말입니다."

"죄송합니다만, 이사님."

나는 노턴 씨에게 말했다.

"이제 기운을 차리셨으니 돌아가야 하지 않습니까?"

"아직 괜찮아."

그는 말했다. 그러고는 의사를 향해 물었다.

"아주 재미있어요. 그래서 어떻게 됐나요?"

그의 한쪽 눈썹에 매달린 물방울 하나가 움직이는 금강석 조각처럼 반짝였다. 나는 의자로 건너가 주저앉았다. 망할 놈의 작자 같으니라고!

"정말 얘기를 듣고 싶으십니까?"

제대 군인은 물었다.

"그럼요."

"그럼 저 젊은 친구는 아래층에 내려가 기다리는 게 아마……."

내가 문을 열자 고함 소리와 함께 뭔지 부서지는 소리가 아래에서 들려왔다.

"아니, 자네 여기 있어야겠군."

뚱보 남자는 말했다.

"내가 저 언덕 위의 학교 학생이었을 때 지금 내가 하려는 이야기를 조금이라도 엿들었다면 난 지금처럼 사고를 당한 사람이 되지 않았을 거야."

"앉게, 젊은이."

노턴 씨가 명령했다.

"그래, 선생도 저 학교 학생이었단 말이오?"

그는 제대 군인에게 물었다.

나는 다시 주저앉아서 그 뚱보 남자가 노턴 씨에게 자기가 학교 다니던 이야기며, 그다음에 의사가 되었던 이야기, 그리고 세계대전 당시 프랑스에 갔던 이야기를 하는 동안, 블레드소우 박사 때문에 걱정이 되어 안절부절못했다.

"그래 의사로선 잘되셨소?"

노턴 씨가 물었다.

"꽤 잘된 편이었죠. 몇 차례 뇌수술을 했는데 그 때문에 약간 이목을 끌었으니까요."

"그렇다면 왜 돌아왔소?"

"향수 때문이었어요."

제대 군인이 말했다.

"그럼 댁은 도대체 여기서 무얼 하고 있는 겁니까……?"

노턴 씨는 물었다.

"그 재능을 가지고 말이오."

"궤양 때문입니다."

뚱보는 말했다.

"그것 참, 지독히 운이 없군요. 하지만 궤양이 있다고 하던 일 못하란 법 없지 않소?"

"반드시 그러란 법은 없겠죠. 하지만 전 궤양을 갖고 나서 제가 하는 일이 저에게 아무런 존엄성도 가져다주지 못한다는 사실을 깨달았습니다."

제대 군인은 말했다.

"가혹한 말씀이시구먼."

노턴 씨가 그렇게 말하는 중에 문이 활짝 열렸다.

갈색 피부에 빨강머리의 여자가 방 안을 들여다보았다.

"백인 양반, 어떠세요?"

그녀는 비척비척 안으로 걸어 들어오며 말했다.

"백인 양반, 이봐요, 정신이 들었군요. 한잔 할래요?"

"지금은 안 돼, 헤스터, 이분은 아직 기력이 없는 상태야."

"안 그래도 그렇게 보여요. 그러니까 한잔 하실 필요가 있는 거죠. 피 속에 강장제를 섞어 넣어요."

"이봐, 이봐, 헤스터!"

"좋아요. 좋아……. 한데 다들 장례식에 나왔나요? 우거지상들을 하고 뭐 하는 거예요? 여기가 황금시절인 줄 몰라요?"

그녀는 다소곳이 트림을 하며 갈짓자 걸음으로 휘청휘청 내게로 다가왔다.

"댁들 얼굴 좀 봐. 여기 이 학생은 겁에 질려 다 죽어가는 표정이야. 그리고 여기 백인 아저씨 하는 꼴이 꼭 이상한 푸들 두 마리가 노는 것 같아. 다들 재미 봐요. 난 내려가서 헬리에게 술 몇 잔 올려 보낼게요."

그녀는 노턴 씨 앞을 지나면서 그의 볼을 토닥거렸고, 나는 노턴 씨의 얼굴이 빨갛게 달아오르는 것을 보았다.

"재미 봐요, 백인 아저씨."

"아, 하!"

제대 군인은 웃었다.

"얼굴을 붉히시는군요. 회복이 되셨다는 증겁니다. 난처하게 생각지 마십시오. 헤스터는 훌륭한 인도주의자인 데다가 너그러운 천성과 대단한 솜씨를 겸비한 치료가이고 효험 좋은 약손을 가진 아가씨입니다. 그 아가씨의 정화술은 그야말로 굉장하죠……. 하하하!"

"정말 안색이 훨씬 나아 보입니다, 이사님."

나는 그곳에서 빠져나가고 싶은 마음으로 안달하며 말했다. 나는 제대 군인의 말을 알아들을 수는 있었으나 그 속뜻이 무언지 짐작할 수가 없었고 노턴 씨의 표정도 나처럼 편치 않아 보였다. 딱 한 가지 내가 분명히 알 수 있었던 것은 그 제대 군인이 이 백인에 대하여 얼마나 허물없이 구는지, 그러다간 난처한 처지를 만들어놓기 십상이라는 사실이었다. 난 노턴 씨에게 이 사람이 머리가 돌았다고 말해주고 싶었지만 그가 백인에게 그런 식으로 이야기하는 것을 들으면서 섬뜩한 만족감이 느껴졌다. 아까 그 여자의 경우는 달랐다. 여자란 남자가 할 수 없는 짓을 하고 달아나기 일쑤니까.

나는 조바심치느라 식은땀이 났지만 제대 군인은 참견 따위는 아랑곳하지 않고 이야기를 계속했다.

"가만, 가만히 계세요."

그는 노턴 씨를 물끄러미 응시하며 말했다.

"저 밑에선 지금 시계들이 전부 거꾸로 돌려져 있고 파괴의 힘들이 광분하고 있습니다. 저 사람들이 돌연히 선생의 정체를 알아채게 될지도 모릅니다. 그러면 선생의 생명은 파산해버린 회사의 증권 한 장 값어치도 못 될지 모릅니다. 선생께선 청약이 취소되어 구멍이 뚫리고, 무효화되어, 헐거운 나사못을 끌어모으는 인정받은 자석이 될지 몰라요. 그러면 어떻게 하시겠습니까? 저런 사람들은 금전을 초월해 있습니다. 그리고 저 밖에 황소처럼 나자빠져 있는 수퍼카고에 대해서는 저 사람들은 아무런 가치도 몰라요. 어떤 사람들에게 선생은 위대한 백인의 아버지이고 어떤 사람들에게는 영혼의 사형자(私刑者)겠지만 전체의 눈에는 황금시절 안까지 들어온 알 수 없는 존재로 비치죠."

"지금 무슨 얘길 하고 있는 거예요?"

나는 물었다. 사형자라니? 그는 아래층에 있는 사람들보다 더 격렬해지고 있었다. 나는 노턴 씨를 감히 쳐다볼 엄두가 나지 않았다. 노턴 씨가 나를 제지했다.

제대 군인은 얼굴을 찌푸렸다.

“그것은 제가 회피함으로써만 당면할 수 있는 문제입니다. 더할 나위 없이 바보 같은 명제지요. 그리고 이 손, 메스를 다루도록 그처럼 고이 훈련된 이 손이 방아쇠를 만지기를 고대하고 있습니다. 저는 생명을 건지기 위해 돌아왔습니다만 거부당했습니다.”

그는 말했다.

“복면을 쓴 괴한 열 명이 한밤중에 저를 차에 태워 시내 밖으로 데리고 나가 한 인간의 생명을 구해냈다는 대가로 채찍질을 해댔습니다. 그래서 저는 숙련된 손을 가졌다는 이유로, 그리고 제 지식이 제게 위엄을—돈이 아니라 위엄만을 말입니다—그리고 다른 사람들에게 건강을 가져다줄 수 있다는 신념을 가졌다는 이유로 그보다 더할 수 없는 굴욕을 겪지 않을 수 없었던 것입니다.”

그러더니 그는 갑자기 나를 뚫어지게 쏘아보았다.

“자, 그럼, 이제 알겠나?”

“뭘 말입니까?”

나는 물었다.

“자네가 들은 이야기 말일세.”

“모르겠어요.”

“왜 모르겠나?”

“이제 정말 가봐야 할 시간 같습니다.”

나는 말했다.

“보시다시피.”

그는 노턴 씨에게 얼굴을 돌리며 말했다.

"이 청년은 눈도 귀도 가지고 있고 우뚝 솟은 근사한 아프리카인의 코도 가지고 있습니다만 인생의 간단한 사실조차 이해하지 못합니다. 이해, 이해? 아니, 그보다 더 한심스럽습니다. 이 청년은 감각을 받아들입니다만 두뇌를 단순화시킵니다. 아무것에서도 의미를 발견하지 못합니다. 받아들이긴 하면서도 소화시키지는 못합니다. 이 친구는 이미—딱하죠! 보십시오!—걸어다니는 얼간이가 되고 말았습니다. 이 친구는 이미 자신의 감정뿐만 아니라 자신의 인간성까지 억압하는 방법을 배우고 있어요. 이 친구는 보이지 않는 인간, 살아 있는 '소극성'의 전형, 선생이 가진 꿈의 가장 완벽한 성취물입니다! 기계 인간이에요!"

노턴 씨는 아연한 표정이었다.

"말씀해주십시오."

제대 군인은 갑자기 어조를 가라앉히고 물었다.

"노턴 씨, 선생은 왜 이 학교에 관심을 가지고 계시죠?"

"운명지어진 나의 역할에 대한 의식 때문이오."

노턴 씨는 떨리는 목소리로 말했다.

"나는 과거에도 그랬거니와 지금도 당신네 민족이 무언가 중요한 방식으로 내 운명과 연결되어 있다고 느끼고 있소."

"어떤 뜻으로 말하는 겁니까? 그 운명이란 말은?"

제대 군인이 물었다.

"그거야 물론 내 과업의 성공을 말하는 거요."

"알겠습니다. 그렇다면 그 성공을 보면 알아볼 수 있겠습니까?"

"그야 물론이오."

노턴 씨는 노기를 띠고 말했다.

"매년 캠퍼스에 돌아올 때마다 나는 그것이 성장하는 걸 보아왔소."

"캠퍼스요? 왜 캠퍼스입니까?"

"내 운명이 형성되고 있는 곳이 바로 거기니까."

제대 군인은 웃음을 터뜨렸다.

"캠퍼스! 멋진 운명이로군!"

그는 일어서서 계속 웃어대면서 그 비좁은 방을 이리저리 거닐었다. 그러다 다시 웃기 시작했을 때처럼 갑자기 웃음을 뚝 그쳤다.

"선생은 웬만해선 그걸 알아보실 수 없을 겁니다. 하지만, 저 청년과 황금시절에 온 건 아주 잘하신 겁니다."

그가 말했다.

"몸이 안 좋아 온 거요—아니, 저 젊은이가 데려온 거지."

노턴 씨가 말했다.

"그야 그렇죠. 하여간 오셨습니다. 아주 잘 오신 거죠."

"무슨 말이오?"

노턴 씨는 짜증을 내며 말했다.

"한 아이가 그들을 인도하리라."〔구약 성경에 나오는 구절이다〕

그는 웃음을 지으며 말했다.

"그러나 농담이 아니라, 잘 오셨다는 것은 두 사람 다 두 사람에게 일어나는 일을 이해하지 못하고 있기 때문입니다. 둘 다 자신의 눈으로 보는 것의 진상을 보지고, 듣지도, 냄새 맡지도 못하고 있어요—그리고 운명을 찾고 계시는 선생도! 걸작이지요! 그리고 학생, 이 자동 인형, 이 친구는 바로 이 지방의 진흙으로 만들어졌으되 선생보다 훨씬 보는 것이 적습니다. 비틀거리는 불쌍한 자들, 당신네들 둘 다 서로를 보지 못합니다. 선생에겐 저 친구가 선생 업적의 채점표 위의 한 점수에 불과하죠. 물체지 사람이 아닙니다. 한낱 어린애죠. 아니, 그보다 못한 일개 검은 무정형의 물체에 불과합니다. 그리고 선생은…… 선생이 가진 그 모든 세력으로 인해 저 청년에겐 인간이 아니라 일종의 신입니다. 하나의 힘……."

노턴 씨는 벌떡 일어섰다.

"가세, 젊은이."

그는 화를 내며 말했다.

"아니, 들어봐요. 저 청년은 자신의 심장 고동 소리를 믿듯이 선생을 믿고 있습니다. 저 청년은 노예와 실용주의자들에게 똑같이 교육된 저 위대한 허구의 지혜를 믿고 있습니다. 백인은 옳다는 것 말입니다. 나는 선생에게 저 청년의 운명을 말해줄 수 있습니다. 저 친구는 선생이 시키는 대로 다 할 것입니다. 저 친구의 그러한 맹목성이 그의 중요한 재산이기 때문이죠. 이제 두 분께서는 계단으로 해서 저 혼돈 속으로 내려가 이곳에서 꺼져주십시오. 당신네들 두 사람같이 가엾고, 추잡한 사람들을 보면 구역질이 나요! 내가 두 사람 다 골통을 까부수는 은혜를 베풀기 전에 어서 썩 나가버리시오!"

나는 그가 세면대 위에 놓인 커다란 흰 물주전자를 향해 몸을 움직이는 것을 보고 그와 노턴 씨 사이에 끼어들어 서서 재빨리 노턴 씨를 문 쪽으로 데리고 갔다. 돌아보니 그는 벽에 기대어 웃음과 흐느낌이 뒤섞인 괴이한 소리를 내고 있었다.

"빨리 가세. 저자도 다른 사람들처럼 돌았어."

노턴 씨가 말했다.

"맞습니다."

나는 그의 목소리에 전 같지 않은 어조가 있다는 걸 느끼며 말했다.

발코니도 이제 아래층과 마찬가지로 소란스러웠다. 여자들과 술 취한 제대 군인들이 제각기 손에 술잔을 들고 비틀비틀 돌아다녔다. 어느 열린 방문 앞을 막 지나가려는데 에드나가 우리를 발견하고 와락 내 팔을 붙들었다.

"백인 양반을 어디로 모시고 가지?"

그녀가 물었다.

"학교로 돌아가요."

나는 그녀를 뿌리치며 말했다.

"이봐요, 백인 양반, 저리루 올라가고 싶지 않으세요?"

그녀가 물었다. 나는 그녀를 밀치고 지나가려고 했다.

"거짓말하는 게 아니에요."

그녀가 말했다.

"난 이 방면에선 일류급 주부님이신걸."

"알았어요. 하지만 제발 우리를 그냥 놔둬요."

나는 간청했다.

"아가씨가 내 처지 곤란하게 만들겠어."

우리는 계단을 내려가며 이옥고 바글거리는 사람들 사이로 들어섰는데 그녀가 악을 써대기 시작했다.

"그럼 돈 내놔. 저 작자가 너무 훌륭해서 내 주제에 안 맞으면 저 작자한테 돈 내라고 해!"

그리고 내가 미처 막기도 전에 그녀는 벌써 노턴 씨를 밀어넘긴 후였다. 우리는 둘 다 휘청거리며 구르듯 계단을 내려갔다. 나는 한 남자와 부딪쳤는데 그는 술 취한 사람 특유의 아리송하고 친근한 얼굴로 나를 올려다보다가 나를 세차게 밀어뜨렸다. 나는 더 멀리 사람들 가운데로 넘어지면서 노턴 씨가 빙글빙글 돌면서 내 곁을 지나는 것을 보았다. 어디선가 그 아가씨가 바락바락 악을 쓰고 핼리가 "헤이, 헤이, 헤이, 이봐!" 하고 고함치는 소리를 들을 수 있었다. 이윽고 나는 신선한 공기를 느끼며 내가 문 가까이에 와 있다는 사실을 알고 사람들을 헤치고 나가 홀가분하게 되자 숨을 헐떡이고 서서 다시 노턴 씨를 찾기 위해 뛰어들 작정을 하고 있는데—그때 핼리가 "다들 비켜!" 하고 소리 지르는 게 들렸고 그가 노턴 씨를 인도하여 문 쪽으로 나왔다.

"휴우—!"

그는 백인을 내려놓고 거대한 머리를 흔들며 숨을 내쉬었다.

"고마워요, 핼리……."

나는 그렇게 말하고 더는 말을 잇지 못했다. 얼굴이 다시 창백해지고 흰 옷이 엉망으로 구겨진 노턴 씨가 기우뚱하더니 머리를 문의 쇠그물에 긁어대며 쓰러졌다.

"이봐!"

나는 문을 열고 그를 일으켰다.

"빌어먹을, 또 갔군. 이봐, 학생, 이 사람을 왜 이리로 데려왔어?"

핼리가 말했다.

"죽었나요?"

"죽어!"

그는 화를 내고 물러서면서 말했다.

"죽어선 안 돼!"

"전 어떡하죠, 핼리?"

"내 집에선 안 돼. 죽어선 안 돼."

그는 무릎을 꿇고 말했다.

노턴 씨가 올려다보았다.

"아무도 죽지 않았고 죽어가지도 않아."

그는 퉁명스럽게 말했다.

"손을 치우게."

헬리가 깜짝 놀라 손을 놓았다.

"아이구, 기쁩니다. 정말 괜찮습니까? 이번에는 정말 돌아가신 줄 알았죠."

"제발 좀 잠자코 있어요."

나는 신경이 곤두서서 버럭 소리를 질렀다.

"이분이 괜찮으시니 당연히 기뻐해야지."

노턴 씨는 이제 화가 난 것이 완연했고, 이마에는 상처가 난 자리가 보였다. 나는 허둥지둥 노턴 씨보다 앞서 차 있는 데로 갔다. 그는 부축을 받지 않고 혼자서 차에 올랐고, 나는 뜨거운 박하향과 시가 연기 냄새를 맡으며 운전대 앞에 앉았다. 내가 차를 몰고 떠날 때도 그는 묵묵히 침묵을 지켰다.

4

도로의 흰 선을 따라 달리는 동안 핸들은 내 손아귀에서 마치 낯선 물건 같은 느낌을 주었다. 늦은 오후의 뜨거운 햇살이 조용한 한밤중 공기를 타고 아득히 먼 곳에서 들려오는 나팔 소리의 맥없는 음색처럼 아른아른 회색빛 콘크리트로부터 떠올랐다. 백미러를 통해 나는 노턴 씨가 입을 굳게 다문 채, 그리고 흰 이마의 쇠그물에 스친 자리가 푸르뎅뎅해진 채 빈 들판을 물끄러미 내다보는 것을 볼 수 있었다. 그의 모습을 보니 마음속에 차갑게 뭉쳐 있던 무서움이 다시 온몸으로 번져가는 것 같았다. 이제 어떻게 되는 걸까? 학교의 높은 사람들은 뭐라고 할까? 나는 블레드소우 박사가 노턴 씨를 보면 어떤 얼굴을 할지 상상할 수 있었다. 퇴학을 당하면 학교에 못 다니고, 고향에 있는 사람들 중에는 쾌재를 부를 사람도 있으리라. 태틀록의 웃는 얼굴이 머릿속에서 어른거렸다. 나를 대학에 보내준 백인들은 어떻게 생각할까? 노턴 씨는 나에게 화를 냈던 것일까? 황금시절에서 노턴 씨가 보여준 태도는 무엇보다도 호기심에 찬 것 같았다. 그 제대 군인이 입을 험악하게 놀려대기 전까지는 말이다. 빌어먹을 트루블러드, 그놈 잘못이다. 우리가 햇볕 속에 그처럼 오래 앉아 있지만 않았더라도 노턴 씨는 위스키를 필요로 하지 않았을 것 아닌가! 그리고 내가 황금시절에 가지도 않았을 것 아닌가 말이다. 그런데 왜 그 제대 군인들은 백인이 들어간 집에서 그런 식으로 행동을 하는 것일까?

나는 스산한 두려움을 느끼면서 학교 정문의 붉은 벽돌 기둥 사이로 차를 몰아 들어갔다. 이제 단정하게 늘어선 기숙사들마저 나를 위협하는 것 같았고, 굽이굽이 둔덕을 이루는 잔디밭들도 백색 선이 그어진 그 회색빛 도로처럼 적의를 품은 것 같았다. 낮고 긴 처마가 뻗은 부속 예배당 앞을 지날 때, 차는 마치 스스로의 의지에 의해 움직이기나 하는 듯, 속도를 줄였다. 햇빛이 가로수 사이로 서늘하게 비쳐들어 굽이진 차도에 아롱진 무늬를 그려놓았다. 학생들이 나무 그늘로 해서 부드러운 풀밭 언덕을 내려가 빨간 벽돌색으로 뻗은 테니스 코트 쪽으로 한가롭게 걸어가고 있었다. 그 너머 저쪽에는 흰 유니폼을 입은 선수들의 모습이 풀밭에 둘러싸인 테니스 코트의 붉은색과 대조되어 선명히 드러나 보였다. 햇빛에 씻긴 흔쾌한 풍경이었다. 간간이 어디선가 응원하는 소리가 들려왔다. 내가 지금 처한 참경을 생각하자 가슴이 칼로 후벼내듯 아팠다.

나는 운전할 생각을 잊고 있다가 퍼뜩 정신이 들어 황급히 길 한가운데에서 브레이크를 밟았고, 곧 용서를 빌고는 계속 차를 몰았다. 나는, 바로 여기 이 조용한 푸르름 속에, 내가 생전 처음 알게 된 나 자신의 유일한 모습을 지니고 있었다. 그런데 지금 그것을 상실해가는 중이었다. 자동차를 몰고 지나가는 이 짧은 순간 동안, 나는 이 잔디밭과 건물과 내 희망과 꿈 사이에 맺어진 관계를 절실히 깨달았다. 나는 차를 멈추고 노턴 씨와 이야기하고 싶었고, 그가 본 일들에 대해 용서를 받고 싶었다. 애원하고 싶었고, 부모 앞에서 흘리는 어린애의 눈물처럼 부끄럼 없는 눈물을 흘려 보여주고 싶었다. 우리가 보고 들은 모든 것을 비난하고 싶었고, 우리가 만났던 어느 누구와도 달리 나는 그들을 증오한다는 사실을 확신시켜주고 싶었고, 나는 설립자가 세운 원칙들을 내 온 마음과 혼을 다해 믿는다는 것을, 그리고 가난하고 무지한 사람들에게 자애의 손을 뻗어 그들을 수렁과 암흑에서 구해내려고 하는 그의 선의와 친절을 믿는다는 것을 확신시켜주고 싶었다. 나는 그가 시키는 대로 할 것이며, 그가 원하는 대로 향상될 수 있도록 다른 사람들을 가르칠 것이고, 사람들이 검소하고, 점잖고, 올바른 시민이 되어 모든 사람의 행복에 기여하고, 그와 설립자가 우리 앞에 펴 보인 똑바르고 좁은 길 이외의 모든 것은 피해가도록 가르칠 작정이었다. 만약에 그가 내게 화를 내는 것이 아니라면, 만일에 내게 또 한 번 기회를 준다면 말이다!

내 눈에는 눈물이 가득 고여왔다. 그러자 보도들과 건물들이 흘러넘쳐 순간 뿌옇게 얼어붙더니, 겨울에 풀과 나뭇잎들 위에 빗물이 얼어붙을 때처럼 반짝거렸고, 교정을 은빛 세계로 뒤바꾸어, 나무들이며 덤불들을 하나같이 수정의 열매로 무겁게 휘늘어뜨려놓았다. 그러고는, 이윽고 그러한 광경이 내 눈 속에서 반짝반짝 사라져버렸고, 곧 뜨겁고 푸른 현재의 장소와 시간이 다시 되돌아왔다. 제발 학교라는 것이 내게 어떤 의미를 가지는지 노턴 씨에게 이해시킬 수만 있다면 하고 나는 생각했다.

"이사님 방 앞에 세울까요?"

나는 물었다.

"아니면 행정관으로 모셔다드릴까요? 블레드소우 박사님께서 걱정하고 계실 텐데요."

"내 방으로 가게. 그러고 나서 블레드소우 박사를 내 방으로 좀 데려와."

그는 간단히 말했다.

"알겠습니다."

백미러 속으로 나는 그가 구겨진 손수건으로 이마를 조심스럽게 토닥거리는 것을 보았다.

"교의(校醫)도 불러주면 좋겠어."

그가 말했다.

나는 옛날 대농장주들의 집에서 볼 수 있는 것과 같은 흰 원주들이 죽 늘어선 조그만 건물 앞에서 차를 세우고는, 차에서 내려 문을 열었다.

"이사님, 저…… 죄송스럽습니다만…… 전……."

그는 미간을 찡그리며 엄한 눈으로 나를 아무 말 없이 쳐다보았다.

"전 몰랐습니다……. 정말……."

"블레드소우 박사를 오라고 하게."

이렇게 말하고 그는 돌아서서 건물 쪽으로 나 있는 자갈 깔린 길을 휘적휘적 걸어 올라가버렸다.

나는 다시 차에 올라타 천천히 행정관 쪽으로 차를 몰았다. 제비꽃 한 다발을 손에 든 여학생이 내가 지나가는 것을 보고 쾌활하게 손을 흔들어댔다. 검은 옷차림의 선생들 둘이 부서진 분수 옆에서 점잖게 이야기를 나누고 있었다.

건물은 조용했다. 계단을 올라가며 나는 블레드소우 박사를 머릿속에 떠올려보았다. 공기가 풍선의 안쪽 벽에 압력을 가하듯 안으로부터 압력을 가하여 형체를 갖추고 부력을 갖춘 지방 덩어리에서 모양을 따온 듯한 둥글넓데데한 그의 얼굴을 어떤 친구들은 '헌 양동이 얼굴'이라고 부르기도 했다. 난 한 번도 그렇게 불러본 적이 없었다. 그는 처음부터 내게 친절하게 대해주었다. 그건 내가 이곳에 왔을 당시 교육감이 보내준 편지들 때문이었겠지만 말이다. 그러나 그것보다도 그는 내가 바라는 모든 것의 본보기였다. 그는 그 지방 전역의 부호들에게 영향력 있는 사람이었고, 흑인 문제에 관해서 자문을 요청받는 사람이었으며, 흑인의 지도자였고, 한 대가 아닌 두 대의 캐딜락을 가진 사람이었으며, 흡족한 봉급을 받고, 상냥하고 아름다운 크림빛 얼굴의 부인이 있는 사람이었다. 그뿐인가. 까만 피부에 대머리인 데다 그 외에도 백인들이 조롱하는 모든 것을 두루 갖추었음에도 그는 세력과 권위를 획득한 인물이었고, 까맣고 쭈글쭈글한 머리를 가지고 있는데도 대부분의 남부 백인들보다도 더 중요한 인물로 자수성가한 사람이었다. 백인들은 그를 비웃을 수는 있었지만, 무시할 수는 없었다.

"박사님이 당신을 내내 찾고 계셨어요."

책상 앞 아가씨가 말했다.

안으로 걸어 들어가자 학장은 전화를 걸다 말고 쳐다보며 "걱정 마. 그 학생이 지금 막 이리로 왔어" 하고 말하고는 수화기를 내려놓았다.

"노턴 씨는 어디 계시나? 별일 없으신가?"

그는 격앙된 어조로 물었다.

"네. 방에 모셔다드렸습니다. 그리고 박사님을 모시러 왔습니다. 뵙고 싶으시다던데요."

"무슨 일이 있나?"

그는 허둥지둥 일어나 책상을 돌아 나오며 말했다. 나는 머뭇거렸다.

"일이 생기긴 생겼나 보군."

심장이 얼마나 겁에 질려 뛰는지 나는 눈앞이 몽롱해지는 것 같았다.

"지금은 괜찮으십니다."

"지금이라니? 무슨 말인가?"

"저, 졸도를 하셨더랬습니다."

"저런 변이! 내, 무슨 일이 있는 줄 알았지. 왜 내게 연락 안 했나?"

그는 검은 홈버그 모자(부드러운 펠트 천으로 꼭대기가 움푹 들어가고 좁은 테가 살짝 휘어 올라간 모자)를 거머쥐고 문 쪽으로 걸어 나갔다.

"가보세."

나는 그를 따라가면서 어떻게 된 경위인지를 설명하려고 했다.

"이제 괜찮아지셨습니다. 그리고 전화를 드리기에는 너무 먼 데 있었고요……."

"왜 그렇게 멀리까지 모시고 갔나?"

그는 몹시 수선스럽게 움직이면서 말했다.

"저야 가자시는 데로 갔죠."

"어디로 갔는데?"

"노예 지구 너머로 갔습니다."

나는 겁을 집어먹고 말했다.

"노예 지구? 이봐, 자네 정신 있나? 이사님을 거기까지 모시고 가다니 그렇게 머리가 안 돌아?"

"가자시는걸요."

우리는 그때 보도를 따라 봄바람을 뚫고 걸어 내려가고 있었는데, 그는 우뚝 걸음을 멈추더니 내가 마치 난데없이 흑을 백이라고 우기기나 한 것처럼 노기를 띠고 나를 바라보았다.

"그분이 원하는 게 무슨 문제야."

그는 내 옆 좌석으로 올라앉으며 말했다.

"자넨 신(神)이 개에게 준 머리를 가지고 있나? 우리는 이 백인들을 우리가 데리고 가고 싶은 데로 데려가고, 우리가 보여주고 싶은 것을 보여주는 거야. 그걸 모르고 있었나? 난 자네가 뭘 좀 아는 줄 알았지."

라브 홀에 이르러 나는 난감한 심정으로 기가 죽은 채 차를 세웠다.

"거기 앉아 있지 말고 날 따라와요!"

그가 말했다.

건물 안으로 마악 들어서자 나는 또 한 번 충격을 받지 않을 수 없었다. 우리가 거울 있는 데로 가까이 갔을 때 블레드소우 박사는 걸음을 멈추고 자신의 화난 얼굴을 마치 조각가처럼 솜씨 좋게 누그러뜨려 부드러운 얼굴로 만들었던 것이다. 방금 전에 내가 보았던 그 감정을 나타내는 것이라고는 반짝이는 그의 눈빛뿐이었다. 그는 잠시 자신의 모습을 찬찬히 뜯어보았다. 그러고 나서 우리는 그 조용한 복도를 조용조용 걸어가 계단으로 올라갔다.

여학생 하나가 잡지들이 잔뜩 쌓인 우아한 테이블 앞에 앉아 있었다. 널찍한 창문 앞에는 커다란 어항이 놓여 있었고, 그 안에는 채색된 돌들이며 조그맣게 만들어놓은 봉건 시대의 성채 모형이 있었는데 그 주위로는 금붕어들이 떠다녔고, 금붕어들은 레이스 같은 지느러미를 휘저었으나 전혀 움직이지 않는 것처럼 보였다. 순간적인 동작에 의한 시간의 정지랄까?

"노턴 씨 안에 계시나?"

그가 여학생에게 물었다.

"네, 박사님. 오시거든 들어오라고 하셨습니다."

여학생이 말했다.

문 앞에 잠시 섰을 때 나는 그가 헛기침을 한 번 한 후 주먹으로 문을 가만히 똑똑 두드리는 소리를 들었다.

"계십니까?" 하고 말하는 그의 입술엔 어느새 웃음이 떠올라 있었다. 대답이 들리자 나는 그를 따라 안으로 들어갔다.

그곳은 크고 밝은 방이었다. 노턴 씨는 웃옷을 벗어던진 채 커다란 안락의자에 앉아 있었다. 시원해 보이는 침대 덮개 위에 갈아입을 옷 한 벌이 놓여 있었다. 널찍한 벽난로 위에서는 설립자의 유화 초상화가 그윽하고, 인자하고, 서글프게, 그리고 바로 이 뜨겁게 가슴 죄는 순간에는 그지없이 환멸감을 느끼는 얼굴로 나를 내려다보았다. 그러나 내 눈앞에는 장막이 드리워지는 것 같았다.

"걱정을 많이 했습니다."

블레드소우 박사가 말했다.

"오후 회의 때 다들 기다렸습니다만……."

드디어 시작이구나 하고 생각했다. 드디어…….

그런데 느닷없이 박사가 앞으로 뛰어나갔다.

"아니, 이사님, 이마가!"

그는, 야릇하게도 할머니들에게서나 들을 수 있는 걱정스런 말투로 외쳤다.

"어찌 된 일이십니까?"

"아무것도 아니오."

노턴 씨의 표정은 변함이 없었다.

"그냥 긁힌 거요."

블레드소우 박사는 격노한 얼굴로 빙글 몸을 돌려 세우고 말했다.

"의사를 모셔오게. 왜 노턴 씨가 다치셨다고 말하지 않았나?"

"의사에게는 벌써 말해놓았습니다."

나는 나직이 대답했고, 그가 다시 빙글 돌아서는 것을 보았다.

"노턴 선생님, 노턴 선생님! 정말 죄송합니다."

그는 노랫가락이라도 읊듯이 나지막이 말했다.

"신중하고 센스 있는 젊은이를 보냈다고 생각했더니만! 글쎄, 지금까지 사고라곤 한 번도 없지 않았습니까? 75년 동안 한 번도 없었죠. 약속하겠습니다만 이 학생을 처벌하겠습니다. 아주 엄중히 처벌하겠어요."

"아니요. 자동차 사고는 없었소."

노턴 씨는 상냥하게 말했다.

"저 학생에게도 책임이 없고. 저 학생은 보내도 좋아요, 이제 저 학생할 일은 없으니."

내 눈에는 갑자기 눈물이 가득 고였다. 나는 그의 말에 고마움이 물결처럼 휩쓸려오는 것을 느꼈다.

"친절하게 대하지 마십시오."

블레드소우 박사가 말했다.

"이런 애들에게는 너그럽게 대해줄 수가 없어요. 이런 애들 응석을 받아주어선 안 됩니다. 이 학교에 오신 손님에게, 그것도 학생이 모시는 동안 일어난 사고는 물어볼 것도 없이 학생의 잘못입니다. 우리 학교의 엄한 규칙 중 하나지요."

그리고 그는 내게 말했다.

"기숙사로 돌아가서 별도 지시가 있을 때까지 기다리게!"

"하지만 저로선 어쩔 수가 없었습니다."

나는 말했다.

"노턴 씨도 말씀하시다시피……."

"내가 이야기해주지, 학생."

노턴 씨는 어렴풋한 웃음을 띠고 말했다.

"자초지종을 다 이야기해주겠네."

"감사합니다, 이사님."

나는 블레드소우 박사가 표정을 전혀 바꾸지 않고 나를 쳐다보는 것을 보며 말했다.

"아니, 그러고 보니, 오늘 저녁 예배 시간에 나와주었으면 좋겠어. 무슨 말인지 알겠나?"

블레드소우 박사가 말했다.

"알겠습니다."

나는 싸늘한 손으로 문을 열고 나서면서 우리가 안으로 들어올 때 책상에 앉아 있던 그 여학생과 부딪쳤다.

"미안해요. 그런데 헌 양동이를 약간 골나게 하신 것 같군요."

그녀는 말했다.

그 여학생은 무슨 일인지 알고 싶은 듯 내 옆을 따라 나왔지만, 나는 아무 말도 하지 않았다. 기숙사로 발길을 향했을 때 저녁 놀은 교정에 붉은빛을 던지고 있었다.

"제 남자친구에게 말 좀 전해주실래요?"

그녀가 말했다.

"누군데요?"

나는 긴장과 불안을 숨기느라고 애쓰면서 물었다.

"잭 맨스턴이에요."

"좋아요. 바로 내 옆방입니다."

"그거 잘됐군요."

그녀는 헤벌어지게 웃으며 말했다.

"학장님이 일을 시키는 바람에 그앨 오늘 오후에 만나지 못했거든요. 제가 풀은 푸르다라고 말하더라고만 전해주세요……."

"뭐라고요?"

"풀은 푸르다고요. 우리 암호예요. 그러면 알 거예요."

"풀은 푸르다고요?"

"맞아요. 그럼, 고마워요."

나는 바삐 다시 건물 안으로 돌아가는 그 여학생을 바라보며, 그리고 그녀의 단화가 자갈 깔린 보도 위에서 자박거리는 소리를 내는 것을 들으면서 그녀를 향해 욕설을 퍼붓는 것 같은 느낌이 들었다. 이 계집애는 지금 내 남은 인생의 운명이 결정지어지려는 판에 무슨 돼먹지 않은 암호 같은 것을 가지고 장난질을 하는 게 아닌가 말이다. 풀은 푸르다, 그래, 둘은 만날 것이고, 그녀는 아이를 밴 채 귀향 조치를 당하리라. 그러나 그것은 나보다는 덜 치욕스러운 경우일 것이다……. 그들이 지금 나에 대해 무슨 이야기를 하고 있는지 알 수만 있다면……. 그때 문득 떠오르는 생각이 있었다. 그래서 나는 부리나케 여학생을 뒤쫓아 건물로 뛰어 들어가 이층으로 올라갔다.

복도에는 그녀가 급히 지나가면서 일으켜놓은 미세한 먼지들이 햇살의 기둥 속에서 뿌옇게 떠돌고 있었다. 그런데 그녀는 어디론지 사라져 버리고 없었다. 그녀에게 문 밖에서 엿들었다가 그 내용을 이야기해 달라고 부탁할 작정이었는데 말이다. 난 단념하고 말았다.

그녀를 찾아낸다고 해보았자 그런 일을 부탁한다는 것은 양심상 꺼려지는 일이었다. 그뿐 아니었다. 내 곤경을 누가 알게 되면 그것도 부끄러운 일이었고, 게다가 너무 어리석은 일이라 믿어줄 것 같지도 않았다. 길고 넓은 복도 저쪽에서, 누군가 보이지는 않았지만 노래를 흥얼거리며 층계를 깡충깡충 뛰어내려 오는 소리가 들렸다. 기대에 부푼 달콤한 여자의 목소리였다. 나는 살그머니 그곳에서 빠져나와 황급히 기숙사로 돌아왔다.

나는 방 안에 누워 눈을 감은 채 생각을 해보려고 애썼다. 긴장이 오장육부를 죄어왔다. 그때 누군가 복도를 걸어오는 소리가 들렸고 나는 온몸이 뻣뻣해졌다. 벌써 나를 부르러 보낸 것일까? 가까운 곳에서 문이 열리고 닫혔다. 그러나 긴장감은 여전히 그대로 남아 있었다. 누구에게 도움을 청하면 좋을까? 아무도 떠오르지 않았다. 심지어는 황금시절에서 일어났던 일에 대해 내가 설명을 해준다 해도 들어줄 것 같은 사람은 하나도 없었다. 모든 것이 내 안에서 엎치락뒤치락했다. 무엇보다도 갈피를 잡을 수 없는 일은 블레드소우 박사가 노턴 씨를 대하던 태도였다. 나는 박사가 한 말을 되풀이할 용기가 나지 않았다. 내가 학교에 남아 있을 가능성이 줄어들지도 모를 일이었기 때문이었다. 아냐, 그건 사실이 아냐, 내가 오해했을 거야. 나는 그 양반이 그런 말을 했다고 생각하지만 그 양반이 그런 말을 했을 리 만무해. 나는 그렇게 생각했다. 그가 손에 모자를 벗어 들고 백인 손님들에게 아주 겸손하고 공손하게 인사를 하며 다가가던 모습을 얼마나 자주 보았던가 말이다!

그는 학교에 찾아온 백인 손님들과 식당에서 같이 식사를 하는 것도 굳이 마다하고 그들이 식사를 다 끝낸 뒤에야 들어와서, 그때도 굳이 앉기를 사양하고 손에 모자를 쥐고 그대로 선 채 청산유수 같은 구변으로 그들에게 할 이야기를 하고는, 다시 아주 공손하게 넙죽 절을 하고 자리를 뜨곤 하지 않았던가. 그는 그런 사람이 아니었던가. 그런 사람이 아니었던가 말이다. 나는 식당과 주방 사이의 문틈으로 그의 그런 모습을 너무나도 많이 보아왔다. 내 눈으로 직접 말이다. 게다가 그가 좋아하는 흑인 영가도 〈겸허한 삶〉이 아니었던가? 그뿐 아니라 주일 저녁 예배 시간 같은 때 그는 설교단 위에서 항상 우리에게 애매한 구석이라고는 전혀 없는 수많은 명구로 우리가 우리의 처지에 만족하면서 살아야 한다고 가르쳐오지 않았던가? 그는 그렇게 가르쳤고 나는 그를 믿어왔다. 나는 우리가 설립자의 길을 따름으로써 얻게 되는 이익에 대해 그가 제시하는 예증들을 의심할 여지없이 믿어왔다. 그것은 바로 삶에 대한 나의 긍정이었다. 때문에 학교 당국은 내가 하지도 않은 일을 이유로 해서 나를 내쫓을 수는 없는 일이었다. 도저히 그럴 수 없는 일이었다. 그런데 그 제대 군인 자식! 온전한 사람까지 타락시킬 정도로 돌아버린 자식! 세상의 안팎을 뒤바꿔놓으려고 했지. 빌어먹을 자식! 그자가 노턴 씨를 화나게 했어. 제놈에겐, 백인에게 그런 식으로 말할 권리가 없어. 내게도 벌을 받게 만들 권리가 없고 말이야…….

누군가 흔들어대는 바람에 나는 움찔 놀랐다. 두 다리가 축축하게 젖어 떨고 있었다. 내 룸메이트였다.

"뭐 하는 거냐? 밥 먹으러 가자."

나는 자신만만한 그의 입을 쳐다보았다. 그는 장차 농부가 될 작정이었다.

"밥 생각 없어."

나는 한숨을 내쉬며 말했다.

"좋아, 그럼. 농담은 좋지만, 나중에 안 깨웠단 소리 마."

"알았어."

"누굴 기다리는 거야. 엉덩이가 쫙 퍼지고 허리가 야들야들한 아가씨를 기다리나?"

"아냐!"

"그만두는 게 좋아, 이 친구야."

그는 빙글거렸다.

"몸 망치고 저능아 된다고. 아가씰 하나 모시고 가서, 설립자의 묘소에 자란 저 푸른 풀 위로 달은 어떻게 떠오르나를 보여주셔야겠지……."

"꺼져버려!"

나는 버럭 고함을 질렀다. 웃으면서 그는 문을 열고 나갔다. 문을 여니 복도를 오가는 무수한 발소리가 들려왔다. 저녁 식사 시간이었다. 사라져가는 목소리들, 그 소리들과 함께 내 삶의 일부가 회오리치며 저 회색빛 아득한 곳으로 물러나는 것 같았다. 그때 문에서 노크 소리가 났고, 나는 팽팽히 긴장된 가슴을 안고 벌떡 일어섰다.

1학년생 모자를 쓴 조그만 학생이 문 안으로 고개를 디밀고 소리를 질렀다.

"블레드소우 박사님이 라브 홀에서 좀 뵙재요."

그러고는 내가 미처 뭐라고 물어보기도 전에 녀석은 가버렸다. 마지막 벨소리가 나기 전에 저녁을 먹으러 뛰어가느라고 녀석의 발소리는 복도를 따라 쿵쾅쿵쾅 요란하게 울렸다.

노턴 씨 방문 앞에 서서 나는 잠시 손잡이에 손을 얹고 기도를 웅얼거렸다.

"들어오게, 젊은이."

내 노크 소리에 노턴 씨가 대답했다. 그는 산뜻한 리넨 옷차림이었고, 그의 은발에 떨어지는 불빛은 마치 명주 옷감에 떨어지는 듯했다. 조그만 거즈가 이마에 붙어 있었다. 혼자였다.

"죄송합니다. 실은 블레드소우 박사님께서 저를 여기서 보자고 하신다기에……."

나는 용서를 빌었다.

"맞아요."

그가 말했다.

"그런데 일이 있어서 갔다네. 예배 끝나고 사무실에 가면 있을 거야."

"감사합니다."

나는 나가려고 돌아섰다. 그가 뒤에서 헛기침을 했다.

"이보게……."

나는 기대에 부풀어 돌아섰다.

"젊은이, 내가 블레드소우 박사에게 자네 잘못이 아니라고 설명했지. 알아들었을 거야."

나는 얼마나 마음이 놓이는지 처음엔 그저 바라보고 있을 수밖에 없었다. 눈물 글썽이는 눈을 통해 보이는 그 비단실 같은 백발의, 하얀 옷을 입은 작은 성 니콜라스를.

"정말 감사합니다, 이사님."

마침내 나는 간신히 입을 열고 말했다.

그는 말없이 나를 찬찬히 뜯어보며 약간 눈을 찌푸렸다.

"오늘 저녁에 제가 필요하십니까?"

나는 물었다.

"아냐, 그 차는 필요하지 않을 거야. 일 때문에 예정보다 빨리 떠나게 됐어. 난 오늘 저녁 늦게 떠나네."

"역까지 모셔다드릴 수 있습니다만."

나는 희망을 갖고 말했다.

"고맙네만 블레드소우 박사가 벌써 주선을 해놨네."

"아, 그래요."

나는 낙심했다. 나머지 일정 동안 그를 모심으로써 다시 그의 호감을 살 수 있기를 바랐다. 이제 그런 기회는 갖지 못하게 되고 말았다.

"그럼 즐거운 여행이 되시기 바라겠습니다."

나는 말했다.

"고맙네."

그는 갑자기 웃으며 대꾸했다.

"그리고 다음에 오실 때에는 오늘 오후에 제게 물으셨던 몇 가지 질문들에 대해서 답변할 수 있을 것입니다."

"질문?"

그는 미간을 찡그렸다.

"네, 저, 이사님의 운명에…… 관한."

"아, 그래, 그래."

"그러고는 에머슨도 읽을 작정입니다."

"좋아. 자기 신뢰란 썩 가치 있는 미덕이야. 앞으로 최대의 관심을 가지고 자네가 내 운명에 기여했다는 소식을 듣기를 기대해보겠네."

그는 이제 가보라는 듯 문 쪽을 향해 손짓을 해 보였다.

"그리고 잊지 말고 블레드소우 박사를 만나보도록 해요."

얼마간은 안심이 되어 나는 그곳에서 나왔다. 그러나 완전히 마음이 놓인 것은 아니었다. 아직 블레드소우 박사를 대면해야 할 일이 남아 있었던 것이다. 그리고 예배에도 나가봐야 했다.

5

저녁 예배를 알리는 종소리에, 무리지어 가는 학생들 속에 섞여 천천히 교정을 가로질러 걸어갔다. 학생들의 말소리가 무르익은 황혼 속에서 나직이 들려왔다. 우리가 라일락과 인동덩굴과 버베나 향기, 그리고 봄의 푸르른 느낌에 그지없이 들뜬 기분으로 황혼 속을 천천히 걸어갈 때 머리 위로 잎과 가지가 늘어진 자갈길과 보도 위에 검은 그림자들을 만들어놓던, 그 노랗게 물든 둥그런 젖빛 유리가 떠오른다. 그것 말고도 생각나는 것은 포근한 봄날의 풀밭을 경쾌하게 건너질러 연달아 들려오던 갑작스런 웃음의 화음이다—기쁨에 겨워 멀리멀리 흘러가며, 물 흐르듯, 샘솟듯, 혹은 종소리와도 같던, 여성 특유의 투명한 웃음은 그처럼 치솟곤 하다 이윽고 고즈넉해지고 말았지. 마치 예배당의 암울한 종소리와 함께 떨리는 저녁 공기의 고요하고도 엄숙한 분위기 속으로 재빨리 빨려 들어가 다시는 들려올 수 없게 된 것처럼. 뎅! 뎅! 뎅! 내 주위의 근엄한 발소리 위로, 그리고 멀리 흩어져 있는 건물들의 베란다에서 나와 보도로 걸어오는 발소리 위로, 그리고 보도를 건너 흰 회를 칠한 돌들이 길가에 늘어선, 아스팔트 깔린 차도로 향하는 발소리 위로, 내빈들이 기다리는 곳을 향해 조용히 발걸음을 옮기는 남자와 여자 들, 소년과 소녀 들에게 그 신비로운 메시지와 같은 종소리가 울려왔고, 우리는 예배드리는 심정이 아니라 심판을 받는 기분으로 걸어갔다. 마치 사물을 여과하는 어스름 속에서도, 여기 짙은 쪽빛 하늘 아래에서도, 여기 공중 회전을 하는 박쥐나비들과 휙휙 날아다니는 나방들이 우글거리는 곳에서도, 여기 예배당 뒤로 지는 해처럼 핏빛으로 붉게 솟아오르는 달에서 아직 빛을 받지 못하는 밤의 바로 이 시간에도, 달빛은 박쥐들이 찍찍거리는 여기 이 밤의 어스름 위로 뿌려지는 게 아니고, 귀뚜라미와 쏙독새가 우는 그때 그 밤에 뿌려지는 것도 아니고, 우리가 모여드는 장소에 짧은 광선을 집중시키는 듯했다. 그래서 우리는 긴장된 동작으로, 사지는 뻣뻣해져서, 말소리는 더는 내지 않은 채, 마치 어둠 속에서조차도 무슨 전시물이나 된 꼴로 앞으로 흘러간다. 백인의 핏발 선 눈과 같은 달 아래를.

나는 심판을 눈앞에 두었다는 생각 때문에 어느 누구보다도 더 뻣뻣하게 굳어 걸어갔다. 예배당 종소리들의 진동은 소란하게 들끓는 내 심중을 뒤흔들며 파멸의 의식과 맞닿는 곳을 향해 옮아간다. 그리고 나에게는 떠오르는 달처럼 땅에서부터 시뻘겋게 솟은, 길고 야트막하게 죽 뻗은 처마의 예배당이 생각난다. 그것은 사람이 만들어낸 게 아니라 대지가 만들어낸 것처럼 덩굴들도 뒤덮였고 땅의 색깔을 띠고 있다. 내 마음은 그 봄날의 어스름과 꽃향기에서, 십자가 처형 당시의 시간과 정경에서, 탄생시의 시간과 분위기로 구원을 향해 치닫는다.

그곳에선 종소리 대신 오르간과 트롬본의 합주 소리가 눈보라가 떠도는 먼 곳까지 캐럴을 불러 보내 밤 공기를 수정 같은 맑은 물의 바다로 만들어서, 잠든 대지를, 소리가 미칠 수 있는 가장 멀리까지 끝없는 거리를 감싸 안으며 황금시절까지도, 더 나아가서는 정신병원이 있는 곳까지도 새로운 신의 뜻을 옮겨준다. 그러나 여기 이 어스름의 현재성 속에서, 나는 떠오르는 달 아래, 꽃향기 어린 공기 속에서 최후 심판과도 같은 종소리를 향해 걸음을 옮기고 있다.

문 안으로, 그리고 부드러운 불빛 속으로 나는 조용히 들어간다. 반듯하고 고통스러운 청교도적인 의자들의 대열을 지나니 내게 배정된 자리가 있고 나는 그 고뇌를 향해 몸을 굽힌다. 저기 설교단과 반짝이는 놋쇠 난간이 있는 연단의 상단에는 층층이 피라미드 모양을 이룬 학생 합창단의 머리들, 그리고 흑백의 유니폼 위로 침착하고 무표정한 얼굴들이 있다. 그리고 그들 머리 위로는 천장까지 뻗친 채 어렴풋이 모습을 드러내고 있는 오르간의 파이프들, 마치 둔중하게 금도금된 고딕식 천사단처럼.

내 주위에서 학생들이 근엄한 가면을 써 굳어버린 얼굴로 움직인다. 그리고 벌써부터 내게는 내빈이 좋아하는 노래들이 기계적으로 높이 불리는 소리가 들려오는 것 같다(그 내빈이 좋아했다? 요구한 것이겠지. 노래를 했다? 받아들여져 의식화(意識化)된 최후 통첩, 최후 통첩이 가져다주는 평화의 유지를 위해 읊어대는 충성의 서약, 아마 그 때문에 좋아했겠지. 패망한 자들이 자기들의 정복자가 내세운 상징을 좋아하게 되듯이 좋아했던 거겠지. 수락된 제스처, 일방적으로 제시되어 마지못해 승인한 그 조건들을 수락한다는 뜻의). 그리고 여기 뻣뻣하게 앉아 그 길게 뻗은 연단 앞에서 경외감과 기쁨 가운데서, 그리고 경외감 속의 기쁨 가운데서 보낸 저녁들이 내게는 떠오른다. 나는 그곳 설교단에서 울려나오던 그 짤막한 공식 설교들을 기억한다. 우리가 익히 알던 고향의 부끄럽기 짝이 없는 미숙한 설교자들의 격렬한 감정이 정화된, 냉정한 확신감을 가지고 부드럽고 분명한 어조로 행해지던 설교들이었다. 그 논리적인 호소는, 혼란을 겪은 시대의 명징성만을 요구하는 하나의 확고하고 형식적인 양식이 불쑥 달려드는 것처럼, 혹은 우리의 심금을 울리고 위로하기 위해 다음 절의 낱말들이 달래듯이 움직여오는 것처럼 우리에게 다가왔지. 그리고 또 우리가 그 '광대하고' 의례 정연한 의식의 일원이 될 수 있는 것이 얼마나 행운인가를 열심히 설명하려고 했던 내빈 연사들의 말도 떠오른다. 무지와 암흑 속에 방황하는 사람들이 되지 않도록 보호되어 이 가족에 속하게 된 것이 얼마나 다행인가 하고 말이다.

여기 이 무대 위에서 호레이쇼 엘저〔소년들을 위한 입신 출세담을 많이 쓴 미국 작가〕의 마법 의식이 하느님이 직접 쓴 각본대로 행해졌다. 이 의식에는 자기들의 모습을 보여주기 위해 내려온 백만장자들이 있었다. 그들은 자기들의 선행과 부와 성공과 권력과 자애와 권위에 대한 신화를 두터운 종이 가면들을 쓰고 연출했을 뿐만 아니라, 본인 자신들의 모습을, 그러한 미덕들을 구체적으로 연출해 보여주었다. 거룩한 빵과 포도주가 아니라 팔팔하게 살아 있는 살과 피를, 등이 굽고, 늙고, 쇠약해졌음에도 팔팔한 살과 피를 말이다(누가 이걸 보고 믿지 않겠는가? 누가 추호라도 의심하겠는가?).

그리고 또 생각난다. 우리가 또 다른 사람들을 만났던 것을. 나를 지금 이 에덴 동산에 넣어준 사람들, 모르는 사람들이었지만 알던 사람들, 친숙하면서도 낯선 사람들, 피와 폭력과 조소, 그리고 유유한 웃음을 띤 오만한 겸손을 통해 우리에게 느릿느릿 말을 늘어놓던 사람들, 우리에게 우리 인생의 한계와 우리가 가진 포부의 엄청난 대담성, 더욱 높이 올라서려고 안달하는 우리의 어처구니없는 어리석음 등을 설명하면서 훈계하고, 위협하고, 순진한 말로 을러대던 사람들, 말을 할 때는 낯익은 그들의 담배 즙처럼 그들의 턱 끝을 번쩍이게 하는 피 거품의 인상을 은연중 불러일으키는가 하면, 입술 위에는 무수한 흑인 노예 유모들의 쭈그러든 젖통에서 나온 젖들이 엉겨 붙은 모습을 떠오르게 하고, 우리 존재에 대해 믿을 수 없고 유동적인 지식을 가지고, 우리의 원천을 빨아먹으며 이제는 우리에게 그 오물을 내쏟는 사람들, 그런 사람들이 생각난다. 그들은 우리에게 세계를 설명하며 말했다. 이것이 우리의 세계다. 이것이 우리의 지평이며 이것이 대지고, 이것이 사계절과 기후며, 봄이며 여름이고 가을이며 앞으로 올 천년지복이라는 미지의 수확이다. 이것이 홍수며 태풍이고 자기들은 우리에 대해 뇌성이며 벼락이다. 우리는 받아들이고 사랑해야 하며, 설령 사랑하지 않는다 해도 받아들여야 한다. 우리는 받아들여야 한다……. 설령 그러한 것들이 존재하지 않는다 할지라도, 철로와 배와 석조의 도시들을 건설한 사람들이 바로 살아서 우리의 눈앞에 있었다. 그들이 목소리는 서로 달랐고 눈에 띌 만한 위험은 담겨 있지 않았으며, 그들이 우리의 노래에서 느끼는 기쁨은 더욱 성실해 보였고 우리의 복지에 대한 그들의 관심은 인자하리만큼 사심을 떠난 초연함으로 특징지어져 있었다. 그러나 나머지 사람들의 말은 박애에 가득 찬 돈의 힘보다 더욱 강했고, 석유와 금을 캐기 위해 땅에 뚫은 수갱들보다 더 깊었으며, 과학 실험실에서 만들어낸 기적들보다 더 커다란 두려움을 불러일으키는 것들이었다. 왜냐하면 악의 없는 그들의 말 대부분은 학교 안의 우리가, 견디지는 못했으나 고도로 민감하게 느꼈던 폭력 행위였으니까.

그리고 바로 거기 그 연단에서 나도 활보하며 토론을 하지 않았는가. 학생 대표는 내 목소리를 가장 높은 대들보와 가장 멀리 떨어진 서까래까지 우렁우렁 울리도록 조정해주었고 나의 억양은 용마루 기둥 위에서 스타카토로 울려서, 마치 황야의 나무들을 향해, 혹은 암회색 우물물 속으로 내던진 말들처럼 다시 딸랑거리며 되울려왔다. 의미라기보다는 음향이었고, 건물들의 반향을 이용한 놀이였으며, 청각의 사원들을 덮치는 공격이었다.

하! 제일 뒷줄에 있는 백발의 부인. 하! 미스 수지, 저기 저 남학생을 향해 웃고 있는 여학생을 바라보는 저 뒤의 미스 수지 그레샴……. 제 말을 들어보십시오. 트럼펫과 트롬본의 음색을 모방하여 바리톤의 나팔처럼 주제 변주곡을 연주하는, 솜씨 서툰 나팔수의 말이지만 말입니다. 이봐요! 목소리의 노련한 감정가여, 내용이 없는 목소리, 전할 이야기가 없는 바람의 감정가, 모음의 소리들과 탁탁 부딪치는 치음들을 들어보십시오. 공허한 고뇌가 깃든 낮고 거친 후두음을 들어보십시오. 이제 그 영상은 사라진, 오래전에 어느 침례교회에서 들은 한 목사의 굽이치는 음률을 탄 이 목소리들을. 해는 피를 흘리지 않고 달은 눈물을 흘리지 않으며 지렁이는 성스러운 육신을 마다하지 않고 부활절 아침에 땅속에서 춤추지 않는다고 했던 그 말의 음률을 말입니다. 하! 업적을 노래 부르고, 하! 성공을 떠들어대고, 하! 받아들이기를 읊어대는, 하! 이룰 수 없는 야망과 사산된 반항의 잔해와 함께, 하! 익사한 열정으로 가득 찬 말소리의 강물이, 하! 저들의 귀를 휩씁니다. 하! 제 앞에 빽빽하게 줄지어 있는 저들의 귀를, 귀를 기울인 채 앞으로 내민 저 목들을, 하! 천장을 향해 흩뿌려지고, 시꺼먼 뒤쪽 서까래를 두드리고, 1천 개의 목소리가 담긴 가마에 쪄서, 잘 말려 구부러진 재목으로 만든 저 가름대를, 하! 실로폰을 두드리듯 두드리는 말들. 학생 악대처럼 행진하여 캠퍼스를 올라갔다 다시 내려오며 승리한 일도 없이 의기양양하게 승리의 나팔을 불어대는 말들. 이봐요, 미스 수지! 말이 아닌 말들의 소리, 아직 이루어지지도 않은 업적을 노래하는 가짜의 노래가 제 소리의 날개를 타고 당신에게 갑니다. 늙은 부인이여, 당신은 설립자의 목소리를 알고,

그의 약속의 억양과 반향까지 알았죠. 당신은 젊은이들 가운데 앉아 백발의 머리를 치켜들고 눈을 감은 채 황홀한 표정을 지었습니다. 제가 제 입김으로, 저의 풀무로, 저의 분수로, 마치 물 꼭지 안에 든 빛나는 색깔의 공들처럼 말을 내던질 때 말입니다……. 제 말을 들어보십시오. 늙은 부인이여, 이제 당신이 전처럼 긍정의 뜻으로 고개를 숙임으로써 이 소리의 정당함을 보이십시오. 당신은 단순히 말의 내용만으로는, 제 말만으로는, 당신의 눈꺼풀을 어루만지는 솜털 같은 말에는 절대 우롱당하지 않을 것입니다. 약속의 메아리로서만 당신의 눈꺼풀이 황홀감으로 파닥이기까지는. 그리고 노래를 하며 밖으로 행진해 나간 후 당신은 제 손을 붙잡고 떨리는 목소리로 소리를 지릅니다. "이봐요. 장차 젊은이는 설립자의 자랑거리가 되겠어" 하고. 하! 수지 그레샴, 어머니 그레샴, 청교도적인 근엄한 의자에 앉은 열렬한 아가씨들의 후견인인 당신, 저들은 저들 자신이 뿜어대는 증기 때문에 당신의 요단 강 강물을 볼 수 없습니다. 학원이 사랑했으나 이해를 못한 노예제도의 유물인 당신, 노예제도의 유물로 남은 연로한 당신, 그러나 아직도 따뜻하고 활기 있고, 모든 것을 견디는 그 무엇을 지니고 있었던 당신, 저 수치의 섬에서 우리가 수치를 느끼지 못했던 그 무엇을 지니고 있었던 당신……. 저는 맨 뒷줄에 앉은 바로 당신을 향해서 소리를 마구 쏟아놓았던 것이며 의식이 시작되기를 기다리는 동안 제가 부끄러움과 후회로써 생각하고 있었던 것도 당신이었습니다.

귀빈들은 풍채 당당한 사환장 같은 예절을 가진 블레드소우 박사의 안내를 받아 등이 높고 조각이 새겨진 자기들의 의자를 향해 조용히 단상에서 움직여갔다. 몇몇 내빈들처럼 블레드소우는 줄무늬 바지와 깃에 검정 끈 장식이 달린 연미복을 입고 그 위에 값비싼 애스콧타이〔폭이 넓은 넥타이의 일종〕를 매고 있었다. 그런 경우에 입는 그의 정장이었다. 그러나 그토록 우아한 차림을 하고서도 그는 어떻게든 겸손하게 보이도록 처신하고 있었다. 어쨌든 바지는 변함없이 무릎이 나왔고 상의는 어깨 부분이 축 늘어졌다. 블레드소우 박사는 내빈들 하나하나를 향해 웃었는데, 그중 한 사람만을 제외하고는 모두 백인이었다. 나는 그가 내빈들의 팔에 손을 얹거나 등을 치기도 하고, 키가 크고 얼굴이 네모난 한 이사에게 뭐라고 소곤대자 그 사람이 그의 팔을 친근하게 만지는 것을 보고 몸서리를 쳤다. 나 역시 오늘 백인을 손으로 만졌고 그 일이 결국 재앙을 몰고 온 듯 느껴졌던 것이다. 그리고 그때 나는 깨달았다. 내가 아는 한 우리 흑인들 가운데 아무 탈 없이 백인을 만질 수 있는 사람은—아마 이발사나 간호사 말고는—그 사람 하나뿐이란 것을. 그리고 또 잊혀지지 않는 일은 백인 손님들이 단상으로 올라올 때마다 그가 마치 굉장한 마술이라도 부리듯 그들에게 손을 갖다 대는 것이다. 나는 그가 흰 손을 잡을 때 이가 번쩍이는 것을 보았다. 이윽고 모두가 자리에 앉자 그는 늘어선 의자들의 맨 끝 자기 자리로 갔다.

내빈들 위쪽으로 학생들의 얼굴이 층층을 이루었고 오르간 연주자는 연주대에 앉아 눈을 번쩍이면서 어깨 너머로 고개를 돌린 채 대기 중이었다. 블레드소우 박사가 청중을 휘둘러보더니 고개도 돌리지 않고 갑자기 고개를 끄덕였다. 마치 보이지 않는 지휘봉을 아래쪽으로 내리긋는 것 같았다. 오르간 연주자는 몸을 바로 하고 어깨를 웅크렸다. 드높은 음향의 폭포수가 오르간에서 거품처럼 솟아올라 교회 안으로 빽빽하게 번져나가 서서히 물결쳤다. 연주자는 의자 위에서 몸을 뒤흔들며 꼬았고 오르간이 내는 점잖은 우레 소리와는 전혀 무관한 리듬에 맞추어

춤이라도 추듯 발을 흔들어댔다.

그런데 블레드소우 박사는 정신을 안으로 집중하는 듯 온화한 웃음을 띠고 앉아 있었다. 그러나 그의 눈길은 재빠르게 치달렸다. 먼저 학생들 자리에서 그다음엔 교수석을. 그의 민첩한 시선은 모든 이에게 위협을 담고 있었다. 그는 누구나 빠짐없이 이 모임에 항상 참석하도록 요구했기 때문이었다. 학교 운영 방침이 화려한 수사로 발표되는 곳도 바로 이곳이었다. 그의 시선이 내가 앉은 구역을 스쳐갈 때 잠시 내 얼굴에 머무는 것 같았다. 나는 단상의 내빈들을 바라보았다. 그들은, 우리의 들어 올린 시선과 마주칠 때 항상 그러듯, 느긋하면서도 신경을 곤두세운 태도로 앉아 있었다. 나는 그들 가운데 누구를 찾아가 블레드소우 박사에게 내 일을 중재해 달라고 부탁할 수 있을까 생각해보았다. 그러나 그런 사람이 하나도 없다는 것은 내심 알고 있었다.

요인들이 자기 주위에 줄줄이 앉아 있는데도, 그리고 그가 겸허하고 온순한 자세로 자신을 주위 사람들보다 왜소하게 보이도록 만들었음에도(체구가 더 컸음에도) 블레드소우 박사는 우리로 하여금 그의 존재가 훨씬 더 큰 영향력을 가진 것처럼 느끼도록 했다. 그가 어떻게 해서 대학에 다니게 되었던가 하는 전설 같은 이야기가 떠올랐다.

향학열에 불타 누더기 옷보따리를 들고 두 개의 주를 터벅거리며 건너질렀던 맨발의 소년 이야기 말이다. 그리고 어떻게 해서 돼지 밥 먹이는 일자리를 얻게 되었으며, 그러다 어떻게 해서 개교 이래 가장 훌륭한 돼지 사육사가 되었는가 하는 이야기, 그리고 또 어떻게 해서 설립자의 마음에 들게 되었으며, 어떻게 해서 그의 사무실 사환이 되었는가 하는 이야기들. 우리는 그가 학장 자리에 오르기까지 오랜 세월 동안 험난한 고생의 시기를 거쳤다는 사실을 다 알았고, 그래서 우리는 어떤 때 저마다 나도 학교까지 걸어올 것을, 혹은 손수레를 끌 것을, 혹은 나의 향학열을 입증하기 위해 어떤 다른 식의 결단과 희생의 행동을 할 것을 하고 생각하기도 했다. 나는 그가 학교 안의 모든 사람들에게 불러일으킨 찬탄과 두려움의 감정을 기억했다. 라이플 탄알처럼 작렬하는 대문짝만한 활자체로 '교육가'란 표제가 붙어 있던, 혹인 신문에 난 그의 사진들이, 그지없이 자신만만한 표정으로 우리를 바라보는 그의 얼굴이 떠올랐다. 우리에게 그는 단순한 대학 학장 이상의 존재였다. 그는 지도자였으며 우리의 여러 가지 문제들을 높은 사람들에게, 심지어는 백악관에까지도 들고 가는 정치가였다. 그뿐인가, 언젠가는 대통령에게 캠퍼스를 안내해주기도 했던 것이다. 그는 우리의 지도자였고 우리의 마술사였다. 그는 기부금의 액수를 늘렸으며 장학 기금을 풍족하게 마련했고 언론 기관을 통해서 활발한 홍보 활동을 벌였다. 그는 우리가 두려워했던 우리의 깜둥이 아버지였다.

오르간 소리가 그치자 저 위 합창대 윗줄에서 가냘픈 갈색 피부의 여학생 하나가 현대 무용수들에게서 볼 수 있는 엄밀하게 제어된 몸 동작으로 소리 없이 일어나 아 카펠라를 부르기 시작했다. 그녀는, 자신의 더없이 깊은 내밀한 감정을 자기 자신에게 노래 부르듯이, 나직하게 노래하기 시작했는데 그 소리는 회중(會衆)에게 들려주는 게 아니라, 들려주기 싫은 걸 청중이 엿듣는 듯한 소리였다. 그녀가 점점 목청을 돋우자 목소리는 때때로 육신을 이탈한 힘으로 화하는 듯 그녀의 몸 안으로 들어가 그녀를 범하려 하며 그녀의 몸뚱이를 율동적으로 앞뒤 좌우로 흔들어댔다. 노랫소리가 그녀 자신이 짜내는 유동적인 직조물이 아니라 마치 그녀의 존재 근원이나 되어버린 듯.

나는 단상의 내빈들이 뒤돌아보는 모습을 보았다. 그들은 흰 합창단복을 입고 오르간 파이프를 등진 채 저 위에 높이 서 있는 그 가냘픈 갈색 피부의 여학생을 보았다. 그녀는 바로 우리의 눈앞에서, 억제되고, 통제되고, 승화된 고뇌가 깃든 파이프의 하나로, 음악에 의해 가냘프고 소박한 얼굴로 변모했다. 가사는 이해할 수가 없었지만 나는 슬프고 어렴풋하고 영묘한 그 노래의 분위기만은 알 수 있었다. 그 노래는 향수와 회한과 참회로 맥박쳤다. 나는 그녀가 천천히 자리에 앉을 때 뭉클한 심정으로 앉아 있었다. 그녀의 앉는 모습은 앉는 게 아니라 일종의 제어된 무너짐이었다. 마치 심장에서 뛰는 피의 어떤 미묘한 리듬으로, 혹은 치켜든 그 큰 눈 속에 억누른 눈물을 거쳐 흘러나오는 그 소리를 향해 모으는 어떤 혼신의 신비한 정신 집중으로, 끓어오르는 거품과도 같은 자기 최후의 음정을 균형 잡으며 지탱하기라도 하는 듯.

박수는 없었다. 깊은 침묵을 통한 이해만 있었을 뿐. 백인 내빈들은 서로 잘한다는 뜻의 웃음을 주고받았다. 나는 이 모든 것을 떠나야 할지도 모를, 다시 말해 퇴학당할지도 모를 무서운 가능성을 생각하며 앉아 있었다. 고향으로 돌아가 부모님에게 꾸중들을 일도 생각났다. 나는 이제 절망의 저 깊은 곳으로부터 그러한 광경을 내다보았다. 연단과 그 위에 있는 배우들이, 마치 망원경을 거꾸로 들고 본 것처럼, 무슨 의미 없는 의식을 치르는 조그만 인형 같은 모습들로 보였다. 내 앞으로 이끼처럼 마른 머리와 기름이 번질번질한 학생들의 머리가 번갈아 줄지어 있었고, 저 위쪽 희미한 불빛이 비치는 독경대에서 누군가가 공지 사항을 전달했다. 또 다른 어떤 사람이 일어서서 기도를 선도했다. 누군가가 연설을 했다. 다음엔 내 주위 모든 사람들이 "나를 인도하소서. 나보다 높은 바위로 나를 인도하소서" 하며 노래를 불렀다. 그런데 그 소리가 마치 살아 있는 결합 조직을 이루며 떠올리는 광경의 이미지보다 더 무서운 어떤 힘을 가진 듯, 나는 그 소리의 긴박성에 끌려들어갔다.

내빈 가운데 한 사람이 연설을 하기 위해 일어났다. 유난히도 못생긴 사람이었다. 뚱뚱한 몸집에 둥그런 머리가 짤막한 목에 얹혔고, 코는 그 얼굴에는 지나치게 넓적했고, 콧등에는 검은 안경을 걸쳤다. 그는 블레드소우 박사 옆에 앉아 있었던 모양인데, 나는 학장한테만 너무 관심을 쏟느라고 그를 제대로 보지 못했다. 나의 눈은 시종 백인들과 블레드소우 박사에게만 쏠려 있었던 것이다. 그래서 이제 그자가 자리에서 일어나 천천히 연단의 중앙으로 걸어 나오자, 나는 블레드소우 박사의 일부분이 자리에서 일어나 앞으로 걸어 나오고 그의 나머지 부분은 의자에 앉아 웃음을 짓고 있는 것이 아닌가 하는 생각이 들었다.

그는 우리 앞에 느긋한 태도로 서 있었다. 흰 칼라가 그의 검은 얼굴과 검은 옷 사이에서 마치 띠처럼 번쩍이면서 그의 머리와 몸통을 구별해주었다. 그의 짧은 팔은, 마치 어린 흑인 부처처럼 몸통 앞에서 교차되었다. 그는 잠시 생각에 잠긴 듯 그 큰 머리를 들어 올리고 서 있었다. 그러고는 이윽고 낭랑하고 우렁찬 목소리로 이야기를 시작했다. 그는 오랜 세월이 지난 뒤 다시 학교에 찾아오게 된 것을 기쁘게 생각한다고 이야기를 꺼냈다. 북부의 한 도시에서 목사직을 맡고 있던 그가 학교를 마지막으로 찾은 것은, 설립자의 말년, 블레드소우 박사가 '제2인자'였던 무렵이었다는 것이다.

"참 멋진 시절이었습니다."

그는 나직한 어조로 말했다.

"뜻있는 시절이었어요. 경이로운 일들로 가득 찬 시절이었습니다."

말을 하면서 그는 양손의 손가락을 맞대어 손을 새장처럼 만들었고, 그러는가 하면 그 작은 발을 맞붙이고 천천히 율동적으로 몸을 앞뒤로 흔들었다. 발끝으로 서서 넘어질 것처럼 몸을 앞으로 기울이다가 다시 뒤꿈치로 내려서곤 했는데, 불빛이 그의 검은 안경에 비치노라면 그의 머리는 마치 몸뚱이에서 떨어져 나와 둥둥 떠다니는데 칼라의 하얀 띠에 의해서 겨우 몸뚱이에 달라붙어 있는 것같이 여겨졌다. 그런 식으로 그는 리듬이 생길 때까지 계속 몸을 기울여가면서 말을 했다.

어느덧 그는 우리의 가슴속에 꿈을 되살려주었다.

"……노예 해방 후 이 불모의 땅. 어둠과 슬픔, 무지와 타락으로 가득 찼던 이 땅. 동기간에 서로 맞서 싸우고, 아버지가 아들과, 아들이 아버지와 맞서 싸우던 이 땅. 주인이 종과, 종이 주인과 싸우고, 모든 것이 싸움이요 어둠뿐이었던 이 고통의 땅. 바로 이 땅에 나사렛의 미천한 목수와 같이 지체 낮은, 미천한 한 예언자가 나타났습니다. 그 자신 노예였으며 노예의 아들이었고, 부모라고는 어머니밖에 몰랐던 사람이었습니다. 노예로 태어났지만 일찍부터 그분은 총명한 머리와 왕자다운 기품으로 빼어난 인물이었습니다. 전쟁의 상흔이 가시지 않은 이 헐벗은 땅에서도 그분은 가장 보잘것없는 지방에서 태어났지만 아무튼 가는 곳마다 빛을 던지고 다녔습니다. 여러분은 분명 위험스러웠던 그분의 유년기에 대한 이야기를 들었을 겁니다. 그분의 미치광이 사촌이 어린 그분에게 석회를 뿌려 그분의 종자를 말려버리려고 한 바람에 하마터면 잃을 뻔했던 그분의 귀한 생명에 관한 이야기, 그러니까 겨우 갓난애였던 아이가 9일 동안이나 죽음 같은 혼수 상태 속에 누웠다가 돌연 기적적으로 되살아났다던 그 이야기 말입니다. 그 일은 마치 그분이 죽은 자들 가운데서 일어났거나 다시 태어난 것 같은 일이었다고 말할 수 있을지 모르겠습니다."

그는 만면에 웃음을 띠고 외쳤다.

"오, 젊은 친구 여러분! 젊은 친구 여러분, 그것은 정말 아름다운 이야기가 아닐 수 없습니다. 여러분은 아마 그 이야기를 무수히 들었겠지요. 그분이 어떻게 하여 나이 많은 주인들의 의심을 사지 않고 어린 주인들에게 날카로운 질문들을 던짐으로써 최초의 배움에 임했던가를 돌이켜보십시오. 그리고 어떻게 그분이 철자법을 익혔고, 어떻게 독학으로 글을 읽고 언어의 비법을 깨우치게 되었으며, 그 최초의 지식을 위해 어떻게 본능적으로 그 위대한 지혜가 담긴 성서를 향해 나아갔는지 돌이켜보십시오. 그리고 여러분들은 그분이 어떻게 도망쳐서 어떻게 산을 넘고 골짜기를 넘어 이 배움의 터로 찾아왔는가, 또 그분이 배움의 특전을 얻기 위해, 다시 말해 노인들 말대로 '대학의 담벼락에 머리를 비벼볼' 특전을 얻기 위해 어떻게 밤낮을 가리지 않고 꾸준히 일을 했던가 여러분은 잘 알고 있습니다. 여러분은 그분의 빛나는 경력을 알고, 어떻게 해서 그분이 일찍부터 심금을 울리는 웅변가가 되었는가를 알며, 또 돈 한 푼 들이지 않고 졸업한 사실, 그리고 여러 해 만에 이 지방으로 다시 돌아온 일들을 압니다.

그러고 나서 그분의 위대한 투쟁은 시작됩니다. 상상해보십시오, 젊은 친구 여러분. 온통 검은 구름으로 뒤덮인 이 땅. 두려움과 증오에 가득 찬 흑인과 백인, 그들은 앞으로 나아가고 싶지만 서로가 서로를 두려워합니다. 이 지방 전체가 무서운 긴장에 휩싸여 있습니다.

모든 사람들은, 금방이라도 달려들 태세를 갖춘 악마처럼 이 땅을 굽어보며 웅크린 이 두려움과 증오를 해소하기 위해서는 어떻게 해야 할 것인가 하는 문제로 쩔쩔매고 있습니다. 여러분은 그분이 이때 어떻게 나타났으며 어떻게 이들에게 길을 가르쳐주었는지 잘 압니다. 그렇습니다, 친구 여러분. 여러분은 그 이야기를 분명 수없이 들었을 것입니다.

이 거룩한 인간의 고투와 그분의 훌륭한 겸양과 꺼질 줄 모르는 그분의 비전, 여러분이 지금 누리는 그 결실에 대한 이야기, 구체적으로, 생생히 현실화된 그 이야기 말입니다. 노예제도의 참담함과 어둠 속에서 잉태된 그분의 꿈은 실현되었습니다.

여러분이 숨쉬는 이 대기 속에서도, 여러분의 목소리가 함께 어울려 이루는 이 아름다운 조화 속에서도, 그리고 여러분 모두가—노예의 딸이요, 손녀요, 아들이며 손자들인—여러분 모두가 훌륭한 시설이 갖춰진 환한 교실에서 함께 얻는 그 지식 속에서도 그 꿈은 실현된 것입니다. 여러분은 이 노예가, 이 흑인 아리스토텔레스가, 아름다운 인내심을 가지고, 단순한 인간의 인내심이 아니라 신이 불어넣어준 신앙의 인내심을 가지고, 천천히 나아가는 모습을 볼 것입니다. 온갖 장애를 극복하며 그분이 천천히 나아가는 모습을. 그렇습니다. 시저의 것은 시저에게 주면서 말입니다. 그러나 그러면서도 여러분을 위해, 지금 여러분이 향유하는 저 밝은 지평선을 향해 꾸준히 나아가고 있습니다……."

그는 손바닥을 아래로 향하고 손가락을 펴 보이면서 말했다.

"이 모든 것에 관한 이야기가 이 땅 어디서나 수없이 되풀이되면서, 미천하지만 급속히 일어서는 사람들을 감명시켜왔습니다. 여러분도 이야기를 들어왔습니다. 많은 뜻이 담긴 이 실화를, 실증된 영광과 겸허한 고결성에 대한 이 생생한 우화를 말입니다—그리고 저는 말합니다. 그것이 여러분을 해방시켜놓았다고. 그것은 바로 이번 학기에 이 전당에 온 여러분까지도 알고 있습니다. 여러분은 여러분의 부모에게서 그분의 이름을 들어왔습니다. 왜냐하면 그분들에게 길을 인도하고, 위대한 선장처럼 그들을 이끈 사람은 바로 그분이었기 때문입니다. 마치 자기 민족을 핏빛 홍해 밑바닥으로 안전하고 무사히 인도한 고대의 저 위대한 길잡이처럼 말입니다. 그리고 여러분의 부모들은 이 뛰어난 인물을 따라 편견의 검은 바다를 건넜고 무지의 땅에서 안전하게 빠져나왔으며 공포와 분노의 폭풍을 헤쳐나왔습니다. 필요할 때는 '내 민족을 해방시키라'고 외치기도 하고, 낮은 소리가 현명하다 싶을 때는 그 소리를 나지막하게 소리치면서 말입니다. 그러면서 그의 말을 들었습니다."

나는 딱딱한 긴 의자에 등을 기댄 채 일종의 마비 상태에서 귀를 기울였고 내 감정은 베틀 위에 올려진 듯 그의 말 속으로 얽혀 짜여 들었다.

"그리고 상기해보십시오."

그는 말을 이었다.

"목화를 딸 무렵 그분이 어느 주로 들어섰을 때, 그분의 적들이 그분을 죽이려고 획책했던 일 말입니다. 여행 중이었는데, 어떤 이상한 차림의 사람이 길을 막아섰지요. 곰보였던 모양을 봐서는 그자가 백인인지 흑인인지 전혀 알 길이 없었습니다……. 그자가 그리스인이었다고 말하는 사람들이 있지요. 어떤 사람들은 또 몽골인이었다고도 하고요. 또 어떤 사람들은 흑백 혼혈인이었다고도 합니다. 그리고 어떤 사람들은 또 그냥 백인 성자였다고도 하고요. 누구였든, 무엇이었든 우리는 그자가 하늘에서 직접 보내신 사자였을 가능성을 배제할 수가 없습니다—그렇습니다—여러분은 그가 갑자기 나타나서 경고를 하는 바람에 우리의 설립자와 말이 깜짝 놀랐던 일, 또 그가 설립자에게 말과 마차를 길에 버려두고 당장 어느 오두막집으로 가라고 지시한 후 소리 없이 사라져버렸던 일을 상기해보십시오. 젊은 친구 여러분, 그가 어찌나 조용히 사라졌는지 우리의 설립자는 그게 꿈인지 생시인지 알 수 없었지요. 또 여러분은 알고 있습니다. 이 위대하신 분은 계속 어스름 속을 걸어가셨습니다. 그리고 읍내가 가까워짐에 따라 당황스런 와중에도 마음을 단단히 먹었습니다. 그분은 어딘가에 정신이 팔려 있었습니다. 공상에 말입니다. 그러는데 이윽고 요란하게 최초의 총소리가 났습니다. 곧이어 거의 치명적인 일제 사격이 있었고 총알이 그분 머리를 스쳤습니다—맙소사—그분은 혼절하여 아무래도 목숨을 잃은 것처럼 보였습니다.

저는 그분이 당신의 입으로 말씀하시는 걸 직접 들었습니다. 적들이 자기들의 그 더러운 행위를 확인하기 위해 아직 그분을 굽어보고 있을 때 당신의 의식은 돌아섰다는 것, 그리고 그자들의 숨소리를 듣고, 소위 말하는 '마지막 온정의 일격'으로 자기들의 실수를 씻어버리려고 하지 않을까 해서 당신께서는 이를 악물고 누워 계셨다는 것 등을 말입니다. 하! 저는 여러분이 모두 그분의 탈출을 통해서 그분과 함께 살아왔다고 믿습니다."

그는 마치 눈물이 그렁그렁한 내 눈을 똑바로 들여다보는 것 같았다.

"여러분은 그분이 깨어났을 때 같이 깨어났습니다. 적들이 더 해를 끼치지 않고 떠나 그분이 기뻐했을 때 여러분도 기뻐했습니다. 그분이 일어났을 때 여러분도 일어났고, 어지러운 적들의 발자국과, 그분께서 넘어지셨던 자리 주위의 흙 속에 떨어진 탄약통을 여러분은 그분의 눈으로 보았습니다. 네, 그분의 몸은 싸늘했고 흙이 엉겨 붙어 있었지만 치명적이라 할 만한 유혈은 없었습니다. 그래서 여러분은 그분과 함께 의혹에 휩싸여 그 낯선 이가 가르쳐준 오두막으로 달려갔던 것입니다. 거기서 그분은 바로 그 미치광이 같은 흑인을 만났습니다……. 여러분은 그 노인을 기억할 것입니다. 읍내의 광장에서 어린이들에게 놀림 받던, 나이들고 희극적인 얼굴에, 노쇠하고, 머리가 솜같이 새하얗던 그 노인 말입니다. 그러나 설립자의 상처로써 여러분의 상처를 동여매준 사람은 바로 그 노인이었습니다. 그 늙은 노예는—세균학이라든가 상처학이라든가 하는 것들—하! 하!—자기가 그렇게 불렀죠. 그런 것들에 놀랄 만한 지식을 보여주면서 젊은이같이 얼마나 기막힌 솜씨를 발휘했는지! 그는 우리의 머리를 면도하고 우리의 상처를 씻은 다음 적의 두목 집에서 감쪽같이 훔친 붕대로 상처를 말끔히 동여맸던 겁니다. 하! 여러분은 또 기억하고 있습니다. 지도자이신 설립자와 함께 여러분이, 노예 시대에 교활함을 익힌, 미치광이 같아 보이는 그 흑인으로부터 처음에는 지도를 받다가, 아니 전수를 받아서, 결국 그 탈출의 수법에 깊이 빠져들었던 것을, 여러분은 설립자와 함께 밤의 어둠을 틈타 그곳을 떠났습니다. 저는 그걸 압니다. 여러분은 강둑 밑으로 모기에게 뜯기며 부엉이 울음, 박쥐의 날갯짓, 바위 틈에서 절렁거리는 방울뱀의 소리들을 들으며, 진흙땅과 신열, 어둠과 한숨 속에서 살금살금 내달렸습니다. 이튿날은 하루 종일 어느 오두막에 숨어 있었습니다. 열세 사람이 조그만 방 세 칸에서 자는 오두막에서 말입니다. 벽난로의 굴뚝 속에서 등에는 온통 검댕과 재를 묻히고 어두워질 때까지 서 있었던 겁니다—하! 하!—노파가 불도 때지 않은 것 같은 벽난로 가에 꾸벅꾸벅 졸면서 지키고 말입니다. 여러분은 어둠 속에 서 있었고, 짖어대는 사냥개들을 몰고 온 그자들은 노파가 필시 미쳤다고 생각했지요. 하지만 노파는 알고 있었습니다. 알고 있었고말고요! 노파는 불을 알고 있었던 것입니다. 불을 알고 있었어요. 노파는 스러지지 않고 타오르는 불을 알고 있었습니다. 주여! 그렇습니다!"

"주여, 그렇습니다!"

한 여자의 목소리가 맞장구를 쳤다. 내 가슴속에 깃든 그의 꿈을 한결 뚜렷이 짜올리며.

"그리고 이튿날 아침 여러분은 그분과 함께 짐 마차에 가득 실은 목화 속에 몸을 숨기고, 그 집을 떠났습니다. 솜 무더기 한가운데 숨어서 위급할 때 쓸 엽총의 총신을 통해 뜨거운 공기를 숨쉬면서 말입니다. 탄약통은, 하느님 덕택으로 쓸 필요는 없었습니다만, 언제라도 쓸 수 있도록 여러분 손바닥 사이에 부채 모양으로 쥐여 있었습니다. 그렇게 여러분은 설립자와 함께 읍내로 들어갔습니다. 거기서는 친절한 귀족이, 다음날 밤은 증오감이 없는 백인 대장장이가 여러분을 숨겨주었습니다—보이지 않는 세계에서의 놀라운 모순이었죠. 네! 아는 사람에게도, 모르는 사람에게도 도움을 받았던 탈주길. 어떤 사람들에겐 그분의 얼굴을 보는 것만으로도 충분했으니까요. 얼굴을 보지도 않고 도와준 사람도 있었습니다. 흑인 백인 모두가요. 물론 도움을 준 사람들은 대개 우리 민족이었습니다. 왜냐하면 여러분은 그들의 민족이었고 우리는 항상 우리 민족을 도와왔기 때문이죠. 그래서, 젊은 친구 여러분, 형제자매 여러분, 여러분은 이 오두막에서 저 오두막으로, 밤으로, 새벽으로, 늪을 지나 산을 넘어 설립자와 함께 갔습니다. 앞으로 앞으로, 흑인의 손에서 흑인의 손으로, 그리고 때로는 백인들의 손을 거쳐서. 그 손들이 설립자의 자유와 우리 자신의 자유를 형성했습니다. 소리들이 어울려 심금을 울리는 노래를 이루듯이 말입니다. 그리고 여러분은, 하나하나가 다 그분과 함께 있었습니다. 아, 여러분은 그 이야기를 너무나 잘 압니다. 자유를 통해 탈출한 사람은 바로 여러분들이었으니까요. 아, 그렇습니다. 여러분은 그 이야기를 알고 있습니다."

그는 이제 말을 중단하고 그 거대한 머리를 등댓불처럼 구석구석으로 돌리며 예배당 저 끝까지 환한 웃음을 던져 보냈고, 그의 목소리는 내가 자꾸 감정을 억누르려고 하는 중에도 계속 메아리쳐 왔다. 설립자의 이야기를 회상하다가 슬퍼진 것은 이때가 처음이었다. 캠퍼스가 내 곁을 재빠르게 스쳐 쏜살같이 물러갔다. 선잠이 깨면서 꿈이 스러져가듯. 내 옆 학생의 눈에서는 가슴을 쥐어트는 듯한 눈물이 쏟아졌고, 그 뚱뚱한 사나이는 조금도 힘을 들이는 기색 없이 모든 청중을 자기 마음먹은 대로 다뤘다.

그는 검은 안경 뒤에서 그지없이 차분해 보였고, 활발한 표정만이 그가 쏟아내는 말의 드라마에 제스처를 부여해주었다. 나는 옆에 있는 친구를 찔렀다.

"저 사람 누구지?"

나는 낮은 목소리로 물었다.

그는 불쾌한 표정으로, 아니 거의 분개한 표정으로 나를 쳐다보았다.

"호머 A. 바비 목사야, 시카고에서 왔어."

그는 말했다.

이제 연사는 팔을 독경대 위에 내려놓고 고개를 블레드소우 박사 쪽으로 돌렸다.

"여러분은 지금까지 이 아름다운 이야기의 빛나는 첫 부분을 들으셨습니다. 친구 여러분, 그러나 여기에 비통한 결말이 있습니다. 그리고 그것은 어쩌면 여러 가지 점에서 보다 더 값진 면일지도 모릅니다. 아침의 이 영광스러운 아들의 황혼이랄까."

그는 블레드소우 박사를 향해 돌아섰다.

"그날은 운명의 날이었습니다. 블레드소우 박사님, 제가 기억시켜드려도 된다면 말입니다. 저희들이 그곳에 있었으니까요. 네, 그렇습니다. 젊은 친구 여러분."

그는 슬픔 어린 자랑스러운 웃음을 지으며 다시 우리를 향해 돌아서서 말했다.

“저는 그분을 잘 알았고 그분을 사랑했습니다. 그리고 저도 그곳에 있었습니다. 우리는 그분이 말씀을 전하던 몇 개 주를 돌고 있었습니다. 사람들은 예언가의 말을 들으려고 몰려들었고 무수한 사람들이 응답했답니다. 구식의 완고한 사람들, 앞치마 차림에 나사와 깅엄 천으로 만든 헐렁한 겉옷을 걸친 여자들, 작업복 차림에 기운 아마천 웃옷을 입은 남자들 모두가 말입니다. 물결을 이룬 얼굴들이 낡아빠진 모자 밑에서, 축 늘어진 보닛 아래서, 고개를 들어 올리고 궁금한 표정으로 내다보았습니다. 황소와 노새들을 몰고 왔는가 하면 그 먼 거리를 걸어오기만 한 사람들이었습니다. 때는 9월이었는데도 때 아니게 날씨는 추웠습니다. 그분은 그들 고달픈 영혼들에게 말씀을 통해 평화와 자신을 불어넣어주었고, 그들에게 하나의 별을 제시해주었습니다. 그러고는 우리는 계속 다른 여러 곳을 돌아다니면서 여전히 메시지를 전했습니다.

아, 끝없는 여행이 계속되던 그 시절, 그 젊은 시절, 그 봄날 같던 시절, 땅은 기름지고 꽃은 만발하고 햇빛 찬란했던 그 희망의 시절. 네, 그랬습니다. 형용할 수 없으리만큼 영광스러웠던 그 시절에 우리의 설립자는 그때만 해도 불모의 골짜기였던 이곳뿐만 아니라 이 땅 방방곡곡에 꿈을 세우고 계셨고, 사람들의 마음속에 그 꿈을 불어넣어주고 계셨습니다. 한 나라의 발판을 세우고 계셨던 것입니다. 휴경지에 뿌리는 씨앗처럼 그분은 메시지를 널리 뿌리셨습니다. 자신을 희생하셨으며 백인과 흑인의 적들과 싸우셨고 또 그들을 용서하셨습니다……. 네, 그랬습니다. 그분에게는 백인 중에도, 흑인 중에도 적이 있었습니다. 하지만 가슴속에 메시지의 중요성을 깊이 느끼시고, 혼신을 바친 사명 의식에 넘쳐서, 앞으로 앞으로 그분은 나아가셨습니다. 열정에 빠져, 아니 어쩌면 인간적인 자부심 속에서 의사의 충고마저 무시하고 말입니다. 저는 저 입추의 여지가 없었던 강당에서 느꼈던 운명적인 분위기가 지금도 눈에 선합니다. 우리의 설립자는 당신의 웅변으로 청중을 당신의 손아귀에 가만히 움켜쥔 채 그들 마음을 뒤흔들고 달래고 가르치십니다.

그러면 저 아래에서는 커다란 화덕에 지핀 불길로 황홀하게 달아오른 얼굴들이 이제 당신의 불길 같은 웅변으로 버찌처럼 빨갛게 변합니다. 그렇습니다. 줄줄이 늘어선 청중은 그분이 전하는 메시지의 위압적인 진리에 마술에 걸린 듯 넋을 잃고 맙니다. 그리고 지금도 제게는 또다시 들려오는 것 같습니다. 그분의 목소리가 힘찬 종결에 이르렀을 때 조용히 솟구치던 그 엄청난 웅성거림을. 그리고 청중 가운데서 눈같이 하얀 백발의 노인이 벌떡 일어나 외칩니다. '무엇을 어떻게 해야 할지 가르쳐주십시오! 제발 부탁입니다. 지난 주일 놈들이 제게서 빼앗아간 제 자식의 이름으로 가르쳐주십시오!' 그러면 장내는 온통 간청하는 목소리로 가득 찹니다. '가르쳐주십시오, 가르쳐주십시오.' 그러자 우리의 설립자는 갑자기 눈물로 입을 열지 못합니다."

늙은 바비 목사의 소리가 사라졌다. 그가 갑작스레 감정에 복받쳐 엉성한 동작으로 연단 위를 움직이며 그의 말을 실연해 보였기 때문이었다. 나는 그 이야기를 얼마간 알고 있었기 때문에 어딘가 찡한 매혹을 느끼며 바라보았고, 마음 한구석으로는 그 슬픈, 불가피한 결말과 대항하여 싸웠다.

"그래서 우리 설립자께서는 잠시 숨을 멈추시고 감격 어린 눈으로 앞으로 걸어 나오십니다. 그러고는 한 팔을 높이 들어 올리시고 답변을 하기 시작하시는가 싶더니 비틀거리며 넘어지십니다. 그러자 일대 소란이 일어납니다. 우리는 황급히 뛰어나가 그분을 부축해 옮깁니다.

청중이 대경실색하여 벌떡 일어섭니다. 온 장내가 두려움과 혼란이요, 신음과 한숨입니다. 마침내 천둥 소리와도 같이 위엄에 가득 찬 블레드소우 박사의 목소리가, 희망의 노래가, 채찍 소리처럼 우렁차게 울려나오는 소리가 들립니다. 그리고 우리가 설립자를 벤치 위에 눕혀 쉬게 하는 동안 블레드소우 박사가 그 텅 빈 연단 위에서 음악에 박자를 맞추듯 힘차게 손을 내저으며 말로써가 아니라 그의 장중한 저음이 내는 그 근사한 뱃속 음으로 지휘하는 소리가 들립니다—아니, 블레드소우 박사는 가수였잖습니까? 지금도 그는 가수가 아닙니까?—청중은 선 채로 잠잠해지고, 이윽고 블레드소우 박사와 함께 그들은 그들의 거인 같은 지도자가 쓰러진 것을 슬퍼하며 노래를 부릅니다. 그들의 피와 뼈로 지어진 그 긴 암흑의 노래들을."

그 뜻은 희망!
고난과 아픔 가운데
그 뜻은 '믿음'!
비천과 우매함 가운데
그 뜻은 '인내'!
암흑 속의 끝없는 투쟁 가운데
그 뜻은 승리…….

"하!"

바비 목사는 소리를 지으며 손뼉을 쳤다.

"하! 노래는 끊임없이 이어졌고 드디어 지도자는 기력을 회복하셨습니다."

(짝짝 하고 그가 손뼉 치는 소리)

"그리고 청중을 향해 말씀하시며……."

(짝!)" 오, 주여."

"그들을 안심시켰습니다."(짝!)

"이렇게 말씀하시며."(짝!)

"자기는 끊임없이 노력을 기울이느라 피곤할 뿐이라고 말입니다." (짝!)

"네, 그분은 그렇게 청중과 헤어지면서 저마다 기쁜 마음으로 돌아가도록 했습니다. 한 사람 한 사람과 우정 어린 이별의 악수를 나누면서……."

나는 바비 목사가 입술을 꽉 다문 채 감격 어린 표정으로 소리 내지 않고 손바닥을 마주치면서 반원을 그리며 왔다 갔다 하는 것을 지켜보았다.

"아! 그분께서 당신의 웅대한 밭을 갈던 시절, 곡식이 뿌리를 내리고 커가는 것을 지켜보던 시절, 젊은 날 여름철의 햇빛 밝았던 시절……."

바비의 목소리는 그리움에 차서 탄식처럼 흘러나왔다. 그가 깊은 탄식 소리를 내자 교회에 모인 사람들도 모두 숨을 죽였다. 그때 나는 그가 눈같이 새하얀 손수건을 꺼내는 것을, 그리고 검은 안경을 벗고 눈을 닦는 것을 지켜보았고, 내가 점점 더 아득하게 외톨이가 되어간다는 느낌 속에서 귀빈석에 앉은 사람들이 넋을 잃은 채 천천히 고개를 젓는 모습을 지켜보았다. 이윽고 바비의 말소리가 다시 이어지기 시작했는데, 그의 목소리는 이제 육신을 떠난 목소리 같았고, 그는 한 번도 말을 멈춘 적이 없었던 것 같았으며, 그의 말은 우리 마음속에서 울려 퍼지며 그의 율동적인 흐름을 계속 잇었던 듯했다. 그 근원에서 잠시 멈춘 적이 있음에도 말이다.

"네, 그렇습니다. 젊은 친구 여러분, 그렇습니다."

그는 슬프게 슬프게 말을 이어나갔다.

"인간의 희망은 고상한 그림을 그려낼 수 있습니다. 하늘을 나는 수리를 고상한 독수리로, 혹은 구슬피 우는 비둘기로 변모시킬 수 있습니다. 네, 그렇습니다. 하지만 나는 알고 있습니다."

그가 커다랗게 소리치는 바람에 나는 깜짝 놀랐다.

"마음속으로는 고통스럽게 크나큰 희망을 품었지만, 나는 알고 있었습니다. 그 위대한 정신이 이제 기울고 있다는 사실을, 그 쓸쓸한 겨울을 향해 다가가고 있다는 사실을 말입니다. 그 위대한 태양은 지고 있었습니다. 때로 이 같은 일들은 직감적으로 알 수 있는 것이니까요……. 그래서 저는 제가 그것을 안다는 무서운 짐에 짓눌려 비틀거리면서 그 짐을 져야 하는 자신을 저주했습니다. 그러나 우리 설립자의 열정은 대단했습니다……. 네, 그랬습니다……. 얼마나 대단하던지 겨울철에 접어들어 맞은 그 화창한 날씨 속에서 우리가 이 마을 저 마을을 바쁘게 돌아다니는 동안 저는 곧 그걸 잊어버리고 말았습니다. 그러다가는…… 그러다가는…… 그러다가는……."

나는 중얼거림으로 떨어지는 그의 목소리에 귀를 기울였다. 그는 마치 오케스트라를 마지막 심오한 디미누엔도[점점 여리게]로 이끌어가기나 하는 것처럼 두 손을 앞으로 내뻗었다. 이윽고 그의 목소리가 다시 높아지더니 또렷또렷해졌고, 자연스럽게 속도가 빨라졌다.

"나는 기차가 떠나던 것을 기억합니다. 기차는 가파른 비탈을 기어올라 산 속으로 들어갈 때 마치 신음 소리를 내는 것 같았습니다. 날씨는 추웠습니다. 창가에는 성에가 갖가지 무늬를 그려놓았습니다. 그리고 기적 소리는 길게 끌며 쓸쓸히 울렸습니다. 깊고 깊은 산중에서 울려나오는 한숨 소리같이 말입니다.

앞쪽 객차에, 그러니까 철도 회사 사장이 직접 배정해준 일등 침대칸에 우리의 지도자는 몸을 흔들거리며 누워 계셨습니다. 그분은 갑작스레 원인 모를 병을 얻으셨던 것입니다. 그래서 저는 마음속의 괴로움은 어찌할 수 없었지만, 태양이 지고 있다는 걸 알았습니다. 하늘이 직접 그것을 알려주었기 때문입니다. 기차는 내달리고 바퀴는 철로 위에서 덜컹거렸습니다. 저는 제가 성에 낀 유리창을 내다보다 커다란 북극성이 어렴풋이 나타나면 쳐다보던 걸 기억합니다. 그러다 저는 그 별을 놓쳐버리고 말았습니다. 마치 하늘이 눈을 감아버린 것 같았습니다. 기차는 구불구불 휘돌아갔고 기관차는 기우뚱거리는 맨 뒤칸의 객차들과 나란히 되어 커다란 검은 사냥개처럼 날뛰었고 허연 김을 헉헉 뿜어대며 우리를 더 높은 곳으로 내던졌습니다. 그러다 곧 하늘이 캄캄해졌습니다. 달도 없이……."

그의 "다아—아—알"이란 말이 교회 안을 메아리칠 때 그가 턱 끝을 잡아당겨 가슴에 갖다 대자 그의 흰 칼라는 보이지 않게 되었고, 그는 몸을 가누는 완전한 검정색 형상이 되었다. 나는 그가 거칠게 숨을 들이마시는 소리를 들을 수 있었다.

"별자리들까지도 미구에 닥칠 우리의 슬픔을 아는 듯했습니다."

그는 머리를 천장을 향해 들어 올리고, 있는 목청을 다해 소리 질렀다.

"저 거대하고 광활하게 뻗은 칠흑 같은 하늘에서, 갑자기 보석 같은 별 하나가 반짝 하는 것이었습니다. 그 별은 아른아른 빛나더니 반짝 하고 터지면서 마지못해 흐르는 한 방울 외로운 눈물처럼 새까만 하늘의 볼 위로 주르르르 흘러내렸습니다……."

그는 감정에 북받쳐 머리를 내저었고, 입술을 다물고 "으으음……" 하고 신음 소리를 내며, 블레드소우 박사를 향했으나 그에게는 상대방이 보이지 않는 듯했다.

"바로 그 운명적인 순간에…… 으으음, 저는 여러분의 훌륭하신 학장님과 같이 앉아 있습니다……. 으으음! 학장님께서는, 우리가 의사들의 말을 기다리는 동안 깊은 생각에 잠겨 있었습니다. 학장님은 제게 조금 전의 그 별에 대해 이야기를 했습니다.

'바비, 보았습니까?'

그래서 저는 대답했습니다.

'네, 박사님, 봤습니다.'

그리고 우리는 목에 이미 슬픔의 싸늘한 손길을 느낄 수 있었습니다. 그래서 저는 블레드소우 박사에게 '기도합시다' 하고 말했습니다. 우리가 그때 거기 흔들리는 객차 바닥에 무릎을 꿇고 했던 말들은 기도라기보다는 나직하고도 고통스러운 슬픔의 소리였습니다. 그리고 우리가 우리 쪽으로 다가오는 의사를 본 것은, 그 쏜살같이 달리는 기차의 움직임 때문에 비틀거리며 일어섰던 바로 그때였습니다. 그래, 우리는 숨을 죽이고 그 의사의 넋을 잃은 듯 무표정한 얼굴을 들여다보면서 혼신의 용기를 내어 '선생님께서 가져오신 것은 희망이오, 재앙이오?' 하고 물었습니다. 그러자 그는 그 자리에서 우리의 지도자가 가셔야 할 곳으로 가까이 가시고 있다고 알려주었습니다…….

잔혹한 재난이 덮쳐 우리는 그만 넋을 잃고 말았다고 합니다만 그럼에도 우리의 설립자는 얼마 동안은 여전히 우리와 함께 계셨고 여전히 우리를 다스리셨습니다. 그분은 같이 여행하던 일행 가운데 지금 저기 여러분 앞에 앉아 계신 저분을 부르러 보내셨고 성직자였던 저를 부르러 보내셨습니다. 그러나 그분이 무엇보다 원하셨던 사람은 그분과 함께 밤중까지 의논의 상대가 되었던 그분의 친구였으며, 수많은 싸움을 통해 그 고달픈 세월을 두고 승리할 때나 패배할 때나 한결같이 변함없었던 그분의 동지였습니다.

지금 이 순간에도 그때가 눈에 선합니다. 희미한 불이 켜진 어두운 통로와 제 앞으로 흔들흔들 걸어가던 블레드소우 박사. 문 앞에는 포터와 여객 전무가 서 있었습니다. 다 남부 사람으로 하나는 흑인, 하나는 백인이었는데 둘 다 울고 있었습니다. 둘 다 눈물을 흘리고 있었습니다. 우리가 들어가자 그분은 우리를 쳐다보았습니다. 그분의 커다란 눈망울에는 체념이 어렸지만 그래도 하얀 베개 위에서 여전히 고결과 용기로 불탔습니다. 그분은 친구를 보더니 웃음을 지으셨습니다. 당신의 오랜 전우이자, 당신의 충성스런 투사, 당신의 보좌인, 고난과 실의의 시절에 당신의 원기를 되살려주었던, 그 옛 노래들을 부르는 훌륭한 가수를 보시고 그분은 따뜻한 웃음을 지으셨던 것입니다. 그 가수야말로 낯익은 옛 가락을 노래함으로써 수많은 사람들의 회의와 두려움을 달래주었던, 무지한 사람들과 두려워하는 사람들과 의심하는 사람들과 노예제도의 누더기를 아직도 벗어버리지 못한 사람들의 용기를 되살려주었던 사람이었습니다. 그분이 바로 저기 계신 여러분의 지도자입니다. 그분이 바로 태풍의 아들들을 진정시켰습니다. 그리고 우리의 설립자는 당신의 동료를 쳐다보시며 웃음을 지으셨습니다. 그리고 그분은 지금 제가 여러분을 향해 이렇게 손을 뻗듯이 당신의 친구이자 동료에게 손을 내밀면서 '더 가까이 오시오. 더 가까이' 하고 말했습니다. 그래서 그는 다가가서 침대 옆에 섰습니다. 그리고 그가 그분 옆에 무릎을 꿇고 앉자 불빛이 그의 어깨 위로 비쳤습니다. 그러자 그분은 손을 뻗어 그를 가만히 어루만지며 말했습니다. '이제 당신이 짐을 져야 하오. 남은 길은 당신이 저들을 인도하오!' 하고 말입니다. 그리고 오! 그 울어대던 기차 소리, 눈물조차 흘릴 수 없을 만큼 그 엄청났던 아픔!

기차가 산꼭대기에 이르렀을 즈음 그분은 이미 우리와 함께 계시지 않았습니다. 그리고 기차가 비탈을 내려갈 때 그분은 이미 세상을 떠나신 뒤였습니다.

그 기차는 진정 슬픔의 기차가 되어버렸습니다. 블레드소우 박사는 그곳에 지친 마음과 무거운 심정으로 앉아 있었습니다. 어떻게 해야 할 것인가 그는 생각했을 겁니다. 지도자는 죽고 그는 난데없이 군대의 우두머리 자리에 내던져진 셈이었습니다. 마치 돌격 중에 쓰러진 장군의 안장 위로 동댕이쳐졌다고 할까……. 사납고, 길이 덜 든 장군의 군마 등에 뛰어내린 격이었습니다. 아! 그리고 저 늠름하고, 까맣고, 기품 있는 짐승은 전투의 소음에 눈이 둥그레진 채 주인을 잃은 것을 깨닫고 벌써 몸을 뒤틀었습니다. 어떤 명령을 내려야 할까? 맡은 짐을 지고 고향으로 돌아갈까? 벌써 뜨겁게 단 전선들이 그 비보를 번쩍번쩍 부리나케 타전해 보내는 그곳으로? 돌아서 쓰러진 용사를 업고 그 춥고 낯선 산에서 내려가 이 골짜기 사이의 고향으로 가야 할까? 이제 흐려진 다정한 두 눈, 움직이지 않는 단호한 손, 침묵을 지키는 장중한 목소리, 싸늘하게 식은 지도자와 함께 돌아가야 할 것인가? 인간의 눈길로는 이제 그분이 다시는 밟힐 수 없는 따뜻하고 푸른 동산으로 돌아가야 할 것인가? 이제 지도자 당신은 갔어도 그 지도자의 꿈을 따라야 할 것인가?

아, 여러분은 물론 그 이야기를 압니다. 그가 지도자의 시신을 운반하여 그 낯선 도시로 갔던 것. 지도자를 장중하게 안치하면서 그가 한 연설, 비보가 전해지자 전사를 위해 하루가 애도의 날로 선포되었던 것. 오, 빈부와 흑백을 막론하고, 약한 자나 힘센 자, 노소를 막론하고, 모두가 그분에게 조의를 표하러 왔던 것……. 많은 사람들이 지도자가 가시고 난 이제야 그분의 가치와 그들의 손실을 깨달았지요. 그리고 블레드소우 박사가 임무를 마치고 돌아와서 누추한 화물차 안에서 친구와 함께 슬픈 밤샘을 했던 것, 또 역마다 사람들이 나와 경의를 표했던 일……. 기차는 천천히 달렸습니다. 슬픔이 가득 찬 기차였습니다. 그리고 철로 변에서는, 산이며 골짜기며, 선로가 그 숙명적인 길을 내달린 곳이면 어디나, 사람들은 모두가 하나같이 슬픔에 잠겼고, 싸늘한 철로처럼 그들은 슬픔에 못박혔습니다.

오, 얼마나 슬픈 출발이었는지!

그리고 또 얼마나 더 슬픈 도착이었는지. 저와 함께 보십시오. 젊은 친구 여러분, 저와 함께 들어보십시오. 그분과 노고를 함께했던 사람들의 울음과 통곡을. 바위처럼 싸늘하게 식어 쇳덩이처럼 움직일 줄 모르는 주검으로 돌아온 그들의 다정한 지도자를. 인생의 절정기에 그들에게 불과 빛을 일으켜주시고, 홀연히 그들 곁을 떠났다가 이제 싸늘하게 식어, 이미 동상이 되어 돌아오신 그분을. 오, 그 절망감을. 젊은 친구 여러분! 흑인들의 그 어두운 절망감을 보고 들어보십시오! 저는 지금도 그들을 봅니다. 이 구내를 헤매던 그들을, 벽돌장 하나, 새 한 마리, 풀 한 포기마저도 귀중한 추억을 불러일으켜주던 이곳에서 말입니다. 추억은 저마다 망치가 되어 슬픔의 무딘 못을 깊이깊이 내리쳤지요. 오, 그렇습니다. 그중 어떤 분들은 백발이 되어 지금 여러분 사이에 앉아 계십니다. 아직도 그분의 꿈을 위해 몸 바치면서 여전히 포도밭에서 일하고 있습니다. 그러나 그때 검은 천으로 덮인 관이 그들 가운데 정중히 안치되자…… 떨쳐버릴 수 없는 생각이 떠올랐죠……. 그들은 노예제도의 어두운 밤이 또다시 그들에게 드리워지고 있다고 생각했던 것입니다. 그들은 지난날의 그 지긋지긋한 어둠의 악취를, 희부연 주검의 코를 찌르는 악취보다 더 고약한 지나간 노예제도의 냄새를 맡을 수 있었습니다. 그들의 다정했던 불빛은 검은 천을 두른 관 속에 갇혔고 그들의 장엄한 태양은 돌연 구름 저 너머로 낚아채이고 말았습니다.

오! 그리고 구슬피 울어대던 나팔 소리들! 저는 지금도 그 소리들을 들을 수 있습니다. 캠퍼스의 네 구석에 자리잡고, 쓰러진 장군을 위해 뚜뚜뚜 울어대던 그 나팔 소리들. 그 슬픈 소식을, 알리고 또 알리고, 고요히 마비된 대기를 뚫고 이 사람 저 사람에게 그 슬픈 계시를 전하고 또 전하던 그 나팔 소리들. 사람들이 그 소식을 믿지 않으려고 하기나 한 것처럼, 이해할 수도 받아들일 수도 없었기나 한 것처럼. 사랑하는 가족을 잃고 애통해하는 가녀린 나팔 소리들. 그리고 사람들은 그 옛 노래들을 부르고, 그들의 형언할 수 없는 슬픔을 나타내기 위해 나왔습니다. 검고, 검고, 검은 사람들! 더 짙은 검은 슬픔에 잠겨 진심어린 가슴에 상장을 달고 나온 검은 얼굴의 사람들. 그들은 흑인들의 애가를 부끄럼 없이 부르며 비통하게 걸음을 옮기고 구부러진 보도에 넘쳐흐르며 가지를 늘어뜨린 나무들 아래서 울고 통곡하거나 황야에서 흐느끼는 바람 소리처럼 나지막이 웅얼거렸습니다. 그리고 그들은 마침내 언덕 비탈 위로 모여들어, 눈물에 젖은 그들의 눈이 볼 수 있는 한 멀리까지 바라보며 고개를 숙이고 노래를 불렀습니다.

그러고는 정적이 흘렀습니다. 그 쓸쓸한 흙구덩이 가장자리에는 향기가 코를 찌르는 꽃들이 피어 있습니다. 흰 장갑을 낀 열두 개의 손이 명주 밧줄을 쥔 채 긴장 속에 기다리고 있습니다. 무서운 정적이었습니다. 최후의 말이 끝났습니다. 한 송이 들장미가 이별의 뜻으로 던져지자 꽃송이는 천천히 흩어지고 꽃잎들이, 마지못해 내려지는 관 위로, 눈송이처럼 흩날려 내립니다. 그러고는 땅속으로 떨어집니다. 다시 태고의

흙으로, 다시 싸늘한 검은 흙으로 돌아가는 것입니다……. 우리 모두의…… 어머니에게…….”

바비가 잠시 말을 멈추었을 때 장내의 정적은 얼마나 완벽했는지 나는 교정 저 멀리에서, 격앙된 맥박처럼 쿵쿵 밤하늘을 두들기는 발전기 소리를 들을 수 있을 지경이었다. 청중 가운데 어디선가 어느 할머니가 구슬픈 소리로 흐느끼기 시작했다. 그것은 노래를 부르려다가 흐느낌이 되고 만 것 같은 흐느낌으로 사산되고 만, 모습을 갖추지 못한 슬픈 노래의 탄생 같은 것이었다.

바비 목사는 머리를 뒤로 젖히고, 팔은 옆구리에 빳빳이 갖다 붙인 채 두 주먹을 불끈 쥐고 서 있었다. 블레드소우 박사는 얼굴을 손에 파묻고 있었다. 내 옆에서 누군가 코를 풀었다. 바비는 비틀거리며 앞으로 한 걸음 걸어 나왔다.

“오, 그렇습니다. 오, 그렇습니다.”

그는 말했다.

“오, 그렇습니다. 그것 역시 그 영광스러운 이야기의 일부입니다. 그러나 그것을 죽음으로 생각지 마시고 하나의 탄생으로 생각하시기 바랍니다. 하나의 위대한 씨앗이 심어졌던 것입니다. 그 씨앗은 위대한 창조주가 부활했던 것만큼이나 확실하게 제철만 되면 어김없이 결실을 내어 왔습니다. 왜냐하면 어느 의미에서, 그분은 육신으로 계셨던 것은 아닐지라도 영혼 속에 계셨기 때문입니다. 그리고 어떤 의미에선 육신으로 살아 계셨습니다. 여러분의 현재 지도자가 바로 그분의 살아 있는 대리자, 그분의 육체적인 실제가 된 것이 아니겠습니까? 젊은 친구 여러분, 친애하는 젊은 친구 여러분! 지금 여러분을 이끌어가고 있는 지도자가 어떠한 인물인가를 제가 어떻게 여러분에게 말할 수 있겠습니까? 그가 우리 설립자에 대한 서약을 얼마나 잘 지켜왔으며 그분의 관리인 노릇을 얼마나 양심껏 해왔는가를 제가 어떻게 여러분께 말할 수 있겠습니까?

먼저 여러분은 이 학교가 과거에 어떠했는가를 알아야 합니다. 물론 그때에도 이미 훌륭한 학교였습니다. 그러나 그때는 건물이 8개뿐이었으나 지금은 20개입니다. 그때는 교수가 50명이었으나 지금은 2백 명입니다. 그때는 학생수가 몇백 명 정도였으나, 지금은 듣자 하니 3천 명이라고 합니다. 그리고 지금, 자동차의 고무 타이어가 굴러다니는 이 아스팔트 길들은 당시에는 소들과 노새들과 짐마차들이 다니던, 잘게 깨뜨린 돌을 깐 길이었습니다. 저는 너무나 오랜 세월 뒤에 이 훌륭한 학교에 돌아와 어디나 우거진 푸른 나무들 사이, 그리고 열매 주렁주렁한 농장과 향그러운 교정을 걸어보니 너무나 가슴이 벅차 여러분에게 무슨 말을 해야 할지 모르겠습니다. 아, 그리고 도시를 여럿 합친 것보다 더 넓은 지역에 전력을 공급하고 있는 이 굉장한 발전소! ……그것도 모두 흑인의 손으로 가동되고 있다니 말입니다.

젊은 친구 여러분, 우리 설립자의 불빛은 지금도 그처럼 타오르고 있는 것입니다. 여러분의 지도자는 자신의 약속을 1천 배로 지키신 셈입니다. 저는 그 자신의 덕만으로도 그를 찬양합니다. 그는 위대하고 고귀한 실험의 공동 건설자이기 때문입니다. 그는 그의 위대한 친구의 훌륭한 계승자이며, 자신의 위대하고 현명한 지도력으로 우리의 지도적인 정치자가 되었거니와 그것은 결코 우연한 일이 아닙니다. 그는 여러분이 본받을 가치가 있는 위대함의 한 표본입니다. 저는 여러분에게 말합니다. 그분의 본을 받으시기 바랍니다. 여러분은 모두 언젠가 그분의 발자취를 따라갈 수 있기를 바라십시오. 이루어야 할 위대한 일들이 아직도 남아 있습니다. 우리는 지금 바쁜 성장을 하고는 있지만 아직 젊은 민족이니까 말입니다. 전설이 계속 창조되어야 합니다. 여러분의 지도자가 지고 있는 짐을 떠맡기를 두려워하지 마십시오. 그러면 우리 설립자의 업적은 끝없이 펼쳐지는 영광이 될 것이며 우리 민족의 역사는 승승장구한 무용담이 될 것입니다."

바비 목사는 이제 두 팔을 내뻗고 청중을 향해 환하게 웃음을 보내며 서 있었다. 그의 부처 같은 몸은 돌덩이처럼 움직이지 않았다. 예배당 안 곳곳에서 훌쩍이는 소리가 났다. 목소리들은 감탄으로 술렁였고 나는 그 어느 때보다 더 어찌할 바를 몰랐다. 몇 분 사이에 노(老) 바비는 나로 하여금 그 비전을 보게 만들어주었고 나는 학교를 떠나는 것이 육신을 떠나는 것과 마찬가지임을 알았다. 나는 그가 팔을 내리고 자기 자리로 돌아가는 것을 지켜보았다. 그는 먼 곳에서 들려오는 음악을 듣기라도 하듯 머리를 곧추세우고 천천히 걸어가고 있었다. 내가 눈을 훔치려고 막 머리를 숙이는데, 충격을 받은 거친 숨소리가 들려왔다.

고개를 들어보니 두 명의 백인 이사들이 재빨리 연단을 가로질러 블레드소우 박사의 무릎 위에서 버둥대는 바비 목사에게 달려갔다. 이 노인은 두 명의 백인이 팔을 붙들자 스르르르 앞으로 미끄러져 무릎을 꿇고 양손을 짚었다. 이윽고 그가 일어섰을 때 나는 한 백인이 손을 내밀어 마룻바닥에서 뭔가 집어 들어 그의 손에 쥐어주는 것을 보았다. 내가 그것을 본 것은 그가 고개를 들어 올렸을 때였다. 한 순간, 그가 그 몸짓을 하고 그의 안경이 불투명하게 번쩍이던 그 사이, 나는 앞을 보지 못하는 두 눈이 껌벅이는 것을 보았다. 호머 A. 바비 목사는 소경이었던 것이다.

블레드소우 박사는 연방 사죄를 하면서 그를 부축해서 의자로 데리고 갔다. 그러고는 노인이 웃으며 의자에 등을 대고 쉬는 사이, 연단의 끝으로 걸어 나와 두 팔을 들어 올렸다. 나는 눈을 감고 그의 입에서 흘러나오는 흐느끼는 듯한 나직한 소리와 그에 응답하여 점점 높아지는 학생들의 음성을 들었다. 이번에 나온 음악은 내빈들을 위한 것이 아니라, 그들을 위해 진지하게 감동되는 음악이었다. 그것은 희망과 환희의 노래였다. 밖으로 뛰쳐나가고 싶었지만 감히 그럴 수가 없었다. 나는 딱딱한 긴 의자에 몸을 기대고 굳은 자세로 똑바로 앉아 무슨 희망에나 의지하듯 의자에 몸을 의지했다.

이제 블레드소우 박사를 바라볼 수가 없었다. 왜냐하면 그 늙은 바비 목사가 나로 하여금 내 죄를 느끼게 하고 그것을 받아들이게 해버렸기 때문이었다. 비록 고의는 아니었지만 그 꿈이 계속되는 것을 위태롭게 한 행위는 어찌됐든 일종의 배신 행위였던 것이다.

나는 다음 연사의 말을 들으려 하지는 않았다. 다음 연사는 키가 큰 백인으로 그는 손수건으로 계속 눈을 토닥거리면서 감정적이고 분명치 않은 태도로 같은 말들만 되풀이하고 있었다. 연설이 끝나자 오케스트라가 드보르작의 〈신세계〉 발췌곡을 연주했고 나는 이어 〈스윙 로 스윙 채리엇〉이 그 주 테마를 통해 되울려오는 소리를 계속 들었다—그건 어머니와 할아버지가 즐겨 부르던 흑인 영가였다. 나는 이제 견딜 수가 없었다. 그래서 다음 연사가 말을 시작하기 전에 선생들과 부인들의 못마땅해하는 시선을 지나 허겁지겁 어두운 밤 속으로 나와버렸다.

지빠귀 한 마리가 달빛이 비치는 설립자의 손바닥에 앉아 영원히 무릎을 꿇고 앉은 노예의 머리 위에서 달빛에 취한 꼬리를 퍼득이며 지저귀고 있었다. 나는 그늘진 차도를 따라 걸어 올라가며 등 뒤에서 울어대는 새의 울음소리를 들었다. 가로등만이 달빛 어린 교정의 꿈에 잠겨 휘황하게 빛났다. 저마다 그림자가 만드는 둥그런 울 안에 은은한 빛살을 던지며.

예배가 끝나기를 기다릴 걸 하는 생각이 들었다. 얼마 멀리 가지 않았을 때 오케스트라가 연주하기 시작한 행진곡의 경쾌한 곡조가 희미하게 들려오고, 곧 뒤따라 학생들이 줄지어 밤의 어둠 속으로 나오느라 왁자하게 터져 나오는 소리들이 들려왔던 것이다. 나는 두려운 생각을 안고 행정관 쪽으로 걸음을 옮겼고, 그곳에 이르자 어두컴컴한 입구에 섰다. 내 마음은, 저 아래 풀밭에 그림자를 던지는 가로등을 어슴푸레 가리는 불나방들처럼 퍼덕거렸다. 이제 정말 블레드소우 박사와 면담을 해볼 작정이었다. 그런데, 노여움과 함께 바비 목사의 연설이 떠올랐다. 바비 목사의 그 같은 말들이 아직 블레드소우 박사의 가슴속에 생생하게 남아 있는 한 그가 내 애소 따위에 어디 동정이나 하겠는가 말이다. 나는 어두컴컴한 출입구에 서서 만일 퇴학을 당할 경우, 내 장래가 어찌될 것인가를 곰곰이 생각해보려고 했다. 어디로 갈까? 무엇을 해야 할까? 어떻게 고향으로 돌아갈 수 있겠는가?

6

경사진 잔디밭 저 아래로 남학생들이 기숙사를 향해 걸어가고 있었다. 그런데 이제 그들은 한결같이 나와는 아득히 멀리 떨어져, 나와는 영 관계가 먼 존재들 같았고, 어스름한 그들의 형체 하나하나가 모두 나보다 엄청나게 우월해 보였다. 무슨 결함 때문인지 가치 있는 모든 것에서, 영감을 주는 모든 것에서 떨어져 나와 암흑 속에 자신을 내동댕이쳐 버리고 만 나 자신보다 말이다. 나는, 화음을 넣어 나직이 노래를 부르면서 내 곁을 지나가는 학생들 무리의 소리에 귀를 기울였다. 제빵실에서 새로 빵 굽는 냄새가 흘러왔다. 아침 식사 때 나올 질 좋은 흰 빵이리라. 그리고 노오란 버터가 뚝뚝 떨어지는 롤빵들. 나는 나중에 방에 가서 집에서 가져온 산딸기 잼을 발라 먹기 위해 얼마나 자주 그 빵들을 주머니에 슬쩍슬쩍 집어넣곤 했던가.

여학생 기숙사에, 마치 희뿌연 빛의 씨앗들이 움트듯이 어느 보이지 않는 손이 불들을 켜기 시작했다. 몇 대의 자동차가 옆으로 굴러 지나갔다. 나는 마을에 사는 할머니들 일행이 내 쪽으로 다가오는 것을 보았다. 그중 하나는 지팡이를 짚었는데 때때로 소경처럼 보도를 툭툭 두들겨서 공허한 소리를 울려대곤 했다. 그들이 주고받는 이야기들이 토막토막 내게로 날아왔다. 그들은 열심히 바비 목사의 이야기를 떠들어대는가 하면, 떨리는 목소리로 없는 이야기를 엮어 넣고 꾸며대면서 설립자가 살아 있을 당시를 회고하기도 했다.

그때 나는 길게 뻗은 가로수 길 저편 아래서 낮익은 캐딜락이 스르르 다가와 건물 안으로 들어가는 것을 보았고, 그 순간 갑자기 공포에 사로잡혔다. 채 두 발자국도 가지 못하여 나는 걸음을 돌려 황급히 다시 밤의 어둠 속으로 뛰어들고 말았다. 지금 당장은 블레드소우 박사를 대면할 수가 없을 것 같았다. 나는 차도를 올라가는 한 무리의 남학생들 뒤를 따라 후들후들 몸을 떨면서 걸었다. 앞서 걷는 남학생들은 무슨 문제인가로 격렬하게 토론을 벌이고 있었지만 나는 너무나 초조한 나머지 그 내용을 다 귀담아듣지 못하고, 잘 닦인 그들의 구두가 가로등의 불빛에 비쳐 둔중히 빛나는 것만을 보며 그저 그들의 그림자를 뒤따를 뿐이었다. 줄곧 나는 블레드소우 박사에게 뭐라고 말할 것인가 말할 내용을 정리해보려고 고심했다. 그런데 그 사이 학생들은 자기네 기숙사로 들어가버린 모양이었다. 문득 보니 어느새 나는 학교 문 밖으로 나와 도로 쪽으로 걸어가고 있었던 것이다. 나는 뒤돌아서 다시 행정관 건물로 뛰어갔다.

내가 블레드소우 박사의 방에 들어섰을 때, 그는 파란 테를 두른 손수건으로 목을 훔치고 있었다. 안경 렌즈에 비치는 갓을 씌운 전등 불빛이 그의 넓적한 얼굴 반을 그늘 속에 가두었고, 그는 움켜쥔 두 주먹을 자기 앞쪽의 불빛 속으로 쭉 내뻗었다. 나는 문간에 서서 머뭇머뭇했는데, 그때 갑자기 방 안의 오래되고 육중한 가구들이며, 설립자 시대의 유물, 그리고 벽 위에 마치 트로피나 문장(紋章)처럼 부착된 역대 대통령, 실업가, 세력가 들의 액자 속에 든 초상 사진들과 부조(浮彫)한 현판들이 한꺼번에 눈에 들어왔다.

"들어오게."

그는 절반의 그림자 속에서 말했다. 그때 나는 그가 몸을 움직이는 것을, 눈을 이글거리며 머리를 불쑥 앞으로 내미는 것을 보았다.

그는 조용히 농담이라도 하듯 부드럽게 이야기를 꺼내 나로 하여금 감정의 균형을 잃게 하고 말았다.

"이봐, 난 자네가 노턴 씨를 노예 지구로 데려갔을 뿐 아니라 나중엔 그 쓰레기통 같은 황금시절로 데리고 들어갔다고 알고 있네만."

그것은 질문이 아니라 사실의 선언이었다. 나는 아무런 대꾸도 하지 않았고 그는 여전히 부드러운 눈으로 나를 물끄러미 바라보았다. 바비 목사가 노턴 씨를 도와 그를 누그러뜨리게 한 것일까?

"아니지."

그가 말했다.

"자넨 그분을 노예 지구로 데려가는 것만으론 충분치 않았네. 한 바퀴 다 돌아서 충분한 접대를 해드렸어야 했어. 그렇지 않았나?"

"아닙니다……. 그분은 편찮으셨습니다."

나는 말했다.

"위스키를 좀 드셔야 할 필요가 있었어요……."

"그런데 자네가 아는 유일한 곳은 거기뿐이었지. 그래, 자네는 그분 뒷바라지를 맡고 있는 처지라 그리로 간 거야……."

"그렇습니다……."

"그리고 그뿐만 아니고."

그는 조소와 경탄이 뒤섞인 목소리로 말했다.

"그분을 데리고 나가, 베란다인지 발코니인지, 요새 뭐라고들 부르는지 모르지만, 하여간 그곳에 그분을 주저앉히고 그분을 고명하신 분께 소개해주셨지!"

"고명하신 분이라고요?"

나는 얼굴을 찌푸렸다.

"하, 참. 아니 그분이 차를 멈추라고 우기셨단 말입니다. 저로선 별수 없었어요……."

"그랬겠지."

그는 말했다.

"그랬겠지."

"그분은 오두막집에 관심을 보이셨어요. 그런 것이 아직도 남아 있나 하고 깜짝 놀라셨단 말입니다."

"그래, 당연히 자넨 차를 멈췄지."

그는 다시 고개를 숙이면서 말했다.

"그렇습니다."

"그래, 그 판잣집은 흉금을 털어놓고 그분께 자신의 내력이며 그 근사한 소문을 빠짐없이 이야기해줬겠지?"

나는 어떻게 된 일인지를 설명하기 시작했다.

"이 친구야!"

그는 분통을 터뜨리고 말했다.

"자네 지금 농담하는 건가? 왜 하필 자넨 그 길로 갔나? 그것부터 묻고 싶네. 자네가 운전하지 않았나?"

"제가 운전했죠……."

"그래, 그분에게 안내할 만한 남부끄럽지 않은 집들이며 도로들이 없었단 말이지? 우리가 지금까지 굽신거리고 애원하고 거짓말했던 게 부족했다는 이야긴가? 자넨 백인이 고작 빈민굴이나 안내받으려고 몇천 리 길을…… 뉴욕, 보스턴, 필라델피아 같은 먼 데서 달려와야 한다고 생각했나? 그렇게 서 있지만 말고 말 좀 해봐!"

"저야 운전만 해드렸을 뿐이죠. 세우라고 명령해서 그 집 앞에 세운 것뿐이고요……."

"세우라고 명령했다? 그분이 명령했다 그거야? 빌어먹을! 백인들이야 늘 명령하지 않느냔 말이야. 그건 백인들의 버릇이야. 왜 자넨 딴 핑계를 대지 못했나? 이 집엔 돌림병이 났다—천연두라더라—고 왜 말 못했나? 아니면 다른 집을 택하든지 말이야! 왜 하필이면 트루블러드의 집이냔 말이야! 맙소사! 이봐, 자넨 흑인이고, 남부에서 살고 있어……. 거짓말하는 법 잊어먹었나?"

"거짓말요? 그분께 거짓말을 하라고요? 이사님께요? 제가요?"

그는 무언가 고통스러운 듯 머리를 내저었다.

"머리가 좋은 애를 골라 보냈다 싶었더니."

그는 말했다.

"자넨, 자네가 우리 학교를 궁지에 몰아넣고 있었다는 사실을 모르나?"

"저야 그분을 즐겁게 해드리려고 애썼을 뿐입니다……."

"즐겁게 해드려? 그래, 자네가 지금 대학교 3학년 학생인가? 목화 밭에서 일하는 돌대가리 흑인 새끼도 백인을 즐겁게 하는 방법은 거짓말을 하는 것뿐이라는 걸 알아. 자넨 도대체 여기서 무슨 교육을 받고 있는 거야? 솔직히 말해봐. 누가 자네더러 그분을 그리로 데려가라고 하던가!"

"그분이 그랬죠. 누가 그랬겠습니까?"

"거짓말 마!"

"정말입니다."

"자네에게 주의주네만, 누가 시켰나?"

"맹세합니다. 그런 사람 없습니다."

"이 깜둥아, 지금은 거짓말할 때가 아냐. 난 백인이 아니란 말이야. 사실대로 말해봐!"

그는 날 때릴 것만 같았다. 나는 책상 너머를 노려보며, 이 사람이 날 '그런 투로' 부르다니…… 하고 생각했다.

"대답해봐, 이 친구야!"

그런 투로 부르다니. 그의 미간에 돋은 힘줄이 벌떡벌떡 뛰는 것을 보며 나는 생각했다. 이 사람이 나를 그런 투로 부르다니.

"전 거짓말은 않겠습니다."

나는 말했다.

"그러면 자네와 이야기한 그 정신병자는 누군가?"

"처음 본 사람입니다."

"무슨 이야기를 했지?"

"다 생각은 안 납니다."

나는 더듬거렸다.

"그 사람, 온전한 정신이 아니었습니다."

"말해봐. 뭐라고 했나?"

"자기가 프랑스에 산 적이 있고 대단한 의사라고 생각했습니다."

"그래서?"

"제가 백인이 옳다고 믿는다는 것이었습니다."

나는 말했다.

"뭐라고?"

그의 얼굴이 갑자기 실룩거리면서 시커먼 수면처럼 갈라졌다.

"그래, 자넨 그렇게 생각하잖나, 그렇지?"

블레드소우 박사는 기분 나쁜 웃음을 억누르며 말했다.

"그렇잖아?"

나는 대꾸를 하지 않았다. 마음속으로는 당신이, 당신이…… 하는 말을 되뇌며.

"그 사람, 누군가? 전에 본 적 있었나?"

"아뇨. 처음이었습니다."

"북부 사람이던가, 남부 사람이던가?"

"모르겠습니다."

그는 책상을 꽝 두들겼다.

"흑인들의 대학이야! 이봐, 자넨 반세기 이상 걸려 세운 학교를 반 시간 만에 망쳐놓는 요령 말고는, 다른 건 아는 게 없나? 그자 말씨가 북부던가 남부던가?"

"백인들이 쓰는 말씨였습니다."

나는 말했다.

"목소리는 남부인 목소리 같이 들렸습니다만…… 저희들 목소리처럼……."

"조사해봐야겠어."

그는 말했다.

"그런 깜둥이는 가둬버려야 해."

교정 저편에서 15분을 치는 시계 소리가 울려왔으나 내 마음속의 무엇인가가 그 소리를 감싸버리는 것 같았다. 나는 필사적인 기분으로 그에게 사정했다.

"블레드소우 박사님, 정말 죄송합니다. 저는 전혀 그곳에 갈 의사가 없었습니다만 일이 제 뜻대로 되지 않았습니다. 노턴 씨는 사정을 잘 알고 계십니다……."

"내 말 들어봐, 자네."

그는 큰 소리로 말했다.

"노턴은 노턴이고, 나는 나야. 그리고 그 사람 자기는 괜찮다고 생각할지 모르지만, 실은 괜찮지 않다는 걸 내가 알아! 자네의 형편없는 판단이 이 학교에 아주 엄청난 피해를 입힌 거야. 자넨 자네 민족의 처지를 향상시키는커녕 오히려 깔아뭉개놓고 말았어."

그는 내가 마치 극악무도한 범죄라도 저질렀다는 듯이 나를 바라보았다.

"우리가 그런 행위에 관대할 수 없다는 걸 모르나? 난 자네에게 우리의 가장 훌륭한 백인 친구들 중의 하나를 모실 기회를 주었네. 자네를 출세시켜줄지도 모를 사람을 말이야. 그런데 그 보답으로 자넨 자네 전 민족을 진흙 구덩이 속에 끌어넣고 말았어."

갑자기 그는 서류 무더기 밑에 있는 무슨 물건을 향해 손을 내밀었다. 나온 것은 그가 자랑스럽게 '우리 민족의 진보의 상징'이라고 부르는, 노예 시대의 오래된 족쇄였다.

"자넨 처벌을 받아야 해. 그 점에 대해선 이렇다 저렇다 더 말할 필요가 없네."

그는 말했다.

"하지만 박사님께서 노턴 씨에게 약속하시지 않았습니까?"

"거기 그렇게 서 있지 말고 사실대로 말해봐. 내 벌써 다 안단 말이야. 내가 무슨 말을 했든, 난 이 학교 우두머리로서 이 일을 도저히 그냥 지나칠 수 없어. 이봐, 난 자넬 쫓아내겠단 말이야!"

일은 그때, 그 쇳덩이가 책상을 두들겨댔을 때 일어났음에 틀림없었다. 내가 느닷없이 그에게 몸을 들이대며 분개하여 소리를 질렀으니까.

"그분에게 말해버리겠어요. 노턴 씨에게 가서 말해버릴 겁니다. 박사님이 우리 모두에게 거짓말을 했다고……."

"뭐라고?"

그가 외쳤다.

"감히 자네가 날 위협하는가? ……바로 이 내 방에서?"

"그분께 말해버릴 겁니다."

나는 바락바락 악을 썼다.

"만나는 사람마다 다 말해버릴 거예요. 전 박사님과 싸울 겁니다. 정말이에요. 싸울 거라고요!"

"좋아, 좋아. 그렇게 해봐."

그는 뒤로 물러나 앉으며 말했다.

잠시 그는 나를 위아래로 훑어보았고, 나는 그의 머리가 다시 그늘 속으로 들어가는 것을 보았고, 분노의 외침과도 같은 높고 가는 소리를 들었다. 그러더니 그의 얼굴이 다시 앞으로 나왔고 나는 그의 웃음을 보았다. 잠시 나는 그를 노려보았다. 그러고는 몸을 돌려 문을 향해 걷기 시작했다. 그때 그가 다급한 목소리로 "기다려, 기다려" 하고 뒤에서 부르는 소리가 들렸다.

나는 돌아섰다. 그는 가쁘게 숨을 몰아쉬며 두 손으로 그의 거대한 얼굴을 떠받쳤고 그의 얼굴에는 눈물이 흘러내렸다.

"이리 오게, 이리 와."

그는 안경을 벗어 들고 눈물을 닦으며 말했다.

"여보게, 이리 와."

그의 목소리는 재미있다는 투였고, 달래는 투였다. 나는 마치 무슨 비밀 결사의 입단 테스트를 거치는 듯한 기분을 느끼며 다시 몸을 돌이켰다. 그는 여전히 고뇌가 깃든 듯한 웃음을 지으며 나를 바라보았다. 내 눈에서 불이 났다.

"이봐, 자넨 확실히 바보야."

그는 말했다.

"자넨, 자네 백인들에게서 아무것도 배운 게 없고 자네의 상식도 자네에게 아무것도 가르쳐준 게 없어. 자네들 젊은 흑인들은 도대체 어떻게 된 거야. 난 자네가 이곳의 일 돌아가는 방식엔 이미 눈을 떴다고 생각했지. 그런데 실제 사정과 머릿속으로 그러려니 하고 생각하는 것과의 차이도 구별하지 못하고 있단 말이야. 큰일이지."

그는 숨가쁘게 말했다.

"이 민족이 지금 어디로 가고 있는 거야? 그래, 여봐. 자네 맘대로 아무에게나 얘기해도 좋아. 거기 앉아…… 앉으라니까!"

나는 한편으론 분개하면서도 한편으론 마음이 끌려서 마지못해 자리에 앉았다. 그의 말을 따르는 나 자신을 증오하며.

"아무에게나 말해."

그는 말했다.

"난 상관없어. 그걸 말리려고 새끼손가락 하나 까딱하지 않겠어. 난 누구에게도 빚진 게 없으니까 말이야. 누구? 흑인들? 이 학교는 흑인들이 움직이지 않아. 다른 것도 대개 마찬가지지……. 그것도 아직 모르고 있었나? 천만에 말씀이시지. 이 학교는 흑인들이 움직이지 않아요. 백인들도 아냐. 백인들이 '원조'는 하지. 하지만 움직이는 건 아냐. 난 흑인 거물이야. 난 필요할 때 귀청 떨어지게 '예스, 써' 하고 굽신거리지만 그래도 여기선 내가 왕이야. 겉으로 보기엔 딴판으로 보인대도 상관없어. 권력이란 과시할 필요가 없는 거니까. 권력이란 스스로를 믿고, 스스로 확신하고, 스스로 출발하고, 스스로 멈추고, 스스로를 격려하고, 스스로를 정당화시키는 것이라네. 자네가 권력을 갖게 되면 그걸 알게 돼. 흑인들이 비웃으려면 비웃고 남의 말 하는 녀석들이 비웃으려면 비웃으라지. 내가 말한 게 다 사실이야. 이 친구야, 내가 비위 맞추는 척이라도 하는 유일한 사람들은 '거물급' 백인들뿐이야. 그런데 그 사람들도, 그 사람들이 나를 움직이기보다는 내가 그 사람들을 움직이는 편이지. 그게 권력 구조야. 그리고 거기서 내가 지배권을 쥐고 있지. 자네 그걸 생각해봐. 자네가 내게 대든다면 자넨 권력에 대드는 거나 마찬가지야. 백인 부호들의 권력에, 국가 권력에 말이야……. 그건 결국 정부 권력에 대드는 거나 마찬가지 얘기지!"

그는 거기서 일단 말을 멈췄는데, 나는 온몸을 굳어버리게 할 것 같은 격분을 느꼈다.

"그리고 자네의 사회학 선생들이 가르쳐주기 꺼리는 걸 하나 가르쳐주지. 나와 같이 학교를 운영하는 사람들이 없다면 남부라는 것은 존재하지 않는다는 거야. 북부라는 것도 존재하지 않게 돼. 그뿐인가. 나라라는 것도 존재하지 못해—오늘과 같은 모양의 나라가 이루어지지 못한단 말이야. 자네, 그 점을 생각해봐."

그는 웃었다.

"자네 그 연설하는 것으로나 공부하는 것으로 봐서 난 자네가 뭘 좀 안다고 생각했지. 한데 자네는……. 아무튼 좋아. 가서 노턴 씨를 만나게. 가보면 자네는 그 사람 역시 자네가 처벌받기를 바란다는 걸 알게 될 거야. 자기 자신은 의식하지 못할지 모르지만 그 사람은 그걸 원해.

왜냐하면 그 사람은 내가 자신의 이익을 위한 최선책이 무엇인지를 안다고 생각하니까 말이야. 이봐, 자넨 교육받은 멍청이 흑인이야. 이 백인들은 자기들의 생각을 퍼뜨릴 수 있는 신문, 잡지, 라디오, 대변인들을 다 가지고 있어. 이 사람들이 세상에 거짓말을 하고 싶을 때는 워낙 능수능란하게 하기 때문에 그건 사실이 되어버리는 거야. 그래서 내가 그 사람들에게 자네 말이 거짓말이라고 말해버리면 자네 말이 사실임을 자네가 입증한다고 해도 그 사람들은 세상 사람들에게 내 말대로 이야기할 거란 말이야. 왜냐? 그게 바로 자기들이 듣고 싶어 하는 거짓말이기 때문이지……."

나는 다시 그 높고 가느다란 웃음소리를 들었다.

"자네는 아무런 존재도 안 돼. 자넨 존재하지 않는단 말이야—그걸 모르겠나? 백인들은 모든 사람들에게 무엇을 어떻게 생각할지를 가르치지—나 같은 사람들은 예외지만 말이야. 나는 그 사람들을 가르친다네. 백인들에게, 내가 알고 있는 것에 대해 어떻게 생각할 것인가를 가르쳐주는 게 내 생활이야. 놀라울 거야. 그렇지 않나? 하지만 일이 그렇게 되어 있어. 역겨운 일이지. 나도 그걸 늘 좋아하는 건 아냐. 하지만 내 말 잘 들어보게. 그런 식으로 만들어놓은 건 내가 아냐. 그렇지만 난 내가 그런 현실을 바꿔놓을 수 없다는 것도 알아. 그러나 나는 그와 같은 현실 속에서 내 지위를 쌓아왔네. 그래, 난 현재의 내 지위를 지키는데 필요하다면 이 지방 흑인들을 내일 아침까지 한 명도 남김없이 죄다 나무에 목을 매달아버릴 수도 있어."

그는 이제 똑바로 내 눈을 바라보고 있었고, 그의 목소리는 마치 고백이라도 하듯, 내가 믿지 않을 수도 부정할 수도 없는 어떤 기이한 비밀을 발설하기라도 하듯 진지함으로 가득 차 있었다. 식은 땀방울들이 빙

하처럼 천천히 등골을 타고 내렸다…….

"농담이 아냐."

그는 말했다.

"나는 지금의 내 지위에 도달하기 위해 강한 의지와 뚜렷한 목적의식을 가져야 했네. 때를 기다리고, 계획을 세우고, 사방에 알랑거려야 했어……. 그래, 나는 깜둥이처럼 행동해야 했지!"

그렇게 말하고 그는 다시 격렬하게 "사실이야!" 하고 덧붙였다.

"그게 그럴 만한 가치가 있었다고 주장하는 건 아냐. 하지만 난 현실적으로 지금 이렇게 이 자리에 있고, 또 이 자리에 있을 작정이네—자네가 게임에 이겨 상을 타서 그걸 단단히 지키고 보호한다 하더라도 그 뒤까지 말일세. 딴 도리가 없지."

그는 어깨를 으쓱 움츠려 보였다.

"사람이란 지위를 얻으려고 애쓰는 중에 나이가 들고 말이야. 그래, 자네, 가서 이야기해보게. 자네의 진실을 내 진실에 대항시켜봐. 내가 지금까지 말한 건 진실이니까. 더 넓은 진실이니까. 자네 진실을 테스트해보게. 시험해봐……. 내가 세상에 나왔을 때 나는 젊었지……."

그러나 나는 이제 더는 듣지 않았고 그저 그가 쓴 둥그런 금속 안경알 위에서 뛰노는 전등 불빛만을 바라보았다. 안경알들은 이제 역겹기 그지없는 그 말들의 물결 위에 둥둥 떠 있는 것처럼 보였다. 진실, 진실, 도대체 진실이란 뭔가? 내가 아는 어떠한 사람도, 심지어는 어머니조차도 내가 무슨 이야기를 해도 믿지 않으려 할 것이다. 내일이면 나 자신도 믿지 않을 것이다 하고 나는 생각했다. 나 자신도……. 나는 무력하게 책상의 나뭇결을 멀거니 바라보았고, 그다음엔 그의 머리 너머로 의자 뒤에 놓인 우의(友誼)의 컵들〔연회 같은 때 돌려가며 마시는 은잔〕을 넣어둔

케이스를 바라보았다. 그 케이스 위에는 설립자의 초상이 무표정하게 내려다보고 있었다.

"허허!"

블레드소우는 웃었다.

"자넨 나와 복싱을 하기엔 팔이 너무 짧아. 난 요 몇 년 사이에 흑인 청년을 제대로 때려눕힌 일이 없었지. 정말이야."

그는 일어서며 말했다.

"전처럼 시건방지게들 굴지 않으니까."

이번엔 나는 좀처럼 몸을 움직일 수가 없었다. 위장이 꼬여 엉기고 신장이 욱신거리는 것 같았다. 두 다리가 팽팽히 당겼다. 대학 생활 3년 동안 나는 나 자신을 사내라고 생각했다. 그런데 이자가 이 자리에서 겨우 몇 마디 말로 나를 어린아이처럼 옴짝달싹 못하게 만들어버리다니. 나는 몸을 일으켜 세웠다.

"가만, 잠깐 그대로 있게."

그는 금방 동전이라도 튕겨 올릴 사람처럼 나를 바라보며 말했다.

"난 자네의 기백이 마음에 드네. 자넨 투사야. 그 점이 마음에 들어. 다만 판단력이 부족할 뿐이야. 물론 판단력이 부족하면 파멸할 수가 있지. 내가 자넬 벌주려 하는 것은 바로 그 때문이야. 나도 자네 기분이 어떠하리라는 건 알아. 자넨 고향에 돌아가 창피를 당하고 싶지 않겠지. 이해가 가. 자네에겐 막연하게나마 자네 자신의 위엄에 대한 어떤 생각들이 있을 거야. 내가 아무리 애써봐도, 겉만 번지르한 선생들, 북부에서 교육받은 이상주의자들에겐 그런 생각들이 스며들어 있어. 그래, 자네 뒤엔 자네를 밀어주는 백인들이 있을 거야. 그런데 자넨 그 백인들과는 얼굴을 맞대기가 싫지. 흑인에겐 백인에게서 굴욕을 받는 것보다 더

비참한 건 없으니까 말이야. 그것도 나는 다 알아. 나도 나이를 먹을 만큼 먹어서 얻어먹을 욕 다 얻어먹어 보았고, 조롱받을 것 다 받아보았어. 난 예배 시간에 그런 이야기를 그저 별 뜻 없이 뇌까리는 게 아니네. 난 그걸 잘 알아. 하지만 자넨 그런 기분을 넘어서게 될 거야. 그건 어리석고, 값비싸고, 엄청나기만 한, 공연한 짐이야. 긍지니 위엄이니 하는 따위는 백인들이나 걱정하라고 해—자넨 자네의 현 위치를 깨닫고, 힘과 영향력을 얻어서, 세력 있고 영향력 있는 인물들과 접촉할 수 있도록 해—그리고 드러내지 말고 그걸 이용하란 말이야!"

나는, 여기서 의자 등을 붙잡고 서서 얼마나 오랫동안 그가 나를 조소하도록 내버려둬야 할까 생각했다. 얼마나 오랫동안 말이다.

"자넨 아주 배짱 좋은 어린 투사야."

그는 말했다.

"자네 민족에겐 용감하고, 영리하고, 세상에 환멸감을 느낀 투사들이 필요하지. 그래서 내가 자네를 좀 도와줄 작정이네—아마 자넨 내가 오른손으로는 병을 주더니, 왼손으로는 약을 준다고 생각할지 모르겠네—자네가 나를 오른손으로만 다스리는 사람이라고 생각한다면, 그건 오산이야. 난 절대 그런 사람은 아니네. 하지만 그것도 좋아. 받아들이고 안 받아들이고는 자네 자유니까. 난 자네가 여름 동안 뉴욕으로 가서 자네 자존심도 살리고 돈도 벌었으면 해. 거기 가서 내년 학기 등록금을 벌어 오는 거야. 알아듣겠나?"

나는 아무 말도 못하고 고개를 끄덕였다. 마음속에서는 온갖 생각들이 격렬하게 회오리쳤다. 그와 타협하려고 하면서, 그리고 그가 지금 하는 말을 아까 그가 한 말에 갖다 맞추어보려고 하면서…….

"자네가 일자리를 얻을 수 있도록 우리 대학 후원자 몇 분에게 소개장을 써주겠어."

그는 말했다.

"그러나 이번에는 판단력을 동원해야 해. 눈을 크게 뜨고 세상만사의 움직임을 보란 말이야! 그래서 자네가 만약 성공하게 되면……. 모르긴 몰라도…… 그래, 모르긴 몰라도…… 하여간 그건 자네에게 달렸어."

말이 끝나자 그는 일어섰다. 일어서니 그는 키가 우뚝 컸고, 피부는 검었으며, 눈은 접시처럼 둥그랬고, 몸집은 거대했다.

"그게 전부야, 젊은이."

그는 무뚝뚝하고 사무적인 어조로 말했다.

"자네 일을 정리할 이틀간의 여유를 주겠네."

"이틀간요?"

"그래, 이틀이야!"

나는 계단을 내려와 어둠에 잠긴 보도로 걸어 올라갔다. 건물 밖으로 나오자마자 곧 구역질이 나 나는 나무들에 밧줄처럼 엉긴 등나무 아래서 배를 움켜쥐고 허리를 꺾지 않을 수 없었다. 내장이 온통 쏟아져 나오는 것 같았다. 욕지기가 멈추고 머리 위로 드높이 서늘한 아치를 이룬 나무들 사이로 쳐다보니, 달이 떠 있었는데 빙빙 도는 듯 이중으로 보였다. 눈의 초점이 맞지 않았다. 나는 길 위로 비어져나온 나무들과 가로등에 부딪히지 않으려고 한쪽 눈을 손으로 가린 채 내 방 쪽으로 걸었다. 울화가 치밀어오르면서도 한편으로는 밤이라 아무도 내 꼴을 보지 못하니 다행이라 생각하며 걸음을 옮겼다. 위장이 쓰려왔다. 고요한 교정 저쪽 어디선가에서 조율이 안 된 피아노로 치는 흘러간 기타 블루스 가락이 한 줄기 느릿느릿 아물거리는 빛살처럼, 어느 외로운 열차가 내지르는 기적의 반향처럼 내게로 흘러왔다. 그때 나는 다시 머리를 앓으로 숙였고, 이번에는 나무에 부딪히고 말았다. 나무가 꽃이 만발한 덩굴을 흔들어대는 소리를 들을 수 있었다.

다시 몸을 움직일 수 있게 되었을 때 나의 머리는 빙글빙글 원을 그리며 휘돌기 시작했다. 그날 있었던 사건들이 주마등처럼 흘러 지나갔다. 트루블러드, 노턴 씨, 블레드소우 박사, 황금시절 등이 미친 듯이 초현실적인 소용돌이를 일으키며 내 머릿속에 맴돌았다. 한쪽 눈을 가린 채 길 한가운데 서서 그날 하루의 일을 내게서 몰아내려고 했으나 그때마다 번번이 다시 블레드소우 박사가 내린 결정에까지 버둥대며 올라왔다. 그가 내린 결정이 아직도 내 머릿속에서 메아리쳤고, 그것은 현실이었으며, 그것은 결정적인 것이었다. 일어난 일에 대한 나의 책임이 어느 정도든 간에 나는 그 대가를 치르게 되리라는 것을 알았고, 내가 학교에서 쫓겨나리라는 것도 알았다. 생각이 거기에 미치자 그 생각은 다시 내 오장육부를 칼질해댔다. 나는 그곳 달빛 어린 보도 위에 서서 이번 일의 결과가 어찌될까 생각해보며, 내 성공을 시기하던 사람들이 느낄 흐뭇함, 내 부모님의 굴욕과 실망을 머릿속에 그려보았다. 나는 평생 이 수치를 씻지 못할 것이었다. 내 백인 후원자들은 괘씸하게 여길 것이다. 백인 유력자들의 비호를 못 받고 사는 사람들에게는 누구에게나 드리워진 그 두려움이 떠올랐다.

어쩌다 이 꼴이 되고 말았을까? 나는 이제까지 내 눈앞에 열린 길을 한 번도 빗나감 없이 잘 걸어왔고, 다른 사람들이 기대하는 그대로의 인간이 되려고 노력했으며, 다른 사람들이 기대하는 그대로 행동했다—그럼에도 그 기대되던 보람 있는 결과를 얻기는커녕, 나는 지금 일그러진 시력 때문에 내 앞길에 뛰어든 어떤 낯익은 물체에 부딪혀 머리가 깨지지 않도록 한쪽 눈을 필사적으로 움켜쥐고 비틀비틀 걸었던 것이었다. 게다가 이제는 나를 완전히 돌아버리게 만들려는 듯, 난데없이 할아버지의 모습이 어둠 저편에서 득의만면하게 히죽히죽 웃으며 머리 위로 떠도는 것 같은 생각이 들었다. 도저히 견딜 수가 없었다. 괴롭기도 하고 분통이 터지기도 했지만, 나 같은 사람에게 어떻게 달리 살아갈 길이 있는지, 어떻게 다른 성공 방법이 있는지 알지 못했기 때문이었다. 나는 그런 종류의 삶의 완전한 일부를 이루었기 때문에 결국은 타협하는 수밖에 없었다. 타협을 하든지, 할아버지 말이 맞다고 인정을 하든지, 둘 중의 하나였다. 그런데 할아버지 말을 인정하는 것은 불가능했다. 나는 여전히 나 자신에겐 죄가 없다고 믿긴 했지만, 트루블러드와 황금시절의 세계와 영원히 마주서 사는 것을 피하려면 오직 일어난 일에 대한 책임을 받아들이는 수밖에는 없다는 사실을 알았기 때문이었다. 이럭저럭 나는, 내가 규칙을 위반했다는 것, 따라서 처벌을 감수해야만 한다는 것을 나 자신에게 납득시켰다. 블레드소우 박사가 옳아 하고 나는 나 자신에게 말했다. 그 사람 말이 옳아, 학교와 학교가 대표하는 것은 보호받아야 해 하고. 다른 도리가 없었다. 아무리 괴로움이 크다 할지라도 가능한 한 빨리 그 빚을 청산하고 다시 내 앞길을 닦는 일로 돌아와야 할 터였다…….

방으로 돌아와 저축해둔 돈을 세어보니 50달러 정도 되었다. 나는 가능한 한 빨리 뉴욕으로 떠나기로 결심했다. 일자리를 얻도록 도와주겠다던 블레드소우 박사가 생각을 바꾸지 않는다면, 그것으로 멘즈 하우스에서 숙식하기는 충분하리라. 멘즈 하우스에 대해선 여름 방학에 거기서 지냈던 친구들에게서 들은 적이 있었다. 나는 아침에 떠날 작정이었다.

그래서 나는 룸메이트가 자면서 세상 모르고 히죽거리고 웅얼거리는 동안 짐을 꾸렸다.

이튿날 아침 나는 나팔 소리가 나기도 전에 일어나서, 블레드소우 박사가 출근했을 때는 이미 그의 바깥 사무실 긴 의자에 앉아 그를 기다리고 있었다. 블레드소우 박사는 푸른 서지 웃옷을 열어젖히고 그 사이로 양쪽 조끼 주머니에 걸린 무거운 금줄을 내보인 채 조용히 내 쪽으로 걸어왔다. 그는 나를 보지 못한 듯 내 곁을 그대로 지나가버렸다. 그러나 자기 방 문 앞에 이르렀을 때 그는 말했다.

"자네에 대한 내 생각은 변함없네. 변하지도 않을 거고!"

"아니, 그 때문에 온 건 아닙니다."

내가 말하자 그가 홱 몸을 돌이켜 의아스러운 눈빛으로 나를 내려다보았다.

"자네가 그 점을 이해한다니 됐어. 들어와서 용건을 말해보게. 난 좀 볼일이 있어."

나는 그가 홈버그 모자를 낡은 놋쇠 모자걸이에 거는 것을 지켜보며 책상 앞에서 기다렸다. 이윽고 그는 내 앞에 앉아 손가락을 모두어 새장 모양으로 만들며 내게 이야기를 시작하라는 뜻으로 고개를 끄덕였다. 나의 눈은 뜨겁게 타올랐고 내 목소리는 현실의 목소리 같지 않았다.

"오늘 아침 떠나고 싶습니다."

나는 말했다.

그의 눈이 뒤로 물러났다.

"왜 오늘 아침인가? 내일까지 여유를 주지 않았나. 왜 서두르는 거야."

그가 말했다.

"서두르는 게 아닙니다. 하지만 어차피 떠나야 할 거니까 떠나고 싶습니다. 내일까지 기다린다고 해봤자 사정이 달라지는 것도 아닐 테고……."

"그래, 달라지지 않네."

그가 말했다.

"잘 생각했어. 허락하겠네. 그리고 다른 용건이 또 있나?"

"그뿐입니다. 다만 말씀드리고 싶은 것은 제가 한 일을 죄송스럽게 여긴다는 것이고, 또 그 때문에 제가 언짢은 생각은 가지고 있지 않다는 것입니다. 제가 한 일은 고의적은 아니었습니다만 저에 대한 처벌에 대해서는 수긍하고 있습니다."

그는 무표정한 얼굴로 손가락 끝을 마주 댔고 그의 굵은 손가락들은 가볍게 맞닿았다.

"그게 올바른 태도지. 그러니까, 자넨 이 일로 언짢은 생각을 품는다거나 하지는 않겠다 이거지?"

"네, 그렇습니다."

"좋아, 자네가 이제야 세상일에 눈떠가기 시작하는 것 같군. 좋은 일이야. 우리가 해야 할 두 가지 일이 있다면 그건 자신의 행위에 대해 책임을 지는 일과 언짢다는 생각을 품지 않도록 하는 일이야."

그의 목소리는 예배 시간에 설교를 할 때처럼 확신에 차서 높아졌다.

"자네가 언짢다는 생각을 품지만 않는다면 자네의 성공을 막는 것은 아무것도 없을 것이네. 그걸 명심하게."

"알겠습니다."

나는 대답했다. 그러자 목이 메어왔고, 나는 그가 먼저 내 일자리에 관한 문제를 꺼내주기를 바랐다.

그런데도 그는 나를, 이제 가주기를 바라는 듯한 눈으로 바라보며 말했다.

"그럼 됐지 않나? 나는 볼일이 있네. 자네 일은 허락이 됐어."

"그런데, 저 부탁하고 싶은 게 있어서……."

"부탁?"

그는 날카롭게 반문했다.

"그건 다른 문제로군. 무슨 부탁인가?"

"대단한 건 아닙니다. 학장님께서 제게 일자리를 줄 수 있는 저희 학교 이사님 몇 분을 소개해주시겠다고 하셨습니다만, 아무 일이나 기꺼이 하겠습니다."

"아, 그래. 그랬지, 물론."

그는 책상 위에 놓여 있는 물건들을 지그시 노려보며 잠시 생각에 잠기는 듯했다. 그러더니 집게손가락으로 족쇄를 가볍게 만지작거리며 말했다.

"좋아, 언제 떠날 작정인가?"

"가능하면 첫 차로 떠날 생각입니다."

"짐은 꾸렸나?"

"네."

"좋아, 가서 짐을 가지고 30분 후에 다시 이리로 오게. 비서가 우리 학교 후원자 몇몇 분에게 보내는 편지를 줄 거야. 그중 한 분은 자네에게 도움을 줄 걸세."

"감사합니다. 대단히 감사합니다."

나는 일어서며 말했다.

"괜찮네. 학교야 학교를 위해서 이런저런 일을 하는 거니까. 다만 한

가지 덧붙일 게 있네. 이 편지들은 봉함을 할 것이네. 도움을 받고 싶거든 뜯어보지 말게. 백인들은 그런 점에 있어선 엄격해. 편지는 자네를 소개하고 일자리를 주선해 달라고 부탁하는 내용이 될 거야. 자네를 위해 최선을 다해 쓸 테니 뜯어볼 필요는 없어. 알겠나?"

"그럼요. 뜯어볼 생각을 어떻게 하겠습니까."

나는 말했다.

"좋아, 자네가 돌아오면 아가씨가 편지를 전해줄 거야. 그런데 부모님들에겐 알렸나?"

"아뇨. 퇴교당했다는 걸 말씀드리면 아주 낙심하실 겁니다. 거기 가서 일자리를 구하면 그때 편지를 쓸 생각입니다……"

"알겠네. 아마 그게 최선이겠지."

"그럼, 안녕히 계십시오."

나는 손을 내밀며 말했다.

"잘 가게."

그는 말했다. 그의 손은 컸고, 이상하게도 나긋나긋했다.

내가 방을 나서려고 돌아서자 그는 부저를 눌렀다. 문을 나설 때 그의 비서가 내 곁을 바삐 스치고 지나갔다.

돌아왔을 때는 편지들이 기다리고 있었다. 모두 일곱 통인데, 다들 쟁쟁한 이름을 가진 사람들 앞으로 되어 있었다. 노턴 씨의 이름을 찾아보았으나 그 사람의 이름은 없었다. 나는 편지들을 조심스럽게 안주머니에 집어넣고는 가방들을 거머쥐고 서둘러 버스 정류장으로 달려갔다.

7

정류소는 텅 비었으나 매표소의 창은 열렸고 회색 유니폼을 입은 포터가 비질을 하고 있었다. 나는 표를 사서 버스에 올랐다. 붉은색과 은백색 칠이 된 버스 안에는 단 두 사람의 승객만이 뒤쪽에 앉아 있었다. 그런데 갑자기 내가 꿈을 꾸는 것이 아닌가 하는 생각이 들었다. 나를 알아보고 웃음을 던진 사람은 바로 어제의 그 제대 군인이었던 것이다. 수행원 하나가 그의 옆에 앉아 있었다.

"어서 오게, 청년."

그는 소리치더니 수행원에게 말했다.

"잘됐어요, 그렌쇼 씨. 동행이 생겼습니다."

"안녕하세요."

나는 내키지 않는 기분으로 대꾸했다. 그들과는 좀 떨어진 자리가 없나 하고 주위를 둘러보았다. 그러나 버스는 거의 텅텅 비어 있었음에도 흑인들에겐 뒷자리밖에 할당되지 않아 별수 없이 그들이 있는 뒤쪽으로 갈 수밖에 없었다. 그게 싫었다. 그 제대 군인은, 이미 의식 속에 지워버리려고 애쓰던 너무나도 큰 체험의 일부였던 것이다. 그가 노턴 씨에게 그런 식으로 말했던 것, 그것이 바로 내 불행의 전조였다—내가 예감했던 그대로였던 것이다. 내게 내려진 형벌을 받아들인 지금, 나는 트루블러드나 황금시절과 관계된 것이면 아무것도 기억하고 싶지 않았다.

크렌쇼라는 사내는 수퍼카고보다는 몸집이 훨씬 작은 사람이었는데, 아무 말도 하지 않았다. 그는 흔히 난폭한 환자들을 수행해가는 사람들의 타입이 아니어서 마음이 놓였으나 그것도 잠시였고, 이 제대 군인의 난폭한 점이라고는 혓바닥뿐이었다는 사실을 깨달았다. 그의 입은 벌써부터 나를 난처하게 만들기 시작했고 나는 이제 그가 제발 백인 운전사에게까지 그 험구를 돌리지 않기를 바랐다—그렇게 되면 우린 맞아죽기 십상이었다. 그런데 아무튼 이 작자는 무슨 일로 버스를 탄 것일까? 기가 찰 노릇이었다. 블레드소우 박사가 그처럼 전격적으로 손을 써버린 것일까? 나는 그 뚱보 남자를 물끄러미 노려보았다.

"자네 친구 노턴 씨는 어떻게 됐나?"

그가 물었다.

"괜찮아요."

나는 대꾸해줬다.

"그 뒤로 졸도를 하지 않았나?"

"아뇨."

"그 일로 자넬 야단치던가?"

"야단치긴요."

"다행이군. 내 생각엔 그 양반이 황금시절에서 본 것도 본 것이지만 뭐니 뭐니 해도 내 말에 제일 큰 쇼크를 받은 것 같던데, 나 때문에 자네에게 곤란한 일이 생기지 않기를 바랐네. 학교가 벌써부터 방학한 것은 아니겠지, 설마?"

"그렇죠. 일자릴 구하려고 좀 빨리 가는 겁니다."

나는 태연하게 말했다.

"거 멋지군. 고향에서 말인가?"

"아뇨. 뉴욕에서 돈을 더 벌 수 있지 않을까 싶어서요."

"뉴욕!"

그가 외쳤다.

"그런 장소는 없어. 그건 꿈이지. 내가 자네 나이만 했을 땐 시카고였네. 요즘은 흑인 애들이 너도 나도 뉴욕으로 달아나지. 불에서 빠져나와 끓는 도가니로 뛰어드는 격이야. 난 할렘에서 3개월을 보내고 난 뒤의 자네 모습을 상상할 수 있네. 자네 연설은 달라질 거야. 자넨 '대학'이라는 것에 관해 많이 이야기하게 될 걸세. 멘즈 하우스의 강의에도 나가게 될 거고……. 백인들 몇을 만나게 될지도 모르지."

그러더니 그는 몸을 가까이 수그리고 쑥덕거렸다.

"이봐, 백인 처녀하고 춤을 추게 될지도 몰라."

"전 취직하러 뉴욕에 가는 길입니다. 그럴 시간이 없어요."

나는 주위를 둘러보며 말했다.

"그래도 그렇게 될 거야."

그는 이죽거렸다.

"마음속 깊은 곳에서는 자네도 북부에 대해서 들은 그 자유에 대해 생각하고 있어. 그래서 자넨 시험 삼아 한차례 그 자유를 누려보려고 할 거야. 그저 자네가 들은 게 사실인가 아닌가 보려고 말이지."

"너절한 늙은 백인 여자들하고 노는 것 말고도 다른 종류의 자유들이 있지."

크렌쇼가 끼어들었다.

"저 친구는 쇼 구경도 하고 싶고 큰 레스토랑 같은 데서 음식을 사 먹고 싶을지 몰라."

제대 군인은 싱긋 웃었다.

"왜 아니래요. 하지만 크렌쇼, 이 친구는 몇 달 동안만 머무를 거라는 걸 아셔야지. 대개는 일을 할 테니 이 친구의 자유는 다분히 상징적인 것이 될 수밖에 없어요. 그런데 이 친구에게, 아니 누구에게라도 마찬가지지만 가장 손쉽게 접근할 수 있는 심볼이 뭐겠소? 그야 물론 여자지. 딴 때는 일하느라고 너무 바빠 누리지 못할 온갖 자유를 동원하여 20분 동안이면 그 심볼을 충분히 확대할 수 있으니까. 알게 되겠지."

나는 화제를 바꿔보려고 했다. 그래서 "어디 가시는 길이시죠?" 하고 물었다.

"워싱턴 D.C.에 가네."

"그럼 다 나으신 건가요?"

"나았냐고? 낫는 게 어딨어?"

"이 사람 지금 다른 병원으로 옮기는 중이라네."

크렌쇼가 말했다.

"그래, 난 지금 성 엘리자베스 병원으로 가는 중이야."

제대 군인은 말했다.

"당국에서 하는 일, 난 정말 모르겠어. 1년 내내 병원을 바꿔 달라고 해도 안 되더니만 오늘 아침에 당장 보따리를 꾸리라지 뭔가. 아무리 생각해도 자네 친구 노턴 씨하고 잠깐 이야기 나눴던 게 관계있지 않나 싶은 생각이 들밖에."

"그분이 어떻게 관계가 있겠어요?"

나는 블레드소우 박사의 위협을 떠올리며 말했다.

"그 양반하고 자네가 여기 버스에 타고 있는 것과는 어떻게 관계가 있겠나?"

그는 반문하더니 눈을 찡긋했다. 그의 눈이 반짝반짝 빛났다.

"좋아, 내가 한 말은 잊어버리게. 하지만 말이야, 제발 사물의 이면을 보는 법을 배우게."

그는 말했다.

"안개 속에서 나오란 말이야. 그리고 성공하려고 완전한 바보가 될 필요는 없다는 점을 명심해. 게임을 하되 그걸 믿지는 마—그만한 의무가 자네에겐 있네. 설사 그 때문에 정신병자들이 입는 옷을 입게 된다거나 정신병동에 갇힌다 하더라도 말일세. 게임을 하되 자네 방식대로 하란 말이야—적어도 가끔씩은 그래야 돼. 게임을 하되 거는 돈을 높여, 이 친구야. 그게 어떤 식으로 돌아가는지를 알아둬. 자네가 어떻게 하고 있는지도 알아두고—자네에게 뭘 좀 가르쳐줄 시간이 있으면 좋을 텐데. 하지만 우린 뒤떨어진 민족이야. 자네가 게임에 이길 가능성도 없지 않아. 그건 정말 아주 유치한 일이니까. 정말이지 르네상스 이전의 일일 거야—게다가 그 게임은 죄다 분석되어왔고 책으로 기록되어왔네. 한데 지금 와서 그자들이 그 책들을 돌봐야 한다는 사실을 잊어버린 거지. 그건 바로 자네에겐 기횔세. 자네는 바로 이 훤한 바깥에서도 보이지 않는 존재야—그러니까 자네가 그걸 깨닫기만 하면 그렇게 된다는 말일세. 그자들은 자네를 보지 못할 거야. 그자들은 자네가 뭘 알고 있다고 생각지 못하니까. 그자들은 그 문제는 자기네들이 다 손을 써놓았다고 믿고 있거든……."

"이봐, 당신이 그렇게 떠들어대는 그자들이란 게 도대체 누구요?"

크렌쇼가 말했다.

제대 군인은 난처한 표정을 지었다.

"그자들? 그자들 말이오? 그야 우리가 항상 말하는 그자들이지 뭐겠소. 백인, 권위, 신, 운명, 환경—우리를 꼭두각시처럼 조종하는 그 힘,

그래서 이젠 우리가 더는 조종당하기를 거부하는 그 힘이지. 우리가 있으리라 생각하는 곳에는 절대로 없는 거인 말이오."

크렌쇼는 얼굴을 찡그렸다.

"당신은 너무 말이 많아. 말은 많으면서도 내용은 하나도 없고 말이야."

"아니, 난 할 말이 많다우, 크렌쇼. 나는 사람들이 대개 조금씩이나마 느끼고 있는 것을 말로 옮기는 거요. 맞아. 나는 일종의 강박적인 이야기꾼이지. 하지만 사실은 단순히 바보라기보다는 광대에 가까워. 하지만 크렌쇼 씨."

그는 무릎 위에 놓인 신문을 막대기처럼 둘둘 말았다.

"당신은 무슨 일이 일어나고 있는지 몰라. 우리 이 젊은 친구는 지금 북부로 처음 가는 길이에요. 처음 가는 길이지? 그렇지 않나?"

"그래요."

나는 대답했다.

"여부없겠지. 크렌쇼, 당신 북부에 가본 적 있소?"

"난 이 나라에서 안 가본 데 없수다."

크렌쇼가 말했다.

"어디든 그 지방 사람들 하는 방식을 알아요. 내가 어떻게 처신해야 되는지도 알구. 그런데 당신은 지금 북부로 가는 게 아냐. 진짜 북부가 아니니까. 선생은 워싱턴으로 가는 길이외다. 거기도 결국 남부 아니겠어."

"물론 알고 있어요."

제대 군인은 말했다.

"하지만 이 젊은 친구에겐 이게 어떤 의미를 갖겠는지 생각해봐요. 이 친구는 지금 훤한 대낮에 혼자 자유로운 몸으로 여행을 하고 있단 말이야. 난 이 같은 젊은이들이 언제 처음으로 범죄를 저지를 수밖에 없었는지, 아니 범죄 따윈 저질러보기도 전에 혐의를 받아야만 했는지 생각이 나. 그 친구들은 밝은 아침에 떠난 게 아니라, 어두운 밤에 갔지. 게다가 버스란 놈들이 빨리 달렸던 것도 아니고—그렇잖소, 크렌쇼?"

크렌쇼는 캔디 바의 포장지를 벗기다 말고 눈살을 찌푸리며 그를 쏘아보았다.

"내가 그걸 어떻게 아우?"

그가 말했다.

"미안하우, 크렌쇼."

제대 군인은 말했다.

"난 또 댁이 경험 많은 사람이라……."

"글쎄, 난 그런 경험 없소. 난 내 자유 의사로 북부에 간 거니까."

"그래 그런 경우를 들어본 적도 없단 말이오?"

"듣는 게 어디 겪은 건가?"

크렌쇼가 말했다.

"아무렴, 아니지. 하지만 자유에는 항상 범죄적 요소 같은 게 있는 법이라……."

"난 범죄 따윈 저지른 적 없어요!"

"범죌 저질렀단 뜻이 아니에요. 미안하오. 잊어버리슈."

제대 군인은 말했다.

크렌쇼는 골이 난 듯 캔디 바를 한입 와작 깨물며 투덜거렸다.

"당신 빨리 저기압이 되었으면 좋겠어. 그래야 그처럼 말이 많지 않을 테니까."

"알았습니다, 의사 선생님."

제대 군인은 놀려대듯 말했다.

"빨리 저기압이 되도록 하죠. 하지만 캔디 바를 드시는 동안 입을 놀릴 수 있도록 허락해주십쇼. 거기에 일종의 실질이 있는 것이니까."

"허, 배운 자랑 하려고 하지 말아요."

크렌쇼가 말했다.

"당신도 나처럼 여기 뒷자리 깜둥이 칸에 탔잖아. 게다가 돌았지."

제대 군인은 내게 눈을 찡긋해 보였고, 버스가 출발하는데도 그 청산유수 같은 말을 계속 쉴새 없이 늘어놓았다. 우리는 마침내 달리기 시작했다. 나는 버스가 학교 주위로 난 도로를 쏜살같이 달릴 때 마지막으로 그곳에 그리움의 눈길을 던졌다. 나는 몸을 돌려 뒤 창문을 통해 학교가 저 뒤로 물러나는 것을 지켜보았다. 햇빛이 학교의 나무 꼭대기들에 내리쬐고 나지막하게 자리잡은 건물들과 잘 정돈된 교정은 빛살로 멱을 감았다. 학교의 모습은 이윽고 사라져버렸다. 채 5분도 못 되어, 내가 지상에서 가장 훌륭한 세계라고 생각했던 장소는 손을 대지 않은 거친 시골 풍경 속에 휩싸여 어디론가 사라져버렸던 것이다. 희끗 어떤 움직임이 그때 내 눈길을 길가로 끌었다. 독사 한 마리가 회색빛 콘크리트길을 쏜살같이 기어가 길가에 길게 뻗어 있는 쇠파이프 속으로 사라져 들어가는 것이 보였다. 나는 번쩍번쩍 지나가는 목화밭들과 오두막집들을 바라보며, 내가 이제 바야흐로 미지의 세계로 들어가고 있음을 느꼈다.

제대 군인과 크렌쇼는 다음 정류장에서 버스를 갈아탈 채비를 했다. 제대 군인은 떠날 때 내 어깨에 손을 얹고는 나를 다정하게 바라보며, 언제나 그러듯이 웃음을 지어 보였다.

"이제 아버지 같은 충고를 해주어야 할 시간이네만, 그건 아껴둬야겠어—나는 나 자신 외에 어느 누구의 아버지도 아닌 것 같으니 말일세.

그게 자네에게 줄 수 있는 충고가 될지도 모르겠군. 자네 자신의 아버지가 되도록 하게. 그리고 잊지 말게. 세상은 가능성의 세계야. 자네가 그걸 발견하기만 하면 말이지. 마지막으로 말하네만, 노턴 씨 같은 사람들은 상관하지 말고 그냥 두게. 내 말이 무슨 말인지 모르겠거든 생각해 봐. 잘 가게."

나는 그가 버스를 타려고 차례를 기다리는 승객들 사이로, 크렌쇼를 따라 빠져나가는 모습을, 그리고 그 땅딸막하고 희극적인 몸집이 몸을 돌리고 손을 흔드는 모습을, 그러고는 이윽고 붉은 벽돌로 쌓은 터미널 입구로 사라지는 것을 지켜보았다. 나는 안도의 한숨을 내쉬며 다시 의자에 등을 기댔다. 그러나 승객들이 올라타고 버스가 다시 출발하자 나는 슬퍼졌고 이제 완전히 혼자로구나 하는 생각이 들었다.

버스가 저지 시 교외를 달릴 즈음에야 나는 비로소 기운이 나기 시작했다. 이윽고 이전의 자신감과 낙관주의가 되살아나서, 나는 북부에서 보내는 동안의 계획을 짜보려고 했다. 난 열심히 일하고 주인을 잘 섬겨서 나를 칭찬하는 주인의 편지들이 블레드소우 박사에게 마구 쏟아지게 하리라. 그리고 돈을 모아 가을에는 뉴욕의 문화를 온몸에 가득 익혀 돌아오리라. 물어볼 것도 없이 학교 내의 지도적 인사가 되겠지. 라디오에서 들은 적이 있던 '읍 회의'에 참석하게 될지도 몰라. 일류 연설가들의 연단 기교를 배워야겠어.

그리고 내가 교제하는 사람들을 최대한 이용해야지. 소개장을 가지고 가는 명사들을 만날 때는 깍듯한 예의를 차려야겠다. 나직하게 더없이 세련된 어조로 말하고 호감을 주는 웃음을 띠면서 아주 예의바르게 굴 거야. 그리고 그 사람이('그 사람'이라는 건 요인들 중 하나를 말하는 것이다) 나로서는 잘 모르는 화제를 꺼내면(난 내가 좋아하는 화제를 끄집어내지는 않겠다) 웃음을 띠며 맞장구를 쳐야 한다는 것을 잊지 말아야지. 구두를 반짝반짝하게 닦고, 양복은 잘 다려 입고, 머리는 단정히 빗질해서(기름을 너무 많이 바르면 안 된다) 오른쪽으로 가르마를 탄다. 손톱은 말끔히 손질하고 겨드랑이에서는 냄새가 안 나도록 해야지—이 마지막 것을 주의할 필요가 있다. 백인들에게 우리 흑인들이 죄다 악취를 풍긴다고 생각하게 할 수는 없다. 내가 만날 요인들을 생각만 해도 어쩐지 내가 도사가 다 된 것 같은 기분이 들었고, 세상물이 다 든 사람 같은 기분이 들었다. 그 때문에 나는 주머니 안에 든 일곱 통의 그 중요한 편지들을 만지작거려보며 가슴이 들뜨고 부풀어올랐다.

나는 멀거니 바깥 풍경을 바라보면서 몽상에 잠겨 있었다. 그러다 문득 고개를 들어보니 빨간 모자 하나가 눈살을 찌푸리며 나를 내려다보고 있었다.

"여봐요, 내릴 거요?"

그가 물었다.

"내리려면 슬슬 움직이셔야 될 텐데."

"그럼요."

나는 내릴 채비를 시작하며 말했다.

"내려야죠, 그런데 할렘엔 어떻게 가죠?"

"그건 쉬워요. 그저 똑바로 북쪽으로만 가슈."

그래서 내가 가방들과, 집단 난투 경기가 벌어졌던 그날 밤이나 마찬가지로 아직도 반짝반짝 윤이 나는, 상으로 받았던 그 서류 가방을 내려놓는 동안 그는 내게 지하철 타는 법을 가르쳐주었고, 그러고 나서 나는 군중 속을 헤치며 나아갔다.

지하철 역으로 들어가는 동안 나는 내내 떼지어 몰려가는 백인과 흑인 무리에 떠밀려 들어갔고, 덩치가 수퍼카고만 한 푸른 제복을 입은 뚱뚱한 역무원에게 뒷덜미를 붙잡혀 가방이고 뭐고 모조리 한꺼번에 전동차 속으로 처박혔는데, 전동차 안은 사람들로 얼마나 붐비는지 모두가 마치 무서운 소리에 깜짝 놀라 얼어붙은 닭들처럼 한결같이 고개를 뒤로 젖히고 눈들을 퉁방울처럼 내민 채 서 있는 것 같았다. 곧 등 뒤로 문이 탕 닫히고 나는 검은 옷차림의 몸집이 거대한 여자에게 짓눌렸고, 여자는 머리를 내저으며 웃었으며, 나는 마치 비에 젖은 초원 위에 솟은 하나의 검은 산처럼, 미끈미끈한 하얀 피부 위에 솟아오르는 커다란 검은 사마귀를 공포스럽게 바라보았다. 시종 나는 내 전신에 눌려오는 고무같이 부드러운 그 여자의 살을 느낄 수 있었다. 나는 몸을 옆으로 돌릴 수도 없었고, 뒤로 물러날 수도 없었으며, 가방들을 내려놓을 수도 없었다. 나는 덫에 걸린 것처럼 옴짝달싹 못했고 너무 가까이 밀착되어 있어 고개를 조금만 숙여도 내 입술이 그녀의 입술에 닿을 것 같았다. 결코 그러고 싶어 그러는 것은 아니라는 것을 알리기 위해 두 손을 어떻게 해서든 들어 올리고 싶었다. 이 여자가 비명이라도 지르지 않을까 하여 내내 조마조마하는 사이 마침내 차가 한쪽으로 쏠려 나는 왼팔을 자유롭게 할 수 있었다. 나는 눈을 감은 채 필사적으로 윗도리 옷깃을 붙들었다. 전동차는 요란한 소리를 내며 흔들려 나로 하여금 더욱 세게 그녀를 압박하게 만들었다. 그러나 주의를 몰래 힐끔 둘러보니 내게 조금이라도 관심을 두는 사람은 아무도 없었다. 그 여자조차도 자기 생각에 잠긴 것 같았다. 전동차는 이제 갑자기 내리막으로 치달려 어느 정류장 안으로 돌진해 들어갔고, 거기서 나를 플랫폼 밖으로 내던져놓았다. 마치 광란하는 고래의 뱃속에서 다시 바깥으로 쏟아져 나온 듯한 기분이었다. 가방들을 안고 씨름을 하면서 나는 군중과 함께 시종 떠밀리다시피 계단을 올라와, 뜨거운 거리로 나왔다. 그곳이 어디든 상관없었다. 나머지 길은 걸어갈 작정이었다.

나는 어느 상점 진열창 앞에서 잠시 걸음을 멈추고 유리에 비친 내 모습을 바라보면서 아까 전동차에서 그 여자와 몸을 맞대고 있었던 때의 마음의 동요를 떨쳐내버리려고 했다. 몸은 축 늘어졌고 옷은 젖었다.

"하지만 넌 지금 북부에 와 있어. 북부에 와 있단 말이야."

나는 속으로 중얼거렸다. 그렇다. 하지만 그 여자가 비명을 질렀더라면……. 다음에 지하철을 탈 때는 반드시 두 손으로 옷깃을 거머쥐고 타서 내릴 때까지 거기에 그렇게 있으리라. 왜, 아닐까. 그런 일로 늘 폭동들을 일으키고 있지. 왜 지금까지 그런 기사를 읽어보지 못했을까?

나는 벽돌 건물들, 네온사인, 유리창, 그리고 요란한 차량들의 소음을 배경으로 해서 그처럼 많은 흑인들을 본 적이 한 번도 없었다—토론회 팀과 뉴올리언스, 댈러스, 버밍햄을 여행했을 때도 그처럼 많은 흑인들은 보지 못했다. 흑인들이 없는 데가 없었다. 워낙 많은 흑인들이 워낙 긴장한 태도로 시끄럽게 움직였기 때문에 나는 그들이 무슨 경축일을 축하하려는 것인지, 아니면 시가전에 참가하려는 것인지 분간할 수가 없었다. 지나가면서 보니 잡화점의 카운터 뒤에도 흑인 여점원들이 있었다. 그러고는 네거리에 이르러서 나는 교통 정리를 하고 있는 흑인 교통 순경을 보고 깜짝 놀랐다—게다가 세상에 그처럼 자연스러운 일이 없다는 듯, 그 흑인 순경의 지시에 따라 자동차를 움직이는 백인 운전사들이 있었다. 용기가 되살아났다. 이것이 진정한 할렘이구나 하는 생각과 함께 내가 그 '도시 안의 도시'에 대해 들었던 모든 이야기가 마음속에서 살아 뛰놀았다. 그 제대 군인이 옳았다. 그곳은 내게 현실의 도시가 아니라 꿈의 도시였다. 왜냐하면 난 늘 남부에 국한된 나의 삶만을 생각했으니까. 그런데 이제 사람들 행렬 사이를 헤쳐 나아가면서 보니 시끄러운 도시의 소음 사이로 어렴풋이 들려오는 조그만 목소리처럼 새로운 가능성의 세계가 내 앞에 희미하게 떠올랐다. 나는 뭇 인상들의 포격을 받아들이려고 하며 눈을 크게 뜨고 걸어 나갔다. 그러다 우뚝 걸음을 멈춰 섰다.

그것은 내 앞에 있었다. 분노에 가득 차, 고함을 지르면서. 그 소리를 듣자마자 나는 어렸을 때 아버지의 목소리를 듣고 놀랐던 때의 충격과 공포에 사로잡혔다. 위장 속에서 공허감이 팽창해갔다. 내 앞에서 한 무리의 사람들이 인도를 가로막다시피 했고, 그들 위로 땅딸막한 남자가 조그만 성조기들이 붙은 사다리 위에서 분노에 가득 찬 목소리로 외쳐대고 있었다.

"그자들을 쫓아냅시다. 쫓아냅시다."

사내는 외쳤다.

"라스, 그자들에게 말해요!"

누군가 소리 질렀다.

그러자 그 땅딸막한 사내가 자기를 올려다보는 군중의 얼굴 위에서 격분한 태도로 주먹을 흔들며 짤막짤막 끊어지는 서인도인 말씨로 뭐라고 고함지르는 것이 보였다.

그 소리에 군중은 위협적으로 소리를 질러댔다. 누구에 대해서인지는 알 수 없었지만 금세라도 폭동이 터질 것만 같았다. 나는 당황했다. 사내의 목소리가 마음을 뒤흔들어놓은 때문이기도 했고, 군중이 노골적으로 분노를 드러내 보인 때문이기도 했다. 나는 그처럼 많은 흑인들이 그처럼 공공연하게 분노를 터뜨리는 모습을 한 번도 본 적이 없었다. 그런데 그럼에도 다른 사람들은 거들떠보지도 않고 그 군중을 지나쳐갔다. 옆으로 다가갔을 때 두 사람의 백인 경찰이 군중을 향해 등을 돌린 채 뭐라고 농담을 하며 웃으면서 서로 나직하게 이야기를 주고받는 게 눈에 띄었다. 윗도리를 벗어젖힌 군중이 연설자의 무슨 말에 분노에 찬 지지를 보내면서 고함을 질렀을 때도 그 백인 경찰들은 전혀 관심을 보이지 않았다. 나는 넋을 잃을 지경이었다. 인도 한가운데 가방들을 내려놓고 경찰들을 멍하니 바라보고 서 있었다. 그러자 그중 하나가 나를 발견하고, 느릿느릿 껌을 씹던 옆 사람을 쿡쿡 찔러댔다.

"무슨 일이 있나?"

그가 물었다.

"아니 그저……."

나도 모르게 무심코 말이 나오려 했다.

"뭐라고?"

"아니 그저 멘즈 하우스를 어떻게 가나 하고 말입니다."

나는 말했다.

"그뿐이야?"

"네."

나는 더듬거렸다.

"정말인가?"

"정말입니다."

"이 친구 여기 처음이군."

다른 경찰이 말했다.

"자네, 방금 도착했지?"

"네, 방금 지하철에서 내렸습니다."

"그랬나? 좋아! 자네 조심해야겠네."

"아, 그래야죠."

"그게 좋은 생각이야. 그 생각을 버리지 말게."

이렇게 말하며 그는 멘즈 하우스로 가는 길을 가르쳐주었다.

나는 고맙다는 인사를 하고 걸음을 서둘렀다. 연설자는 아까보다 더 격렬한 어조를 띠었다. 연설 내용은 정치에 대한 것이었다. 거리의 다른 부분의 조용함과 연설자의 격정적인 목소리가 충돌하여 그것은 거리의 정경에 뒤죽박죽으로 기이한 성격을 부여했고, 나는 폭동에 불이 붙는 것을 목격하게 될까 봐 뒤를 돌아보지 않으려고 부심했다.

땀에 흠뻑 젖은 채 나는 멘즈 하우스에 도착하여 숙박 수속을 마치고는 곧장 내 방으로 올라갔다. 할렘은, 한 번에 조금씩 이해해야만 했다.

8

짙은 오렌지색 침대 덮개가 깔린 조그맣고 깨끗한 방이었다. 의자와 화장대는 단풍나무로 만든 것이었고, 조그만 탁자 위에 기드온 성경책 한 권이 놓여 있었다. 나는 가방들을 내려놓고 침대에 걸터앉았다. 저 아래 거리에서는 차량들의 소음이 들려왔다. 커다랗게 들려오는 지하철 소리, 그리고 그보다는 작게, 그보다는 잡다하게 들려오는 사람들의 소리, 방 안에 혼자 앉아 있노라니 내가 고향에서 이처럼 먼 곳까지 와 있다는 게 도무지 믿어지지 않았지만 주위에는 성경책만을 제외하고는 아무것도 낯익은 것이 없었다. 나는 성경책을 집어 들고 침대에 등을 기대고 앉아 선혈처럼 새빨갛게 가장자리를 칠한 책장들을 엄지손가락으로 주르르 넘겨보았다. 블레드소우 박사가 주일 저녁이면 학생들에게 설교를 하면서 성경을 인용하던 것이 생각났다. 《창세기》를 펼쳤지만 읽을 수가 없었다. 집 생각이 났고 가족 기도를 시작하시려는 아버지의 모습이 생각났다. 식사 시간이면 모두 난롯가에 모여 의자 위에 머리를 조아리고 무릎을 꿇었지. 아버지의 목소리는 떨렸고 기도는 교회에 쓰는 문구들이며 온갖 겸허한 표현들로 꽉 찼지. 그러나 그런 생각을 하다 보니 집 생각이 간절해져서 나는 성경책을 치워버리고 말았다. 여기는 뉴욕이었다. 나는 일자리를 구해 돈을 벌어야 했다.

나는 웃옷과 모자를 벗고는 편지 꾸러미를 꺼내 들고 침대에 드러누웠다. 명사들 이름을 읽어보노라니 내가 굉장한 사람이나 된 듯한 느낌이 들었다. 안에는 무엇이 들었을까. 감쪽같이 뜯어보는 방법이 없을까? 편지들은 단단히 밀봉되어 있었다. 김을 쐬어 편지를 몰래 뜯어볼 수 있다고 어디서 읽은 적은 있지만 어디서 김을 쐬겠는가. 나는 포기하고 말았다. 사실 내용을 알 필요도 없었고, 또 블레드소우 박사의 편지에 몰래 손댄다면 그건 떳떳한 일이 못 될뿐더러 무사하게 넘어가지도 않을 일이었다. 편지들은 나에게 관계되는 것이고, 전국 굴지의 인사들 몇 사람에게 가는 것들이라는 사실을 나는 이미 알지 않는가. 그거면 충분했다. 나는 그 편지들을 누군가에게 보여주고 싶다고 생각하는 나 자신을 발견했다. 내 관록을 제대로 알아줄 만한 누군가에게 말이다. 결국 나는 거울 앞으로 가서 으뜸 패들을 펼쳐놓듯 편지를 화장대 위에 쫙 펼쳐놓고 나 자신을 향해 대견스러운 웃음을 지어 보였다.

그러고 나서 나는 내일의 종군 계획을 짜기 시작했다. 우선 샤워를 하고 아침을 먹는다. 모든 걸 다 아주 일찍 해치운다. 신속히 움직여야 할 테니까. 그런 거물급 인사들을 만나려면 시간을 정확히 지켜야 하리라. 그 사람들과 일단 약속을 했으면 꾸물거리는 유색 인종들의 시간 관념을 절대 보이지 말아야 할 것이다. 그래, 그리고 시계를 하나 구해야겠지. 모든 걸 계획에 맞춰서 해야 할 것이다. 블레드소우 박사의 조끼 호주머니 사이에 걸려 있던 묵직한 금줄과, 시간을 보기 위해 그가 시계를 획 열어젖힐 때의 태도, 꽉 다문 입술, 앞으로 끌어당기다 주름살이 지던 턱, 그리고 그의 주름진 이마가 떠올랐다. 그러고는 그는 목청을 가다듬고 마치 음절 음절이 제각기 미세한 차이를 가진 심오한 의미들로 꽉 찬 양 착 가라앉은 억양으로 명령하곤 했지. 학교에서 쫓겨난 생각을 하니 금방 분노가 치밀어 올랐으나 나는 곧 그것을 억누르려고 애썼다.

하지만 이번에는 그게 잘 안 됐다. 분노가 그날을 드러내면서 마음을 언짢게 했다. 아냐, 더없이 잘된 것인지도 몰라 하고 나는 황급히 생각했다. 그 일이 일어나지 않았더라면 그런 중요한 인사들을 직접 만나볼 기회를 갖지 못했을 거야. 마음의 눈으로 나는 계속해서, 시계를 들여다보고 있는 그의 모습을 보았다. 그런데 이제 그는 다른 인물과 함께 있었다. 박사보다 젊은 사람, 나 자신이었다. 그는 이제 빈틈없는 태도면서도 사근사근해졌고 거무튀튀한 옷(그의 구식 옷처럼)이 아니라 마치 잡지 광고에 나오는 사람들처럼 최신 유행을 따라 값진 천으로 지은 맵시 있는 옷을 입고 있었다. 《에스콰이어》지에 나오는 부지배인들 타입이랄까. 나는 연설을 하는 나 자신의 모습을, 그리고 카메라들이 플래시를 터뜨리며 나의 인상적인 포즈들을 잡는 광경을 떠올렸고, 청중을 현혹시키는 웅변의 어떤 대목이 끝났을 때 찰칵 하고 사진 찍히는 나의 모습을 그려보았다. 박사보다 덜 투박하고 정말로 세련된 박사의 젊은 모습. 항상 속삭이듯 말하고 큰 소리는 내지 않으리라. 그리고 항상—그래, 달리 표현할 말이 없다. '매력적인' 사람이 되리라. 로널드 콜먼〔미국의 영화배우. 〈잃어버린 지평선〉, 〈마음의 행로〉 등에 출연했으며, 1947년 〈이중 생활〉로 아카데미 남우주연상을 수상했다〕처럼 말이다. 정말 기막힌 목소리지! 물론 남부에서는 그런 식으로 얘기할 수 없다. 우선 백인들이 싫어할 테고, 흑인들은 '티를 낸다'고 할 테니까. 하지만 여기 북부에서는 남부 말씨를 버리겠어. 정말이야. 북부에서는 이런 식으로, 남부에서는 저런 식으로 말해야겠다.

남부에서는 남부 사람이 원하는 것을 주어야 해. 그게 요령이다. 블레드소우 박사가 할 수 있다면 나도 할 수 있겠지. 그날 밤 잠자리에 들기 전에 깨끗한 수건으로 가방을 잘 닦아내고 편지를 조심스럽게 안에 집어넣었다.

다음날 아침, 거의 섬 끄트머리쯤까지 가야 하는 주소 하나를 골라 들고 일찌감치 지하철을 타고 월 스트리트 구역으로 들어갔다. 건물들은 높고 거리는 좁아 그곳은 어두웠다.

내가 주소를 찾는 동안 기동 경찰들을 태운 장갑차들이 쏜살같이 지나갔다. 거리는 바쁘게 걸어가는 사람들로 가득했다. 그들은 마치 태엽에 감겨, 보이지 않는 어떤 조종 장치에 의해 움직이는 것 같았다. 많은 사람들이 문서 가방이나 서류 가방을 들었고, 나도 무어나 된 듯한 기분으로 내 가방을 꽉 움켜쥐고 걸었다. 그리고 여기저기서 팔목에 가죽 주머니를 매고 바쁘게 길을 걸어가는 흑인들의 모습을 보았다. 그들을 보자 언뜻 쇠사슬에 묶여 일하는 죄수 무리에서 쇠고랑을 차고 도망치는 탈옥수들 생각이 났다. 그러나 그들은 스스로에 대해 어떤 긍지 같은 것을 느끼는 것 같았다. 아무나 멈춰 세우고 왜 그렇게 가죽 주머니에 묶여 다니는지 묻고 싶었다.

어쩌면 그들은 그 대가로 돈을 두둑히 받았는지도 모르고 혹은 돈에 묶인 것인지 몰랐다. 내 앞에 가는, 굽이 닳은 신을 신은 저 남자도 1백만 달러에 묶여 있는 것인지도 몰랐다.

나는 경찰관이나 형사들이 총을 빼들고 뒤따르지나 않나 하여 살펴보았으나 그런 사람은 아무도 없었다. 아니, 있다 하더라도 그들은 바삐 걸어가는 사람들 속에 가려 보이지 않을 것이다. 나는 그자들 가운데 하나를 따라가서 어디로 가는 길인지 알고 싶었다. 왜 그 사람에게 돈을 몽땅 맡겼을까? 혹시 그자가 돈을 가지고 사라져버리면 어떻게 하나? 물론 아무도 그런 바보 같은 짓은 하지 않을 것이다. 여기는 월 스트리트다. 우체국들은 경비를 한다는 말을 들은 적이 있는데, 아마 여기도 경비하는 사람이 있으리라. 엉뚱한 행동을 하지 않나 하여 늘 말없이 지켜보면서 천장이나 벽에 뚫린 작은 구멍을 통해 내려다보는 사람들 말이다. 아마 지금도 감시의 눈 하나가 나를 포착하여 내 일거수 일투족을 지켜보고 있는지도 몰랐다. 어쩌면 길 건너편 회색 건물에 걸린 저 시계의 문자판 뒤에 감시의 두 눈이 숨겨져 있는지도 모를 일이었다. 나는 목적지의 주소를 향해 걸음을 재촉했고 이윽고 정면이 청동 조각으로 된 깎아지른 듯 높은 흰 석조 건물이 나를 막아섰다. 남자들과 여자들이 바삐 안으로 들어가고 있었다. 나는 잠시 그곳을 빠안히 쳐다본 후 안으로 따라 들어가 엘리베이터를 잡아타고, 그 안에서 뒤쪽으로 밀려들어갔다. 엘리베이터는 로켓처럼 치솟았고, 나는 마치 내 신체의 중요한 부분을 저 아래 로비에 남겨두고 온 듯 가랑이가 근질근질함을 느꼈다.

마지막 층에서 내려 대리석 복도를 따라 쭉 가다가 나는 마침내 이사의 이름이 붙은 문을 찾아냈다. 그러나 들어가려다가 그만 기가 죽어 뒤로 물러서고 말았다. 나는 복도 저편을 바라보았다. 복도는 비어 있었다. 백인들은 웃기는 사람들이었다. 베이츠 씨는 아침에 맨 먼저 흑인을 보는 걸 원치 않을는지도 모른다. 나는 발걸음을 돌려 복도를 걸어 내려가 창 밖을 내다보았다. 잠시 기다릴 작정이었다.

눈 아래 '남(南) 도선장'이 보였다. 기선 한 척과 유람선 두 척이 강으로 흘러들어왔고 저 멀리 오른쪽으로 자유의 여신상을 알아볼 수 있었다. 여신의 횃불은 안개 속에 묻혀 거의 보이지 않았다. 이쪽 해변가에는 갈매기들이 안개를 뚫고 선창 위로 솟구쳐 올랐다가 다시 내리닫곤 했고, 아래쪽은 너무 아득해서 눈이 아찔할 지경이었는데 그곳으로는 사람들의 무리가 오갔다. 시선을 돌리니 나룻배 한 척이 방금 자유의 여신상 옆을 지나가며 만 위에 굽이도는 한 줄기 항적을 그렸고, 갈매기

세 마리가 배 뒤로 내리 덮쳤다.

등 뒤에서 엘리베이터가 사람들을 쏟아 내놓았고, 잡담을 하며 복도를 따라가는 여자들의 명랑한 목소리가 들려왔다. 곧 나는 안으로 들어가야 했다. 불안한 생각이 들었다. 내 차림새가 꺼림칙했다. 베이츠 씨는 내 옷이며 머리 모양이 마음에 안 들지도 몰랐다. 그러면 일자리를 놓쳐버릴지도 모를 일이었다. 나는 봉투 위에 가로로 깨끗이 타이프된 그의 이름을 바라보며 이 사람은 무슨 수로 돈을 벌었을까 생각했다. 내가 알기로 그는 백만장자였다. 어쩌면 늘 잘살았는지도 몰랐다. 아마 태어날 때부터 백만장자였으리라. 전에는 결코 지금처럼 돈 문제에 대해 궁금해본 적이 없었는데, 내가 필경 돈에 사로잡힌 게 분명했다. 나는 이곳에서 일자리를 구하게 될 것이고, 몇 년 후면 신임 받는 송달원이 되어 몇백만 달러의 돈을 팔목에 묶고 이 거리 저 거리로 심부름을 다니게 될 것이다. 그런 다음 대학을 경영하도록 다시 남부로 보내질지도 몰라—시장 집의 요리사가 다리를 절게 되어 요리대 앞에 서지 못하자 학교의 교장이 되었듯이 말이다. 그러나 나는 그렇게까지 오랫동안 북부에 머무르지는 않을 것이다. 그 전에 사람들이 나를 필요로 할 테니까……. 그러나 지금은 우선 면접을 해야 한다.

사무실에 들어서자 정면에 젊은 여자가 앉아 있었다. 그 여자는 책상에서 나를 올려다보았고 그 사이 나는 크고 환한 방 안을 재빨리 쓱 훠둘러보았다. 안락의자들 너머로 금박이 물리고 가죽으로 제본된 책들이 꽂힌, 천장까지 닿는 서가들로 해서 그리고 쭉 늘어선 초상화들 있는 데로 해서 다시 눈길은 그 여자의 의아스러운 표정의 눈으로 되돌아왔다. 그녀 혼자였다. 나는 뭘, 내가 너무 일찍 온 건 아니니까……하고 생각했다.

"안녕하세요."

그녀는 예상했던 적대감은 전혀 내보이지 않고 인사를 건넸다.

"안녕하십니까?"

나는 앞으로 다가가며 말했다. 어떻게 말을 꺼내야 할까?

"어떻게 오셨죠?"

"베이츠 씨 사무실이죠?"

내가 물었다.

"아, 예, 그래요. 약속이 있으신가요?"

"아닙니다, 부인."

그러면서 대뜸 그런 젊은 백인 여자에게, 더구나 북부에서 '부인'이라고 말한 자신이 미웠다. 나는 가방에서 편지를 꺼냈다. 그러나 내가 미처 설명을 하기도 전에 그녀가 물었다.

"좀 봐도 될까요?"

나는 망설였다. 베이츠 씨 말고는 아무에게도 편지를 내어주고 싶지 않았다. 그러나 그녀가 내민 손에는 어떤 명령 같은 게 들어 있었고, 나는 굴복하고 말았다. 나는 편지를 건네주며 이 여자가 편지를 뜯어보리라 생각했으나 그녀는 겉봉을 읽어보더니만 아무 말 없이 일어나 장식판이 달린 문 뒤로 사라졌다.

내가 들어왔던 문까지 쭉 깔린 양탄자 저쪽에 의자가 몇 개 있었으나 거기 가서 선뜻 앉을 생각은 나지 않았다. 나는 손에 모자를 들고 서서 주위를 둘러보았다. 한쪽 벽이 눈길을 사로잡았다. 윙 칼라 차림의 위엄이 가득 어린 노신사들의 초상화 셋이 걸렸는데, 그들은 백인들이나 면도칼 자국이 난 극소수의 나쁜 흑인들 말고는 아무에게서도 찾아볼 수 없는 자신만만하고 거만한 태도로 액자 안에서 내려다보았다. 블레드소우 박사 같으면 아무 말 없이 주위를 쓱 둘러보기만 해도 선생들을 벌벌 떨게 하기에 충분하지만 그런 그에게도 그런 자신만만한 태도는 찾아볼 수 없었다. 말하자면 이 사람들은 바로 블레드소우 박사 배후에 서 있는 사람들이었다. 어떻게 이 사람들이 남부의 백인들, 그러니까 내게 장학금을 대준 사람들과 어울린단 말인가? 내가 권력과 신비의 마력에 사로잡혀 그들을 계속 빤히 쳐다보는 동안에 비서가 돌아왔다.

그녀는 기묘한 표정으로 나를 쳐다보며 웃어 보였다.

"죄송합니다만 베이츠 씨께서 너무 바빠서 오늘 아침에는 만나뵐 수가 없으시답니다. 성함하고 주소는 적어놓고 가시래요. 우편으로 연락받으실 수 있을 겁니다."

나는 낙담하여 묵묵히 서 있었다.

"여기에 쓰세요."

그녀는 나에게 카드 한 장을 내밀었다.

내가 주소를 휘갈겨 써주고 나갈 채비를 하자 그녀는 다시 "죄송합니다" 하고 말했다.

"이 주소로 하면 아무 때나 연락이 됩니다."

나는 말했다.

"좋아요. 곧 연락을 받으실 거예요."

그녀가 아주 친절하고 흥미를 가진 듯이 보여 나는 기분 좋게 그곳에서 나왔다. 내가 우려했던 것은 근거가 없었고 우려할 아무런 이유도 없었다. 여기는 뉴욕이었다.

그날 이후 며칠 동안 나는 몇몇 이사의 비서들을 만나는 데 성공했다. 비서들은 죄다 친절했고 나로 하여금 용기를 갖게 해주었다. 몇몇은 나를 이상한 눈으로 바라보긴 했지만 적대감을 나타내 보이는 것 같지는 않았기 때문에 나는 마음을 쓰지 않았다. 하긴 나 같은 사람이 그처럼 중요한 인사들에게 가는 소개장을 가지고 있으니 놀랍기도 하리라. 맞아! 북부에서 남부로 흐르는 어떤 보이지 않는 끈들이 있어. 노턴 씨는 나를 자신의 운명이라고 불렀지……. 나는 자신만만해져서 가방을 앞뒤로 흔들며 걸었다.

일이 잘 풀려 날마다 오전 중에 편지를 전달했다. 오후에는 시내 구경을 했다.

길거리를 돌아다니기도 하고, 지하철에서 백인 옆자리에 앉아보기도 하고, 백인들과 함께 카페테리아에서 같이 음식을 먹기도 했는데(물론 같은 테이블에서 먹은 것은 아니었지만), 그러자니 섬뜩하면서도 초점이 안 맞는 꿈을 꾸는 듯한 기분이 들었다. 복장이 잘 어울리지 않는 듯한 느낌이었다. 유력자들에게 가는 소개장을 가지고 있긴 하지만 어떻게 행동을 해야 할지는 자신이 없었다. 난생처음으로 나는 거리를 활보하고 다니면서 고향에서는 내가 어떻게 행동했던가를 의식적으로 생각해 보기 시작했다. 같은 사람으로서, 나는 백인들에 대해 그다지 신경을 쓰지 않았다. 어떤 이들은 친절했고 어떤 이들은 그렇지 않았다. 그래서 나는 어느 쪽의 감정도 상하게 하지 않으려고 노력했다. 그런데 여기서는 백인들이 한결같이 무관심한 것 같았다. 그러나 아주 무관심하면서도 내게 정중하게 대한다든가, 사람들 틈에서 몸을 스칠 때 죄송하다고 말한다든가 하여 나를 깜짝 놀라게 했다. 그러나 그럼에도 나는 그들이 예의바르게 대할 때도 나를 거의 거들떠보지 않는다는 느낌이 들었고, 곰이 어쩌다 자기 일에 정신이 팔려 길을 가고 있다 할 때, 그가 길을 가고 있다고 하더라도 그들은 그에게 죄송하다는 말을 할 거라는 느낌이 들었다. 머릿속이 헷갈렸다. 그게 바람직한 것인지 아닌지 도무지 알 수가 없었다.

하지만 나에게 중요한 일은 우선 이사들을 만나는 것이었다. 그런데 시내만 돌아다니고 비서들에게서는 막연히 잘될 듯한 인상을 받았다는 것으로 일주일을 넘기고 나자 나는 초조해지기 시작했다. 이제 에머슨 씨에게 가는 것만 빼고 소개장은 죄다 전달한 셈이었다. 에머슨 씨가 뉴욕을 떠나 다른 곳에 출타 중이라는 것은 신문을 보아 알고 있었다. 일이 어떻게 되어가나 궁금해 여러 차례 방을 나서 알아보려 했지만 그때마다 마음을 고쳐먹었다. 너무 초조해 보이고 싶지 않았기 때문이었다. 하지만 여유는 점점 없어져갔다. 당장 일자리를 구하지 못하면 가을 학기 학비가 될 만큼 돈을 벌기는 불가능했다. 집에다가는 이미 이사위원회의 직원으로 근무하고 있다는 편지를 낸 후였다. 그래서 지금까지 받은 딱 한 통의 편지는 집에서 그 일을 얼마나 대견하게 생각하는지 모르겠다, 제발 나쁜 도시물을 먹지 않기를 바란다는 내용이었다. 이제는 일자리를 얻었다는 것이 거짓말이라고 실토하기 전에는 돈을 부쳐 달라고 편지 쓸 처지가 못 되었다.

마침내 나는 전화로 그 주요 인사들과 연락을 취해보려고 했다. 그러나 비서들에게 정중한 거절만 당하고 만 꼴이 되고 말았다. 다행히도 내게는 아직 에머슨 씨에게 가는 편지가 남아 있었다. 그것을 이용하리라고 마음먹었다. 이번에는 비서를 통하지 않고 직접 편지를 썼다. 블레드소우 박사가 보내는 전갈을 가지고 있으니 만나주십사 하는 내용으로, 비서들을 통한 게 잘못이었을지도 모른다는 생각이 들었던 것이다. 비서들이 편지를 없애버렸을지도 모를 일이었으니까. 좀 더 신중했어야 했다.

노턴 씨 생각이 났다. 이 마지막 편지가 노턴 씨에게 가는 편지이기만 해도 얼마나 좋았을까. 그 사람이 뉴욕에 거주하여 내가 직접 만나 사정 이야기를 할 수만 있었더라도! 노턴 씨와는 어쩐지 한결 가까운 느낌이 들었고, 그가 나를 만나보기만 하면 그는 내가 자신의 운명과 아주 밀접하게 관련되어 있다는 사실을 기억하리라는 느낌이었다. 그런데 이제는 그것이 아주 오래전의, 다른 시절의 까마득히 먼 나라 일처럼 느껴졌다. 실제로는 한 달도 채 못 되었는데 말이다. 나는 기운이 솟구쳐 올라 그에게 편지를 썼다. 그를 위해 일할 수만 있다면 내 미래는 엄청나게 달라지리라고 믿는다는 것, 나는 물론이려니와 그에게도 도움이 되리라고 믿는다는 것, 등등의 신념을 피력하는 내용이었다. 그런 호소를 통해 내 재능이 어느 정도 드러나 보일 수 있도록 나는 각별히 세심한 주의를 기울였다. 타이프 치는 데 여러 시간을 허비하면서 나는 치고 찢고 치고 또 찢고 했고, 마침내 흠 하나 없이 세심하게 다듬어진 더할 나위 없이 정중한 내용의 편지를 완성했다. 나는 허겁지겁 뛰어 내려가 마지막 우편 수집 시간 전에 그것을 부치고는 갑자기 좋은 성과가 있으리라는 넋 빠진 확신에 사로잡혔다. 나는 답장을 기다리며 3일간을 숙소 근처에서 어기적거렸다. 그러나 답장은 없었다. 편지는 신(神)의 응답을 받지 못한 기도처럼 반송되어 오지도 않았다.

의심스러운 생각이 자꾸 커져갔다. 모든 일이 잘 안 풀리는 것 같았다. 이튿날은 온종일 방에 처박혀 있었다. 내가 불안해하고 있다는 사실이 점점 더 의식되어갔다. 남부에서 지내던 그 어느 때보다도 이곳의 방 안에서 나는 더 불안스러웠다. 더군다나 여기에는 갖다 붙일 만한 아무런 구체적인 이유가 없었다. 비서들로 말할 것 같으면 다들 잘될 것 같다는 태도를 보여주지 않았던가 말이다. 나는 저녁때 영화를 보러 나갔다. 인디언들과의 영웅적인 전투, 홍수와 폭풍과 산불들과 맞선 투쟁,

그리고 중과부적이면서도 싸움마다 번번이 이기고 마는 개척자들의 생활을 담은 영화였다. 끊임없이 서쪽을 향해 달리는 포장마차 행렬들의 서사시랄까. 나는 나 자신을 잊어버렸고(비록 나처럼 그런 모험에서 참가하는 사람들은 아무도 없었지만) 한결 가벼운 기분으로 껌껌한 영화관에서 나왔다. 그러나 나는 그날 밤 할아버지 꿈을 꾸었고 깨어나서는 풀이 죽고 말았다. 내가 나도 알지 못하는 어떤 음모에 일익을 담당하는 것이 아닌가 하는 기묘한 느낌에 사로잡힌 채 숙소 밖으로 걸어 나왔다. 그 음모의 배후에는 어쩐지 블레드소우와 노턴이 도사리고 있는 것 같은 기분이었고, 그래서 나는 잘못하다간 무슨 망신스러운 언행을 하게 될지도 모른다는 생각이 들어 온종일 말이고 행동이고 금해버렸다. 그러나 이건 모두 망상이야 하고 나는 혼자 생각했다. 지금 너무 초조해하고 있어. 이사들 편에서 움직일 때까지 기다릴 수 있을 거야. 어쩌면 일종의 테스트를 받는 중인지도 모르니까. 물론 그들이 미리 규칙을 알려준 건 아니었다는 걸 알고 있었지만, 그러한 느낌은 사라지지 않았다. 어쩌면 나의 퇴교 조치가 갑작스레 끝나고 나는 장학금을 받고 학교로 되돌아가게 될지도 모를 일이었다. 하지만 언제? 얼마나 후에?

곧 무슨 일인가 일어나야 했다. 이 일을 극복해내려면 나는 일자리를 찾아야 했다. 돈이 거의 다 떨어진 판이니 무슨 일이든 일어날 것이었다. 나는 너무 자신만만했던 나머지 집으로 돌아갈 기차 삯도 남겨두지 않았던 것이다. 비참한 꼴이 되고 말았지만, 그러나 그렇다고 아무한테나 내 문제를 털어놓을 처지도 못 되었다. 멘즈 하우스의 직원들한테도 곤란했다.

그들은 내가 무슨 굉장한 일자리나 맡게 될 것으로 알았고, 그래서 나에게 어딘지 모르게 공손하게 대해주었기 때문이었다. 그래서 나는 점점 커져가는 불안을 조심스럽게 감추어야만 했다. 불가불 외상 거래를 터야 할 판이어서 상대방에게 안심할 수 있는 손님으로 보이도록 해야겠다는 생각이 들었다. 아니, 필요한 일은 자신을 잃지 않는 것이었다.

아침에 다시 한번 시작해보자. 내일은 꼭 무슨 일이든 있을 것이다. 과연 그 생각은 맞아떨어졌다. 나는 에머슨 씨에게 편지 한 통을 받았다.

9

밖으로 나섰을 때 날씨는 맑고 화창했으며 해는 따뜻하게 얼굴 위로 내리쬐고 있었다. 눈송이 같은 구름 몇 점만이 푸른 아침 하늘 위에 높이 떠 있었고 어느 여인네는 벌써부터 지붕 위에 빨래를 내다 널고 있었다. 나는 한결 상쾌한 기분으로 길을 걸어 내려갔다. 자신감이 생겨났다. 섬 저 아래로, 아물거리는 얄브스름한 아지랑이 속에 마천루들이 높이, 그리고 신비스럽게 솟아 있었다. 우유를 실은 트럭이 지나갔다. 학교 생각이 떠올랐다. 학교에서는 지금 무엇들을 하고 있을까? 달이 가라앉고 해가 훤히 떠올랐을까? 아침 식사 나팔은 불었을까? 그곳에서 지낼 때 봄날 아침이면 으레 그랬던 것처럼 오늘 아침에도 그 커다란 종자 황소의 울음소리가 기숙사 여학생들의 잠을 깨웠을까? 그 울음소리는 종소리보다도, 나팔 소리보다도, 그리고 이른 아침 그 어떤 일상의 소리들보다도 더 맑고 풍요한 소리였지. 나는 그러한 기억들에 기운을 얻어 걸음을 재촉했다. 그러다 문득 그래 오늘이 바로 그날이다 하는 확신에 사로잡혔다. 나는 서류 가방을 토닥거려보며 안에 든 편지를 생각했다. 마지막의 것이 맨 처음 것이 되었으니—좋은 징조가 아니랴.

내 앞으로 한 남자가 파란 두루마리 종이 뭉치들을 높이 쌓은 수레를 밀면서 인도 곁으로 바싹 붙어 갔다. 그는 낭랑한 목소리로 노래를 부르고 있었다. 블루스 곡이었다. 나는 그 남자의 뒤를 따라 걸으며 고향에서 그런 노래를 듣던 시절을 떠올렸다. 그러자 이제 몇몇 추억들이 나의 대학 생활 언저리에서 재빠르게 맴돌다 내가 오랫동안 마음의 문을 닫아걸고 잊었던 것들을 향해 아주 멀리로 되돌아가는 것 같았다. 그런 기억들에서 빠져나오기는 불가능한 일이었다.

그 여인 발은 원숭이 바알
다리는 개구리 다리 같고요—아아, 아아.
그러나 날 사랑하고부터는
우우우 소리 지르지. 견딜 수가 없어서!
난 그 여인을 사랑하니까
나보다 더 사랑하니까…….

그와 나란히 서게 됐을 때 나는 그가 나를 부르는 소리를 듣고 흠칫 놀랐다.

"어이, 이봐……."

"예?"

나는 걸음을 멈추고 그의 불그스레한 눈을 들여다보며 말했다.

"오늘 아침 날씨도 기막힌데 한 가지만 물어보자고—어이 잠깐, 내 자네하고 같은 방향이야!"

"뭔데요?"

내가 물었다.

"내가 알고 싶은 건 말이지!"

그가 말했다.

"자네에게 그 개가 있느냐고?"

"개요? 무슨 개 말이에요?"

"그렇고말고."

그는 말하면서 수레를 세우고 받침대로 받쳐놓았다.

"그거야, 누구에게……."

그는 말을 멈추고 한쪽 발을 경계석 위에 걸쳐놓으며 마치 성경책을 두드리려는 시골 목사처럼 몸을 굽혔다.

"그 개가…… 있느냐…… 말이야."

그가 한마디씩 할 때마다 그의 머리는 성난 수탉의 머리처럼 홱홱 움직였다.

나는 거북살스럽게 웃으면서 뒤로 물러섰다. 그는 날카로운 눈초리로 나를 지켜보았다.

"에이, 빌어먹을 놈의 개."

그는 별안간 버럭 고함을 질렀다.

"어느 놈에게 그 개새끼가 있담? 이제 보니 자네 고향에서 올라왔잖아. 생판 처음 듣는 것처럼 하려구 드는데 어떻게 된 거야. 에이 빌어먹을, 오늘 아침에 우리 흑인들 말고 여기 누가 있느냐 말이야—왜 내 말을 못 알아듣는 척하려는 거야?"

갑자기 나는 당황하기도 하고 화도 났다.

"못 알아듣는 척한다고요? 그게 무슨 말이죠?"

"그냥 묻는 말에 대답이나 해. 가져간 거야, 안 가져간 거야?"

"개 말이에요?"

"그래, 그 개 말이야."

나는 분통이 터졌다.

"아니에요, 오늘 아침에 뭘 가져가요?"

말하면서 보니 그의 얼굴에 빙그레 웃음이 번졌다.

"잠깐, 이 사람아, 이젠 화 내지 말라고. 제길, 난 필시 자네에게 있다고 생각했거든."

그는 암만해도 내가 미심쩍다는 투로 말했다. 내가 그곳에서 떠나려 하자 그는 수레를 내 옆으로 갖다 붙였다. 갑자기 나는 불쾌한 기분이 들었다. 어쩐지 이 사람은 황금시절에서 온 제대 군인 중의 한 사람 같았다.

"하긴 그 반대인지도 모르지."

그가 말했다.

"그 녀석이 자넬 따라갔는지도 모르니까."

"그랬을지도 모르죠."

내가 말했다.

"그랬다면 자넨 재수가 좋은 거야. 그건 그냥 개니까—이봐, 나를 따라온 건 아무래도 곰이더라고……."

"곰이오?"

"젠장, 그래, 곰이었다니까. 그놈이 할퀴어대서 이 엉덩이에 갖다 붙인 반창고 안 보이나?"

그는 찰리 채플린식 바지의 엉덩이 부분을 한쪽으로 끌어내려 보이며 굵직한 너털웃음을 터뜨렸다.

"이봐, 여기 할렘 지역은 영락없는 곰 소굴이야. 하지만 이건 알아둬."

그는 금방 정색을 하며 말했다.

"이곳이 자네에게나 내게나 세상에서 제일 좋은 곳이란 말이야. 하지만 형편이 곧 나아지지 않으면 그 곰 녀석을 꼭 붙들어놓고 사방으로 끌려 다니더라도 절대 놓아주진 않겠어."

"도리어 당하지나 마시오."

내가 말했다.

"천만에. 몸집이 나만 한 놈을 가지고 시작할 거니까."

나는 곰에 관해서 뭔가 대꾸할 말을 생각해내려고 해봤으나 암만해도 그 '수토끼'와 '수곰' 이야기밖에는 생각이 나지 않았다……. 다들 이미 오래전에 잊혀진 것들로 이제 그것들은 한차례 파도 같은 향수를 몰고 왔다. 나는 그 사내와 헤어지고 싶었지만 막상 그와 나란히 걷다 보니 어떤 위안 같은 게 느껴졌다. 마치 이전 다른 날 아침에도, 다른 곳 어디선가에서 우리가 이렇게 같이 걸었던 것처럼…….

"저기 싣고 가는 게 전부 뭐죠?"

나는 수레에 가득 쌓인 파란 두루마리 종이 뭉치들을 가리키며 말했다.

"청사진이라네. 여기 청사진이 한 1백 파운드쯤이 있지만 아무것도 짓지는 못했어."

"어디다 쓰는 청사진인데요?"

"제길, 알면 좋게—안 쓰는 데 없지. 도시, 마을, 컨트리 클럽 등등, 어떤 건 그냥 건물이나 주택용이고 말이야. 일본 사람들처럼 종이 집에서 살 수만 있다면 내 집 한 채는 좋이 짓고도 남겠어. 누가 그 작자들의 계획을 변경시켜버린 모양이야."

그는 웃으면서 덧붙였다.

"내 그 사람한테 물어봤지. 왜 이것들을 다 버리느냐고 말이야. 그랬더니 그러더군. 이것들이 걸리적거려서 가끔 가다 한 번씩 새 설계도가 들어갈 자리를 내주려면 버리지 않으면 안 된다고 말이야. 전혀 써먹지 못한 것들이 상당히 많아요."

"굉장히 많군요."

내가 말했다.

"그럼. 이게 또 전부가 아니라고. 몇 짐이 더 있는걸. 여기 이것만 치우려 해도 꼬박 하루 일이야. 사람들이 늘 계획을 세우고 또 바꾸고 있으니까."

"예, 맞아요."

나는 내 편지를 생각하며 말했다.

"그렇지만 그게 잘못된 거죠. 계획을 세웠으면 반드시 지켜야 하지 않아요?"

그는 별안간 엄숙한 얼굴로 나를 바라보았다.

"자넨 젊은 편이니까!"

그가 말했다.

나는 대꾸하지 않았다. 우리는 언덕배기의 모퉁이에 이르렀다.

"자, 그럼, 이보게. 우리 옛 고향에서 올라온 젊은이와 이야기를 나누어 재미있었어. 하지만 이제 헤어져야겠군. 여기 이 길은 근사한 내리막길 중의 하나지. 한바탕 신나게 미끄러져 내려가면 하루 일 끝내고도 파김치가 되진 않아. 젠장, 이놈들이 날 끌고 무덤 속으로 들어갈라. 언제 또 봄세. 그런데 자네 그거 아나?"

"뭐 말이에요?"

"난 또 처음엔 자네가 내 말을 못 알아듣는 척하려고 한다고 생각했지. 하지만 이젠 자네를 만나서 아주 반갑네……."

"그랬으면 합니다."

내가 말했다.

"그리고 신경 쓰지 마세요."

"그야 그럴 걸세. 여기 이 동네에서 살아가는 데 필요한 것은 약간의 똥과 배짱, 그리고 타고난 머리뿐이야. 이봐, 이래 뵈도 난 그 세 가지를 다 가지고 태어났다고. 난 말이야, 실은, 일곱 번째 아들의 일곱 번째 아들로 양눈에 대망막(태아가 태어날 때 이따금 머리에 쓰고 나오는 양막의 일부로 길조로 여겨진다)을 쓰고 태어났어. 그리고 검은 고양이 뼈다귀 위에 정복 왕족처럼 기름기 번지르르한 채소들을 먹고 자란 운 좋은 놈이야."

그는 눈을 반짝거리고 입을 잽싸게 놀리며 떠벌렸다.

"내 말 알아듣겠어?"

"너무 빨라요."

나는 웃음을 띠면서 말했다.

"좋아, 천천히 하지. 내 자네에게 시구로 말해주네만. 자네 욕은 않겠네. 내 이름은 피터 휘트스트로, 악마의 유일한 사위! 그래, 자네 남부 출신이지?"

그는 말하며 머리를 곰의 머리처럼 한쪽으로 기울였다.

"맞아요."

"그렇다면 들어봐! 내 이름은 블루, 나는 쇠스랑을 가지고 네게 달려들 테다. 페 피 포 품. 악마를 쏘아 죽이고 싶어하는 자. 주 하느님 스팅거로이!"

나는 그 때문에 나도 모르게 히죽 웃고 말았다. 뭐라고 대꾸해야 좋을지 몰랐지만 그의 말이 재미있었다. 그건 어렸을 적부터 알았으나 잊고 있었던 것이었다……. 소싯적에 배웠던 것이었다.

"어이, 알아듣겠어?"

그는 웃었다.

"에에, 아무튼 가끔 날 찾아와. 난 피아노 연주자이자 떠돌이, 위스키

애주가이자 노상 풍각쟁이. 내 자네에게 몇 가지 근사한 악습을 가르쳐 주지. 그게 필요할 거야. 자, 그럼 잘해보게."

그가 말했다.

"안녕히 가세요."

나는 그가 떠나는 모습을 지켜보았다. 그가 수레 손잡이에 착 몸을 갖다 붙이고 모퉁이를 돌아 언덕배기로 수레를 끌고 올라가는 것을 바라보았다. 내리막길이 되자 다시 그의 노랫소리가, 이제는 희미하게 들려왔다.

그 여인 발은 원숭이 바아아알
다리는
다리는, 다리는, 미이이친
불도그…….

저건 무슨 뜻일까 하고 나는 생각했다. 살아오면서 쭉 들은 것인데도 갑자기 생소한 느낌이 들었다. 여자를 두고 하는 노래일까, 아니면 스핑크스 같은 무슨 괴물을 두고 하는 노래일까? 자기 애인이나 그렇게 생겼지 그렇게 생긴 여자가 있을라고. 그런데 왜 그런 당치도 않은 말로 사람을 나타낼까? 그게 스핑크슨가? 채플린 바지를 입고 엉덩이가 지저분한 저 영감은 그 여자를 사랑한 걸까, 미워한 걸까, 아니면 그냥 노래를 한 것뿐일까? 그래, 아무튼 어느 여자가 저런 너저분한 사람을 사랑할 수 있을까? 노래에서처럼 그렇게 정떨어지는 여자라면 '그 사람'이라두 그렇지, 어떻게 그 여잘 사랑할 수 있담? 나는 앞으로 걸어갔다. 누구든 사랑을 하게 마련인 모양이지. 알 수 없는 일이야. 나는 사랑에 대해 많은 생각을 할애할 여유가 없었다. 먼 길을 여행하자면 세상사에 초연해야 했으니까.

그리고 내 앞에는 학교로 돌아가야 할 머나먼 길이 놓여 있었다. 나는 수레꾼의 노랫소리가 쓸쓸하고 폭넓은 음조의 휘파람으로 변하여 구절구절이 끝날 때마다 떨리고 애조 띤 음조의 화음으로 피어나는 것을 들으며 성큼성큼 걸음을 옮겼다. 파르르 떨리는가 하면 휙 솟구쳐오르는 노랫가락에서 나는 외로운 밤을 외롭게 쏜살같이 달려가는 기차 소리를 들을 수 있었다. 그 사람, 악마의 사위랬지. 그래, 그래서 그는 세 가지 음조의 화음으로 휘파람을 불 수 있었군……. 빌어먹을, 도대체 무슨 사람들이 그래! 하고 나는 생각했다. 갑자기 나를 스치고 지나갔던 것이 자부심이었는지 혐오였는지 알 수가 없었다.

모퉁이에서 나는 어느 간이 식당으로 들어가 카운터 앞에 자리를 잡고 앉았다. 몇 사람이 그릇에 몸을 구부리고 음식을 먹고 있었다. 커피를 끓이는 둥근 유리 그릇이 푸른 불꽃 위에서 부글부글 끓었다. 종업원이 석쇠의 뚜껑을 열어 얇고 가느다란 고기 조각들을 뒤집어놓고는 다시 탁 하고 닫는 것을 보며, 나는 베이컨 굽는 냄새가 내 위 속으로 깊숙이 스며드는 것을 느꼈다. 위쪽 카운터 맞은편에 금발의 여대생이 햇볕에 그을린 얼굴로, 자, 모두들 콜라를 드세요 하고 권하는 듯이 아래를 향해 웃고 있었다. 종업원이 다가왔다.

"좋은 게 있습니다."

그는 물컵을 내 앞에 놓으면서 말했다.

"'특식' 어떻습니까?"

"특식이라뇨?"

"포크 찹, 옥수수 간 것, 계란 하나, 따끈한 비스킷과 커피!"

그는 마치, 이봐, 먹어보면 사족을 못 쓸걸 하고 말하는 듯한 표정으로 카운터에 몸을 기댔다. 내가 남부 사람인 걸 다들 어떻게 알까?

"오렌지 주스하고 토스트를 곁들인 커피를 주세요."

나는 냉담하게 대꾸했다.

그는 머리를 내저었다.

"손님한테 깜박 속았군."

그러더니 빵 두 조각을 토스터에 요란스럽게 집어넣었다.

"손님이 포크 찹을 좋아하는 사람일 줄 알았는데. 주스는 큰 거요, 작은 거요?"

"큰 걸로 줘요."

나는 오렌지를 자르는 그의 뒤통수를 묵묵히 바라보며 생각했다. 특식을 주문하고는 그대로 일어서서 걸어 나가버려야 하는 건데. 그럼 이 사람은 어떤 기분이 들까?

잔 위쪽에 모인 두터운 과즙층 가운데 씨 하나가 떠다녔다. 나는 스푼으로 그것을 건져내고 포크 찹과 옥수수 간 것을 거절한 일을 자랑스럽게 여기며 그 시디신 음료를 주욱 들이켰다. 이것이 바로 훈련의 한 과정이고 내가 지금 변모하고 있다는 사실을 보여주는 징후이리라. 이 훈련이 끝나면 나는 한층 원숙한 인간이 되어 대학으로 돌아가게 되겠지. 나는 근본적으로는 똑같은 사람이겠지만—하고 나는 커피를 저으면서 생각했다—교묘하게 변모하여, 북부에 한 번도 가본 적 없는 사람들을 휘어잡을 것이다. 대학에서는 언제나 약간 달라 보이는 게 필요해.

특히 지도자적인 역할을 하고 싶을 때 말이야. 그렇게 되면 사람들이 이쪽에 관해 이야기하게 되고 이쪽을 이해하려고 하게 되지. 하지만 북부 검둥이들처럼 말은 너무 많이 하지 않도록 조심해야겠어. 사람들이 말을 많이 하는 것을 싫어할 테니까. 나는 빙긋이 웃으며 생각했다.

요컨대 무엇을 하든, 무슨 말을 하든, 그 행동과 말 밑에는 넓고도 불가사의한 의미가 육중하게 깔려 있다는 암시를 주어야 할 거야. 사람들은 그런 걸 좋아하게 마련이니까! 그러니까 말은 모호할수록 좋겠지. 상대방으로 하여금 지레짐작하도록 해야 해. 사람들이 블레드소우 박사에 대해 지레짐작하듯 말이다. 이를테면 사람들이 블레드소우 박사는 뉴욕에 가면 비싼 백인 호텔에 묵을까? 그 양반은 이사들과 함께 파티에 나갈까? 어떻게 처신을 할까? 하고 넘겨짚어보듯 말이다.

"이봐, 틀림없이 그 양반 근사하게 보낼 거야. 사람들이 그러는데, 그 양반 뉴욕에 가면 빨간 신호등이 켜져도 차를 세우지 않는대. 마셨다 하면 고급 빨간 위스키, 담배도 고급, 흑여송연만 피운다는 거야. 여기 학교의 일자무식 깜둥이들은 까맣게 잊어버린다는군. 또, 북부에 가면 누가 됐든 블레드소우 박사님 하고 부르게 한다지."

그 대화가 떠오르자 빙긋이 웃음이 나왔다. 기분이 좋았다. 내가 이곳으로 보내진 것도 그지없이 잘된 일일지도 몰랐다. 더 많은 것을 깨닫게 되었으니 말이다. 이제까지는 교정에서의 입방아들이 모두 악의에 차고 불경스러운 것들로 보였다. 하나, 이제 왜 그것도 블레드소우 박사에게는 이점이 되는지 알 수 있었다. 좋든 싫든 그런 식으로 그는 결코 우리의 마음에서 떠나지 않았던 것이다. 그것이 바로 지도력의 비결이었다. 이상하게도 지금 나는 그 생각을 하고 있었다. 전에는 그런 생각을 해본 적이 한 번도 없었지만 어쩐지 나는 전부터 그걸 내내 알던 것 같은 느낌이 들었다. 학교에서 멀리 떨어진 이곳에 와서야 비로소 그 사실이 분명해지고 확연해지는 것 같았고 나는 아무런 두려움 없이 그런 생각을 할 수 있었다. 이곳에서 그것은 지금 내가 아침 값으로 카운터에 내놓은 동전만큼이나 쉽게 내 수중에 들어왔다. 밥값은 15센트였다. 나는 주머니를 더듬어 5센트짜리 동전을 찾았고 10센트짜리 은화를 하나 더 꺼내면서 흑인이 백인에게 팁을 준다면 모욕이 될까 하고 생각했다.

종업원은 어디 있나 하고 보니 그는 엷은 금발 콧수염을 기른 손님에게 포크 찹과 간 옥수수가 담긴 그릇을 내놓고 있었다. 나는 그를 물끄러미 바라보았다. 그러고는 10센트짜리 은화를 카운터 위에 딱 소리가 나게 놓고 밖으로 나왔다. 10센트짜리가 50센트짜리만큼 큰 소리가 안 나는 게 약이 올랐지만.

에머슨 씨의 사무실 문 앞에 이르렀을 때, 언뜻 일과 시작 시간까지 기다려야 하지 않을까 하는 생각이 들었지만 나는 "에라 모르겠다" 하고 앞으로 나섰다. 아침 일찍부터 서두른 것이 내가 얼마나 일자리에 궁하며, 맡겨진 일을 얼마나 신속하게 잘해낼까를 나타내주었으면 싶었다. 게다가 마수걸이 손님이 이익을 본다는 말도 있지 않은가 말이다. 아니 그건 유대인들 장사에만 해당되는 말이던가? 나는 서류 가방에서 편지를 꺼냈다. 에머슨이란 이름이 기독교계 이름이던가, 유대계 이름이던가?

문을 여니 그곳은 마치 박물관 같았다. 나는 시원스럽게 열대풍 색깔로 장식된 커다란 응접실 안에 들어섰다. 한쪽 벽은 거대한 천연색 지도로 거의 뒤덮였는데 지도의 각 지방에서 명주 리본들이 아래쪽에 나란히 놓인 여러 개의 흑단 대 위로 팽팽히 늘어졌고, 대 위에는 세계 여러 나라 천연 산물의 표본이 담긴 유리 그릇들이 놓여 있었다. 그곳은 수입상사였다. 나는 멀거니 방을 둘러보았다. 그림들, 청동 제품들, 벽걸이 그림들, 모든 게 아름다웠고, 아주 잘 정돈되어 있었다. 눈이 어질어질

하고 너무 놀란 나머지 나는 "어떻게 왔나요?" 하고 묻는 소리를 들었을 때 하마터면 가방을 떨어뜨릴 뻔했다.

나는 컬러 광고에서 걸어 나온 듯한 한 사람을 보았다. 흠잡을 데 없이 단정한 금발에 불그레한 혈색의 얼굴, 넓은 어깨로부터 맵시 있게 걸친 열대 직물 양복, 테가 뚜렷한 안경 너머에 신경질적으로 보이는 회색 눈.

나는 면회 약속이 있노라고 말해주었다.

"아, 그래요. 편지 좀 볼까요?"

그가 말했다.

나는 편지를 건네주며 그가 손을 뻗어 내밀 때 그의 부드럽고 하얀 소매 끝에 달린 금 단추를 보았다. 그는 봉투를 힐끔 쳐다보더니 묘하게 관심이 어린 눈으로 다시 나를 바라보며 말했다.

"앉아요. 잠시 후에 나올 테니."

나는 그가 엉덩이를 흔들며 큰 걸음으로 소리 없이 들어가버리는 모양을 지켜보았다. 그런 꼴을 보고 있으려니 이마가 찌푸려졌다. 나는 방을 질러 에메랄드빛이 도는 녹색 비단 방석이 놓인 티크나무 의자가 있는 데로 가서 무릎 위에 가방을 올려놓고는 몸을 곧추세우고 앉았다. 그 사내는 내가 들어왔을 때 그 의자에 앉아 있었던 게 분명했다. 아름다운 분재가 놓인 탁자 위에 비취색 재떨이가 있었는데, 거기서 담배 한 대가 연기를 피워 올리고 있는 게 눈에 띄었던 것이다. 그 옆에 '토템과 타부'라는 제목이 붙은 책 한 권이 펼쳐져 있었다. 나는 건너편에 불이 켜진 중국식 진열장을 바라다보았다. 그 안에는 섬세해 보이는, 말과 새들의 조각, 작은 화병, 사발 들이 저마다 조각이 새겨진 나무 대 위에 놓여 있었다. 방 안은 마치 무덤 속같이 조용했다.

바로 그때 갑자기 요란한 날갯짓 소리가 들렸다. 그래서 창문 쪽을 바라보니, 마치 돌풍이 한 무더기의 화려한 오색 헝겊들을 회오리쳐 올린 듯한 색채의 폭발 광경이 눈에 들어왔다. 그것은 커다란 창문 옆에 열대 새들이 든 새장이었다. 푸드덕거리는 날갯짓 소리가 멈췄을 때 나는 창문을 통해 저 아래 멀리 푸르른 만(彎) 위로 두 척의 배가 달리는 것을 볼 수 있었다. 커다란 새 한 마리가 울어대기 시작했다. 내 눈길은 파랗고 빨갛고 노란, 온통 선명한 색채들로 뒤덮인 그 떨리는 새의 목덜미 쪽으로 향했다. 놀라운 광경이었다. 나는 새들이 요동하며 푸드덕거릴 때마다 깃의 색채들이, 마치 부채가 확 펼쳐질 때처럼, 순간적으로 확 불타오르는 광경을 지켜보았다. 새장 있는 데로 가까이 가서 좀 더 자세히 보고 싶었으나 그만두기로 했다. 그러면 비사무적으로 보일지도 모르니까. 나는 의자에 앉은 채로 방 안을 관찰했다.

나는, 이 사람들이야말로 지상의 왕들이구나 하고, 조금 전의 그 새가 내는 흉측한 소리를 들으면서 생각했다. 우리 대학 박물관에도 이런 것은 없었다—아니 내가 가본 그 어느 곳도 이런 데는 없었다. 노예 시대부터 전해 내려오는 깨진 유물 몇 조각밖에는 생각나지 않았다. 쇠 단지, 오래된 종, 족쇄와 사슬 한 벌, 원시적인 베틀, 물레, 물 떠먹는 조롱박, 조소를 던지고 있는 듯한 새까맣고 추물스런 아프리카 신상(여행 중이던 어떤 백만장자가 학교에 기증한 것이었다), 구리 못이 달린 가죽 채찍, MM이라는 두 글자가 새겨진 낙인찍는 쇠……. 그런 것들은 비록 몇 번밖에는 보지 못했지만 기억에 생생하게 남아 있었다. 그것들을 보면 기분이 좋지 않았기 때문에 나는 박물관에 갈 때마다 그것들이 놓인 진열장보다는 남북 전쟁 직후, 그러니까 맹인 바비가 묘사했던 때와 가까운 무렵의 모습을 보여주는 사진들을 구경하는 걸 더 좋아했다. 그러나, 그렇다고 그것들을 자주 본 것도 아니었다.

나는 마음을 느긋이 먹어보려고 애썼다. 의자는 근사한 것이었지만 딱딱했다. 그 사람은 어디로 가버린 걸까? 그자가 나를 보았을 때 무슨 적의를 보이지 않았던가? 나는 내가 먼저 그를 발견하지 못한 것이 마음에 걸렸다. 그런 세세한 점들도 관찰할 필요가 있었다.

갑자기 새장에서 한차례 듣기 싫은 새 울음소리가 들려왔고, 나는 또 한 번 새들이 대나무 조롱에 심술궂게 푸덕푸덕 날개를 두들겨대면서 마치 자연 발화하는 불꽃처럼 확 피어오르는 듯한 광란의 섬광을 보았다. 그러나 그것은 문이 열리고 금발의 남자가 문고리를 잡고 서서 내게 고갯짓을 하는 순간 갑자기 뚝 그쳐버렸다. 나는 긴장된 마음으로 그쪽으로 갔다. 수락된 걸까?

그의 눈에는 뭔가 묻는 듯한 눈빛이 떠돌았다.

"들어와요."

그가 말했다.

"감사합니다."

나는 그를 따라 들어가려고 기다렸다.

"어서."

그는 엷은 웃음을 띠고 말했다.

나는 그의 말에 깃든 어조가 무슨 표시일까를 헤아려보며 그의 앞으로 걸어 나갔다.

"몇 가지 물어보고 싶은 게 있네."

그는 내 편지를 든 손으로 의자 두 개가 놓인 곳을 손짓하며 말했다.

"예, 뭡니까?"

"자네가 하려고 하는 일이 뭔가?"

그가 물었다.

"일자릴 얻었으면 합니다. 가을 학기에 학교로 돌아갈 수 있을 만한 학비를 좀 벌었으면 해서요."

"전에 다니던 학교로 말인가?"

"예, 그렇습니다."

"알겠네."

잠시 그는 나를 말없이 뜯어보았다.

"언제쯤 졸업을 하게 되나?"

"내년에요. 3학년 과정은 마쳤습니다……."

"아, 그래요? 훌륭하군. 나이는 몇이지?"

"곧 스무 살이 됩니다."

"열아홉에 3학년? 우수한 학생이로군."

"감사합니다."

나는 면담이 즐거워지기 시작했다.

"운동선수였나요?"

그가 물었다.

"아닙니다……."

"체격이 좋아."

그는 나를 위아래로 훑어보면서 말했다.

"뛰어난 육상 선수가 될 수도 있었겠어. 단거리 선수 말이야."

"전혀 경험이 없는걸요."

"그건 그렇고, 자네, 자네 모교를 어떻게 생각하느냐고 물으면 아마 어리석은 질문이 되겠지?"

그가 물었다.

"세계 최고의 학교 중 하나라고 생각합니다."

나는 내 목소리가 깊은 감명으로 끓어오르는 것을 느끼며 말했다.

"알아요, 알아."

그가 대뜸 불쾌한 어조로 말해 나는 깜짝 놀랐다.

그가 뭔가 알아들을 수 없는 소리로 "하버드 시절에 대한 향수"니 뭐니 하며 중얼거렸을 때 다시 정신이 바짝 들었다.

"하지만 혹시 남은 공부를 다른 대학에서 마칠 기회가 주어진다면 어떻게 하겠나?"

그는 안경 너머로 눈을 크게 떠 보이며 말했다. 그의 얼굴에 다시 웃음이 돌아와 있었다.

"다른 대학에서요?"

나는 물었다. 내 마음이 소용돌이치기 시작했다.

"글쎄, 뭐, 가령 뉴잉글랜드에 있는 어떤 학교라든가……."

나는 어안이 벙벙해 그를 바라보았다. 하버드를 말하는 걸까? 잘되어가는 것일까? 잘못되어가는 것일까? 어느 쪽으로 되어가는 것일까?

"글쎄요."

나는 조심스럽게 말했다.

"한 번도 생각해본 적이 없었습니다. 이제 겨우 1년밖에 남지 않았는걸요. 그리고 제가 다니던 학교에는 다들 제가 아는 사람들이고, 또 다들 저를 알고 있고……."

나는 체념하듯 한숨을 내쉬며, 나를 바라보는 그의 모습에 갈피를 못 잡고 말을 멈췄다. 도대체 이 사람은 무슨 생각을 하고 있는 걸까? 내가 혹시 너무 솔직하게 내 학교로 돌아간다고 말했나? 이 사람은 우리 흑인이 고등 교육을 받는 것을 반대하는 사람일지도 몰라……. 하지만 젠장, 이 사람은 비서에 불과하지 않은가……? 아니, 비서는 비서인가?

"알겠네."

그는 조용히 말했다.

"딴 학교를 제의한 것은 주제넘은 일이었군. 사실 자기가 다닌 대학이란 일종의 부모 같을 테니까……. 신성한 문제에 속하지."

"예, 그렇습니다."

나는 황급히 맞장구쳤다.

그는 미간을 찌푸렸다.

"그런데 이제 곤란한 질문을 하나 해야겠어. 괜찮겠나?"

"그럼요, 괜찮습니다."

나는 초조한 기분으로 말했다.

"이런 건 묻고 싶지 않네만 꼭 필요한 게 되어서 말이지……."

그는 고통스러운 듯 얼굴을 찡그리며 몸을 앞으로 숙였다.

"말해보게. 자네, 자네가 에머슨 씨에게 가져온 그 편지 읽어보았나? 이거 말이야."

그는 탁자에서 편지를 집어 올렸다.

"천만에요, 읽어보지 않았습니다. 제게 온 편지가 아니잖습니까. 그러니 의당 뜯어볼 생각을 하지 말아야죠……."

"물론 그랬겠지. 그런 줄 알고 있네."

그는 손을 내저으며 똑바로 앉았다.

"미안하네. 요즈음 개인과는 무관한 형식 같은 데서 흔히 볼 수 있는, 그런 괴로운 개인적인 질문 같은 것 중의 하나라고 치고 잊어버리게."

나는 그의 말이 믿어지지 않았다.

"아니 그 편지가 뜯어져 있었습니까? 누가 제 물건에 손을 댔을지도 모르죠……."

"아, 아냐. 그런 건 아니에요. 그 물음은 잊어버려요……. 자, 졸업 후의 계획 같은 것을 말해줄 수 있겠나?"

"확실하지는 않습니다. 모교 선생으로 남아 있어 달라고 권해주면 좋긴 하겠습니다만, 행정 직원도 좋고요. 그리고…… 저……."

"그리고, 그리고 뭐죠?"

"저, 실은 블레드소우 박사님의 조교가 되었으면 좋겠다고 생각하고 있어요……."

"아, 그래요."

그는 의자에 등을 기대며 입술을 가늘고 동그랗게 만들면서 말했다.

"매우 야심적이군."

"그런 것 같습니다. 하지만 열심히 할 겁니다."

"야심은 굉장한 힘이 되지. 하지만 때론 사람을 맹목적으로 만들 수도 있어요……. 그런가 하면 사람을 성공시킬 수도 있고—우리 부친처럼 말이야……."

그의 목소리에 새로운 날카로움이 어렸고 그는 얼굴을 찡그리며 손을 내려다보았다. 그의 두 손이 떨리고 있었다.

"야심에 유일한 문제가 있네. 이런 편지는 몇 통이나 가지고 있나?"

"일곱 통쯤 가지고 있습니다."

나는 그의 달라진 태도에 얼떨떨해서 대답했다.

"그것들을……."

"일곱 통!"

그는 벌컥 화를 냈다.

"예, 그분이 제게 준 건 그게 전부입니다."

"그래, 그 양반들을 몇이나 만날 수 있었는지 물어봐도 되겠나?"

가슴이 철렁 내려앉는 기분이었다.

"직접 만나 뵌 분은 아직 한 분도 없습니다."

"그래, 이게 마지막 편진가?"

"예, 그렇습니다. 하지만 다른 분들에게서도 소식이 있을 것 같아요……. 그분들 말씀이……."

"물론 그러시겠지. 일곱 사람에게서 전부 소식이 있을 거야. 다 애국적인 미국인들이니까."

이제 그의 목소리에는 분명 비양대는 데가 있었다. 나는 뭐라고 말해야 할지 몰랐다.

"일곱 통이라."

그는 아리송하게 되뇌었다.

"참, 자넬 기분 나쁘게 해선 안 되지."

그는 자신에 대한 혐오감을 나타내는 우아한 몸짓을 하며 말했다.

"어제 저녁에 내 정신분석의와 아주 힘든 대담을 했어. 그래서 아주 조그만 일에도 폭발해버릴 것 같아요. 멈춤 장치가 없는 자명종 시계처럼 말이지……. 그래!"

그는 손바닥으로 허벅지를 찰싹 때리며 말했다.

"도대체 그게 무슨 소리야?"

어느 틈에 그는 흥분해 있었다. 그의 얼굴 한쪽이 실룩실룩 부어오르기 시작했다.

나는 담뱃불을 붙이는 그를 바라보며 도대체 이게 어떻게 된 일일까 생각했다.

"어떤 건 너무나 글러먹어서 도대체·말로 표현하기가 힘들어."

그는 담배 연기를 한 모금 푸우 내뿜으며 말했다.

"그리고 너무나 모호해서 말로나 관념으로나 표현하기가 힘들지. 그건 그렇고, 자네 '칼라무스 클럽'에 가본 적이 있나?"

"한 번도 들어보지 못한 것 같은데요."

"안 가봤어? 아주 유명한 곳인데, 내 할렘 친구들이 그곳에 많이들 가요. 작가들, 화가들, 그리고 별별 유명인들이 다 모이는 곳이야. 시내엔 그런 곳이 없지. 좀 이상한 소리 같지만 거기엔 정말 대륙적인 맛이 있어."

"나이트클럽 같은 데는 한 번도 가본 적이 없습니다. 돈이 좀 모이기 시작하면 어떤 곳인지 한번 가봐야겠습니다."

나는 대화가 일자리 문제로 되돌아가기를 바라며 말했다.

그는 발작적으로 머리를 흔들며 나를 바라보았고 그의 얼굴은 다시 일그러지기 시작했다.

"내가 또 그 문제를 피하고 있었나 보군—늘 그렇다니까. 이봐요."

그는 충동에 못 이긴 듯 불쑥 터뜨렸다.

"자네는 말이지, 두 사람이, 그러니까 이전에 한 번도 만나본 적이 없는 서로 모르는 두 사람이 아주 솔직하고 진지하게 이야기를 나눌 수 있다고 생각하나?"

"예?"

"허 참, 빌어먹을! 내 말은 우리가, 우리 두 사람이 사람들을 서로 격리시키는 인습과 예절의 가면을 벗어던지고 터놓고 정직하고 솔직하게 대화를 나눌 수 있으리라고 생각하느냔 말이야?"

"무슨 말씀이신지 정확히 모르겠습니다."

내가 말했다.

"정말인가?"

“전…….”

“그렇겠지, 그럴 거야. 이야기를 쉽게 할 수만 있다면 좋겠는데, 내가 자네를 얼떨떨하게 만들고 있나 보군. 우리의 동기란 다 불순한 거니까. 그런 솔직성이 아무래도 불가능해. 내가 한 말 잊어버리게. 이런 식으로 말해볼까—그리고 내가 하려는 말을 기억해둬요.”

머리가 빙글빙글 돌았다. 그는 마치 오랫동안 나와 알고 지내던 사람처럼 친근한 태도로 몸을 앞으로 숙이고 말했다. 그때 나에게는 할아버지가 오래전에 해주었던 어떤 말이 떠올랐다.

“백인 녀석이 네게 자기 얘기를 하지 못하게 해야 해. 왠고 하면 그 녀석은, 너한테 그런 말을 하고 나서는 네게 그 말을 했다는 걸 창피하게 느끼고 널 미워하게 된단 말이야. 실은 그놈은 너를 내내 미워하고 있었으니까 말이야…….”

“……내, 자네에게 아주 중요한 현실의 일부를 보여주고 싶네—하지만 미리 말해두지만 기분은 좋지 않을 거야. 아니, 우선 내 얘기를 다 끝내지.”

그는 내 무릎에 슬쩍 손을 댔으나 내가 자리를 옮겨 앉자 얼른 손을 떼면서 말했다.

“내게도 하고 싶은 일이 많았지만 제대로 된 건 거의 하나도 없다네. 그리고 솔직히 말해서 내가 그 잇따른, 믿을 수 없는 좌절들을 겪지 않았더라면 이런 일은 일어나지도 않았을 거야. 자네도 보다시피…… 그래, 나는 좌절당한 인간이야……. 이런 젠장, 또 이렇다니까, 또 나만 생각하고 있어……. 우리 둘은 다 좌절당한 사람들이란 말이야. 알겠어? 우리 둘 다 말이야. 그래서 난 자네를 돕고 싶어…….”

“에머슨 씨를 만나도록 해주시겠단 말씀입니까?”

그는 얼굴을 찌푸렸다.

“제발 그런 걸 좋아하는 척하지 말아요. 속단하지도 말고. 자네를 돕고는 싶은데 독재가 끼어들어서 말이야…….”

“독재라뇨?”

가슴이 바짝 조여들었다.

“그래, 그런 식으로 말해도 되겠어. 내, 자네를 돕기 위해서는 자네가 환상에서 눈을 뜨도록 만들어야 하니 말이야…….”

“아, 전 괜찮을 것 같습니다. 에머슨 씨를 만나 뵙게만 되면 그 후는 제게 달린 문제니까요. 제가 바라는 건 그분을 만나 얘기하는 것뿐이에요.”

“얘기를 한다.”

그는 되뇌며 벌떡 일어나서 떨리는 손가락으로 재떨이에 담배를 비벼 껐다.

“그 양반에겐 아무도 얘길 못해. 얘길 하는 건 그 양반이야…….”

갑자기 그는 말을 멈췄다.

“아니, 생각해보니 자네 내게 주소를 적어놓고 가는 게 좋을 것 같군. 그러면 내가 오전 중으로 에머슨 씨의 회답을 우송해줄 테니. 그 양반은 정말 바쁜 양반이니까.”

그는 태도가 싹 달라져 있었다.

“하지만 아까 말씀은…….”

나는 도대체 뭐가 뭔지 얼떨떨한 기분으로 일어섰다. 날 가지고 장난을 한 것일까?

“5분만이라도 그분하고 이야기를 할 수 없을까요?”

나는 애원조로 말했다.

“저는 제게 일할 능력이 있다는 것을 그분에게 확신시켜드릴 자신이 있습니다. 그리고, 만약 누가 제 편지에 손을 댔다면 전 제 신원을 증명해 보이겠습니다……. 블레드소우 박사님께서……."

"신원? 맙소사! 누가 도대체 지금도 신원이라는 걸 가지고 있단 말이야? 그게 그처럼 턱없이 단순한 게 아냐. 이봐."

그는 괴로운 듯한 몸짓을 하며 말했다.

"자네 나를 믿겠나?"

"그럼요. 믿고말고요."

그는 몸을 앞으로 숙였다.

"이봐요."

그가 말했다. 그의 얼굴이 격렬하게 씰룩거렸다.

"내가 말하려 한 것은 내가 자네에 대해 많은 걸 알고 있다는 거야—개인적으로 안다는 게 아니라 자네 같은 친구들에 대해서 안다는 거지. 많이는 아니지만 그래도 보통은 넘게 알고 있어. 우리에게는 그건 여전히 짐과 허클베리핀〔마크 트웨인의 《허클베리핀의 모험》에 나오는 흑인 노예 짐과 그를 돕는 백인 소년〕 격이지. 내 친구들 중에 재즈 음악가들이 많이 있네. 그리고 난 세상 돌아가는 걸 좀 알아. 자네들의 생활 조건도 알고 있구 말이야. 왜 되돌아가겠다는 건가, 이 친구야. 이곳엔 자유가 더 많으니 자네는 이곳에서 할 수 있는 일이 많아. 어쨌든 자네가 되돌아간다면 자네는 자네가 찾고 있는 것을 발견하지 못할 거야. 너무 많은 사정들이 얽혀 있어서 자네로선 도저히 알 수가 없어. 오해는 말아요. 자넬 감동시키려고 이런 말을 하는 게 아니니까. 내 자신이 어떤 가학적 카타르시스를 맛보려는 것도 아니고. 정말 그런 건 아냐. 하지만 나는 자네가 접촉하려고 하는 이 세계를 알고 있어—이 세계의 모든 미덕과 언어도단의 모든 것들을 말이야—하, 그래, 언어도단의 것들이지. 아마 내 부친께선 나를 그 언어도단의 하나로 여기실 거야……. 나는 허클베리야. 자네도 보다시피……."

나는 메마른 웃음을 웃어댔고 횡설수설하는 그의 말뜻을 이해하려고 애썼다. 허클베리? 왜 자꾸 애들 소설 이야기를 하는 거지? 그가 자꾸 그런 식으로 이야기를 해서 머릿속이 헷갈리고 속이 탔다. 그가 훼방꾼처럼 일자리 가운데 서 있으니……. 학교는…….

"하지만 전 일자리를 원할 뿐입니다."

나는 말했다.

"공부하러 되돌아갈 수 있을 만큼만 돈을 벌고 싶을 따름이죠."

"그렇겠지. 하지만 자네는 분명 거기에 그 이상의 것이 있다고 생각하고 있어. 자네에겐, 사물의 표면 뒤에는 무엇이 있나 알고 싶은 궁금증이 있잖나?"

"그야 그렇죠. 하지만 일자리가 제 주된 관심삽니다."

"그렇겠지."

그가 말했다.

"그러나 산다는 건 그처럼 간단한 게 아니야……."

"하지만 전 무슨 일이 됐든 다른 일에는 신경을 쓰지 않습니다. 그것들은 제가 관여할 성질의 것도 아니고 전 학교로 돌아가서 학교에서 허락하는 한 그곳에 남아 있는 것으로 족할 것입니다."

"그러나 나는 자네가 최선의 길을 가도록 도와주고 싶네."

그가 말했다.

"최선의 길, 잘 들어두게. 자넨 자네에게 최선이 되는 일을 하길 바라나?"

"그야 그렇죠. 제 생각엔 제가……."

"그렇다면 학교로 돌아가는 것 따윌랑 잊어버리게. 다른 곳으로 가란 말이야……."

"그만두란 말인가요?"

"그래, 잊어버려……."

"하지만 아까 말씀은 절 도와주시겠다고 했잖습니까?"

"그랬지. 그런데 난……."

"그리고 에머슨 씨를 만나는 일은 어떻게 하고요?"

"아, 이런! 자넨 그 양반을 만나지 않는 게 최선의 길이라는 걸 모르겠나?"

갑자기 숨이 막혀왔다. 그때 나는 가방을 움켜쥔 채 일어섰다.

"저한테 무슨 감정이 있습니까?"

나도 모르게 소리쳤다.

"제가 선생님께 무슨 잘못을 저질렀습니까? 선생님께선 저에게 그분을 만나게 해줄 의향이 없었던 거죠. 소개장을 드렸는데도 말입니다. 왜 그러시죠? 네? 제가 선생님 일자리를 위태롭게 할 줄 아십니까?"

"아냐, 아냐, 아냐! 물론 아니지."

그는 일어서면서 소리쳤다.

"자네, 날 오해하고 있었군. 오해하지 말아요! 이거 원, 오해가 너무 많아. 제발 내가 편견에 사로잡혀 자네에게 내…… 아니, 에머슨 씨를 만나지 못하게 하려고 했다곤 생각지 말아요……."

"아니, 전 그렇게 생각이 됩니다."

나는 화가 나서 말했다.

"저는 그분의 친구 분이 이리로 보내서 왔습니다. 편지를 읽었잖습니까. 그런데도 선생께선 그분을 만나게 해주지 않고 있어요. 이제는 절더러 대학을 그만두라고 하고요. 도대체 선생께선 어떤 사람입니까? 저에게 무슨 억하심정이 있는 거예요? 북부에 사는 백인 양반께서 말이오!"

그는 고통스러운 표정을 지었다.

"내가 서툴렀던 것 같군."

그가 말했다.

"그러나 자넨 내가 지금 자네에게 최선이 무엇인지를 충고하려 한다는 걸 믿어줘야 해."

그는 휙 낚아채듯 안경을 벗었다.

"하지만 제게 무엇이 최선인지는 제 자신이 알고 있습니다."

나는 말했다.

"아니면 최소한 블레드소우 박사께선 알고 계세요. 아무튼, 오늘 에머슨 씨를 만나뵐 수 없다면 언제 만나뵐 수 있는지 말씀해주십시오. 그때 다시 오죠……."

그는 입술을 깨물고 눈을 감았다. 그러면서 고함 소리가 터져 나오려는 것을 억누르려는 듯 절레절레 고개를 흔들었다.

"미안해요. 이런 따위 이야기를 죄다 꺼낸 거, 정말 미안해."

그는 갑자기 조용히 말했다.

"자네에게 충고하려던 내가 바보였지. 하지만 내가 자네에게…… 아니 자네 흑인들에게 반감을 품고 있다고 생각해선 안 돼. 나는 자네의 친구네. 내가 아는 가장 훌륭한 사람들 중에서 몇은 흑인이야……. 그건 그렇고, 실은 에머슨 씨는 내 아버님이라네."

"선생의 부친이시라고요?"

"그래, 내 아버님이에요. 아니었더라면 더 좋았을 테지만 말이야. 하지만 내 아버님인 건 사실이지. 그리고 난 자네가 아버님을 만나도록 주선해줄 수도 있어요. 그러나 정말 솔직히 말해서, 나는 그런 냉소주의적 행동엔 소질이 없어. 자네에게도 좋을 것 없고."

"하지만 전 기회를 놓치고 싶지 않아요. 에머슨 씨……, 이건 제게 매우 중요한 일입니다. 제 전 인생이 걸려 있어요."

"하지만 자네에겐 전혀 기회가 없어."

그가 말했다.

"블레드소우 박사께서 저를 이리로 보내셨는걸요."

나는 점점 흥분하며 말했다.

"저는 반드시 기회를 가져야 합니다……."

"블레드소우 박사가?"

그는 혐오감을 내보이며 말했다.

"그자는 마치 내…… 그 작자는 잔뜩 두들겨 맞아야 싸! 이거 봐!"

그는 편지를 휙 집어 들어 빠각빠각 소리가 나는 그것을 불쑥 내게 내밀었다. 나는 그의 눈을 물끄러미 쳐다보며 편지를 받아들었고, 그도 나의 시선을 뜨겁게 되받고 있었다.

"읽어보게."

그는 격렬하게 소리 질렀다.

"읽어봐!"

"편지를 읽어보자는 건 아니었습니다."

"읽어봐요!"

친애하는 에머슨 씨

이 편지의 소지자는 전에 저희 학교 학생이었던 사람입니다(전에 학생이었다는 것은 이제 이자는 어떤 상황에서도 다시는 저희 학교 학생으로서 등록할 수 없기 때문입니다). 이자는 저희 학교의 엄격한 규율에 위배되는 중대한 잘못을 범하여 퇴교 처분을 당했습니다.

그러나, 차기 이사회의 자리에서 직접 설명해드리겠습니다만, 사정상 우리는 이 청년으로 하여금 자신이 받은 퇴교 처분이 최종적이라는 사실을 모르고 있게 하는 편이 대학의 이익을 위해 최선의 길이라는 걸 말씀드립니다. 사실 이자가 가을 학기에 학교로 돌아와 수업을 받고자 하기 때문입니다. 그러나, 이 청년으로 하여금 저희들에게서 되도록 멀리 떨어진 곳에 머물도록 하면서 그의 그 헛된 희망은 계속 간섭받지 않는 채로 그냥 두는 것이 저희가 지금 일신을 바쳐 수행하는 그 위대한 사업의 이익을 위해서는 최선의 길이 되겠습니다.

이번 경우는 친애하는 에머슨 씨, 저희가 큰 기대를 걸었던 학생이 애석하게도 길을 잘못 들었으며, 길을 잘못 들어 타락한 나머지 몇몇 관계자들과 학교 당국 사이에 이루어진 어떤 미묘한 관계를 위태롭게 할지도 모를 드물고도 고의적인 예를 보여주었습니다. 따라서 이 편지 소지자가 이제 비록 우리 학교의 일원이 아니긴 합니다만 이자를 학교와 절연시키는 일이 가급적이면 아무런 고통 없이 이루어지도록 하는 것이 아주 중요합니다. 바라옵건대, 이자로 하여금, 희망에 부푼 여행자의 저 너머로 늘 환하게 멀리 물러나는 지평선과 같이 늘 희망을 주면서도 요원한, 그 약속이 있는 곳을 향해 계속 나아갈 수 있도록 도와주셨으면 합니다.

당신의 미천한 종

A. 하버트 블레드소우 드림

나는 얼굴을 들었다. 그가 나에게 편지를 건네주고, 내가 그 내용을 파악하는 사이에 25년이란 세월이 흘러가버린 것 같았다. 나는 믿을 수가 없었다. 그래서 다시 읽어보려고 했다.

믿을 수가 없었다. 그러나 이미 모든 일은 일어나버린 뒤라는 느낌이었다. 눈을 비볐다. 눈은 갑자기 눈물이 죄다 말라버린 것처럼 뻑뻑해져 있었다.

"미안해요. 정말 미안해."

그가 말했다.

"제가 무슨 짓을 했죠? 항상 옳은 일을 하려고 노력했는데……."

"그 이야기를 내게 해줘야 해요."

그가 말했다.

"그자가 말하는 게 뭔가?""

"모르겠어요. 몰라요……."

"무슨 일을 하긴 했을 것 아닌가."

"어떤 사람을 모시고 드라이브를 갔어요. 그 사람이 병이 나서 도와주려고 황금시절로 데려갔죠.……. 모르겠어요……."

나는 트루블러드의 집에 갔던 일, 황금시절에 갔던 일, 그리고 내가 퇴교 처분을 받은 일 등을, 그때그때마다 다른 반응을 나타내 보이는 그의 갖가지 표정을 지켜보며 더듬더듬 이야기했다.

"아무것도 아닌 일이로군."

내가 이야기를 마치자 그가 말했다.

"그 사람 이해할 수 없어. 아주 복잡한 사람이야."

"전 학교로 돌아가서 도움이 되고 싶었을 뿐입니다."

내가 말했다.

"자네는 돌아가지 않을 거야. 이제 돌아갈 수도 없어."

그가 말했다.

"모르겠나? 정말 미안하긴 해. 하지만 내가 자네에게 말해버리고 싶은 충동에 굴복한 것은 잘한 일이라고 생각되네. 잊어버려요. 나 자신도 받아들이지 못했던 충고이긴 하지만, 그래도 그게 좋은 충고지. 진실에 대해 눈감아봐야 이로울 건 아무것도 없어요. 눈을 감아선 안 돼."

나는 멍한 기분으로 일어나 문 쪽으로 걸어갔다. 그는 내 뒤를 따라, 새들이 새장 속에서 불꽃처럼 솟아오르고 울음소리가 악몽 속의 비명처럼 울리는 응접실로 들어왔다.

그는 죄라도 지은 듯 더듬거렸다.

"제발, 이 얘기는 아무에게도 하지 말아주어야겠네."

"안 합니다."

내가 말했다.

"나야 상관없지만, 내 아버님은 내가 이런 이야길 발설한 사실을 알면 가장 지독한 역적 행위를 했다고 여길 거야……. 자네는 이제 그 양반에게서 해방되었어. 난 아직 그 양반의 수인이구 말이지. 자네는 자유롭게 된 거야……. 이해 못하겠나? 나는 아직도 싸우는 중이란 말이야."

그는 금방이라도 울 것 같았다.

"모르겠어요."

나는 말했다.

"아무도 저를 믿지 않으려 할 겁니다. 저 자신도 믿지 못하겠는걸요. 분명 뭔가 잘못됐어요. 분명히……."

나는 문을 열었다.

"어이, 이봐요!"

그가 말했다.

"오늘 저녁 칼라무스에서 내가 파티를 열어. 내 손님으로 참석하겠나? 자네에게 도움이 될지도 몰라……."

"아니, 감사합니다. 전 괜찮을 거예요."

"혹시 내 시종을 할 생각은 없나?"

나는 그를 쳐다보았다.

"아니, 괜찮습니다."

"정말이야. 내 정말 자네를 돕고 싶네. 이봐, 내가 우연히 들었는데 리버티 페인트 회사에서 사람이 하나 필요하다는 것 같더군. 아버님께서도 몇 사람을 그곳에 보냈지……. 자네 한번 가보지……."

나는 문을 닫았다.

엘리베이터는 나를 총알처럼 내려다놓았고 나는 밖으로 나와 거리를 걸어 올라갔다. 해는 이제 환하게 빛났고, 인도를 걸어가는 사람들의 모습이 아득해 보였다. 나는 교회 묘지의 묘석들이 머리 위로 높이 건물 꼭대기처럼 솟은 어느 회색빛 담장 앞에서 걸음을 멈추었다. 길 건너 어느 차양 그늘 아래서 구두닦이가 동전 몇 푼을 벌기 위해 춤을 추고 있었다. 나는 길모퉁이로 걸어가서 버스를 집어탔고, 나도 모르게 뒷좌석 쪽으로 걸어갔다. 내 앞자리에서는 파나마 모자〔본래 곱고 옅은 빛깔의 파나마풀로 만들었으나, 오늘날은 파나마풀과 비슷한 섬유로 만든 것도 이렇게 부른다. 여름에 쓰는 남성용 모자〕를 쓴 흑인이 이빨 사이로 계속 휘파람 소리를 내고 있었다. 내 마음은 소용돌이를 치며 블레드소우를 향해, 그러곤 에머슨을 향해 날아갔다가 다시 되돌아오곤 했다. 도대체 될 법이나 한 이야긴가? 이건 장난이야. 빌어먹을, 장난일 리가 없어. 아냐, 장난이야……. 갑자기 버스가 덜커덩 하고 멈추었고 나는 내 앞자리의 남자가 부는 것과 똑같은 음조로 흥얼거리는 나 자신의 소리를 들었고, 곧 그 가사가 떠올랐다!

오, 그들은 가엾은 울새의 털을
말끔히 뽑아버렸네.
오, 그들은 가엾은 울새의 털을
말끔히 뽑아버렸네.
아, 그들은 가엾은 울새를 말뚝에 묶고
그들은 울새의 엉덩이에서 깃털을
몽땅 뽑아버렸네.
오, 그들은 가엾은 울새의 털을
말끔히 뽑아버렸네.

나는 벌떡 일어나 황급히 문 쪽으로 나갔고, 빗살에 대고 얇은 종이를 문지르는 소리 같은 가느다란 휘파람 소리가 정류장 밖까지 나를 따라왔다.

나는 떨면서 인도 가장자리에 서서 그 남자가 엉덩이 까진 울새에 대한, 오랫동안 잊었던 그 노래를 휘파람으로 불며 나를 따라 문에서 뛰어내리는 모습을 보기를 얼마간 기대했다. 내 마음은 그 가락에 사로잡혀 있었다. 지하철을 탔으나, 그 가락은 멘즈 하우스의 내 방에 도착하여 침대에 드러누운 후에도 마음속에서 여전히 웅웅거렸다. 그 불쌍한 울새에 대한 '누가, 무엇을, 언제, 왜, 어디서'는 무엇일까? 그는 무슨 짓을 했길래 누가 그를 붙잡아 묶어놓고 왜 깃털을 다 뽑아버렸으며 우리는 왜 그의 운명을 노래했던 것일까? 그것은 웃기 위해서였다. 웃기 위해서. 꼬마들은 죄다 웃고 또 웃었고, 그 엘크 악단의 익살맞은 튜바 연주자는 나선형 나팔로 그 곡을 독주했다. 희극적인 화려한 취주와 함께 "부 부부 부우우우, 가엾은 울새의 털을 뽑아버렸네" 하는 구슬픈 구절을 담고 말이다. 마치 장송곡처럼……. 그러나 누가 울새고, 무엇 때문에 그는 상처 입고 굴욕을 당했단 말인가?

누운 채로 나는 갑자기 분노로 치를 떨었다. 그러나 아무 소용이 없었다. 나는 에머슨 씨의 아들을 생각했다. 만약 그가 제나름의 꿍꿍이속이 있어서 거짓말을 했다면? 모두가 다 나에 대해 무슨 계획을 꾸미는 것 같았고 그 뒤에는 더욱더 은밀한 계획이 숨어 있는 것 같았다. 젊은 에머슨의 계획은 무엇일까—그리고 그 계획엔 왜 나까지 포함시켜야 했을까? 그리고 도대체 나는 또 누구란 말인가? 나는 발작적으로 몸을 뒤척였다. 혹 내 선의와 신념을 알아보려는 테스트일지도 몰라—그러나 그건 거짓말이야 하고 나는 생각했다. 거짓말이야. 그리고 그게 거짓말이라는 건 누구나 알 수 있다. 나는 내 눈으로 직접 그 편지를 보았고 그것은 사실상 나를 죽이라는 명령을 담고 있었다. 서서히, 조금씩 조금씩…….

"친애하는 에머슨 씨."

나는 소리 내어 읊조렸다.

"이 편지를 소지하고 있는 울새는 전에 학생이었던 자입니다. 이자가 죽기를 바라도록 해주시고, 이자를 계속 달리도록 해주십시오. 미천하고 충성스러운 종 A. H. 블레드소우 드림."

확실히 그 편지는 이런 식이었다고 나는 생각했다. 목덜미를 정통으로 겨눈 짧고 간결한, 자비로운 일격의 말이었다. 그러면 에머슨 씨도 답장을 쓸까? 물론 쓰겠지.

"블레드, 울새를 만나 꼬리를 잘라버렸네. 에머슨, 서명."

나는 침대에 일어나 앉아 웃음을 터뜨렸다. 그래 맞다. 놈들은 나를 빈민굴로 보낸 것이었다. 나는 웃어댔고 그러고는 곧 고통이 찾아올 것이라는 것, 그리고 무슨 일이 일어나든지 나는 절대 전과 똑같은 사람으로 돌아가지 않을 거라는 것을 깨닫고 온몸이 마비되고 힘이 빠지는 걸 느낄 수 있었다. 나는 감각을 잃어버린 듯 계속 웃어대고 있었다.

웃음을 멈추고 숨을 헉헉거리며, 나는 돌아가서 블레드소우를 죽여버리겠다고 결심을 했다. 맞아, 그게 내 동족과 나 자신에 대한 의무야 하고 나는 생각했다. 그 작자를 죽여버리겠어.

그러한 생각의 대담성, 그리고 그 뒤에 깃든 분노가 나로 하여금 결연히 행동하게끔 해줬다. 나는 일자리를 구할 필요가 있었고, 그래서 가장 빠른 수단을—그러기를 바라며—취했다. 에머슨의 아들이 말했던 공장에 전화를 걸었다. 효과가 있었다. 다음날 아침에 나오라는 것이었다. 너무나도 빨리, 너무나도 수월하게 일이 풀려, 나는 잠시 생각이 뒤바뀌는 것을 느꼈다. 그자들이 일을 모두 이런 식이 되게끔 꾸며놓은 것은 아닐까? 하지만 아냐, 놈들은 이제 다시는 날 좌지우지하지 못할 것이다. 이번에는 내가 수를 썼으니까.

나는 복수를 꿈꾸면서 좀처럼 잠을 이룰 수가 없었다.

10

공장은 롱아일랜드에 있었다. 그래서 나는 그곳으로 가기 위해 안개에 싸인 다리를 건너 노동자들의 인파에 섞여 걸어 내려갔다. 내 앞으로 거대한 전광판이, 가닥가닥 표류하는 안개 사이로, 광고 문구를 드러냈다.

리버티 페인트로
아메리카를
깨끗하게

전광판 아래의 미로 같은 건물들 하나하나마다 깃발들이 미풍에 펄럭였는데, 일순 그것은 무슨 성대한 애국적인 의식을 멀리서 바라보는 것 같은 느낌을 주었다. 그러나 축포도 없었고 나팔 소리도 울리지 않았다. 나는 안개를 뚫고 다른 사람들과 함께 서둘러 앞으로 걸어갔다.

나는 허락도 없이 에머슨 씨의 이름을 팔아먹은 게 적이 걱정이 되지 않을 수 없었다. 그러나 인사과를 찾아 들어갔을 때 그 이름은 마치 마법과 같은 효력을 발휘했다. 나는 조그맣고 처진 눈을 가진 맥더피라는 사람에게 면접을 받고는 킴브로라는 사람 밑으로 보내졌다. 사환 아이가 나를 안내하려고 따라왔다.

"킴브로가 이 사람을 쓰겠다거든 돌아와서 하역부 명부에 이 사람 이름을 올리도록 해."

맥더피는 사환에게 말했다.

"굉장하군."

건물에서 나오면서 나는 말했다.

"영락없이 무슨 조그만 도시 같아."

"그래요, 굉장히 커요."

사환이 말했다.

"이 계통에선 제일 큰 공장 가운데 하나예요. 정부 납품용 페인트를 많이 만들죠."

우리는 여러 건물 중 하나로 들어가 새하얗게 칠한 복도를 걸어 내려갔다.

"가지고 계신 물건들은 보관실에 놔두세요."

사환이 어느 문 하나를 열며 말했는데, 그 문을 통해 낮은 나무 벤치들이 놓이고 녹색의 사물함이 줄지어 선 방 안이 들여다보았다. 몇 개의 자물쇠에 열쇠가 꽂혀 있었고 사환은 나에게 그중 하나를 골라주었다.

"물건을 거기다 집어넣고 열쇠는 갖고 계세요."

그가 말했다. 옷을 갈아입으면서 나는 초조한 기분이 들었다. 그는 한쪽 다리를 벤치에 척 걸쳐 올리고 성냥개비를 씹어대며 나를 찬찬히 뜯어봤다. 저 녀석은 에머슨이 나를 보내지 않았다는 낌새를 챈 걸까?

"이 동네, 또 말썽이 생겼죠."

그는 엄지와 집게손가락으로 성냥 꼬투리를 빙글빙글 돌리면서 말했다. 그의 말에는 어딘지 넌지시 빗대는 조가 들어 있었다. 신발 끈을 매다가 나는 고개를 쳐들었다. 의식적으로 태연한 척 숨을 내쉬며.

"무슨 말썽인데?"

내가 물었다.

"뭘, 아시면서 그래요. 머리 좋은 치들이 정식 직공들을 쫓아내고 댁 같은 흑인 대학생들을 쓴다니까요. 아주 약았어요."

그가 말했다.

"그런 식으로 하면 조합 규정 임금을 주지 않아도 되니까 말이에요."

"내가 대학에 다닌 걸 어떻게 알았지?"

"알다마다요. 댁 같은 양반이 벌써 여기에 여섯 명쯤 되는걸요. 몇 사람은 위층 실험실에서 일해요. 다 아는 일인걸요, 뭐."

"하지만 난, 내가 그런 이유로 고용됐다는 걸 전혀 몰랐는걸."

"잊어버려요."

그가 말했다.

"그건 댁의 잘못이 아니니까. 댁 같은 신참들은 실정을 몰라요. 조합 측 말마따나 그건 사무실에서 일하는 머리 좋은 친구들이지. 댁들을 고용하여 파업을 망치게 하는 건 그자들이에요—헤이, 서둘러야겠수다."

우리는 광같이 생긴 기다란 방으로 들어섰는데, 거기에는 한쪽 편 머리 위로는 연달아 문이 나 있고 반대편으로는 작은 사무실들이 죽 늘어섰다. 나는 사환을 따라 회사의 상표인 울부짖는 독수리 마크가 붙은 무수한 깡통, 큰 통, 드럼통 사이의 통로를 걸어 내려갔다. 페인트는 콘크리트 바닥을 따라 여기저기 피라미드 모양으로 정연하게 쌓여 있었다. 이윽고 사무실 하나로 들어섰을 때 사환은 우뚝 걸음을 멈추고 씩 웃었다.

"저 소리 좀 들어봐요!"

사무실 안에서 누군가 전화에 대고 욕설을 험악하게 퍼부어대고 있었다.

"누구지?"

내가 물었다.

그는 싱긋 웃었다.

"댁의 상사, 무서운 킴브로 씨요. 우린 저 양반을 '대령'이라고 불러요. 하지만 저 양반에게 잡히지 마세요."

언짢은 기분이 들었다. 목소리는 실험실의 무슨 잘못에 대해 분통을 터뜨렸고 나는 대뜸 거북살스런 기분이 들었다. 저처럼 고약한 상태에 있는 사람 밑에서 일을 시작한다는 생각을 하니 기분이 언짢았다. 아마도 그는 대학생이라는 사람들 중 하나에게 화를 내는 것이리라. 그런 판이니 나에게도 그다지 싹싹할 것 같지 않았다.

"들어가죠."

사환이 말했다.

"저는 또 돌아가봐야 되니까."

우리가 들어섰을 때 그자는 수화기를 쾅 내려놓고는 서류를 몇 장 집어 들고 있었다.

"맥더피 씨가 새로 온 이 사람을 쓸 수 있는지 여쭤보라시던데요."

사환이 말했다.

"그래, 쓸 수 있어. 그리고……."

그의 말소리는 차츰 흐려지고 뻣뻣한 군인식 콧수염 위의 두 눈이 매서워졌다.

"그럼, 이 사람을 쓸 수 있단 말씀이시죠?"

사환이 말했다.

"가서 이분의 카드를 작성해놔야겠어요."

"오케이."

그는 마침내 말했다.

"쓸 수 있어. 써야 하지. 이름은 뭔가?"

사환은 카드에서 내 이름을 불러주었다.

"좋아."

그는 말했다.

"당장 일을 시작하도록 하게, 그리고 너!"

그는 사환에게 말을 했다.

"여기서 썩 꺼져! 봉급날마다 네게 들어가는 돈만큼 일을 시키기 전에."

"아이구, 갑니다요, 노예 감독님."

사환은 방에서 뛰쳐나가며 말했다.

얼굴을 붉히며 킴브로는 나를 향해 말했다.

"따라와요. 시작해보게."

나는 그를 따라 숫자가 매겨진 표지판이 천장에 매달리고 그 아래 바닥에는 페인트들이 잔뜩 쌓인 기다란 방으로 들어갔다. 뒤쪽에서 두 남자가 트럭에서 무거운 통들을 들어 내려 야트막한 적하대에 나란히 쌓는 모습이 보였다.

"자, 이걸 나란히 맞추게."

킴브로는 무뚝뚝하게 말했다.

"이 부서는 아주 바빠. 그리고 난 두 번 세 번 말을 되풀이할 시간이 없어. 자네는 시키는 대로 따라서 해야 해. 잘 모르는 일을 하게 될 테니 한 번 말해서 시키는 걸 제대로 잘 들어야 하네! 붙들고 일일이 설명해 줄 시간이 없으니까. 내가 말한 걸 정확히 파악해서 일을 해 나갈 수밖에 없어. 알았나?"

나는 고개를 끄덕였다. 그의 목소리가 점점 커지자 방 저쪽의 인부들이 일손을 놓고 무슨 소린가 듣고 있음을 알 수 있었다.

"좋아."

그는 연장 몇 개를 집어 들며 말했다.

"자, 이젠 이쪽으로 와."

"킴브로로군."

인부 중의 하나가 말했다.

나는 그가 무릎을 꿇고 통 하나를 열어 젖빛이 섞인 갈색 물질을 휘젓는 모양을 지켜보았다. 역하고 고약한 냄새가 떠올랐다. 나는 좀 떨어져 있고 싶었다. 그러나 그는 그것이 광택이 나는 흰색이 될 때까지 힘차게 저어댔고, 그러고 나서는 무슨 정묘한 기구나 되는 듯이 주걱을 집어 들고 페인트를 주걱 날로 살짝 떠올려서 다시 통 안으로 흘러 넣으며 찬찬히 살펴보는 것이었다. 킴브로는 얼굴을 찌푸렸다.

"에이, 빌어먹을, 실험실 돌대가리들! 이 통 말이야, 하나도 남겨놓지 말고 전부 도프를 집어넣어야겠어. 자네 할 일이 바로 그거야. 그뿐만 아니고 11시 30분 이전에 트럭에 실을 수 있도록 죄다 집어넣어야 해."

그는 나에게 하얀 에나멜 눈금 용기와 전지 액체 비중계 같아 보이는 것을 건네주었다.

"어떻게 하느냐 하면 통을 하나하나 열고 이걸 열 방울씩 떨어뜨리는 거야. 그러고 나서 이게 안 보일 때까지 휘저어. 다 섞고 나면 이 붓으로 이것들 가운데 하나에다가 샘플로 칠해보는 거야."

그는 네모난 조그만 판때기 몇 개와 작은 붓 하나를 웃옷 주머니에서 꺼냈다.

"알겠어?"

"예."

나는 말했으나 그 하얀 눈금 용기를 들여다보고 머뭇거렸다. 안에 든 액체가 새까만 색이었기 때문이었다. 이 사람이 나를 놀리는 건가?

"뭐 잘못됐나?"

"글쎄, 모르겠는데요……. 그런데 시작부터 이것저것 바보 같은 질문을 하고 싶지는 않습니다만 이 눈금 용기 안에 들어 있는 것이 뭔지 아십니까?"

그의 눈이 번쩍 빛났다.

"알다마다. 자네는 시킨 대로만 하면 돼!"

"그저 확실히 하고 싶어서요."

내가 말했다.

"이봐."

그는 참는다는 듯한 과장된 티를 내보이며 숨을 들이마셨다.

"그 점적기를 집어 들고 그걸 가득 채워……. 어서 해봐!"

나는 하라는 대로 했다.

"이제 열 방울을 세어 페인트에 떨어뜨려……. 그래, 됐어, 너무 빨리 하지 말고. 됐어. 열 방울 이상도 그 이하도 집어넣어선 안 돼."

나는 천천히 그 광택이 나는 검은 액체 방울을 헤아려 떨어뜨리면서 그것들이 페인트 표면에 떨어져서 더욱 검어지며 가장자리로 순식간에 확 퍼져가는 것을 보았다.

"바로 그거야. 그렇게만 하면 돼."

그가 말했다.

"어떻게 보이는가는 신경 쓸 필요가 없어. 그건 내가 걱정할 일이니까. 자넨 시키는 대로만 하면 됐지 신경 쓸 필요는 없어요. 대여섯 통을 마치고 나면 다시 샘플이 말랐나 보는 거야. 자, 그럼, 얼른 시작하게.

11시 30분까지는 한 짐을 워싱턴에 보내야 하니까…….”

나는 재빠르게 그러나 조심스럽게 일을 해나갔다. 이 킴브로 같은 사람에게는 일이 조금만 틀려도 골치 아플 것 같았다. 그래, 아예 생각지 말아야 한다니! 빌어먹을 자식. 알랑뱅이, 북부의 가난뱅이, 허풍선이 양키 녀석! 나는 페인트를 철저하게 뒤섞고는 솔질이 균일하게 되도록 신중을 기하여 판때기 하나를 매끄럽게 칠했다.

유난히 빡빡한 뚜껑 하나를 열려고 애쓰며 나는 이 리버티 페인트가 우리 학교에서도 사용되는지, 아니면 이 '광학적 백색'이라는 게 전적으로 정부 납품용으로만 만들어지는지 궁금했다. 모르긴 몰라도 특수 조합된 양질의 제품인 것 같았다. 눈앞에는 봄날 아침 화사하게 단장하고 새로이 치장한 대학 건물들의 모습이 떠올랐다—가을맞이 칠을 하고 나면 겨울에 살포시 눈이 내렸고 머리 위로는 구름 한 장이 떠 있고 새 한 마리가 쏜살같이 내달았지—나무들과 휘휘 도는 덩굴로 감싸인 그 건물들의 모습이, 그 건물들만이 유일하게 정기적인 칠을 하는 집들이라 늘 더 인상적으로 보였어. 그 근방의 집들이나 오두막들은 손질도 안 하고 그대로 방치해두어 으레 풍우에 시달려 흐릿하고 거칠거칠한 회색 나무로 변하기 일쑤였지. 어떤 판자들은 햇빛을 쬐고 비바람을 맞아 겉이 들떴어. 그래서 급기야는 판자 벽들이 번들번들 광택이 나서 은빛 고기처럼 반짝였어. 트루블러드의 오두막처럼, 그리고 황금시절처럼 말이야……. 황금시절은 한 번 칠을 한 적이 있긴 했지만 세월이 흐르는 사이 이제 페인트가 조각조각 갈라지고 있는 판이라 손가락으로 슬쩍 긁기만 해도 우수수 쏟아질 지경이었지. 빌어먹을 "황금시절!" 사는 것이 왜 이렇게 꼬여가는지. 알다가도 모를 노릇이야. 노턴 씨를 페인트 칠이 벗겨지는 그 허물어져가는 낡은 집으로 데려간 일 때문에 난 지금 이곳에 와 있는 거야. 나는 생각했다. 만약에 심장의 고동과 기억의 속도를 늦춰, 이 검은 액체 방울이 그처럼 신속하게 반응하면서도 통 속으로 그처럼 천천히 떨어지듯 속도를 줄일 수 있다면 그 일은 열병 중에 꾼 꿈속에서 볼 수 있는 것 같은 일련의 잇따른 사건처럼 보이리라고……. 나는 너무 깊이 몽상에 빠져 있느라고 킴브로가 다가오는 소리도 듣지 못했다.

"어떻게 돼가나?"

그는 뒷짐을 지고 서서 말했다.

"잘돼갑니다."

"보세."

그는 샘플 하나를 집어 들고 엄지손가락으로 판때기를 문질러보았다.

"이거야. 조지 워싱턴의 제일 좋은 가발만큼 하얗고, 전능한 미국 돈만큼이나 말끔해! 이게 페인트야!"

그는 자랑스럽게 말했다.

"이 페인트로는 뭐든지 발라버릴 수 있어!"

내가 무슨 의아스런 표정이나 지은 듯 그는 나를 바라보았다. 그래서 나는 얼른 맞장구를 쳤다.

"정말 새하얗군요."

"새하얗지! 이보다 더 순수한 흰색이 있을까. 아무도 이보다 더 흰 걸 만들 수 없어. 바로 여기 있는 이 무더기는 국립기념관용으로 나갈 걸세!"

"아, 그래요."

나는 깊은 감명을 받은 듯 말했다.

그는 손목시계를 쳐다보았다.

"그런 식으로 계속하게. 서두르지 않았다간 생산 회의에 늦겠어! 이봐, 도프가 거진 바닥났군. 탱크실에 가서 다시 채워가지고 오는 게 좋겠어……. 그리고 시간 낭비하지 말고! 난 가봐야겠어."

그는 탱크실이 어디에 있는지도 알려주지 않고 총알처럼 튀어나가버렸다. 찾기는 쉬웠지만 그렇게 많은 탱크가 있을 줄은 생각지 못했다. 일곱 개가 있었는데 탱크마다 알 수 없는 부호들이 적혀 있었다. 입을 닥치고 있는 건 영락없이 킴브로 같군 하고 나는 생각했다. 도대체 하나라도 믿을 수가 있어야지. 그래 좋아, 상관없어. 꼭지에 매달린 적하 깡통의 내용물을 보고 탱크를 찾아낼 테니까.

한데, 처음 다섯 탱크에는 테레빈 유(油) 같은 냄새가 나는 투명한 액체가 들었고 나머지 두 개에는 도프와 비슷한 검은 것이 담겨 있었지만 부호들이 달랐다. 별수 없이 나는 그 가운데에서 택일해야 했다. 적하 깡통에서 도프와 비슷한 냄새가 나는 탱크를 골라서 눈금 용기를 채우며, 나는 킴브로가 돌아오기까지 시간을 허비하지 않아도 되어 내심 기뻤다.

일은 한결 속도가 붙었고 섞는 일도 한결 수월해졌다. 안료와 중유도 바닥에서 더 빨리 떨어져 나왔다. 킴브로가 돌아왔을 즈음에는 초스피드로 일하는 중이었다.

"몇 통이나 했나?"

"일흔다섯 통쯤 되나 봅니다. 세다가 잊어버렸어요."

"좋아. 하지만 아직 충분한 속도는 아냐. 회사에선 빨리 물건 실어내라고 계속 닥달이야. 자, 내가 좀 도와주지."

그가 무릎을 꿇고 통의 뚜껑들을 벗기기 시작하는 걸 보고 나는 이 사람이 상사들에게 호되게 언어들은 모양이로구나 하고 생각했다. 그러나 일을 시작하는가 싶더니 그는 금방 또 불려 나갔다.

그가 나간 후 나는 맨 나중에 칠한 샘플들을 보고 깜짝 놀랐다. 겉이 맨 처음 것처럼 매끈하고 단단하지 않고 찐득찐득한 것으로 뒤덮인 채 나뭇결이 다 비쳐 보였던 것이다. 도대체 어찌된 영문일까? 페인트 자체도 아까처럼 하얗고 광택이 나는 게 아니라 회색빛이 감돌았다. 나는 페인트를 맹렬히 휘저어놓고 헝겊을 움켜쥐고 판때기들을 하나하나 깨끗이 닦고는 통마다 샘플을 일일이 새로 만들었다. 그 일을 끝내기 전에 킴브로가 돌아올까 봐 나는 겁이 나기 시작했다. 미친 듯이 설쳐서 나는 그 작업을 끝냈다. 그러나 칠이 다 마르려면 몇 분 정도는 걸려야 했기 때문에 나는 작업을 다 마친 통 두 개를 집어 들고 그것들을 적하대로 나르기 시작했다. 쿵 소리를 내며 그것들을 내려놓는 순간 뒤에서 버럭 고함을 지르는 소리가 들렸다. 킴브로였다.

"이게 뭐야!"

그는 샘플 하나를 손가락으로 문질러대며 꽥 소리를 질렀다.

"이거 아직 마르지 않았잖아!"

나는 무슨 말을 해야 될지 몰랐다. 그는 나중에 칠한 샘플 몇 개를 낚아채듯 집어 들고 손으로 문질러보며 끄응 하고 신음 소리를 냈다.

"별꼴을 다 보는군. 처음에는 일 잘하는 녀석들을 죄다 데려가더니 이번엔 자네 같은 친구를 보낸다? 자네 이걸 어떻게 한 거야?"

"모르겠어요. 하라는 대로 했는데요."

나는 변명하듯 말했다.

나는 그가 눈금 용기를 들여다보더니 점적기를 집어 들고 코로 냄새를 맡아보는 것을 지켜봤고 이윽고 그의 얼굴이 분노로 달아오르는 것을 보았다.

"어느 자식이 이걸 자네에게 줬나?"

"누가 준 게 아닙니다."

"그럼 이거 어디서 났어?"

"탱크실에서요."

별안간 그는 내가 채워온 그 액체를 사방으로 튀기면서 탱크실로 뛰어갔다. 에이, 빌어먹을 하고 나는 생각했다. 그는 내가 미처 뒤따라가기도 전에 미친 듯이 다시 문 밖으로 튀어나왔다.

"자네, 엉뚱한 탱크에서 꺼냈잖아."

그가 소리쳤다.

"빌어먹을! 자네, 회사에 사보타주를 하려는 거야? 저 물건을 가지곤 1백만 년을 가도 소용이 없어. 이건 박리제야. 농축 박리제! 그 차이를 모르나?"

"예, 몰랐습니다. 다 똑같이 보여서요. 전 제가 뭘 사용하고 있는지도 몰랐고 또 말씀도 안 해주셨잖아요. 시간을 아끼려고 제 생각에 맞다 싶은 것을 가져왔죠."

"그런데 왜 하필이면 이거냔 말이야."

"냄새가 비슷해서요—."

나는 해명을 하려고 했다.

"냄새!"

그는 꽥 소리를 질렀다.

"빌어먹을! 별별 냄새가 다 나서 똥 냄새도 맡을 수 없다는 걸 모르나? 내 사무실로 와!"

항의를 해야 할지 정당함을 호소해야 할지 갈피를 잡을 수 없었다. 그것은 전적으로 내 잘못만은 아니었고 또 욕을 얻어먹기도 싫었지만 정말이지 그날 하루 일은 다 채워 끝내고 싶었다. 분노 때문에 울렁거리는 가슴으로 그를 뒤따라가다 나는 그가 전화로 인사과를 부르는 소리를 들었다.

"여보세요? 맥인가? 맥, 이봐, 나 킴브로야. 오늘 아침 당신이 보낸 이 친구 말이야. 나 이 친구 그쪽으로 보내 제 노임 타가라고 하겠어……. 뭘 어쨌냐고? 나 이 친구가 맘에 들지 않아. 그거야. 일하는 게 맘에 들지 않아……. 그러니 영감이 보고해줘야겠어. 빌어먹을 이 친구가 정부 납품 제품 한 짐을 망쳐놨다고 해……. 이봐! 아냐. 그렇게 말하는 게 아니고 들어봐, 맥, 거기 딴 사람은 없나? ……좋아. 잊어버려."

그는 전화기를 쾅 내려놓고 내게로 휙 돌아섰다.

"도대체 난 이 사람들이 왜 자네 같은 친구들을 고용하는지 모르겠단 말이야. 자넨 페인트 공장에 맞지 않아. 따라와요."

난감한 기분으로 그를 따라 탱크실로 들어가면서 나는 죄 때려치우고 놈에게 욕을 한바탕 퍼부어주고 싶은 생각이 굴뚝 같았다. 그렇지만 돈이 필요했다. 그리고 이곳이 북부이긴 하지만 부득이한 경우가 아니라면 아무 때나 싸워서는 안 되었다. 이곳에서 혼자서 얼마나 많은 사람을 상대로 해야 하냔 말이다.

나는 그가 눈금 용기에 든 것을 탱크에 비우는 모습을 바라보았고 SKA-3-69-T-Y라고 쓰여진 다른 탱크로 가서 눈금 용기를 다시 채우는 것을 조심스럽게 주시했다. 다음번에는 알 수 있을 것 같았다.

"자, 제발 좀."

그는 나에게 눈금 용기를 건네주며 말했다.

"조심해서 일을 똑바로 하도록 하라고. 어떻게 해야 할지 모르겠거든 누구한테 물어봐요. 난 내 방에 있을 테니."

나는 감정이 소용돌이치는 가운데 다시 통들이 있는 곳으로 돌아왔다. 킴브로는 또 잊어먹은 모양인지 페인트를 어떻게 할 것인지를 말해 주지 않았다. 망쳐버린 페인트를 보자 울컥 분노에 사로잡혔다. 하여간 점적기에 새로 가져온 도프를 채우고 통마다 10방울씩 떨어뜨려 휘젓고는 뚜껑을 단단히 닫았다. 정부나 골치 썩으라지 하고 생각하며 나는 아직 열지 않은 통들을 가지고 다시 일을 하기 시작했다. 팔이 뻐근해질 때까지 오래도록 휘젓고 가능한 한 매끄럽게 샘플 판에 칠했다. 할수록 솜씨가 붙어갔다.

킴브로가 내려와 작업을 지켜보자, 나는 잠자코 흘긋 그를 올려다보고는 계속 페인트를 저어댔다.

"어때?"

그는 얼굴을 찌푸리며 말했다.

"글쎄요."

나는 샘플 하나를 집어 들고 멈칫거렸다.

"뭐야?"

"아무것도 아니에요……. 티가 좀 묻었을 뿐이에요."

가슴속이 팽팽히 긴장되는 것을 느끼며 나는 일어서서 샘플을 내밀었다.

그는 샘플을 얼굴 가까이로 가져가서 표면을 손가락으로 문질러보기도 하고 결을 비스듬히 들여다보기도 했다.

"좀 낫군."

그가 말했다.

"이런 식으로 해야 해."

나는 그가 엄지손가락으로 샘플을 문질러보고 그것을 되돌려주더니 더는 아무 말 하지 않고 나가버리는 모습을 미심쩍은 기분으로 지켜보았다.

나는 페인트 칠을 한 판때기를 바라보았다. 아까와 마찬가지로 보였다. 흰색 속에 회색빛이 드러났는데 킴브로는 그것을 알아채지 못한 것이었다. 나는 잠시 멀리서, 내 눈의 착각인지 아닌지를 의심하며, 그것들을 하나하나 자세히 살펴보았다. 죄다 한결같이 회색이 섞인 밝은 흰색이었다. 잠시 눈을 감았다가 뜨고는 다시 보았으나 여전히 마찬가지였다. 에라, 모르겠다. 괜찮다니 그냥 둘 수밖에……라고 나는 생각했다.

그러나 나는 무엇인가 잘못되었다는, 페인트보다 훨씬 중요한 무엇인가가 잘못되었다는 생각이 들었다. 내가 킴브로를 속여먹었든지, 아니면 그가 이사나 블레드소우처럼 나를 속이고 있든지 둘 중에 하나라는 생각이 들었던 것이다…….

트럭이 적하대 쪽으로 후진해 들어왔을 때 나는 마지막 통에 뚜껑을 눌러 덮고 있었고, 킴브로가 내 위에 서 있었다.

"자, 자네 샘플 칠한 것을 좀 볼까?"

그는 말했다.

내가 제일 하얀 놈을 고르려고 손을 내미는 참에 푸른 셔츠를 입은 트럭 인부들이 적하 문으로 기어 올라왔다.

"어때요, 킴브로."

그들 중의 하나가 말했다.

"잠깐……."

나는 초조하게 그를 바라보며 그가 회색빛이 섞인 것에 분통을 터뜨릴 것을 기다렸고, 초조한 태도로 겁을 내는 나 자신을 증오했다. 뭐라고 말하지? 그러나 그는 트럭 인부들에게로 몸을 돌리고 있었다.

"좋아. 자네들, 이것들 내보내게. 그리고 자네."

그는 나에게 말했다.

"가서 맥더피를 만나봐. 일 끝났어."

나는 그의 뒤통수와 작업모와 철회색 머리카락 밑의 불그레한 목덜미를 바라보며 그 자리에 서 있었다. 그래, 그러니까 고작 섞는 일을 마치려고 날 쓴 셈이로군. 나는 돌아섰다. 내가 할 수 있는 일이라고는 아무것도 없었다. 나는 인사과로 가는 동안 내내 그 자식을 욕했다. 화물 주인들에게 편지를 내어 내막을 알려버릴까? 어쩌면 그들은 킴브로가 페인트의 품질 문제를 그처럼 많이 좌지우지한다는 사실을 모를지도 몰라. 하지만 사무실에 이르러서 나는 마음을 고쳐먹고 말았다. 이곳에서는 일이 이런 식으로 돌아가는지도 모르지. 그리고 페인트의 진짜 품질은 늘 혼합하는 사람보다는 하역하는 사람들이 결정하는 것인지도 몰라 하고 나는 생각했다. 에라 몽땅 집어치워라……. 딴 일자리를 구할 테니까.

그러나 나는 해고되지 않았다. 맥더피는 나를 2호 건물 지하실로 보내 새 일을 맡겨주었다.

"자네, 그곳에 내려가거든 브로크웨이에게 말해. 스파랜드 씨가 그러는데 조수를 두라고 하더라고 말이야. 자네는 그 사람이 하라는 대로 해."

"누구라고 그러셨죠?"

내가 물었다.

"루시우스 브로크웨이. 그 사람이 주임이야."

깊은 지하실이었다. 지하 3층 아래서 나는 '위험'이라는 표지가 붙은 육중한 쇠문을 밀고 들어가 시끄럽고 조명이 침침한 방으로 내려갔다. 허공에 가득 찬 냄새들이 어딘가 낯익다는 느낌이 들어 언뜻 송진 냄새인가 하고 생각하는 참인데, 그때 커다란 흑인 목소리가 기계 소리보다 더 높이 울려왔다.

"여기서 누굴 찾는 거야?"

"주임님을 찾고 있습니다."

나는 목소리가 어디서 나는지 둘러보며 소리쳤다.

"내가 주임이야. 용건이 뭔가?"

어둠 속에서 걸어 나와 나를 뚱하게 쳐다본 사내는 체구가 조그만 사람으로 지저분한 작업복 차림이었지만 강단이 있고 아주 말쑥해 보였다. 가까이에 다가가서 보니 얼굴은 주름살투성이었고 꼭 끼는 줄무늬의 기사모 아래로 목화 같은 백발이 드러나 보였다.

그의 태도에 나는 얼떨떨하지 않을 수 없었다. 자기가 무슨 죄를 지어 놓고 죄의식을 느끼는 태도인지, 아니면 내가 무슨 죄를 저질렀다고 생각하는 태도인지 알 수가 없었다. 나는 더 가까이 다가서서 그를 빤히 쳐다보았다. 키가 겨우 5척이 될까 말까 한 사람이었는데 그가 입은 작업복은 마치 역청 속에 빠졌다 나온 것처럼 새까맸다.

"그래."

그가 말했다.

"난 바빠. 무슨 용건이야?"

"저는 루시우스라는 분을 찾는데요."

내가 말했다.

그는 얼굴을 찌푸렸다.

"그게 나라니까—그런데 날 부를 때 이름만 부르지 말게. 자네나 자네 같은 사람들이 날 부르려거든 브로크웨이 씨라고 부르란 말이야……."

"아저씨가……?"

내가 입을 열었다.

"그래 나야! 그런데 누가 자넬 이리루 내려보냈나?"

"인사과에서요. 아저씨께 말을 전하라더군요. 스파랜드 씨가 아저씨에겐 조수가 딸려야 한다고요."

"조수! 나는 조수 같은 거 필요 없어! 스파랜드 영감은 내가 자기처럼 늙은 줄 아는 모양이지. 난 여기서 여러 해 동안 혼자서 일을 해왔어. 그런데 이 사람들이 요즘 와서 나에게 자꾸 조수를 갖다 붙이려고 애쓴단 말이야. 자네 다시 거기 올라가서 말하게. 조수가 필요하다면 내가 직접 부탁하겠다고 말이야!"

저런 인간이 주임인가 하는 생각이 들자 나는 너무나 역겨워져서 아무 말도 없이 돌아서 다시 계단으로 올라갔다. 처음엔 킴브로, 그리고 다음엔 이 늙다리…….

"이봐! 잠깐 기다려!"

돌아보니 그가 손짓하고 있었다.

"잠깐 이리로 내려와보게."

그의 목소리가 용광로의 요란한 소음을 뚫고 날카롭게 날아왔다.

나는 되돌아갔다. 그는 뒷주머니에서 흰 천을 꺼내어 압력 계기의 유리판을 닦고는 몸을 바짝 구부리고 눈을 가늘게 뜬 채 바늘의 위치를 살폈다.

"받아."

그는 헝겊을 펴서 나에게 건네주었다.

"내가 사장 영감에게 연락을 할 수 있을 때까지 여기 있어도 돼. 여기 이것들 깨끗이 닦아두라고. 그래야 내가 압력을 얼마나 주는지 볼 수 있을 테니까."

나는 아무 말 없이 헝겊을 받아 쥐고 유리를 문지르기 시작했다. 그는 무슨 흠이라도 잡으려는 듯 나를 지켜봤다.

"이름이 뭔가?"

그가 물었다.

나는 요란한 용광로의 소음 속에서 소리를 질러 이름을 말해줬다.

"잠깐."

그는 소리치더니 한쪽으로 건너가서 그물처럼 복잡하게 얽힌 파이프들 사이에서 어떤 밸브 하나를 틀었다. 소음은 점점 더 커져 거의 히스테리컬한 정도까지 이르렀다. 그러자 어떻게 된 건지 우리는 고함을 지르지 않고도 그 소음 밑에서 흐릿하게 오가는 우리의 목소리를 들을 수 있었다.

그는 다시 돌아와 나를 날카롭게 쏘아보았는데, 그의 쭈글쭈글한 얼굴은 마치 날카롭고 붉은 눈을 가진, 살아 있는 검은 호도 같았다.

"그 사람들이 자네 같은 친구를 내게 보낸 건 이번이 처음이야."

그는 아무래도 모르겠다는 듯 말했다.

"그래서 내가 자네를 돌아오라고 부른 거지. 보통은 젊은 백인 녀석을 내려보내는데, 그런 녀석은 한 며칠 동안 내가 하는 걸 구경하면서 물어볼 건 잔뜩 물어보고 나서 일을 떠맡을 생각을 하지. 어떤 녀석들은 너무 단순해서 말도 안 나와."

그는 얼굴을 찌푸리면서 아주 글러먹었다는 듯이 격렬한 제스처를 쓰며 손을 내밀었다.

"자네 기산가?"

그는 나를 흘끔 보며 말했다.

"기사요?"

"그래, 기사난 말이야."

그는 도전적으로 말했다.

"뭘요, 전 기사가 아니에요."

"정말이야?"

"그러믄요. 왜 기사면 안 되나요?"

그는 마음이 놓이는 듯했다.

"그럼 됐어. 그 인사과 녀석들을 조심해야겠어. 그중 한 놈이 날 이곳에서 쫓아낼 생각을 하고 있단 말이야. 지금쯤은 그게 시간 낭비라는 걸 깨달았어야지. 이 루시우스 브로크웨이는 제 신상 보호할 생각도 가지고 있고, 방법도 안다고! 이 공장이 생길 때부터 내가 쭉 여기에 있었다는 건 다 알아. 기초 공사할 때 삽질까지 도와준 사람이니까. 영감이 나를 고용했지, 딴 사람이 아냐. 그러니 여부가 있나, 날 해고하려면 영감이 아니면 안 되지!"

나는 계속 계기들을 문질러대면서 이 사람이 무엇 때문에 이렇게 분통을 터뜨릴까 생각했고, 그가 내게 개인적으로는 전혀 반감을 가지고 있지 않은 것 같아 다소 마음이 놓였다.

"자네 어느 학교 다녔나?"

그가 물었다.

나는 이야기해주었다.

"그래? 거기서 무얼 배우지?"

"그저 일반 과목들이죠, 뭐. 대학에서 보통 배우는 과정이에요."

내가 대답했다.

"기계학?"

"아, 그런 건 아니고요. 그냥 다 문과 과정들이죠. 직업 교육은 안 받아요."

"그래?"

그는 미심쩍은 듯 말했다. 그러곤 갑자기 물었다.

"내가 저 계기에 압력을 얼마나 넣었지?

"어느 거 말이에요?"

"자네가 보고 있잖아. 거기 오른쪽 거 말이야."

그는 손으로 가리켜 보였다.

나는 바늘을 보고 큰 소리로 읽어주었다.

"43과 10분의 2파운드."

"어허허허, 맞았어."

그는 곁눈으로 계기를 힐끔 보고 나서 나를 쳐다봤다.

"어디서 배웠길래 그렇게 계기를 잘 읽나?"

"고등학교 때 물리 시간에요. 시계 보는 것하고 같잖아요."

"고등학교에서 그걸 가르치나?"

"그럼요."

"좋아, 그게 자네가 할 일거리 중 하나야. 여기 이 계기들은 15분마다 점검해야 돼. 그건 할 수 있겠지."

"할 수 있겠죠."

내가 말했다.

"하는 녀석도 있고, 못하는 녀석도 있어. 그런데 자넨 누가 고용했나?"

"맥더피 씨요."

나는 이 사람이 왜 이렇게 꼬치꼬치 따져 물을까 생각하며 대답했다.

"그래, 그럼 아침 내내 어디 있었나?"

"1호 건물에서 일을 했어요."

"여긴 건물들이 아주 많아. 어디야?"

"킴브로 씨 밑에서요."

"알았어, 알았어. 거기선 이렇게 늦은 시간에는 사람을 쓰지 못한다는 걸 내 알지. 킴브로가 무얼 시키던가?"

"못 쓰게 된 페인트에 도프를 섞어 넣는 거였어요."

나는 이 모든 물음들에 진력이 나서 맥없이 대답했다.

그의 입술이 호전적으로 삐죽 튀어나왔다.

"무슨 페인트가 못 쓰게 됐어?"

"정부 납품용의 일부인 것 같았어요……."

그는 머리를 번쩍 치켜들었다.

"왜 나한테는 아무도 그 얘길해주지 않은 거지?"

그는 생각에 잠겨 말했다.

"통에 담긴 거던가, 조그만 깡통에 담긴 거던가?"

"통에요."

"아, 그건 그렇게 못 쓸 건 아냐. 작은 것들이 손이 많이 가지."

그는 나를 향해 높고 메마른 소리로 웃었다.

"자네는 여기에 일자리가 있다는 걸 어디서 들었나?"

그는 마치 방심한 틈을 타서 허를 찌르려는 듯이 불쑥 물었다.

"저어……."

나는 천천히 입을 열었다.

"제가 아는 분이 말해주시던군요. 맥더피 씨가 저를 고용해줬고요. 아침에는 킴브로 씨 밑에서 일을 했어요. 그러고는 맥더피 씨가 저를 아저씨에게 보냈죠."

그의 얼굴이 굳어졌다.

"자네, 그 흑인들 중에 친구가 있나?"

"누구요?"

"위에 있는 실험실에 말이야."

"아뇨."

내가 말했다.

"또 알고 싶으신 거 있으세요?"

그는 의심스러운 표정으로 나를 한참 동안 뜯어보더니 뜨겁게 달궈진 파이프 하나에 침을 탁 뱉었다. 수증기가 그곳에서 요란스럽게 피어올랐다. 나는 그가 가슴에 붙은 주머니에서 묵직해 뵈는 기사용 시계를 꺼내 거드름을 피며 기우뚱하게 시계 판을 들여다보고는 몸을 돌려 벽 위에서 빛나는 전자 시계와 시간을 맞춰보는 모습을 지켜보았다.

"자넨 계속 그 계기들을 닦아."

그가 말했다.

"나는 가서 내 계기를 봐야겠어. 그리고 여길 봐."

그는 계기 중의 하나를 가리켰다.

"여기 있는 이 망할 놈의 것 좀 특별히 잘 봐주었으면 좋겠어. 요 이틀 동안 저게 너무 빨리 올라가는 버릇이 붙었단 말이야. 아주 골치를 썩여. 저놈이 75를 넘거들랑 소리를 질러. 큰 소리로 말이야!"

그는 다시 그늘 속으로 들어가버렸고 나는 비껴드는 한 줄기 광선으로 문이 열리는 것을 알았다.

천 조각으로 계기를 문지르면서 나는 무식해 뵈는 노인네가 어떻게 이런 중책을 맡을 수 있었을까 생각했다. 분명히 그는 기술자 같지는 않았다. 그런데도 혼자서 일을 떠맡고 있다. 하긴 알 수 없는 일이지. 고향에서도 수도국 문지기로 일하던 노인네가 기록이 보관되기도 전 초창기부터 계속 일해왔는데, 비록 수위 월급을 받지만 사실상은 기술자와 같은 구실을 했던 것이다. 이 브로크웨이 노인은 그 무엇인가에서 자기 자신을 보호하고 있는 것 같았다. 여하튼 그는 우리 같은 사람이 고용되는 데 반감을 품고 있었다. 그러면서도 그는 어쩌면 시치미를 떼고 딴전을 부리는 건지도 몰랐다. 내가 다니던 대학의 몇몇 선생들처럼 말이다. 그들은 변두리에 있는 조그만 마을들을 차로 지나갈 때 말썽을 피하려고 일부러 운전사 모자를 쓰는가 하면, 자기들의 자동차가 백인들 소유인 것처럼 하기도 했던 것이다. 그렇지만 왜 내게도 딴전을 부리는 것일까? 그리고 이 사람이 하는 일은 무엇일까?

나는 주위를 돌아보았다. 그곳은 기관실만은 아니었다. 기관실에는 몇 군데 들어가보았기 때문에 안다. 맨 나중에 들어가본 곳은 학교 기관실이었다. 그곳은 기관실 이상의 곳이었다. 우선, 용광로들의 모양이 달랐을 뿐 아니라 화실(火室)들 틈바구니로 피어오르는 화염도 더 강렬하고 더 푸른빛이 돌았다. 게다가 냄새도 났다. 아니, 그 노인네는 이 아래서 뭔가를 만들고 있었다. 페인트와 관련된 그 무엇을, 모르긴 해도 너무 지저분하고 위험스러워서 제아무리 많은 돈을 준다 해도 백인들은 선뜻 하려 들지 않는 그 무엇을 말이다.

페인트는 아니었다. 페인트는 위층에서 만든다고 들었으니까. 위층을 지나면서, 나는 칠이 범벅이 된 앞치마를 두른 남자들이 가득한 안료가 빙빙 돌아가는 커다란 통에서 작업하는 것을 보았다. 한 가지는 확실했다. 즉, 이 미치광이 브로크웨이를 조심해야 한다는 것이었다. 그는 내가 여기서 일하는 것을 탐탁치 않게 여겼다……. 그런데, 그때 그가 계단을 내려와 방으로 들어섰다.

"어때?"

그가 물었다.

"좋습니다. 한데 소리가 더 커진 것 같군요."

"아, 그래, 여기 아래쪽은 꽤 시끄러워. 여긴 소음 부서야. 내가 책임자고……. 그거, 표시한 데 넘었나?"

"아뇨, 계속 그대론데요."

나는 말했다.

"좋아, 요즘 그것 때문에 고생이 막심했어. 그걸 내리고 내가 탱크를 비우면 곧바로 아주 철저히 조사해야 해."

그는 실은 기사일지도 모른다는 생각이 들었다. 나는 그가 계기들을 점검하고 방 다른 쪽으로 가서 일련의 밸브들을 조절하는 것을 지켜보았다. 그러고 나서 그는 벽에 달린 전화기로 가 몇 마디 뭐라고 지껄여대고 나를 부르며 밸브들을 가리켰다.

"난 지금 이것들을 위층으로 올려 보낼 작정이야."

그는 정색을 하고 말했다.

"내가 자네에게 신호를 하면 저것들을 활짝 열어놓게. 그리고 내가 두 번째 신호를 하면 다시 잠가줘. 여기 이 빨간 것부터 시작해서 주욱 오른쪽으로 해……."

그는 계기 가까이에 서 있었고 나는 자리를 잡고 기다렸다.

"자, 틀어!"

그가 소리쳤다. 나는 밸브들을 열었고, 액체가 거대한 파이프들 속으로 쏴아 흘러가는 소리를 들었다. 부저 소리에 나는 위를 쳐다보았다.

"이제 잠가."

그가 고함을 질렀다.

"뭘 보고 있는 거야? 밸브들을 잠가!"

그는 마지막 밸브가 잠기자 물었다.

"어떻게 된 거야?"

"아저씨가 소리치실 줄 알았죠."

"내가 신호를 보내겠다고 했잖아. 신호하고 소리도 구별 못해? 젠장. 부저를 울렸잖냐 말이야. 자네 이제 일하기 싫은 게로구먼. 내가 부저를 누르면 그건 자네더러 뭔가 하라는 뜻이야. 그것도 재빨리 말이야!"

"아저씨가 상관이니까."

나는 비꼬아 말했다.

"말이야 바른 말이지. 내가 상관이야. 그 점을 잊지 마. 자, 이제 이쪽으로 돌아오게. 할 일이 있어."

우리는 드럼처럼 생긴 여러 개의 롤러들이 연결된, 한 조의 거대한 기어들로 이루어진 기묘한 모양의 기계 앞으로 갔다. 브로크웨이는 삽을 집어 들고 바닥에 쌓인 갈색 결정물을 한 삽씩 기계 꼭대기에 있는 용기에 능숙하게 퍼 넣었다.

"삽 하나 집어 들어. 일을 시작하자고."

그는 활달하게 명령했다.

"자네 이런 일 해본 적 있나?"

내가 쌓인 연료에 삽질을 하자 그가 물었다.

"옛날에 해봤어요."

내가 말했다.

"이건 뭐지요?"

그는 삽질을 멈추고 한참 동안 나를 험상궂은 눈으로 노려보더니 다시 삽질을 했다. 그의 삽질 소리가 바닥을 울려댔다. 이 의심 많은 늙은이에겐 아무것도 물어선 안 된다는 점을 명심해야 해 하고 나는 그 갈색 무더기에 삽질을 하면서 생각했다.

이내 온몸에 땀이 줄줄 흘러내렸다. 손이 쓰라려왔고 지치기 시작했다. 브로크웨이는 곁눈질로 힐끔 나를 보고 킥킥 소리 없이 웃어댔다.

"과로하지 않는 게 좋지, 젊은 친구."

부드럽게 그가 말했다.

"익숙해지겠지요."

나는 한 삽 가득히 퍼 올리며 말했다.

"그래, 그래, 그러겠지. 하지만 피곤하면 쉬는 게 좋아."

나는 일손을 멈추지 않았다. 내가 그것들을 계속 퍼 올리고 있으려니 이윽고 그가 말했다.

"저기 우리가 찾고 있던 삽이 있군. 우린 저게 필요해. 자네 조금 뒤로 물러서는 게 좋겠어. 저놈을 작동시켜야겠으니까."

뒤로 물러서면서 나는 그가 저쪽으로 건너가 스위치 하나를 누르는 것을 보았다. 기계가 덜덜거리고 움직이기 시작하며 갑자기 회전 톱과 같은 날카로운 소리를 내더니 내 얼굴을 향해 뾰족뾰족한 결정물들을 퍼부어댔다. 내가 되통스럽게 비켜서면서 보니 소용돌이치던 북소리 같은 소리가 웅웅거리는 소리로 잦아들면서 갑작스런 정적 속에서 알갱이들이 채에 걸러져 느릿느릿 떨어지고 그다음엔 모래처럼 홈통을 미끄러져 내려와 아래쪽 단지 안으로 떨어지는 소리가 울려왔다.

나는 그가 저쪽으로 건너가 밸브 하나를 여는 것을 보았다. 코를 찌르는 또 다른 기름 냄새가 스며 나왔다.

"자, 이제 이 녀석은 요리할 준비가 다 됐어. 우린 이 녀석에게 불을 지펴주기만 하면 돼."

그는 석유로의 화구 모양으로 생긴 것에 달린 단추를 누르면서 말했다. 웅웅대는 노성이 일었고 곧이어 가벼운 폭발음과 함께 무엇인가 덜거덕거리기 시작했다. 그러고 나서, 나는 다시 나지막하게 우르릉거리기 시작하는 소리를 들을 수 있었다.

"이게 다 요리되면 뭐가 되는지 아나?"

"아뇨."

내가 말했다.

"그게 바로 알짜가 되는 거지. 소위 페인트 원액이라고 부르는 것 말이야. 적어도 내가 거기다 다른 재료를 다 섞고 날쯤이면 그게 나온단 말씀이야."

"페인트는 위층에서 만드는 줄 알았는데요……."

"천만에. 거기선 그저 색을 섞어서 멋지게 보이게 만들 뿐이야. 진짜 페인트는 바로 여기서 만들어. 내 작업이 빠지면 그 사람들 아무 일도 하지 못해. 밀짚 없이 벽돌을 만들어내는 격이지. 그뿐인가, 난 기초 재료를 조제해내고 와니스와 기름들로 많이 응고시키지……."

"그렇군요."

내가 말했다.

"저는 아저씨가 여기 아래에서 무슨 일을 하시나 했죠."

"사람들은 다들 알아보지도 않고 이상하게 여긴단 말이야. 그러나 방금 전에도 말했듯이 한 방울의 페인트도 이 루시우스 브로크웨이의 손을 거치지 않고서는 공장 밖으로 나가지 못해."

"이 일을 하신 지는 얼마나 됐죠?"

"내가 하는 일이 무슨 일인지 알 만큼은 오래됐지."

그는 말했다.

"물론 이 아래로 배치되는 친구들이야 교육을 받았겠지만 난 그런 교육은 하나도 받지 않고 배웠어. 실제로 해보면서 배웠지. 인사과 녀석들은 그 사실을 제대로 인정하려고 들지 않아. 하지만 그 친구들이 날 이곳에 두고 훌륭하고 성능 좋은 기초 재료를 만들도록 돌보게 하지 않았다간 리버티 페인트는 땡전 한 푼의 가치도 없을걸. 허긴 스파랜드 영감은 그걸 알고 있어요. 나는 말이야, 그때 생각을 하면 웃음이 나와 견딜 수가 없어. 내가 가벼운 폐렴에 걸려 드러누워 있는데, 이 사람들이 글쎄 기사라는 사람 하나를 이 아래로 배치시켰단 말씀야. 아, 글쎄, 이 사람들 페인트를 엄청나게 망쳐놓기 시작하고선 속수무책이었던 거야. 페인트가 줄줄 번지고 우그러들어서 칠은커녕 아무것도 할 수가 없었어—그런데 말이지, 페인트가 왜 번지는가를 알아내는 사람이 있다면 그 작자는 돈방석에 앉을 거야. 하여간 죄다 망쳐가고 있었지. 그런데 그때 회사에서 그 친구를 내 자리에 앉혔단 말이 들려왔어. 그래 난 몸이 나았는데도 돌아갈 수가 없었지. 나는 이곳에서 회사에 온갖 정을 쏟아가며 오랜 세월을 충실하게 일해왔는데 말이야. 빌어먹을, 그래 난 회사에 그저 간단하게 이렇게 말했지. 이 루시우스 브로크웨이는 은퇴하겠노라고 말이야. 그러니까 그다음은 어떻게 됐느냐. 사장 영감이 날 찾아왔어. 그 양반 너무 늙어서 내 집 가파른 계단을 올라오느라고 운전사가 부축을 해야 했지. 숨을 헉헉 내쉬며 들어오더니 이렇게 말하는 거야.

'루시우스, 자네가 그만둔다는 소리가 들리던데 그게 무슨 소린가?'

'글쎄요, 사장님' 하고 난 말했지. '아시다시피 전 큰 병치레를 한 데다가, 또 나이도 꽤 먹었고요. 그리고 사장님께서 제 자리에 앉힌 그 이탈리아 친구가 일을 썩 잘하고 있다니 전 집에서 속 편히 쉬는 게 좋겠다는 생각이 들어서요.'

뭐야, 자넨 내가 그 사람에게 욕을 퍼붓든 무얼 했든 했을 거라고 생각했겠지만 그게 아냐.

'당신 대체 그게 무슨 소리요, 루시우스 브로크웨이' 하고 그 양반이 말하더군. '공장에선 당신이 필요한 판인데 집에서 맘 편히 쉬겠다니? 빨리 죽는 지름길이 은퇴라는 것 모르오? 저 말이야, 공장에 나와 있는 그 친구 용광로에 관해선 하나도 몰라. 그 친구가 무슨 일을 벌여놓을지 걱정이 돼 죽겠소. 공장을 날려버리든지 뭐든지 해서 보험금을 가외로 내야 할 일이 생길 것 같단 말이야. 그 친구가 당신 일은 못해. 그 친구는 솜씨가 없어. 당신이 안 나온 뒤로 우리는 일류 페인트를 만들어낼 수가 없었소.' 다름 아닌 사장 영감이 그렇게 말했단 말이야."

"그래서 어떻게 됐습니까?"

내가 물었다.

"어떻게 되다니, 무슨 소리야?"

그는 마치 그보다 더 당찮은 물음이 없다는 듯이 쳐다보며 말했다.

"쳇, 며칠 뒤에 사장 영감이 내게 전권을 주어 이리루 다시 내려 보냈지. 그 기사 녀석은 내 지시를 따라야 된다는 것을 알고 열불이 나서 다음날로 그만 나가버리고 말이야."

그는 바닥에 탁 침을 뱉고는 웃었다.

"헤헤헤, 그 녀석 바보였어. 그래, 바보야! 녀석은 나를 부려먹고 싶었지만 이 지하실 일은 내가 누구보다도 잘 아는걸. 보일러니 뭐니 다 말이야. 난 파이프니 뭐니 설치하는 걸 죄다 도왔단 말야. 무슨 말인고 하니 나는 파이프 하나, 스위치 하나, 케이블 하나, 전선줄 하나, 그 어느 것이든 죄다 어디 있는 줄 안단 말이야—바닥에 묻혀 있는 거며, 벽 속에 있는 거며, 마당 속에 묻혀 있는 것, 다 알아. 아무렴! 그뿐인가. 난 그걸 내 머릿속에 훤히 집어넣고 있어서 너트와 볼트 하나까지도 다 종이에 그려넣을 수 있지. 난 공업학교 따윈 아무 데도 가본 적도 없고 그 옆을 지나가본 기억도 없어. 자, 그러면 이제, 자네 어떻게 생각하나?"

"굉장하군요."

나는 말했다. 이 노인 마음에 안 들어 하고 생각하며.

"아, 난 그렇게 말하고 싶지 않아."

그가 말했다.

"난 그저 이곳에 아주 오랫동안 있었을 뿐이야. 나는 여기 이 기계들을 25년이 넘도록 익혀왔지. 그런데, 그 친구 분명 자긴 학교도 다녔고, 청사진 읽는 법도 배우고, 보일러에 불 때는 법도 배웠으니, 이 공장에 관해선 루시우스 브로크웨이보다 더 많이 알 거라고 생각했을 테지. 그 얼간이, 눈앞에 뻔히 보이는 것이 뭔지도 모르니 기사가 될 수 있겠나……. 이봐, 자네 계기 보는 걸 잊고 있구먼."

나는 황급히 계기판 앞으로 달려갔다. 바늘들은 모두 그대로였다.

"정상입니다."

나는 소리 질렀다.

"좋아, 하지만 계기에서 눈을 떼면 안 된단 말이야. 이 아래에선 잊어먹는 건 금물이야. 한눈을 팔았다간 뭐든 날려먹기 십상이야. 회사가 이 기계들을 다 갖구 있기는 하지만 그게 다는 아냐. 우린 기계 안의 기계라고."

그는 내가 큰 통에 냄새가 나는 무슨 물질을 채워 넣는 걸 도와주었을 때 물었다.

"자넨 우리 페인트 중에서 제일 잘 팔리는 게 뭔지 아나? 이 장사를 유지해주는 페인트 말이야."

"글쎄요, 모르겠는데요."

"우리의 흰색, 광학적 백색이야."

"왜 하필 흰색이죠?"

"처음부터 그것에 역점을 두고 시작했으니까 그렇지. 누가 뭐래도 우린 세계 제일의 흰색 페인트를 만들어내고 있어. 우리 흰색은 너무 하얘서 석탄 덩이에 칠해도 돼. 석탄 덩이가 흰색이 아니었다는 걸 증명하자면 큰 쇠망치로 쪼개보지 않고는 안 될걸!"

그의 눈은 진지한 확신으로 반짝였고 나는 웃음을 감추기 위해 고개를 숙여야 했다.

"자네 이 건물 꼭대기에 있는 전광판 보았나?"

"그럼요. 못 봤을 리 있나요."

내가 말했다.

"그 표어 읽었나?"

"생각이 안 나는데요. 너무 서둔 통에."

"그래, 자네는 믿지 않을지 모르지만 그 표어는 나와 사장 영감이 도와 만들었어. '광학적 흰색이라면, 그것은 진정한 흰색.' 그는 목사가 성서를 인용할 때처럼 손가락 하나를 치켜들면서 말했다.

"그 말의 고안을 도운 대가로 난 보너스 3백 달러를 받았지. 새걸 좋아하는 광고업자들이 다른 색깔에 대해서는 뭔가 고안해내려고 머리를 짜고 있어. 무지개니, 뭐니 하면서 말이야. 하지만 제기랄, 그래 보았자 그 친구들 뭐가 떠오르나?"

"광학적 흰색이라면 진정한 흰색."

나는 자꾸 뇌까려보다가 언뜻 어렸을 때의 어떤 말이 생각나 웃음을 참기 힘들었다.

"'피부가 희면 다 옳다' 이말이죠?"

내가 말했다.

“맞았어! 사장 영감이 나를 간섭할 사람은 아무도 이리로 내려보내지 않으려는 건 그 때문이기도 해. 하고 많은 신출내기들이 모르는 걸 사장 영감은 알지. 그 양반은 우리 페인트가 그처럼 좋은 이유가 루시우스 브로크웨이가 오일과 수지가 아직 탱크 안에 있을 때도 그것들에 압력을 가하는 방법을 알기 때문이라는 걸 알아.”

그는 심술궂게 웃었다.

“공장 사람들은 이 아래서 하는 일은 죄다 기계가 하기 때문에 뭐든지 기계가 했으려니 생각해. 미친 녀석들! 이 아래서 내 검은 손이 안 가면 요만한 것도 되는 일이 없어. 이 기계들은 그저 요리만 하는 거야. 이 두 손이 맛을 내는 거지. 아무렴! 루시우스 브로크웨이는 그게 머릿속에 훤해. 내가 손가락을 집어넣어 맛을 내는 거야. 자, 식사 하세…….”

“계기는 어떡허고요?”

나는 그가 저쪽으로 건너가서 어느 용광로 가까이에 있는 선반에서 보온병을 꺼내는 것을 보며 말했다.

“아, 그걸 지켜볼 수 있도록 가까이 있어야지. 그건 걱정 말게.”

“제 도시락은 1호 건물 보관실에 놔두었는데요.”

“가서 가져와. 여기서 먹게. 이 아래선 계속 근무해야 해. 먹는 데 절대 15분 이상은 걸리지 않아. 그 이상이 걸리면 내가 다시 일을 시작하라고 하거든.”

문을 열자마자 나는 잘못 들어왔구나 싶은 생각이 들었다. 칠이 덕지덕지한 페인트공 모자를 쓰고 작업복을 입은 사내들이 긴 의자들에 둘러앉아 있었다. 그들은 코맹맹이 소리로 그들에게 무슨 이야기를 하는 비쩍 마르고 결핵 환자처럼 보이는 사람에게 귀를 기울이고 있었다. 모두가 나를 돌아보았다. 내가 나가려고 하자 그 비쩍 마른 사람이 불러 세웠다.

"나중에 온 사람도 앉을 자린 충분해요. 들어오시오, 형제……."

형제? 북부에서 여러 주일을 보내긴 했지만 이 말은 또 놀라운 말이었다.

"보관실을 찾던 중이었습니다."

나는 황급히 말했다.

"당신은 이 방 안에 있어요, 형제. 집회에 관해서 듣지 못했소?"

"집회요? 아, 아뇨. 듣지 못한걸요."

의장은 미간을 찌푸렸다.

"보다시피 주임들은 협조적이 아닙니다."

그는 다른 사람들을 향해 말했다.

"형제, 당신의 주임은 누굽니까?"

"브로크웨이 씹니다."

갑자기 사내들은 발을 구르며 욕을 퍼붓기 시작했다. 나는 주위를 둘러보았다. 뭐가 잘못됐나? 내가 브로크웨이 씨(氏) 자를 붙였다고 그러는 걸까?

"조용히 합시다, 형제 여러분."

의장은 테이블 위로 몸을 기울이고 귀에 손을 갖다 대며 말했다.

"자, 뭐라고 그랬소? 당신의 주임은 누구요?"

"루시우스 브로크웨이입니다."

나는 '씨' 자를 빼고 말했다.

그러나 이것이 그들을 더욱 화나게 하는 것 같았다.

"저 자식을 여기서 쫓아내."

그들이 소리쳤다. 나는 돌아섰다. 방 한구석에 떨어져 있던 한 무리가 의자를 박차고 일어나며 고함을 질렀다.

"저 자식 내쫓아! 밖으로 내던져버려!"

나는 주춤주춤 뒤로 물러서며 그 키 작은 사내가 질서를 잡으려고 테이블을 탕 내려치는 소리를 들었다.

"이봐요, 형제들! 이 형제에게도 기회를……."

"내 보기엔 저 자식, 더러운 스파이 같아. 겉만 번지르르하게 칠한 스파이 말이야."

그 쉰 듯한 목소리는 마치 성난 남부인의 입에서 나온 '깜둥이'라는 말처럼 귀에 거슬렸다.

"형제들 제발!"

의장은 두 손을 내저었고 그때 나는 문을 향해 손을 뒤로 뻗었으나 누군가의 팔이 와 닿아 내 팔을 난폭하게 낚아채는 것을 느꼈다. 나는 손을 내려뜨리고 말았다.

"누가 이 스파이 녀석을 우리 집회에 보냈을까, 의장? 저 녀석에게 물어봐요!"

한 사람이 다그쳤다.

"아니에요, 기다려봐요. 그런 말 너무 심하게 하지 말고……."

의장이 말했다.

"의장, 그 녀석에게 물어봐요."

다른 사내가 말했다.

"좋습니다. 그러나 확실히 알기까지는 아무에게나 스파이라는 딱지를 붙이지 맙시다."

의장은 나에게로 몸을 돌렸다.

"형제, 형제는 여길 어떻게 들어오게 됐소?"

사내들이 조용히 귀를 기울였다.

"보관함에 점심을 놔두었습니다."

나는 입이 바짝바짝 마르는 것을 느끼며 말했다.

"누가 당신을 이 모임에 보낸 게 아니오?"

"아닙니다. 전 모임 같은 것에 대해선 전혀 몰랐습니다."

"말하는 것 좀 봐. 이런 스파이 자식들이 안다고 할 리가 있나!"

"저 더러운 개자식 밖으로 내던져버려!"

"저, 잠깐만."

내가 말했다.

그들은 점점 언성을 높이며 험악해져갔다.

"의장 말을 들으시오!"

의장이 소리쳤다.

"우리는 민주적인 조합입니다. 민주적인……."

"상관없어! 저 스파이 자식을 쫓아버려!"

"절차를 따릅시다……. 모든 노동자들과 친구가 되는 게 우리의 의무예요. 모든 노동자들과 말이오. 그래야 우리 조합을 강력하게 만들 수 있어요. 이 형제가 무슨 말을 하려는지 들어봅시다. 이젠 야유와 방해는 하지 말아요!"

식은땀이 주르르 흘러내렸고 눈은 더없이 예민해진 듯 나는 하나하나의 얼굴이 적개심을 품고 선명히 떠오르는 것을 볼 수 있었다.

나는 "당신 언제 입사했소?" 하는 소리를 들었다.

"오늘 아침이오."

내가 말했다.

"봐요, 형제들. 이 사람은 새로 온 사람입니다. 우리는 주임을 보고 그 밑의 사람을 판단하는 잘못을 범하지 맙시다. 여러분 중에도 개 같은 자식들 밑에서 일한 사람이 있잖습니까? 기억나요?"

갑자기 사내들은 웃음을 터뜨리며 욕을 퍼붓기 시작했다.

"바로 여기 그런 사람 하나 있지."

누군가 소리를 질렀다.

"내 주임은 사장 딸하고 결혼을 하려고 해. 개 같은 수작이지……."

이 갑작스런 변화가 나를 당황하게 만들었고 분개하게 만들었다. 그들은 마치 나를 놀림감으로 여기는 것 같았다.

"조용히 하십시오, 형제들! 이 형제도 우리 조합에 가입하고 싶을지 몰라요. 어떻소, 형제?"

"네……?"

나는 뭐라고 해야 할지 몰랐다. 조합에 대해서 나는 아는 바가 거의 없었다. 더욱이 여기 있는 사람들은 대부분 나를 적대하는 것 같았다. 내가 미처 대답을 하기도 전에 머리가 더부룩한 반백의 뚱뚱한 남자가 벌떡 일어서더니 화를 내며 소리쳤다.

"난 반대요! 형제들, 이자가 설사 바로 막 고용되었다 해도 스파이일 가능성이 있어요! 난들 남을 부당하게 대하려는 거겠습니까? 이자가 물론 스파이가 아닐지도 몰라요."

그는 격렬하게 소리쳤다.

"하지만 형제들, 내가 여러분에게 상기시켜주고 싶은 것은 그건 아무도 모른다는 것입니다. 내 생각엔 그 빌어먹을 배신자 브로크웨이 밑에서 15분 이상 일을 한 사람이면 첩자 심보가 생기기 십상이란 말이오!

부탁이오, 형제들!"

그는 조용히 하라고 두 손을 내저었다.

"여러분의 아내와 자식들이 설움을 겪은 탓으로 여러 형제분들 중 몇 사람은 이미 알고 계실 것이지만 스파이는 반드시 노동조합주의에 대해 뭘 알아서 스파이 짓을 하는 건 아닙니다. 스파이 짓! 염병할, 나도 스파이 짓에 대해선 연구 좀 했소. 스파이 소질을 어떤 사람은 타고납니다. 어떤 놈들은 타고나요. 색채 감식안을 어떤 자가 타고나듯이 말이에요. 그게 옳아요. 그게 정직하고 과학적인 진립니다! 조합에 대해 들은 적이 없어도 스파이 짓은 할 수가 있어요."

그는 광포한 말들을 쏟아내놓으며 소리 질렀다.

"스파이놈은 조합 근처에서 얼쩡거리기만 하면 됩니다. 그다음은 어떻게 되느냐. 두말하면 잔소리죠. 그놈은 이리 기웃 저리 기웃 스파이 짓을 하고 있다 그겁니다."

그의 말소리는 맞장구치는 고함 소리에 파묻혀버리고 말았다. 사내들은 난폭하게 몸을 돌려 나를 노려보았다. 숨이 막힐 것 같았다. 나는 고개를 숙이고 싶었지만 그들을 정면으로 마주보았다. 그렇게 하는 것이 그들의 말에 대한 부인이나 되는 것처럼. 찬성의 외침을 깨고 다른 목소리 하나가 안경을 쓴 어느 작은 사내의 입술에서 다급하게 쏟아져 나왔다.

사내는 집게손가락을 들어 올리고 한 손의 엄지손가락은 작업복의 멜빵에 구부려 넣은 채 말하고 있었다.

"나는 이 형제의 발언을 동의의 형식으로 제안하고 싶습니다. 철저한 조사를 해서 이 새로 온 친구가 스파인가 아닌가를 결정하도록 제의합니다. 그래서 만약 스파이라면 누구의 하수인인지 밝혀냅시다! 그리고 형제 조합원 여러분, 만약 이자가 스파이가 아니라면 그동안 이자는 조합에서 하는 일과 그 목적을 알 시간을 갖게 될 것입니다. 형제들, 그러니까 결국 우리가 잊지 말아야 할 것은 이자와 같은 노동자들은 우리 가운데 오랫동안 노동운동에 종사해온 사람들처럼 아직은 고도로 의식화되지 못했다는 것입니다. 그래서 제 말은 이자에게 시간을 주어서 우리가 노동자들의 여건 개선을 위해서 어떤 일을 해왔나 알 수 있도록 하자는 것이고, 그러고 나서 만약 이자가 스파이가 아니라면 민주적인 방식으로 이 형제를 조합에 받아들일 것인지 아닌지를 결정할 수 있지 않겠느냐는 것입니다. 조합원 형제 여러분, 감사합니다!"

그는 털썩 주저앉았다.

방 안은 소란스러워졌다. 내 안에서는 내장을 쥐어뜯는 분노가 치솟아 올랐다. 그래 내가 자기들처럼 고도로 의식화되지 못했다고! 그게 무슨 말이야? 제놈들이 다 박사 학위라도 받았단 말인가? 나는 꼼짝할 수가 없었다. 너무나 많은 일이 나에게 일어났다. 이 방에 들어섬으로써 나는 자동적으로 회원 가입을 신청한 꼴이 되고 말았다. 도대체 조합이라는 게 있는지조차도 몰랐고, 그저 식어빠진 돼지고기 샌드위치를 가지러 올라온 것뿐인데 말이다. 나는 후들후들 떨면서 서 있었다. 그자들이 내게 조합에 가입하라고 할까 봐 겁이 나기도 했지만 그처럼 많은 수가 얼굴만 보고 나를 거부하자 화가 나기도 했던 것이다. 무엇보다 기분 나쁜 것은 그들이 내세운 조건대로 수락하라 마라 강요하고 있다고 생각되는 것이었고, 그 때문에 나는 떠날 수가 없었다.

"좋습니다. 형제들, 투표를 합시다."

의장이 소리쳤다.

"동의에 찬성하는 사람들은 '찬성'이라고 말해주시오……."

찬성이라는 소리가 그의 목소리를 압도해버렸다.

"찬성으로 통과되었습니다."

의장이 선언하자 몇몇 사내가 몸을 돌리고 나를 빤히 노려봤다. 마침내 나는 몸을 움직일 수 있었다. 나는 내가 거길 왜 왔는지를 잊어버리고 나가려고 걸음을 옮겼다.

"들어오시오, 형제."

의장이 불러 세웠다.

"이제 점심을 가져가도 돼요. 거기 문가에 있는 형제들, 그 사람 지나가게 해줘요!"

내 얼굴은 마치 따귀를 얻어맞은 것처럼 얼얼했다. 그자들은 나에게 변호할 기회도 주지 않고 자기들끼리 결정을 내려버렸다. 거기 있는 사람들이 죄다 적개심을 품고 나를 바라보는 것 같았다. 나 자신도 비록 살아오는 동안 내내 적개심을 품고 살아왔지만 말이다. 이제 적개심은 처음으로 내게까지 미치는 것 같았다. 나는 그들의 존재를 전혀 알지도 못했지만 마치 다른 사람들보다는 이 사람들에게서 더 많은 적개심을 받으리라고 예상이나 했던 것처럼 바로 이 방에서 나의 방어 수단을 거부당하고, 강탈당했으며, 문간에서 검색당했다. 토요일날 저녁 같은 때 황금시절 문간에서 시골 애들이 무기나 칼, 면도칼, 그리고 올빼미 총을 가지고 있나 검색당하듯이 말이다. 나는 갈색이 섞인 녹색 보관함으로 가는 동안 줄곧 "죄송합니다, 죄송합니다" 하고 웅얼거리면서 시종 눈을 내리깔았고, 보관함에서 샌드위치를 꺼내긴 했지만 이제 입맛은 싹 가시고 없어서 가방을 만지작거리고 서서, 나가는 길에도 그자들과 얼굴을 마주칠까 두려워했다. 그러곤 나오면서도 사과를 하는 나 자신에 대해 여전히 증오감을 느끼며 묵묵히 그들을 스치며 돌아 나왔다.

문에 이르렀을 때 의장이 불러 세웠다.

"형제, 잠깐만. 우리는 당신한테 개인적인 감정이 전혀 없다는 걸 이해해주기 바라오. 여기서 당신이 본 것은 이 공장의 어떤 상황 때문에 비롯된 결과요. 우리 자신을 보호하려다 보니 그렇게 됐을 뿐임을 알아주었으면 해요. 언젠가 당신도 어엿한 우리 회원이 되길 바랍니다."

여기저기서 내키지 않는 박수가 터져 나왔으나 곧 잠잠해졌다. 나는 숨을 들이마시며 허공을 지그시 노려보았고 그 말들은 저 멀리 빨갛고 희뿌연 곳에서부터 나를 향해 쏟아졌다.

"됐어요, 형제들."

그 목소리가 말했다.

"지나가도록 비켜줘요."

나는 안마당의 밝은 햇빛 속을 비틀비틀 걸어가 풀밭에서 잡담을 나누고 있는 사무직원들 곁을 지나 2호 건물로 돌아와 지하실로 내려갔다. 나는 창자 안에 산이 가득 차 오른 것 같은 느낌으로 계단 위에 섰다. 왜 그냥 나오고 말았던가. 생각하자니 괴롭기 짝이 없었다. 그리고 이왕 거기 남아 있었으면 왜 무슨 말이든 해서 나 자신을 변호하지 못했던가? 나는 샌드위치를 싼 포장지를 와락 잡아 찢고 사납게 물어뜯어 그 마른 빵 덩어리들의 맛을 느낄 새도 없이 빠짝 옭아든 목구멍 속에 이겨 넣고 꿀떡꿀떡 삼켜버렸다. 나머지를 가방 속에 집어넣다가 나는 마치 엄청난 위험에서 금방 간신히 탈출해 나온 사람처럼 다리가 후들거려 난간을 붙들었다. 후들거림이 멎자 나는 쇠문을 밀어 열었다.

"왜 그리 오래 걸렸나?"

브로크웨이가 손수레에 걸터앉아 쏘아 붙였다. 그는 더러워진 양손으로 하얀 컵을 받쳐 들고 무언가를 마시는 중이었다.

나는 멀리서 그를 바라보며 빛이 그의 주름진 이마와 백발 위에 내리비치는 모습을 보았다.

"왜 그리 오래 걸렸느냐고 묻잖나!"

그게 자기와 무슨 상관이 있다는 거야, 또 난 이자가 싫다, 그리고 난 지금 아주 피곤하다 생각하며, 희뿌연 안개 같은 것을 통해 그를 바라보았다.

"이봐……."

그는 입을 열었고 나는 벽시계를 보고 내가 겨우 20분밖에 자리를 뜨지 않았다는 사실을 깨달으며 내 긴장된 목에서 목소리가 조용히 흘러나오는 것을 들었다.

"우연히 조합 집회하는 델 갔습니다."

"조합!"

그가 꼬고 있던 다리를 풀고 일어섬과 동시에 그의 하얀 컵이 바닥에 떨어져 박살나는 소리가 났다.

"나는 자네가 그 말썽이나 피우는 외국놈들 패거리라는 걸 알았어! 알았단 말이야! 나가!"

그는 소리를 질렀다.

"내 지하실에서 나가란 말이야!"

그는 마치 꿈에서처럼 나를 향해 달려와, 계기판의 바늘처럼 부들부들 떨며 계단 쪽을 가리키면서 째지는 듯한 소리로 고함을 질렀다. 나는 멍청히 그 모양을 바라보았다. 뭔가 잘못되어버린 것 같았다. 내 반사신경이 옴짝달싹도 하지 않았던 것이다.

"도대체 웬일이죠?"

나는 아직 정확히 이해하지 못한 채 더듬더듬 나지막이 물었다.

"뭐가 잘못됐어요?"

"말이 안 들리나? 썩 나가!"

"그렇지만 전 이해가 안 됩니다……."

"입 닥치고 썩 나가!"

"하지만, 브로크웨이 씨."

나는 무너져 내리는 무엇인가를 붙잡으려고 애쓰면서 소리 질렀다.

"이 별 볼일 없는 자식, 말썽쟁이 조합원 새끼!"

"이보세요."

나는 이제 다급해져서 소리쳤다.

"저는 조합 같은 덴 들지 않았어요."

"이 더러운 스컹크 같은 놈! 썩 나가지 않으면……."

그는 바닥을 사납게 둘러보며 말했다.

"죽여버릴지도 몰라. 하느님을 걸고, 널 죽여버릴 거야!"

믿을 수가 없었다. 사태는 다급해지고 있었다.

"어떻게 한다고요?"

나는 더듬거렸다.

"죽여버리겠단 말이다!"

그는 다시 한번 그렇게 소리 질렀고 무언지 내게서 떨어져 나갔으며 나는 황급히 스스로에게 다음과 같이 말하는 것 같았다.

"넌 이런 노인네들의 어리석음을 받아들이게끔 훈련이 되어 있었지. 상대가 광대나 바보로 생각될 때도 말이다. 너는 상대를 존경하는 척하도록, 그리고 그들이 백인들 앞에서 굽실거리고, 두려워하고, 사랑하고, 흉내를 내더라도 그들이 그들 흑인 세계에서 백인들이 갖는 것과 똑같은 권위와 권력을 가졌다는 사실을 인정해주는 척하도록 훈련이 되어 있었고, 심지어는 그들이 화가 나서든, 앙심을 품어서든, 아니면 권력에 취해서든 막대기나 허리띠나 지팡이로 너에게 달려들더라도 너는 그걸 감수하도록 훈련되어 있어서 되받아치려 하지 않고 다만 눈에 나지 않게 달아났을 뿐이었어."

그러나 이건 너무했다……. 이 노인네는 내 할아버지도, 삼촌도, 아버지도 아니고, 목사도 선생님도 아니잖는가. 내 뱃속에서 무엇인가가 풀려갔고, 나는 소리를 지르면서 그를 향해, 분명한 윤곽을 가진 사람의 얼굴이라기보다는 내 눈을 거스르는 무슨 희끄무레한 것을 향해 다가갔다.

"누굴 죽인다고?"

"네놈이다, 이놈아, 네놈!"

"들어봐. 이 바보 같은 노인네야. 날 죽인다는 말은 하지 마! 설명할 기회를 주어야지. 난 아무 데도 들어가지 않았어. 어서 집어 들어봐. 어서!"

나는 그가 구부러진 철봉을 노려보는 걸 보고 소리를 질렀다.

"당신, 내 할아버지뻘 나이지만 저 쇠막대기를 집어 들었다간 그걸 입에 다 쑤셔 넣어버릴 거야!"

"네, 네놈에게 말했지. 내 지하실에서 썩 나가! 이 후레자식 같은 놈!"

그는 꽥 소리 질렀다.

그가 몸을 굽히고 손을 옆으로 뻗어 철봉을 집어 들려는 것을 보고 나는 앞으로 달려들었다. 내가 앞으로 몸을 덮치자 그는 끙 하고 신음 소리를 내며 바닥으로 요란스럽게 넘어져서 내가 들이받은 힘 때문에 데굴데굴 구르는 것 같았다. 마치 깡다구 있는 쥐 한 마리를 덮친 느낌이었다. 그는 내 몸 아래 깔려 바둥거리며 악을 쓰고 내 얼굴을 후려쳤고 철봉을 사용하려고 했다. 내가 그의 손아귀에서 철봉을 비틀어 뺏는 순간 한차례 날카로운 통증이 어깨를 쑤시고 드는 것을 느낄 수 있었다. 칼에 찔렸구나 하는 생각이 퍼뜩 머리를 스쳐가자 나는 팔꿈치를 세게 휘둘러 그의 얼굴을 힘껏 후려쳤다. 무슨 딱딱한 것을 내리친 느낌과 함께 그의 머리가 휙 뒤로 젖혀졌다 곤두서는 것이 보였고 다시 한번 후려치자 또 다시 젖혀지는 것이 보였으며, 무언가가 휘익 날아가 바닥을 스치며 구르는 소리가 들렸고, 나는, 날아갔구나, 칼이 날아갔어…… 하고 생각하며 내 목을 조르려고 기를 쓰는 그를 다시 한번 후려치면서 벌떡벌떡 오르내리는 그의 머리를 연달아 쥐어박았고, 그의 손에서 떨어져 나온 철봉을 집어 들고 그의 머리를 내리쳤다. 그러나 그게 맞질 않고 쇠가 바닥만 후려 때려서, 다시 집어 들어 또 한차례 치려고 했고 그러자 노인이 고함을 내질렀다.

"안 돼, 안 돼! 내가 졌다, 졌어!"

"머리통을 박살내주겠다!"

나는 목구멍이 바짝바짝 마르는 걸 느끼며 소리쳤다.

"날 찔러……."

"아냐."

그는 숨을 헐떡였다.

"그만해둬. 그만해두라는 소리 안 들리나?"

"그래, 지겠으니 그만두고 싶겠지! 이 빌어먹을 작자, 찌른 데가 크기만 하면 대갈통을 박살내놓을 거야!"

나는 방심하지 않고 경계하며 몸을 일으켰다. 철봉을 내려놓는데 번쩍 뜨거운 열기가 나를 스치고 지나갔다. 노인의 얼굴이 움푹 기어들어가 있었던 것이다.

"뭐 잘못됐나, 영감태기야?"

나는 신경질적으로 고함을 질렀다.

"당신 나이의 3분의 1밖에 안 되는 젊은이에게 덤벼선 안 된다는 걸 몰라?"

그는 영감태기라는 소리를 듣자 얼굴이 하얗게 질렸다. 그래서 나는 할아버지가 하던 욕설까지 섞어가며 또 한 번 그렇게 불러주었다.

"왜, 이 구닥다리, 노예 근성, 지 어미가 만든 손수건을 둘러쓴 골 빈 작자, 알 건 알아야 하잖아! 무얼 믿고 당신이 내 목숨을 위협할 수 있다고 생각한 거지? 당신, 나한테는 별 볼일 없는 사람이야. 난 그저 이리루 가라고 해서 온 것뿐이란 말이야. 당신이구 조합이구 아무것도 몰랐어. 왜 들어오자마자 깔아뭉개는 거야? 다들 미쳤어? 이 페인트가 머릿속에 처들어간 거야? 그걸 처마시고 살아?"

그는 나를 멀거니 쳐다보며 지쳐서 숨을 헐떡였다. 작업복에는 커다란 주름들이 져서 그가 뒤집어쓴 그 끈끈한 액체로 달라붙어 있었다. 타르 베이비로군 하고 생각하며 나는 이 작자를 내 눈앞에서 싹 지워 없애 버리고 싶었다. 그러나 이제 내 분노는 재빨리 행동에서 말로 흘러가고 있었다.

"점심을 가지러 갔는데 그 친구들이 누구 밑에서 일하냐고 묻더란 말이야. 그래 말해주니 날 스파이라더군. 스파이라고 말이지! 당신네들 제정신이 아닌가 봐. 돌아오자마자 이번엔 당신이 또 날 죽이겠다고 소릴 지르고 말이야! 도대체 어떻게 된 판이야? 왜 날 못 잡아먹어 그래! 내가 무얼 했단 말이야?"

그는 묵묵히 나를 노려보다가 바닥을 가리켰다.

"가서 다시 집어 들어봐."

나는 으름장을 놓았다.

"자기 이빨도 줍지 못하나?"

그는 웅얼거렸는데 그 목소리가 이상했다.

"이빨?"

그가 굴욕적인 표정으로 찡그리며 입을 벌려 보였다. 우그러진 잇몸들이 퍼렇게 언뜻 비쳤다. 그러고 보니 아까 바닥을 스치며 날아갔던 것은 칼이 아니라 틀니였다. 한순간, 그를 죽여버려야겠다고 생각했던 데 대한 정당한 근거가 사라짐을 느끼며 나는 절망적인 기분에 휩싸였다. 손가락으로 얼른 어깨를 만져보니 옷이 축축하기만 했지 피는 나지 않았다.

이 바보 같은 늙은이가 날 물었구나. 분노 밑에서 웃음이 한바탕 미칠 듯이 터져 나오려고 했다. 물었어! 바닥을 보니 박살난 컵과 함께 둔중하게 빛나고 있는 틀니가 눈에 띄었다.

"주워요."

수치심을 느끼며 나는 말했다. 이빨이 없으니까 그로부터 증오심도 아울러 사라지고 없는 것 같았다. 그러나 나는 그가 틀니를 주워 수도꼭지로 가져가서 물줄기에 씻는 동안 그의 곁에 붙어 서 있었다. 그의 엄지손가락 힘에 눌려 이빨 하나가 떨어져 나갔다. 그가 틀니를 입 안에 끼워 넣으면서 투덜거리는 소리가 들렸다. 턱을 우물거리자 그는 본래의 모습으로 돌아왔다.

"자넨 날 정말 죽이려 했어."

그가 말했다. 도무지 믿을 수가 없다는 듯한 표정이었다.

"당신이 먼저 죽이려고 했잖아. 나는 싸움질이나 하고 돌아다니는 건달이 아냐."

내가 말했다.

"왜 내 설명을 안 들으려는 거야? 조합에 들면 위법인가?"

"망할 놈의 조합."

노인은 금방이라도 울음을 터뜨릴 듯이 소리쳤다.

"망할 놈의 조합! 그 자식들이 내 자리를 노리고 있다고! 그 자식들이 내 자릴 노리고 있다는 걸 내 알아! 우리 둘 중에 누구 하나라도 그 망할 놈의 조합에 가입하면 그건 우리에게 목욕통에서 목욕하는 법을 가르쳐 준 사람의 손을 깨무는 격이지! 난 조합이 싫어. 난 앞으로도 있는 힘을 다해서 그걸 이 공장에서 몰아낼 거야. 놈들이 내 자릴 노리고 있어. 개똥 같은 자식들!"

그의 입 양 가장자리에 침이 고였다. 그는 마치 증오심으로 부글부글 끓는 것 같았다.

"하지만 그게 나하고 무슨 상관이오?"

나는 갑자기 내가 더 연장자인 것 같은 기분이 되어 말했다.

"실험실에 있는 젊은 흑인 녀석들이 그 패거리에 가입하려 한단 말이야. 그 때문이야! 여기 있는 백인이 그 녀석들에게 일자리를 주었어."

그는 마치 무슨 하소연이라도 하듯 씨근덕거리며 말했다.

"그것도 좋은 자리를 말이야. 그런데 그 녀석들 배은망덕하게 모략질이나 하는 조합에 끼어들려고 하니! 그렇게 쓸모없고 배은망덕한 놈들 첨 봤어. 그놈들이 하는 짓이라고는 하나같이 남들에게 해를 끼치는 일이지!"

"그러고 보니 미안하게 됐어요."

내가 말했다.

"난 사정을 잘 몰랐어요. 내가 여기 온 건 그저 임시로 일자리를 하나 구하러 온 것뿐이고, 정말이지 무슨 싸움이든 싸움 따위엔 끼어들고 싶지 않았어요. 그리고 나와 노인네 이야긴데, 싸운 건 잊어버립시다. 당신만……."

나는 손을 내밀었다. 손을 내미니 어깨가 쑤셔왔다.

그는 뚱한 표정으로 나를 쳐다보았다.

"자존심이 있어야지. 늙은이와 싸우려면 되나. 내겐 자네보다 더 큰 애들이 있어."

"노인네가 날 죽이려는 줄 알았죠."

나는 손을 내민 채 말했다.

"칼로 날 찌른 줄만 알았어요!"

"좋아, 자꾸 입씨름하기도 싫고 골치 썩기도 싫어."

그는 나의 시선을 피하며 말했다.

그런데 그가 그의 끈적끈적한 손으로 내 손을 거머쥐려고 한 게 마치 신호라도 된 듯 등 뒤의 보일러에서 쉭쉭 하는 날카로운 소리가 들려왔다. 나는 몸을 돌리면서 브로크웨이가 꽥 소리를 지르는 것을 들었다.

"내 자네에게 계기를 살피라고 했잖아. 저 큰 밸브로 가봐!"

나는 압착기 가까운 문 쪽 벽에 돌출해 나온 일련의 밸브 핸들이 있는 곳으로 달려갔고 브로크웨이가 허겁지겁 다른 방향으로 가는 모습을 보며 이 사람 어디로 가는 걸까? 하고 생각했다. 밸브에 다다랐을 때 그의 고함 소리가 들렸다.

"돌려! 돌려!"

"어느 거 말이에요?"

나는 손을 내밀며 외쳤다.

"하얀 거. 바보 자식, 하얀 거 말이야."

나는 달려들어 손잡이를 움켜쥐고 혼신의 힘으로 그걸 아래로 잡아

당겼다. 그러자 그것이 휘어지는 것 같았다. 그러나 오히려 소리는 더 크게 났고, 브로크웨이의 웃음소리가 들리는 것 같아서 주위를 둘러보니 그가 뒤통수를 움켜쥐고 계단을 기어오르고 있었다. 마치 공중에 벽돌을 내던진 소년처럼 목을 바짝 움츠리고 있었다.

"이봐요! 이봐!"

나는 소리를 질렀다.

"이봐!"

그러나 너무 늦었다. 나의 모든 동작이 너무 천천히, 동시에 움직이는 것 같았다. 나는 밸브의 핸들이 되튀는 것을 느끼면서 헛되이 반대 방향으로 돌려 그냥 놓아두려고 하다가 그게 손바닥이며 손가락에 빳빳하게 달라붙어 몸을 돌이켜 달려갔는데, 어느 계기의 바늘이 마치 제멋대로 노는 표지등처럼 미친 듯이 흔들리는 것이 눈에 띄었다. 정신을 차리려고 애쓰면서 나는 탱크와 기계들이 있는 방과 층계 위 저 멀리까지 이곳저곳을 휘휘 둘러보면서 경사진 곳을 날쌔게 치닫는 것 같은 느낌이 들었다. 그때 처음 들어보는 그 선명한 소리가 들려왔고, 내 몸뚱이는 급작스런 가속도와 함께 앞으로 쏜살같이 튕겨 나가 어쩐지 온통 새하얀 욕조 같아 보이는 어떤 껌껌한 공허의 축축한 돌풍 속으로 빨려드는 것 같았다.

그것은 허공으로 떨어지는 것이 아니고 그냥 둥둥 떠 있는 것 같은, 그런 낙하였다. 그런가 했더니 육중한 무게가 내 위를 덮쳐 눌렀고 나는 부서진 기계 더미 아래 뚜렷하게 드러나 보이는 틈바구니 사이로 길게 뻗어버린 듯했으며, 그러면서 내 머리가 커다란 핸들을 뒤통수로 내리눌러 온몸이 고약한 냄새가 나는 끈적끈적한 점액으로 범벅이 되어버리는 것 같았다. 어디선가 엔진이 끼익끼익 요란한 소리를 내며 맹렬하게 헛돌았고, 이윽고 날카로운 아픔이 쏜살같이 허리를 휘돌며 내 몸뚱이를 멀리 암흑 가운데로 튕겨내는가 했더니 또 한차례의 아픔이 나를 후려쳐 나는 천천히 뒤로 나동그라졌다. 그러고는 언뜻 의식이 명료해진 순간, 나는 눈을 떴고 눈을 뜨니 눈부신 섬광이 눈앞을 가렸다.

나는 필사적으로 정신을 차리려고 애쓰면서 누군가 저벅저벅 옆을 왔다 갔다 하는 소리를 들었고, 어떤 노인이 수다스럽게 떠들어대는 소리를 들었다.

"제가 말했죠. 여기 1900년대 젊은 녀석들은 이 직업에 적당치 않다고요. 정신력이 부족해요. 정말이에요. 도대체 정신력이 없어요."

나는 말을 해보려고, 대답을 해보려고 애썼지만 무엇인가 육중한 것이 다시 움직였다. 그때 나는 무엇인가 다 이해하고, 그래서 다시 대답하려고 해보았지만 육중한 호숫물의 중심으로 빠져 들어가는 것 같았고, 그곳에서 돌이킬 수 없이 하나의 중요한 승리를 상실해버렸다는 느낌과 함께 온몸이 경직되고 마비된 채 움직임이 그치는 것 같았다.

11

나는 차갑고 딱딱한, 흰 의자에 앉아 있었고 한 남자가 이마 한가운데서 번쩍이는 또 하나의 눈부신 눈으로 나를 들여다보았다. 그는 손을 뻗어 내 머리를 조심스럽게 만져보고 나서 내가 어린애나 되는 것처럼 달래는 투로 뭐라고 말했다. 그의 손이 물러났다.

"이거 들게. 몸에 좋은 거야."

그가 말했다. 나는 그걸 꿀꺽 삼켰다. 갑자기 온몸이 근질근질했다. 나는 새 작업복을 입고 있었는데, 이상하게도 흰색이었다. 쓰디쓴 맛이 입 안에 감돌았다. 손가락들이 떨렸다.

한 끝에 거울을 단 사람의 가느다란 목소리가 들려왔다.

"어떻습니까?"

"대단한 건 아닌 것 같습니다. 기절한 것뿐입니다."

"이제 퇴원시켜도 될까요?"

"아니, 혹시 모르니 여기 며칠 더 두죠. 좀 더 두고 보고 싶어요. 그러고 나서 퇴원시키도록 하죠 뭐."

나는 이제 간이 침대에 누워 있었고, 그 남자는 나갔는데도 그 번쩍이는 눈은 여전히 내 눈 속으로 타들어왔다. 주위는 조용했고 나의 몸은 감각이 없었다. 나는 눈을 감았으나 금방 다시 불러 깨워졌다.

"이름이 뭐죠?"

어떤 목소리가 물었다.

"제 머리가……."

내가 말했다.

"알아요. 그런데 이름은? 주소는?"

"제 머리…… 저 뜨거운 눈……."

나는 말했다.

"눈?"

"속이."

내가 말했다.

"엑스레이를 찍어야겠어."

또 다른 목소리가 말했다.

"머리……."

"조심해!"

어디선가 기계가 웅웅거리기 시작했고 나는 나를 내려다보는 남자와 여자를 믿을 수가 없었다.

그들은 나를 단단히 붙들었는데 그건 불과 같이 뜨거웠고, 거기다 나는 내내 베토벤 교향곡 〈제5번〉의 첫 모티브를 듣고 있었다—세 번은 짧게, 그리고 한 번은 길게 울려대는 그 소리가 여러 가지 볼륨으로 연거푸 반복되었고, 나는 몸부림을 치며 밀어젖히고 일어선 것 같았는데 알고 보니 등을 대고 누운 채였고 불그스레한 얼굴의 두 남자가 내려다보며 웃고 있었다.

"이제 가만히 있어요. 괜찮을 테니까."

그들 중 한 사내가 단호한 태도로 말했다. 눈을 치켜 뜨자 어슴푸레 하얀 옷을 입은 두 젊은 여자가 나를 내려다보는 것이 보였다. 또 한 여자가, 저쪽 떨어진 곳에서 사막의 열기처럼 코일과 숫자 판을 늘어놓은 패널 앞에 앉아 있었다. 나는 어디에 있는 걸까? 내 몸 저 아래 아득한 곳에서부터 이발소 의자가 일으켜질 때처럼 덜컥덜컥 소리가 나더니 나는 내 몸이 그 소리의 끝을 타고 들려 일으켜지는 것을 느꼈다. 한 얼굴이 내 얼굴과 나란히 높이를 이루더니, 나를 찬찬히 바라보며 무어라고 의미를 알 수 없는 말을 했다. 청진기로 철컥철컥, 딱딱거리는 잡음과 함께 위잉 하고 회전하는 소리가 나기 시작했고, 갑자기 나는 방바닥과 천장 사이에서 짓눌리는 것 같았다. 양쪽에서 밀어닥치는 힘들이 배와 등덜미를 사정없이 후려쳤다. 번뜩, 싸늘한 날을 가진 열기가 나를 에워쌌다. 나는 양쪽에서 짓눌러오는 전기의 압력에 연거푸 강타당했고 두 개의 전극 사이에서 마치 연주자의 양손에 끼인 아코디언처럼 짓눌렸다. 허파가 주름 통처럼 오므라들었고 나는 숨이 돌아올 때마다 전기 파장의 리드미컬한 움직임에 따라 움찔움찔 하며 소리를 질러댔다.

"조용히 좀 해, 제기랄."

한 얼굴이 호통을 쳤다.

"우린 자네를 다시 제대로 해주려고 이러는 거야. 그러니 입 좀 다물어!"

그 소리는 싸늘한 권위로 울렸고, 나는 잠자코 고통을 견뎌보려고 애를 썼다. 나는 전기 의자에 앉는 사람이 쓰는 철 모자 같은 차디찬 쇠붙이가 내 머리에 둘려 있다는 사실을 발견했다. 나는 몸부림을 치며 소리를 지르려고 했으나 허사였다. 사람들은 너무나 아득한 곳에 떨어져 있었고 고통은 너무나 급박했다. 한 얼굴이 원형을 이룬 전등불들 안으로 드나들면서 잠시 나를 들여다보다가 사라졌다. 금테 코안경을 쓰고 주근깨가 난 빨간 머리 여자가 나타났다. 그러고는 이마에 둥그런 거울을 단 한 남자가 나타났다—의사였다.

그래, 그는 의사였고, 여자들은 간호사였다. 이제 분명해졌다. 나는 병원에 있었다.

이 사람들은 나를 치료해주려는 것이었다. 모든 게 고통을 덜어주자는 일이었다. 고마운 마음이 들었다.

나는 어떻게 해서 여길 오게 되었나 생각해내려고 했으나 아무런 생각도 떠오르지 않았다. 이제 막 태어난 사람처럼 내 정신은 텅 비어 있었다. 또 다른 얼굴이 나타났을 때 나는 두꺼운 안경알 뒤에서 두 개의 눈이 마치 나를 처음 본다는 듯이 껌벅거리는 것을 볼 수 있었다.

"괜찮아, 젊은이. 괜찮아, 조금만 참아."

그 목소리는 말했다. 한없는 초연함이 깃든 공허한 목소리였다.

나는 멀리 뒤로 물러나는 것 같았다. 전등불빛들이 깜깜한 시골길을 내달리는 자동차의 미등처럼 멀어져갔다. 뒤따라갈 수가 없었다. 날카로운 통증이 어깨를 찔렀다. 나는 드러누운 채 보이지 않는 어떤 것과 싸우며 몸부림쳤다. 그러고는 얼마간의 시간이 지나자 눈앞이 밝아졌다.

이번에는 한 남자가 내게 등을 돌리고 앉아 패널 위의 다이얼들을 만지고 있는 것이 보였다. 그 사람을 부르고 싶었지만 〈5번 교향곡〉의 리듬이 나를 괴롭히는 데다가 그는 너무 침착한 것 같았고, 너무 멀리 떨어진 것 같았다. 번쩍이는 철봉들이 우리 둘 사이를 가로막고 있었다. 나는 목을 잡아빼 주위를 살펴보고 내가 수술대 위에 누운 게 아니라 유리와 백동으로 된 무슨 상자 같은 것 속에 누워 있다는 사실을 알아차렸다.

상자의 뚜껑은 열려서 떠받쳐 있었다. 내가 왜 이곳에 있는 것일까?

"의사 선생님! 의사 선생님."

소리쳐 불렀다.

대답이 없었다. 듣지 못했나 싶어 다시 불러대면서 나는 또다시 쿡쿡 찔러대는 기계의 박동을 느꼈고, 내 몸이 아래로 내려가는 것을 느꼈으며, 내려가지 않으려고 버둥대면서 다시 떠올라 머리 뒤쪽에서 뭐라고 주고받는 소리를 들었다. 기계의 잡음들이 나직하게 웅웅거리는 소리로 바뀌었다. 노랫가락들이, 주일의 음악이 멀리서 흘러왔다. 나는 눈을 감은 채 숨을 간신히 몰아쉬며 아픔을 견뎌 넘겼다. 사람의 말소리들이 화음을 이루며 웅웅거렸다. 들려오는 게 라디오 소리일까—축음기 소리일까? 아니면 숨겨진 풍금에서 나는 사람 소리 비슷한 소리일까? 풍금이라면 무슨 풍금이며 어디에 있는 걸까? 몸이 훈훈해졌다. 빨간 들장미들로 어지럽게 뒤덮인 푸른 생울타리들이 눈 뒤에서 나타나 부드러운 곡선을 그리면서 아무것도 없는 무한한 공간 속으로 쭉 뻗었다. 여름철의 그 그늘진 잔디밭 풍경들이 흘러 지나갔다. 제복을 입은 군악대가 단정하게 늘어선 모습이 눈에 띄었다. 악사마다 머리에 곱게 기름을 바르고 있었다. 〈성스러운 도시〉를 연주하는 감미로운 트럼펫 소리가 나지막한 호른의 합주 위로 둥둥 떠서 멀리에서 메아리치듯 들려왔다. 그리고 머리 위에서 앵무새가 흉내를 내며 반주를 했다. 현기증이 났다. 공기는 작고 흰 각다귀들로 자욱해지는 것 같았는데, 각다귀들이 눈앞을 가득 채우면서 얼마나 빽빽하게 바글거리는지 흑인 나팔수가 그것들을 들이마시고선 황금빛 나팔 구멍으로 내뱉었고 살아 있는 흰 구름 한 장이 굼뜬 공기 위에서 나팔 소리들과 뒤섞였다.

정신이 들었다. 말소리가 여전히 위에서 웅웅거렸고, 나는 기분이 나빴다. 왜 가버리지 않는 걸까? 잘난 체하는 녀석들. 오! 의사 선생님, 나는 비몽사몽간에 생각했다. 선생님은 아침 먹기 전에 개울 속을 걸어보신 적이 있습니까? 사탕수수를 씹어보신 적이 있어요? 있잖습니까, 의사 선생님. 사냥개들이, 몸에 채찍 자국이 나고 쇠사슬에 묶인 흑인들을 쫓던 것을 제가 처음 보았던 바로 그 가을날, 할머니는 제 옆에 앉아 눈물을 글썽이며 이런 노래를 불렀죠.

전능하신 하느님께서 잔나비를 만드시고
전능하신 하느님께서 고래를 만드시고
전능하신 하느님께서는 또 악어를 만드셨네.
꼬리에 더덕더덕 부스럼이 난…….

아니, 간호사, 당신은 아나요? 당신이 얇은 분홍빛 모슬린 옷차림에, 타조 깃털을 꽂은 챙 넓은 모자를 쓰고, 케이프 자스민 숲 사이를 거닐며 사탕수수 시럽처럼 진하고 느릿느릿한 말씨로 당신의 애인에게 사랑을 속삭일 때면 우리 검둥이 애들이 숲속 깊은 곳에 숨어서 커다랗게 소리를 지르고, 당신은 그 소리가 얼마나 큰지 감히 제대로 듣지도 못하는 것을?

마거릿 양이 물 끓이는 걸 본 적이 있나요?
이봐요, 그 아가씬 근사한 물줄기를 쉭쉭
열일곱 마일하고 4분의 1마일을 뿜어댔대요.
이봐요, 그래서 물 단지는 김 때문에 보이지 않지요…….

그러나 이제 음악은 여인이 먼 데서 고통으로 울부짖는 소리가 되었다. 눈을 떴다. 유리와 쇠붙이가 눈 위로 둥둥 떠다녔다.

"이봐, 기분이 어때?"

어느 목소리가 물었다.

두 개의 눈이 코카콜라 병 밑바닥만큼이나 두툼한 렌즈들을 통해 나를 내려다보았다. 그 눈들은 마치 알코올 속에 보존된 오래된 생물 표본처럼 툭 불거져 나와 번쩍거렸고 혈관이 드러나 보였다.

"비좁아 죽겠어요."

나는 화를 내며 말했다.

"아, 그건 치료상 어쩔 수 없어요."

"그래도 움직일 여지가 좀 있어야지요."

나는 우겼다.

"옴짝달싹 못하겠어요."

"걱정 말아요. 조금 있으면 익숙해질 테니. 배하고 머리는 어떤가?"

"배요?"

"그래, 그리고 머리 말이야."

"모르겠어요."

나는 내 머리 둘레로, 그리고 몸의 부드러운 살갗 위로 가해지는 압력밖에 아무것도 느낄 수 없음을 깨닫고 말했다. 그럼에도 나의 감각들은 날카롭게 초점을 맞추는 것 같았다.

"감각이 없어요."

나는 놀라서 소리 질렀다.

"아하! 이봐! 내 작은 기구만 있으면 만사 오케이야."

그가 발끈하며 말했다.

"글쎄."

또 다른 목소리가 말했다.

"난 아직도 수술하는 게 낫지 않나 싶어요. 더욱이 이런 경운……. 그러니까 이런…… 출신의 경우는, 글쎄 장담은 못하겠지만 그저 기도나 해서 효험을 볼 수 있다고 생각지 않아요."

"무슨 소리, 지금부터 내 작은 기계에 기도나 해줘요. 치료는 내가 할 테니까."

"모르긴 해도, 에…… 원시적인 경우들에 적용하는…… 그런 해결책을…… 그러니까 치료를…… 에…… 더 발전된 조건들이 해당되는 경우에도 똑같이 효과적이라고 가정하는 것은 잘못인 것 같습니다. 환자가 하버드 출신의 뉴잉글랜드 사람이라고 생각해보세요."

"이젠 정치 논쟁을 하고 있구먼."

처음의 목소리가 농담조로 말했다.

"아니에요. 그렇지만 이건 분명 문제가 됩니다."

나는 나불나불 날아가서 나지막한 속삭임으로 변하는 그들의 대화에 점점 불안한 마음으로 귀를 기울였다. 그들이 하는 가장 단순한 말조차도 어떤 다른 것을 지칭하는 것 같았다. 내 머릿속에서 펼쳐지는 많은 생각들처럼. 나는 그 사람들이 내 이야기를 하는 것인지, 아니면 다른 사람 이야기를 하는 것인지 알 수가 없었다. 어떤 대목은 마치 역사 토론과도 같았다.

"그 기계를 쓰면 칼을 댈 때의 부정적인 영향이 전액골 앞 뇌엽을 절제하는 효과를 낼 수 있을 겁니다."

한 목소리가 말했다.

"아시다시피 전액골 앞의 뇌엽을, 뇌엽 하나를 잘라내는 대신, 말하자면 신경의 중추부에 적당한 정도로 압력을 넣는 겁니다—우리의 개념은 게슈탈트 개념이죠—그러면 그 결과는 어떠냐 하면 완전한 성격 개조입니다. 피를 흘리는 그 살벌한 뇌 수술 끝에 범죄자들을 양순한 사람으로 탈바꿈시켰다는 그 유명한 전설 같은 이야기들에서 볼 수 있는 바와 같이 말입니다. 더욱이……."

그 목소리는 의기양양하게 계속되었다.

"환자는 육체적으로나 신경적으로 건강합니다."

"하지만 이 사람의 심리 상태는요?"

"그건 조금도 중요하지 않아요."

그 목소리가 말했다.

"이 환자는 자기가 살아가야 할 방식대로 살아갈 겁니다. 완전무결하게 말이에요. 누가 더는 요구할 수 있겠어요? 이 사람은 동기(動機)상의 큰 갈등을 전혀 겪지 않을 것입니다. 그리고 더 좋은 일은 사회가 이 환자로 인하여 외상을 겪지 않는다는 거죠."

말이 잠시 끊겼다. 펜이 종이 위를 스치는 소리가 들렸다. 이윽고 "선생님, 거세는 왜 하지 않죠?" 하고 한 목소리가 농담조로 물었다. 그 말을 듣고 나는 움찔했고 온몸을 찢는 듯한 고통을 느꼈다.

"또 피를 좋아하는 투로군요."

처음의 목소리가 웃었다.

"외과 의사를 그런 점에서 정의 내리자면 뭐가 될까요? 양심이 없는 백정?"

그들은 웃었다.

"그렇게 웃을 일이 아니에요. 이 경우를 정확히 규정해보려고 하는 게 더 과학적인 입장이겠죠. 3백여 년 넘게 발전해오는 중이니……."

"규정이? 허 참, 이봐요. 우린 다 알고 있잖습니까?"

"그럼 왜 전기를 더 사용해보지 않죠?"

"그걸 바라시는 겁니까?"

"물론이죠. 못할 게 뭐 있습니까?"

"그렇지만 위험하지 않습니까……?"

목소리가 점점 잦아들었다.

그들이 물러나는 소리가 들렸다. 의자가 삐걱거렸다. 기계가 웅웅거렸고 나는 그들이 나를 두고 이야기를 했다는 사실을 분명히 깨닫고 충격에 대비해 마음을 단단히 먹었으나 헛일이었다. 전류 파동은 순간적으로, 그리고 짤막짤막하게 왔고 차츰 강해져서 급기야는 전류의 양극 사이에서 나는 영락없이 춤을 추는 꼴이 되고 말았다. 이가 덜덜거렸다. 나는 비명을 지르지 않으려고 눈을 감고 입술을 깨물었다. 뜨뜻한 피가 입 안을 가득 채웠다. 눈꺼풀 사이로, 둥그런 원을 그리는 손들과 얼굴들이 보였다. 그것들은 불빛을 받아 눈부시게 빛났다. 몇 사람이 차트에 무언가 휘갈겨 쓰고 있었다.

"저 봐요. 춤을 추고 있어요."

누군가가 소리쳤다.

"아니, 정말?"

번질번질한 얼굴 하나가 들여다보았다.

"정말 율동이 있군그래. 그렇잖아요? 이봐, 더 신나게 해봐!"

그 얼굴이 웃으며 말했다.

그러자 갑자기 어리둥절한 느낌이 그치고 나는 분통을 터뜨리고 싶었다. 잡아 죽이기라도 하듯 말이다. 그러나 어떻게 된 건지 전신을 강타하는 전류의 파동 때문에 그렇게 되질 않았다. 무엇인가 접속이 끊긴 것 같았다. 비록 화를 낸다든지 분통을 터뜨려본 경우는 좀처럼 없었지만, 내게도 분명 그런 소지는 있을 것이기 때문이었다. 그래서 나는, 개새끼라는 말을 들었을 때는 화가 나든 안 나든 누구나 한판 싸워야 한다는 걸 알고 있는 이상, 이거 분통 터지는 일이구나 하고 생각해보려고 했다—그러나 그래 봤지만 무언가 더 아득한 느낌밖에는 발견할 수 없었다. 화를 낼 수가 없었다. 당황스러울 뿐이었다. 나를 내려다보는 사람들도 그것을 아는 것 같았다. 그 충격을 피하기는 불가능했고 나는 출렁이는 물결에 휩쓸려 굴러 나와 깜깜한 어둠 속으로 빠져 들어갔다.

어둠 속에서 나왔을 때 불빛은 아직도 거기에 있었다. 나는 맥이 빠져 유리판 아래 누워 있었다. 사지가 송두리째 절단된 듯싶었다. 몹시 후텁지근했다. 천장이 희끄무레하게 머리 위로 멀리 뻗어 있고 눈엔 눈물이 흥건히 괴었다. 도대체 알 수 없는 일이었다. 나는 조바심이 났다. 유리를 두드려 주의를 끌고 싶었지만 움직일 수가 없었다. 아주 조금만 무얼 해보려고 해도, 심지어 무얼 하고 싶다는 생각을 품기만 해도 피로했다. 나는 내 육신이 뭔가 분명치 않은 변화를 거치고 있다는 사실을 느끼며 누워 있었다. 균형 감각이 하나도 남지 않은 것 같았다. 내 몸은 어디서 끝나고 이 수정 같은 흰 세계는 어디서 시작되는 것일까? 생각들이 자꾸만 나에게서 달아나 엄청나게 뻗은 백색 속으로 사라져 숨어버렸고, 나는 점점 농도가 낮아지는 회색을 거쳐서야 겨우 그 백색과 연결된 것 같았다. 몸 안에서 피가 천천히 그르렁대는 소리 말고는 아무런 소리도 들리지 않았다. 눈을 뜰 수가 없었다. 나는 다른 차원 속에 완전히 혼자 존재하는 것 같았다. 그러고는 얼마가 지난 뒤 한 간호사가 몸을 구부리고 무슨 따뜻한 액체를 내 입술 사이로 억지로 흘려 넣었다. 나는 입을 꽉 다물고 그걸 삼켰다. 어딘지 분명치 않은 내 몸통 쪽을 향해 액체가 서서히 흘러가는 것이 느껴졌다. 커다란 무지갯빛 거품이 나를 에워싸는 것 같았다. 부드러운 손이 내 몸 위로 움직였고, 어슴푸레한 기억 속의 인상들이 되살아났다. 나는 따뜻한 액체로 씻겼고, 부드러운 손들이 분명치 않은 내 육신의 경계들을 넘나들며 움직이고 있음을 느꼈다. 살균이 된, 무게라고는 전혀 없는 시트가 나를 감쌌다. 마치 내던져진 공처럼 나는 내 몸이 튕겨 올라가 지붕 너머 안개 속으로 날아가 부서진 기계 더미 저쪽 보이지 않는 벽에 부딪혔다 다시 되튕겨 나오는 듯한 느낌이 들었다. 시간이 얼마나 걸렸는지 알 수가 없었다. 그러나 이제 손들의 움직임 뒤로 상냥한 목소리가 들렸다. 무슨 뜻인지는 알 수 없었지만 귀에 익은 말들이었다. 나는 열심히 귀를 기울였다. 문장들의 형태와 흐름을 알 수 있었고, 묻는 말의 음과 진술하는 말의 음조 진행 사이에 이제 보니 미묘한 리듬의 차이가 있다는 사실을 알아차릴 수 있었다. 그러나 말의 의미들은, 나 자신이 길을 잃은 그 광대한 백색 속 어디서도 여전히 발견해낼 수가 없었다.

다른 목소리들이 들려왔다. 마치 어항의 유리 벽을 통해 기이한 물고기들이 근시안처럼 들여다보듯이 내 위에서 얼굴들이 어른거렸다. 나는 그들이 잠시 내 위에서 움직임을 멈추고 떠 있는 것을 보았다. 그러더니 두 개의 얼굴이 둥둥 떠서 사라졌다. 처음엔 머리가, 그다음엔 지느러미 같은 손가락 끝이 상자 꼭대기로부터 꿈결같이 움직여갔다. 그것은 마치 느릿느릿 들락거리는 조수처럼 그지없이 신비스런 드나듦이었다. 나는 그 얼굴이 입을 격렬하게 움직여대는 것을 보았다. 무슨 말인지 이해할 수가 없었다. 그들은 다시 입을 움직였지만 난 여전히 그 뜻을 알 수 없었다. 불안했다. 나는 글씨가 뒤섞인 카드 한 장이 내 얼굴 위로 드리워진 것을 보았다. 알파벳이 온통 뒤범벅되었다. 그들은 열띤 논의를 벌이는데, 그게 어쩐지 내 책임인 것 같은 생각이 들었다. 견딜 수 없는 고독감이 엄습해왔다. 그들은 불가해한 무언극을 연출하고 있는 것 같았다. 이런 위치에서 그들을 보고 있자니 정신이 산란스러웠다. 그들은 더

없이 멍청해 보였고 나는 그게 싫었다. 온당치 못한 일이었다. 한 의사의 코에 검댕이 묻은 것을 볼 수 있었고, 한 간호사의 턱은 축 늘어진 이중턱이었다. 다른 얼굴들이 나타났다. 그들의 입이 소리 없이 격렬하게 움직였다. 그러나 우린 다 인간이다 하고 나는 생각했다. 그게 무슨 의미인가 생각해보면서.

검은 옷을 입은 한 남자가 나타났다. 머리가 긴 친구였는데, 날카로운 눈과 강렬하고 다정한 얼굴로 나를 내려다보았다. 다른 사람들은 그 사람 주위에서 서성거리면서 그가 나와 내 차트를 번갈아 들여다보는 동안 조마조마한 눈치였다. 이윽고 그는 커다란 판지에다 무언가를 휘갈겨 적더니 그걸 내 눈앞으로 디밀었다.

당신의 이름이 무엇이오?

몸이 부르르 떨렸다. 갑자기 그가 하나의 이름을 지어준 것 같았고 머릿속을 표류하던 그 애매모호한 상태를 정돈해준 것 같았다. 그래서 금방 나는 수치감에 사로잡혔다. 나는 나 자신의 이름을 모른다는 사실을 깨달았다. 나는 눈을 감고 슬픔에 잠겨 머리를 내저었다. 지금 이것은 나와 의사 소통을 해보려는 최초의 따뜻한 시도였지만 나는 그에 응하지 못한 것이다. 나는 내 정신의 암흑으로 뛰어들어 다시 한번 기억을 더듬어보았다. 소용이 없었다. 고통밖에 발견할 수 없었다. 나는 다시 판지를 쳐다보았다. 그가 천천히 글자 한 자 한 자를 가리켰다.

당신의…… 이름이…… 무엇…… 이오?

나는 암흑의 밑바닥으로 뛰어들어 필사적으로 기억을 더듬어보았지만 결국은 기진하여 축 늘어지고 말았다. 마치 혈관 하나가 터져 내 기력이 그리로 다 빠져나가버린 듯했다. 나는 벙어리처럼 멀거니 그를 응시하고 있을 수밖에 없었다. 그러자 그는 불쑥 짜증을 터뜨리는 투로 다른 판지 하나를 가리켰다.

당신은…… 누구요?

속에서 무엇인가 격정을 일으키며 뒤집혔다. 먼젓번 질문의 글귀는 불티를 일으키고 스러져버렸지만 이 질문의 글귀는 한 줄기 희미하고 아득한 불빛을 던져주는 것 같았다. 나는 누구일까? 나는 스스로에게 물어보았다. 그러나 그것은 마치 내 몸 안의 굵뜬 혈관을 통해 흘러가고 있는 어느 특정 세포를 찾아내려는 것과 같았다. 어쩌면 나는 다름 아닌 이 암흑과, 곤혹과, 고통인지도 몰랐다. 그러나 그것은 내가 어디선가 읽었던 것보다 더 적절치 못한 답변 같았다.

다시 판지가 나타났다.

당신 어머니의 이름은 무엇이오?

어머니, 누가 내 어머니였던가? 어머니, 괴로움을 당할 때 비명을 지르는 사람……. 그러나 누군가? 멍청하게! 넌 늘 어머니 이름을 알고 있지 않았느냐 말이다. 비명을 지르는 사람이 누구지? 어머니? 하지만 비명 소리는 기계에서 나온다. 그럼 기계가 내 어머니란 말인가? ……나는 분명히 제정신이 아니었다.

그는 나를 향해 질문들을 내던졌다.

"당신은 어디서 태어났소? 이름을 생각해내보도록 하시오."

나는 여러 가지 이름들을 떠올리며 생각해내보려고 했으나 그 어느 것도 맞는 것 같지 않았다. 그러면서도 나는 어쩐지 그 모든 이름의 일부인 것 같았고 그 이름들 속에 가라앉아 행방불명이 되어버린 것 같았다.

"기억해내야 해요."

종이 위에는 그렇게 쓰여 있었다. 그러나 소용이 없었다. 번번이 나는 내게 엉겨 붙는 흰 안개 속으로 되돌아왔고, 내 이름은 바로 손가락 끝 너머에 있었다. 나는 머리를 내저었고 그가 잠시 사라졌다가 동료 하나를 데리고 다시 나타나는 것을 보았다. 키가 작은 학자풍의 동료는 나를 무표정하게 응시했다. 나는 그가 어린이용 석판과 분필 하나를 꺼내 이렇게 쓰는 것을 바라보았다.

당신의 어머니는 누구였소?

나는 대뜸 불쾌감을 느끼면서 그를 쳐다보며 반은 재미가 나서, 열두 고개 놀이를 하지 않나 하고 생각했다. 그래, 당신네 모친은 오늘 어떠신가요?

생각해보시오.

나는 그가 얼굴을 찌푸리며 한참 동안 무엇을 써대는 것을 물끄러미 바라보았다. 석판은 알 수 없는 이름들로 가득 차 있었다.

나는 그의 눈이 애가 타서 약이 오른 것을 보며 웃었다. 아까의 다정한 얼굴이 무어라고 말을 했다. 새로 온 사람이 질문 하나를 썼고 나는 놀라 휘둥그레져서 그것을 빤히 들여다보았다.

사슴 눈 토끼는 누구였나?

나는 혼란으로 가득 찼다. 이 사람은 도대체 왜 저런 걸 생각해낸 것일까? 그는 한 낱말 한 낱말씩 질문 글귀를 가리켰다. 나는 나 자신을 발견했다는 환희와 그것을 감추고 싶은 욕망에 현기증을 느끼며 내 속 저 깊고 깊은 곳에서 웃어댔다. 어쩌면 내가 사슴 눈 토끼인지도 몰랐다……. 아니면 과거에 그랬을지도 몰랐다. 어렸을 적 먼지투성이 거리에서 우리가 맨발로 춤추며 노래 불렀을 때 말이다.

사슴 눈 토끼야
흔들어라 흔들어
사슴 눈 토끼야
부숴라 부숴…….

하지만 나는 그걸 인정할 수는 없었다. 그건 너무 우스꽝스러운 일이었고, 어쩐지 너무 위험스러워 보였다. 그가 옛날의 정체를 알아맞혔다는 사실이 마음에 걸려서 나는 머리를 내저었다. 그러고 보니 그는 입을 꽉 다물고 나를 날카롭게 쏘아보았다.

이봐, 누가 형 토끼였지?

당신네 어머니의 정부(情夫)였지 하고 나는 생각했다. 두 가지가 다 같은 한 가지라는 것은 누구나 아는 일이었다. '사슴 눈'이란 아주 어릴 적 우리가 커다랗고 순진한 눈을 가지고 숨을 때 쓰는 말이고 '형'이란 좀 더 나이가 들었을 때 쓰는 말이었으니까. 그런데 왜 사람은 그런 유치한 이름들을 들고 나와 야단인 것일까? 나를 어린애로 보는 건가? 왜 나를 가만 놔두지 않는 거지? 날 이 기계에서 빼내주면 금방 생각해낼 게 아닌가 말이다…….

누군가 손바닥으로 유리를 세차게 내리쳤지만 나는 그 사람들에게 진저리가 났다. 그러나 내 눈이 낯익은 다정한 얼굴과 마주치자 그는 기뻐하는 것 같았다. 나는 이해할 수가 없었지만 그는 웃으면서 거기에 서 있다가 그 새 조수와 함께 가버렸다.

혼자 남자, 나는 나의 정체가 무엇인지 몰라 안절부절못하는 마음으로 누워 있었다. 정말이지 내가 나 자신과 무슨 게임을 하는 것이 아닐까, 그리고 이 사람들도 그걸 거드는 것이 아닐까 하는 생각이 들었다. 일종의 싸움이랄까. 실은 나나 그 사람들이나 뻔히 다 아는데도 왜 내가 그걸 정면으로 맞서고 싶지 않은가 말이다. 그러자니 짜증이 났고 내가 간교하고 빈틈없는 사람이 아닌가 하는 느낌이 들었다. 나는 당장 그 비밀을 풀어버리고 싶었다. 내가 누구인가를 생각하면서, 나는 나 자신이 마치 말썽을 부리는 꼬마를 붙잡으려는 노인처럼 내 마음속에서 빙글빙글 도는 것만 같았다. 소용없는 일이었다. 나는 광대 같은 기분이 들었다. 그렇다고 내가 범죄자라거나 형사랄 수는 없었다……. 왜 하필이면 범죄자라야 하는가도 알 수 없었지만 말이다.

나는 기계에 합선을 일으킬 방법을 궁리하기 시작했다. 몸을 움직여 뒤집으면 전기의 양극이 합선을 일으킬지도 모를 일이었다……. 아냐,

운신할 틈도 없을뿐더러 오히려 감전되어 죽을지도 몰라. 나는 몸을 떨었다. 내가 누군지는 몰라도, 삼손은 아니었다. 기계를 망가뜨리는 것도 좋지만 나 자신을 죽여놓고 싶지는 않았다. 내가 원하는 것은 자유지 파멸은 아니었다. 그러자니 기운이 다 빠졌다. 아무리 궁리를 해봐도 늘 한 가지 결함이 배제되지 않았던 것이다—그건 나 자신이었다. 그것을 피할 도리가 없었다. 나는 내 정체를 생각해낼 수 없듯이 이 기계에서 탈출할 수도 없었다. 아마도 그 두 가지가 서로 관련되어 있나 보다 생각했다. 내 정체를 알아내면 그때 나는 자유로워지리라.

내가 탈출하려는 생각을 품은 것이 그들로 하여금 경계심을 품게 만든 것 같았다. 쳐다보니 초조한 표정의 두 의사와 한 명의 간호사가 보였다. 이젠 너무나 늦었구나 생각하며 나는 후줄근하게 땀에 젖은 채 그들이 조정 장치를 만지는 것을 바라보며 누워 있었다. 또 그 충격이 오리라 생각하고 잔뜩 긴장을 했으나 아무 일도 일어나지 않았다. 오히려 그들의 손이 뚜껑으로 와서 나사를 푸는 것이 보였다. 내가 미처 무슨 반응을 보이기도 전에 그들은 뚜껑을 열고 나를 일으켜 세웠다.

"어떻게 된 거죠?"

나는 물었다. 간호사가 손을 멈추고 나를 쳐다봤다.

"글쎄요?"

그녀가 대꾸했다.

내 입은 소리 없이 움직였다.

"자, 나오세요."

간호사가 말했다.

"여긴 무슨 병원이죠?"

나는 물었다.

"공장 부속병원이에요."

그녀가 말했다.

"자, 이젠 말하지 마세요."

그들은 나를 둘러싸고 내 몸을 검사했고 나는 그 모양을 지켜보며 점점 어리둥절해져서, 공장 부속병원이라니 그게 뭔가 하고 생각했다.

배 쪽에서 뭔가 끌어당기는 것 같아 내려다보니 의사 하나가 내 배에 부착시켜놓은 코드를 잡아당겼고 그 때문에 나는 앞으로 홱 기울어졌다.

"이게 뭡니까?"

내가 물었다.

"가위 가져와요."

그가 말했다.

"그러죠."

다른 의사가 말했다.

"시간 낭비하지 맙시다."

전선이 마치 내 몸의 일부나 되는 것처럼 나는 안으로 움찔 움츠러들었다. 이윽고 그들은 전선을 떼어냈고, 간호사는 복대를 가위질하여 그 무거운 전극을 제거했다. 나는 말을 하려고 입을 열었지만 한 의사가 고개를 내저었다. 그들은 신속하게 움직였다. 전극이 제거되자 간호사가 내 온몸을 알코올로 닦았다. 그러고 나서 나는 상자 밖으로 나오라는 지시를 받았다. 나는 어찌할까 망설이며 이 얼굴 저 얼굴을 쳐다보았다. 이제 자유의 몸이 되어가는 것 같긴 한데 감히 그 사실을 믿을 수가 없었기 때문이었다. 만약 그들이 나를 지금 훨씬 더 무서운 기계로 옮기는 중이라면? 나는 꼼짝 않고 그 자리에 앉아 있었다.

내가 이들을 상대로 싸워야 하는 걸까?

"이 친구 팔을 잡아줘요."

한 사람이 말했다.

"혼자 나갈 수 있어요."

나는 겁에 질려 기어 나오면서 말했다.

나는 청진기로 몸을 검사할 동안 서 있으라는 지시를 받았다.

"관절은 어떻습니까?"

차트를 든 사람이 내 어깨를 살펴보는 사람에게 물었다.

"이상 없어요."

그가 말했다.

어깨가 당기는 기분이 들었으나 통증은 없었다.

"보아하니 놀랄 만큼 강체인 것 같아요."

상대방이 말했다.

"드렉슬을 불러야 할까요? 이렇게 강체인 게 오히려 정상이 아닌 것 같아요."

"아니에요. 그냥 차트에 적어나 둬요."

"그러죠. 간호사, 이 친구에게 옷을 갖다줘요."

"저를 어떻게 하시려는 거죠?"

내가 말했다. 간호사가 내게 깨끗한 속옷과 흰 작업복 한 벌을 건네주었다.

"묻지는 말고 옷이나 빨리 입으세요."

간호사가 말했다.

기계 밖의 공기는 극도로 희박한 것 같았다. 신발 끈을 매려고 몸을 구부리면서 졸도할 것 같은 기분이 들었지만 가까스로 이겨냈다. 나는 비틀비틀 서 있었고 그들은 나를 위아래로 훑어보았다.

"이봐, 젊은이. 자네는 다 나은 것 같아."

한 사람이 말했다.

"자네는 이제 새사람이야. 훌륭하게 회복됐어. 우리를 따라오게."

그가 말했다.

우리는 천천히 방에서 나와 길고 흰 복도를 따라 걸어 내려가 엘리베이터 안으로 들어갔고, 그다음엔 순식간에 세 개 층을 내려가 의자가 즐비하게 늘어선 응접실에 이르렀다. 정면에 젖빛 유리문과 벽을 세운 개인 사무실이 여럿 있었다.

"거기 앉게."

그들이 말했다.

"상무님께서 곧 보러 오실 테니까."

나는 앉아서 그들이 잠시 어느 사무실 안으로 사라졌다가 다시 나와 아무 말도 없이 나를 지나쳐가는 것을 보았다. 내 몸은 나뭇잎처럼 덜덜 떨렸다. 이 사람들이 정말 나를 풀어주는 걸까? 머리가 빙빙 돌았다. 나는 내가 입은 흰 작업복을 바라보았다. 간호사 말로는 여기가 공장 부속병원이라고 했지……. 왜 여기가 무슨 공장인지 생각이 나지 않는 것일까? 그리고 왜 하필이면 공장 부속병원일까? 맞아……. 어렴풋이 어떤 공장 생각이 났다. 아마 내가 그곳으로 돌려보내질 모양이다. 맞아, 그 사람 말도 주임 의사가 아니라 상무라고 했지. 아니 한 사람이 두 가지를 다 할 수도 있나? 나는 어쩌면 이미 공장에 와 있는지도 몰라. 그러나 귀를 기울여봤지만 기계 소리는 들려오지 않았다.

방 건너편 의자에 신문이 한 장 놓여 있었지만 너무 심란한 나머지 가져다 읽을 엄두가 나지 않았다. 어디선가 선풍기가 웅웅거리는 소리가 났다. 그때 젖빛 유리문이 열리고 흰 가운 차림의 키가 훤칠하고 근엄하게 생긴 사람이 나타나 차트를 들고 내게 손짓을 하는 것이 보였다.

"이리 오게."

그가 말했다.

나는 일어서서 그의 옆을 지나 조촐한 가구들이 들어선 커다란 사무실 안으로 들어가면서, 이젠 알게 될 거야, 이젠 하고 생각했다.

"앉게."

그가 말했다.

나는 그의 책상 옆 의자에 편한 자세로 앉았다. 그는 차분하고 과학자다운 시선으로 나를 바라보았다.

"이름이 뭔가? 아, 여기 있군."

그는 차트를 살피면서 말했다. 그런데 내 내부의 누군가가 그에게 말하지 말라고 말하려는 것 같았다. 그러나 그는 이미 내 이름을 불러버린 뒤였고 아픔이 비수처럼 머리를 찌르는가 했더니, 나는 내가 "아!" 하고 소리 지르는 것을 들었다. 나는 박차고 일어서서 사방을 미친 듯이 둘러보다가 아주 재빠르게 앉았다 일어섰다 다시 앉으며 기억을 더듬었다. 내가 그때 왜 그랬는지를 알 수가 없다. 그러다 문득 나는 그가 나를 물끄러미 바라보는 것을 발견했지만 이번에는 그냥 앉아 있었다.

그는 이제 이것저것 묻기 시작했고 나는 내가 거침없이 대답하는 소리를 들을 수 있었다. 몸 안에서는 마치 빠른 속도로 역회전되는 녹음테이프처럼, 나는 찍찍거리고 재잘거리면서 순간순간 급변하는 감정의 영상들과 함께 빙글빙글 돌아갔지만 말이다.

"됐네, 젊은이."

그가 말했다.

“자넨 다 나았어. 그래 우린 자네를 내보내줄까 하네. 자네 생각은 어떤가?”

갑자기 나는 영문을 알 수 없었다. 청진기 옆에 놓인 회사 달력과 은빛의 작은 페인트 솔이 눈에 띄었다. 병원에서 내보낸다는 건가 직장에서 내보낸다는 건가?

“네?”

나는 물었다.

“자넨 생각이 어떠냐고 물었네.”

“좋습니다.”

나는 공허한 목소리로 대답했다.

“직장으로 돌아갈 수 있게 되어 기쁩니다.”

그는 미간을 찡그리며 차트를 바라보았다.

“자넨 나가긴 나가지만 그 일에 환멸을 느끼지 않을까 싶네.”

“무슨 말씀이시죠?”

“자넨 아주 혹독한 경험을 했어. 아직은 고된 공장 일을 감당할 수 있는 상태가 아니란 말이야. 난 자네가 쉬면서 회복기를 가졌으면 하네. 몸을 재적응시켜 기력을 되찾을 필요가 있어.”

“하지만…….”

“그렇게 급하게 굴어선 안 돼. 자네, 나가게 되니까 기쁘지 않나?”

“그야 그렇죠. 하지만 전 어떻게 삽니까?”

“살아?”

그의 눈썹이 치켜 올라갔다가 내려왔다.

“다른 일자리를 구하게. 더 수월하고 조용한 걸로. 자네가 좀 더 잘 감당할 수 있는 걸로 말이야.”

"감당요?"

나는 그를 바라보면서 이 사람도 역시 내막을 안단 말인가 하고 생각했다.

"전 아무 일이라도 하겠습니다, 선생님!"

나는 말했다.

"이봐, 그게 문제가 아냐. 자넨 다만 우리 공장의 근무 조건을 감당할 수 없다는 거지. 나중에는 몰라도 지금은 안 돼. 그리고 알아둬요. 자네가 당한 일에 대해서는 적절한 보상을 받을 걸세."

"보상요?"

"아, 그럼."

그가 말했다.

"우리는 개명된 인도주의 정책을 따르고 있어요. 우리 종업원들은 죄다 자동적으로 보험에 가입되어 있네. 자네는 몇 가지 서류에 서명만 하면 돼."

"무슨 서류 말입니까?"

"우리는 회사가 책임을 면할 수 있는 구술서가 필요해. 자네 경우는 꽤 까다로워. 전문가들을 많이 불러들여야 했네. 하지만 따지고 보면 새로운 직업에는 어느 것이든 위험이 따르게 마련이니까. 위험이란 말하자면 성장과 적응의 한 과정이지. 한번 모험을 해보는 것뿐이야. 그런데 어떤 사람은 잘해 나가는가 하면 어떤 사람들은 그렇지 못해."

나는 그의 주름진 얼굴을 쳐다보았다. 이 사람은 의사인가 공장의 간부인가, 아니면 그 둘 다인가? 알 수가 없었다. 그는 지금 더없이 조용히 의자에 앉아 있는데도 내 시야를 가로지르며 왔다 갔다 하는 것 같았다.

"노턴 씨를 아십니까?"

나도 모르게 질문이 튀어나왔다.

"노턴?"

그는 이맛살을 찌푸렸다.

"무슨 노턴인데?"

그렇게 되자 물어보나 마나 한 꼴이 되고 말았다. 그 이름이 기이하게 여겨졌다. 나는 손으로 눈을 비비댔다.

"죄송합니다."

나는 말했다.

"선생님께서 아실지도 모른다는 생각이 들어서요. 그냥 제가 전에 알던 사람입니다."

"알겠네, 자."

그는 서류 몇 장을 집어 들었다.

"일이 그런 식으로 되어버렸어. 얼마 안 있으면 우리가 뭔가 해줄 수가 있을 거야. 그 서류는 가져가고 싶으면 가져가도 좋아요. 우리에게 부쳐주기만 하면 되니까. 서류가 돌아오는 대로 자네에게 수표를 보내줄 걸세. 그동안 시간은 자네 좋을 대로 얼마든지 잡아도 좋아. 자넨 우리가 더없이 공정하다는 걸 알게 될 거야."

나는 접힌 서류를 집어 들고 너무 오랫동안이다 싶을 만큼 한참이나 그를 바라보았다. 그는 무언가 주저하는 것처럼 보였다. 그때 나는 "그분을 아십니까?" 하고 음성을 높여서 말하는 나의 목소리를 들을 수 있었다.

"누구 말인가?"

"노턴 씨 말입니다. 노턴 씨요."

"아니, 모르네."

"모르시는군요. 하긴 아무도 누굴 안다는 사람이 없으니까. 게다가 너무 오래전의 일이고."

그는 미간을 찌푸렸고 나는 웃었다.

"사람들이 불쌍한 울새의 털을 홀랑 뜯어버렸죠."

나는 말했다.

"혹시 블레드를 아십니까?"

그는 머리를 한쪽으로 갸웃하고 나를 바라보았다.

"그 사람들 자네 친구들인가?"

"친구요? 예, 맞습니다. 그들은 다 좋은 친구들이죠. 옛날 친구들입니다. 하지만 같은 동아리로 어울리지는 못하는 것 같아요."

그의 눈이 커졌다.

"맞아."

그가 말했다.

"그렇게 되진 않을 거야. 그렇지만 좋은 친구란 값진 거지."

나는 머리가 가뿐해지는 것 같아 웃기 시작했고, 그가 또 망설이는 듯해 에머슨에 관해서 물어볼까 생각했지만 일을 다 마쳤다는 듯 그는 헛기침을 했다.

나는 접힌 그 서류들을 작업복 안에 집어넣고 밖을 향해 걸음을 옮겼다. 늘어선 의자들 저편의 문이 아득해 보였다.

"조심하게."

그가 말했다.

"선생님도요."

나는 그렇게 말하고, 시간이 됐구나, 시간이 지났어 하고 생각했다.

나는 갑자기 돌아서서 기운 없이 책상 쪽으로 되돌아갔다. 그가 한결

같이 과학자다운 시선으로 나를 찬찬히 올려다보고 있었다. 나는 격식을 차려야 한다는 생각에 사로잡혔으나 적당한 격식이 떠오르지 않았다. 그래서 어렵게 손을 내밀면서 터지려는 웃음을 기침으로 억눌렀다.

"저희의 이 자그만 협상은 유쾌했습니다, 선생님."

나는 말했다. 그러고는 나 자신과 그의 대답에 귀를 기울였다.

"정말 그랬소."

그는 말했다.

그는 놀라는 빛이나 꺼려하는 빛 없이 엄숙하게 나의 손을 흔들었다. 내려다보니 그는 그의 주름진 얼굴과 뻗어 내민 손 저쪽 어딘가에 자리잡고 있었다.

"그리고 이젠 저희들의 협상은 끝났습니다. 안녕히 계십시오."

그는 손을 들어 올렸다.

"잘 가요."

그가 말했다. 애매한 목소리였다.

그를 떠나 페인트 냄새가 나는 바깥으로 나왔을 때, 나는 내가 주제넘은 말을 하지 않았나 하는 생각이 들었다. 내 것이 아닌 말들을 사용하여 내 것이 아닌 태도를 보였다는 생각과 마음속 깊이 자리잡은 어떤 이질적인 인격의 지배를 받았던 것 같은 생각이 들었다. 심리학 시간에 배운 그 하녀처럼 말이다. 그 하녀는 어느 날 일하면서 귀동냥으로 얻어들은 그리스 철학의 몇 페이지를 혼수 상태 속에서 암송했다는 것이다. 나는 마치 어떤 정신병자 영화의 한 장면을 재현해낸 것 같았다. 아니면 내가 본래의 나 자신을 회복하는 중이어서 지금까지 억눌렸던 감정을 말로 표현한 것인지도 몰랐다. 아니면, 내가 이제 두려움을 모르는 사람이 된 것일까 하고 보도를 따라 걸어 올라가며 생각했다. 나는 걸음을 멈추고 햇빛과 그늘의 비탈을 이룬 그 환한 거리에 죽 늘어선 건물들을 바라보았다. 과연 나는 이제 두렵지 않았다. 거물이든, 이사든, 뭐든 두렵지 않았다. 그들에게서 내가 기대할 수 있는 것은 아무것도 없다는 사실을 아는 이상 두려울 이유가 없었기 때문이었다. 그 때문이었을까? 나는 머리가 가뿐해졌고 귀는 종소리처럼 울렸다. 나는 계속 걸음을 옮겼다.

보도를 따라 건물들이 한결같은 모양으로 촘촘히 붙어서 있었다. 날은 이제 저물 녘이었고 건물들 꼭대기에는 깃발들이 펄럭이는 데도 있었고, 뛰어내려 무너져내리는 데도 있었다. 나도 쓰러질 것 같은 기분이 들었고, 아니 이미 쓰러져버렸고, 이제 나를 향해 몰아치는 급류 같은 것을 거슬러 움직이는 듯했다. 공장 구내에서 나와 거리로 나가며 내가 건너온 다리를 발견했다. 그러나 옥상을 통과하는 전차 길로 되돌아가는 층계는 현기증이 날 만큼 너무 가팔라서 나는 기어오를 수도, 헤엄을 칠 수도, 날 수도 없었다. 그러나 나는 대신 지하철을 찾아냈다.

주위의 것들이 너무나 빠른 속도로 소용돌이쳤다. 내 정신은 느릿느릿 출렁이는 물결 속에서 밝아졌다 깜깜해졌다 했다. 우리, 그 사람, 그 사람과—내 마음과 나—이제 그 어느 것도 같은 동아리에서 어울리지 않았다. 내 육신도 마찬가지였다. 지하철의 통로 저편에서 백금빛 머리칼의 젊은 여자가 역의 불빛들이 등 뒤로 잔물결을 이루며 지나가는 동안 빨간 딜리셔스 사과〔미국산 사과의 한 품종〕를 베어 먹는 것이 보였다. 전동차가 돌진해 들어왔다. 어질어질하고 진공처럼 텅 빈 정신 속에서 나는 그 굉음 속으로 떨어져내려 밑으로 빨려 들어가 늦은 오후의 할렘 가로 나왔다.

12

지하철에서 나왔을 때 레녹스 가는 술에 취해 바라본 것처럼 비스듬히 기울어져 보였다. 나는 기우뚱거리는 거리의 모습을 놀란 어린애 같은 눈으로 지그시 바라보았고 내 머리는 쿵쿵 뛰었다. 상한 크림빛 얼굴색을 한 거대한 몸집의 두 여자가 그 육중한 체구와 사투라도 하듯 뒤뚱거리며 지나갔는데 꽉 퍼진 엉덩이들이 무서운 화염처럼 흔들렸다. 내 앞으로 해서 그들은 보도 건너편 저쪽으로 걸어갔다. 밝은 오렌지빛으로 비껴드는 한줄기 햇살이 확 끓어오르는가 싶더니 나는 아랫도리에 힘을 잃고 무너지는 나의 모습을 보았다. 그러나 머리는 맑았다. 너무나 맑아 내 머리는 나를 돌아 비껴가는 사람의 무리를 선명히 기록하고 있었다. 다리, 발, 손, 구부러진 무릎, 닳은 신발, 기묘하게 흥분된 표정, 그리고 쉼없이 움직이는 사람들.

그리고 "이봐요. 괜찮아요? 무슨 일이죠?" 하고 저음의 허스키한 목소리로 말을 거는 우람한 몸집의 흑인 여자. 그러고는 나의 말.

"괜찮습니다. 그저 기운이 없어서요."

그리고 나서 일어서려 하니 흑인 여자의 말.

"여러분, 이 사람 숨 좀 쉬게 뒤로 물러서주지그래요. 거기 좀 물러서요."

그리고 이제 뒤따라 울려오는 관공리(官公吏) 같은 투의 목소리.

"다들 가요. 모여들지 말고."

그리고 한쪽엔 그 여자, 한쪽엔 한 남자가 나를 부축해 일으켜 세우고 경찰관이 말한다.

"괜찮나?"

나의 대답.

"예, 그냥 기운이 빠지더니 정신을 잃어버렸던 것 같군요. 이제는 괜찮습니다."

사람들에게 가라고 지시하는 경관. 나를 부축한 남자와 여자만 남기고 흩어지는 사람들. 다시 경관의 말.

"이봐, 정말 괜찮나?"

그렇다고 끄덕이는 나.

"이봐요, 어디 살지? 이 근천가?"

다시 묻는 그녀.

"멘즈 하우스"라고 말해주니 나를 바라보고 고개를 내저으며 "멘즈 하우스, 멘즈 하우스, 저런, 청년같이 쇠약하고 한동안 돌봐줄 여자가 필요한 처지에 거긴 있을 데가 못 되는데."

그리고 나의 말.

"하지만 이젠 괜찮을 거예요."

그러자 그녀.

"그럴지도 모르지만 안 그럴지도 모르지. 내 바로 저기 길 모퉁이를 돌아 사는데, 같이 가서 기운이 날 때까지 좀 쉬는 게 낫겠어. 내가 멘즈 하우스에 전활 걸어서 젊은이 있는 델 말해줄 테니."

너무 지쳐 거절할 힘도 없는 나.

그리고 이미 그녀는 내 한쪽 팔을 붙든 채 남자에게 다른 쪽을 붙잡으라고 말하고 있었다.

나를 가운데 부축하고 우리는 걸어갔고 나는 내심 마다하면서도 그녀가 이래라저래라 하는 것을 받아들였고, 이런 말을 들었다.

"걱정 말아요. 내가 돌봐줄 테니. 딴 사람들도 얼마나 많이 돌봐줬는데. 내 이름은 메리 람보라우. 할렘 이쪽 동네에선 모르는 사람이 없지. 젊은이도 내 이름 듣지 않았수?"

그러니 같이 가는 사람.

"그럼요. 전 제니 잭슨 씨의 아들입니다, 메리 아주머니. 제가 아줌마를 안다는 걸 아주머니도 아시잖아요."

그러자 그녀의 말.

"제니 잭슨. 그래, 젊은이는 날 알고 나도 젊은이를 아는 것 같군. 랠스턴이겠지. 그리고 젊은이 어머니는 애가 둘 더 있겠고, 플린트라는 사내애하고, 로라진이라는 여자애. 그래, 내 청년을 알잖고—나와 청년의 어머니와 청년의 아버지가 예전에—."

그리고 나의 말.

"전 이제 괜찮습니다. 정말 괜찮아요."

그리고 그녀의 말.

"그래, 그렇게 보이긴 하는데 더 나빠졌을 게 분명해."

그리고 날 잡아당기며 하는 말.

"바로 여기가 내 집이야. 계단으로 해서 안으로 들어가도록 날 거들어줘요. 이봐, 걱정할 필요 없대두. 내 젊은일 본 적도 없고 내 상관할 일도 아니지. 그리고 젊은이가 날 어떻게 생각하든 상관은 없지만, 젊은이는 몸이 쇠약해져 제대로 걷지도 못하는 데다 잔뜩 허기가 진 것 같단 말이야. 그러니 그냥 따라와서 내가 젊은이를 위해 뭘 좀 해주게 둬요.

이 늙은 메리가 도움이 필요할 때 젊은이도 뭘 좀 도와주면 될 거 아냐. 돈 한 푼 드는 일도 아니고 젊은이 일에 내가 상관하고 싶은 것도 아니야. 그저 누워서 푹 쉬었다 갔으면 좋겠다는 거지."

그러자 말을 받아서 사내가 하는 말.

"이봐요, 당신 좋은 분 만났어요. 메리 아줌마는 늘 사람을 돕는 분인데, 당신에겐 도움이 필요하니 말이야. 당신 나처럼 흑인인데도 백인 녀석들 말마따나 백지장처럼 하야니—계단 조심해요."

그리고 계단을 몇 개 오르고 그다음 몇 개를 더 오르니 힘은 점점 빠지고 양쪽에서 따뜻하게 부축한 두 사람. 이윽고 서늘하고 어두운 방 안으로 들어서니 들리는 말.

"자, 여기 침대가 있어요. 거기 눕혀요. 자, 자, 됐어, 랠스턴. 이제 다리를 올려요—침대 덮개는 상관 말고—자, 됐어요. 이제 저기 부엌으로 가서 이 사람에게 물 한 컵 떠다줘요. 냉장고에 물병이 있을 거야."

그러자 그는 가고 그녀는 내 머리 밑에 베개 하나를 더 포개 넣고 말한다.

"이제 좀 나아질 거예요. 회복이 되고 나면 자기가 얼마나 중태였는지 알게 될걸. 자, 이제 여기, 물 좀 마셔봐요."

그리고 나는 물을 마시며 반짝이는 유리컵을 쥔 그녀의 야윈 갈색 손가락들을 본다. 그러자 거의 잊어버렸던 옛날의 안도감이 나를 감싸고, "내가 무너지고 있다고 생각은 않더라도 내가 어떤 곤경에 빠져 있나를 보라"는 말들이 메아리처럼 울리는 가운데 생각에 잠기는데 부드럽고 서늘하게 쏟아져오는 잠.

눈을 뜨니 그녀는 방 저쪽에서 신문을 읽고 있었다. 그녀는 콧잔등 나지막하게 안경을 걸치고 신문을 들여다보았다. 그러나 나는 안경이 아직 아래로 기울어져 있었지만 이제 눈은 신문이 아니라 내 얼굴을 향한 채 서서히 웃음이 피어오르며 환히 빛나는 것을 깨달았다.

"이제 기분이 좀 어때요?"

그녀가 물었다.

"훨씬 좋아졌습니다."

"그럴 거라고 생각했수. 내가 부엌에 놔둔 수프 한 그릇을 들고 나면 훨씬 좋아질 거야. 한동안 푹 잤으니."

"그랬어요? 지금 몇 시죠?"

"열 시쯤 됐어. 자는 걸 보니 젊은이가 필요한 건 쉬는 거라는 걸 알았지……. 아냐. 아직 일어나지 말아요. 수프를 들어야 해. 그러고 나서 가란 말이야."

이렇게 말하고 그녀는 일어섰다.

그녀는 접시에 사발 하나를 받쳐 들고 왔다.

"여기 이걸 들면 괜찮아질 거야. 거기 멘즈 하우스에선 이런 서비스 못 받아볼걸. 그렇잖우? 자, 이젠 거기 그냥 앉아 천천히 들어요. 나야 하는 일이라고는 고작 신문 보는 일밖엔 없으니까. 그리고 난 누구랑 같이 있는 걸 좋아한다우. 아침 나절엔 바쁜가?"

"아니에요. 그동안 몸이 아팠어요. 하지만 일자릴 구해야 해요."

"몸이 좋지 않다는 걸 알고 있었지. 왜 그걸 숨기려 하우?"

"아무에게도 폐를 끼치고 싶지 않아서요."

"다 누군가에게 폐를 끼치게 마련이야. 더구나 젊은인 병원에서 갓 나왔잖우."

나는 고개를 들었다. 그녀는 흔들의자에 몸을 앞으로 기울이고 앉아 팔은 앞치마를 걸친 무릎에 편하게 포개놓고 있었다.

"그걸 어떻게 알았습니까?"

나는 물었다.

"저런 또 못 믿기 시작하는군."

그녀는 엄하게 말했다.

"그래서 요즘 세상이 탈이야. 아무도 남을 믿지 않으니. 이봐요. 난 젊은이에게서 병원 냄새를 맡을 수가 있어. 젊은이 옷에 소독약 냄새가 잔뜩 묻어 있어 개라도 잠재우겠더란 말이야."

"입원해 있었다고 말한 기억이 없는걸요."

"그렇겠지. 그럴 필요도 없었구. 내가 냄새를 맡아냈으니까. 이곳에 가족이 있수?"

"아뇨. 가족은 남부에 있어요. 학비를 벌려고 취직하러 올라왔는데 병이 나고 말았죠."

"저런, 하지만 잘 풀리겠지. 장차 어떤 사람이 될 작정이우?"

"아직 모르겠어요. 여기 올 때는 교육자가 되고 싶었는데, 지금은 모르겠습니다."

"그래, 교육자가 되고 싶은데 뭐가 잘못됐나?"

나는 맛 좋고 따뜻한 수프를 훌쩍이면서 생각해보았다.

"아니, 별일은 없었어요. 그저 딴 일을 할까 싶어서요."

"글쎄, 뭐가 됐든 우리 동족에게 훌륭한 일이길 바라우."

"저도 그랬으면 합니다."

내가 말했다.

"그랬으면이 아니에요. 그렇게 되도록 해야지."

나는 그녀를 바라보면서 내가 무엇이 되려고 했던가, 그리고 어디서 그만 두 손을 들고 말았던가를 생각했다. 내 앞에 앉아 있는 그녀의 육중하고 침착한 모습이 눈에 들어왔다.

"세상을 변화시킬 사람들은 당신네 젊은이들이지."

그녀가 말했다.

"당신네 모두란 말이야. 당신네가 앞장을 서야 하고 싸워서 우리 전부를 좀 더 높은 데다 올려놓아야 해. 그리고 한마디 덧붙이자면 그런 일을 해야 할 사람은 남부에서 올라온 사람이라우. 남부 사람은 불이 뭔지도 알고 그게 어떻게 붙는지도 잊지 않고 있으니까. 여기 있는 사람들은 잊어버린 사람들이 너무 많아. 자기네들 위치만 확보하면 밑바닥에 사는 사람들을 죄다 잊어버린다니까. 정말이지. 하고많은 사람들이 이러니저러니 말을 하면서도 실은 깡그리 잊어버렸어요. 아무렴, 잊지 말고 앞장서야 할 사람들은 당신네 젊은이들이지."

"맞습니다."

내가 말했다.

"그러니 이봐요. 몸조심하우. 이 할렘에 잡아먹히지 말라고. 난 뉴욕에 살지만 뉴욕이 내 안에서 살진 않아. 내 말 알아듣겠수? 타락하지 말라는 말이야."

"그럼요. 너무 바빠 그럴 새도 없을 거예요."

"그럼 좋아요. 내가 보기에 젊은인 뭔가 할 사람 같으니 몸조심해요."

나는 가려고 일어섰다. 그녀는 의자에서 몸을 일으켜 문간까지 나를 따라 나왔다.

"멘즈 하우스 근처 어디에 방을 얻고 싶거든 날 찾구려."

그녀가 말했다.

"방세는 비싸지 않으니까."

"기억해두겠습니다."

내가 말했다.

나는 생각했던 것보다 더 빨리 그녀의 말을 기억해내야 했다. 환하고 시끌벅적한 멘즈 하우스의 로비에 들어서는 순간부터 소외감과 적대감에 사로잡히고 말았다. 내 작업복이 뭇시선을 끌었고 나는 더는 그곳에서 살 수 없다는 것, 또 내 인생의 그와 같은 국면은 이제 지나가버렸다는 것을 깨달았다. 그 로비는, 내 머리에서 이미 부메랑처럼 날아가버린 환상들에 아직도 빠져 있는, 각양각색의 무리가 집합하는 장소였다. 남부의 학교로 되돌아가기 위해 돈을 벌고 있는 대학생들. 흑인 기업 제국을 건설하겠다는 이상적인 계획을 가지고 흑인 종족의 발전을 주장하는 나이든 축들. 교회도 신자도 없이, 성체와 성혈인 빵도 포도주도 없이, 자기들의 권한 말고는 어느 권한에 의해서도 임명 받아본 적 없는 목사들. 추종자 없는 공동체 '지도자들'. 인종차별 속에서도 여전히 남북 전쟁 후 자유의 망상에 벗어나지 못한 60대 이상의 늙은이들. 신사가 되겠다는 꿈 말고는 아무것도 가진 것이 없고, 보잘것없는 일자리를 가졌거나 쥐꼬리만 한 연금을 받으면서도 예외 없이 알 수 없는 굉장한 기업체에 다니는 척하거나, 무슨 남부 출신 국회의원이나 된 양 점잖은 티를 내며 남 앞을 지나갈 때는 꼭 곳간 앞뜰의 병든 늙은 수탉처럼 허리 굽혀 끄덕거리는 애처로운 사람들. 자기들이 꿈을 꾸고 있다는 사실을 아직도 자각하지 못하는 자들에 대해 꿈에서 벗어나 환멸을 느끼는 사람만이 느끼는 그런 경멸감을 내게 느끼도록 해주는 젊은 무리—말하자면 남부 대학에서 올라온 상경계 학생들. 그들에게 있어 비즈니스란 노아의 방주만큼 낡아빠진 규율을 적용하는 애매하고 추상적인 노름인데도 그들은 아직도 재정 문제에 취한 터였다. 그래, 그리고 그와 비슷한 야망을 품은 늙은 무리. '기독교 정통파'라든가 오직 상상력 하나만으로 브로커의 지위를 얻으려는 '배우들'. 월 가의 브로커들 사이에 유행하는 의복을 차려입느라고 월급의 태반을 날리는 수위와 사환의 무리. 이들은 브룩스 브라더즈(미국의 유명한 기성복 브랜드) 복장에, 중산모, 영국제 우산에 검정 송아지 가죽 구두, 그리고 노란 장갑을 끼어 차고 무슨 셔츠에는 어느 넥타이가 어울린다느니, 각반에는 어느 만큼 짙은 회색이 맞는다느니, 웨일즈 공은 어느 계절 행사에 어느 복장을 하고 나올 것이라느니, 망원경은 오른쪽 어깨에 메야 한다느니, 아니면 왼쪽 어깨에 메야 한다느니 하는, 판에 박힌 논쟁에 열을 올리는가 하면, 경제면은 읽지도 않으면서 《월 스트리트 저널》지는 신앙적으로 꼬박꼬박 열심히 사서 왼쪽에 쥐거나 왼쪽 겨드랑이 아래에 끼어 몸에 꽉 붙이고 다니는데—손에는 매니큐어를 칠하고 날씨가 좋든 궂든 항상 장갑을 끼고 다니지. 그 하는 양이 여유 있으면서도 빈틈없었고(그래, 멋있었다), 또 한 손은 어떤가 하면 똘똘 만 우산을 알맞게 계산된 각도로 앞뒤로 흔들며 다니고, 유행을 엄수하여 홈버그 모자에 체스터필드 코트(앞 여밈은 싱글이나 더블, 허리가 들어가지 않는 형태로, 단색의 예장용 코트), 폴로 코트(수트, 재킷, 블레이저 등의 비즈니스 웨어와 함께 입는 정장용 코트), 티롤 모자(부드러운 펠트 천으로 만들며, 뒤쪽 테는 휘어 올라가고 앞은 약간 내려오며 리본을 두르고 옆에 깃털을 꽂아 장식한다) 등을 착용하고 다녔다.

나는 그들의 시선을 느낄 수 있었다. 나는 그들 모두를 보았고, 나의 장래가 끝장났다는 걸 그들이 알게 될 시기를 또한 보았고, 그들이 장차 장래성과 자부심을 상실해버린 대학생인 나에게 가질 경멸감도 이미 보아 알 수 있었다. 나는 그 모든 것을 알 수 있었으며, 직원들과 노인들까지도 나를 멸시하리란 사실을 알았다. 마치 내가 블레드소우의 세계에서 내 자리를 잃어버림으로써 그들을 배반해버리고 말기나 한 것처럼……. 그들이 내 작업복을 주시할 때 나는 그 사실을 알 수 있었다.

내가 엘리베이터를 향해 걸음을 옮겼을 때 그 목소리가 웃음소리와 함께 커다랗게 울려왔다. 돌아보니 그는 로비의 의자에 앉은 한 무리의 사람들에게 열변을 토하고 있었다. 머리칼을 짧게 깎고 주름살이 진, 그의 높이 솟은 둥그런 머리 뒤로 층층으로 겹이 진 비곗살이 보였다. 나는 바로 이놈이다 하고 확신하고 이것저것 생각할 것도 없이 대뜸 몸을 구부려 더러운 것이 가득 들어 있는 번쩍이는 것을 집어 들고는 성큼성큼 두 발짝 앞으로 걸어 나가서, 그 갈색 투명한 액체를 그의 머리에 철벅 쏟아 부어버렸다. 방 저쪽에 누군가 소리를 질렀지만 때는 이미 늦었다. 그자가 블레드소우가 아니라 어느 유명한 침례교 목사란 사실을 깨달은 것도 이미 때가 지난 후였다. 목사는 믿을 수 없다는 듯 분노에 떨며 눈을 부릅뜬 채 벌떡 일어섰고, 나는 쏜살같이 내달려 누가 나를 붙들 생각을 미처 하기도 전에 로비를 빠져나와 달아났다.

아무도 나를 쫓아오지는 않았다. 나는 나 자신의 행동에 놀라워하며 거리를 헤맸다. 조금 있으니 비가 내리기 시작했고 나는 멘즈 하우스 근처로 슬금슬금 돌아가, 재미있어하는 포터를 설득해 내 물건들을 몰래 빼내오도록 했다. 내게 '99년 1일' 동안 그 건물의 출입 금지령이 내렸다는 사실을 알게 되었다.

"자넨 다시 들어갈 수 없을걸."

포터는 말했다.

"하지만 자네가 저지른 짓 때문에, 정말이지 사람들이 두고두고 자네 이야기를 할 거야. 자네가 늙은 목사에게 진짜 세례를 줬으니 말이야."

그래서 그날 밤, 나는 메리의 집으로 돌아갔다. 그곳에서 나는 작지만 아늑한 방을 얻어 얼음이 얼 때까지 살았다.

그 시기는 평온의 기간이었다. 나는 보상금으로 생계를 꾸려 나갔고, 메리가 지도력과 책임감에 대해 끊임없이 주절대는 것만 빼놓고는 그녀와의 생활은 유쾌한 편이었다. 그리고 그런 잔소리도 내가 빚지지 않고 살 수 있는 한은 그다지 나쁜 편이 아니었다. 그러나 보상금은 대단한 것이 아니어서 서너 달이 지나자 내 돈은 바닥이 나고 말았고, 나는 다시 일자리를 구하려 들었으며 그녀의 잔소리는 너무나 짜증스런 것이 되어버렸다.

그런데도 그녀는 돈을 독촉하는 일이 없이, 식사 때도 전과 마찬가지로 음식을 후하게 내놓았다.

"지금은 어려운 시기를 겪는 것뿐이야."

그녀는 말하곤 했다.

"제 몫을 하는 사람이라면 누구나 어려운 때가 있는 법이지. 나중에 젊은이가 훌륭한 사람이 되면 지금 여기서 겪은 고생이 많은 도움이 된 걸 알 거요."

나는 그런 식으로 생각지 않았다. 나는 이미 방향 감각을 잃었다. 일자리를 구하러 다니지 않을 때는 방구석에 처박혀 도서관에서 빌려온 많은 책들을 읽으며 시간을 보냈다. 어쩌다 돈이 수중에 남았거나 사환일로 몇 푼 벌었을 때는 외식을 하고 거리를 밤늦게까지 쏘다니곤 했다. 메리 말고는 친구도 없었고, 친구를 원하지도 않았다. 그렇다고 메리를 '친구'로 생각한 것도 아니었다. 그녀는 그 이상의 존재였다—하나의 힘, 안정되고 친숙한 힘이었다. 내가 감히 감당할 수 없는 어떤 미지의 것 속으로 휘말려 들어가는 것을 막아주는, 내 과거로부터 오는 어떤 것이랄까. 그러나 그런 입장은 몹시 고통스러운 것이기도 했다. 왜냐하면 그와 동시에 메리는 끊임없이 내게 어떤 것을 기대하고 있음을, 그러니까 어떤 앞장서는 행동, 어떤 뉴스거리가 될 만한 업적을 기대하고 있음을 일깨워주었기 때문이었다. 그런데 그 때문에 그녀에게 화가 치밀기도 하고, 그녀가 늘 활기를 불어넣어주는 그 막연한 희망 때문에 그녀가 사랑스럽기도 하고 하여 갈피를 잡을 수 없었다.

내가 무언가를 할 수 있다는 것을 의심하는 바는 아니지만, 무엇을 어떻게 해야 하는 것인가 말이다. 나는 누구와도 접촉하지 않았고 믿는 것도 없었다. 게다가 공장 부속병원에서 커가기 시작했던 내 정체에 대한 강박관념이 복수심과 함께 되살아났다. 나는 누구고 어떻게 해서 존재하게 되었을까? 캠퍼스를 떠날 때와는 어쩔 수 없이 달라졌다는 것은 틀림없는 사실이었다. 그러나 지금 하나의 새롭고 고통스러운, 모순된 목소리가 나의 내부에서 성장했고, 나는 복수를 요구하는 그 목소리와 메리의 말 없는 압력 사이에서 죄의식과 당혹감에 떨었다. 내가 바라는 것은 고요와 평온이었지만 안에서는 너무 많은 것이 들끓었다. 내 삶이 내 대뇌를 조건지어 발생시킨, 감정을 얼어붙게 하는 그 무거운 얼음 덩이 밑 어딘가에서 검은 분노의 불씨가 이글거리며 붉고 뜨겁게 타오르는 맹렬한 빛을 발산한 것이다. 얼마나 맹렬한지 켈빈 경〔스코틀랜드의 수학자이자 물리학자. 절대 영도를 계산해냈다〕이 그 불의 존재를 알았더라면 그의 측정치를 수정했을지도 모를 일이었다.

어디선가 아득한 데서 폭발이 일어났다. 아마도 그건 저 이전 에머슨의 사무실에서, 아니면 그날 밤 블레드소우의 사무실에서였는지도 몰랐다. 그리고 그것은 만년설을 녹이고, 눈에 보이지 않을 만큼 조금 그것을 이동시켰다. 뉴욕으로 온 것은 아마도 예전의 그 냉동 장치를 계속 작동시키려는 무의식적인 시도였는지도 몰랐다. 하지만 그것은 작동하지 않았다. 뜨거운 물이 냉동 장치의 코일 속으로 스며들고 말았던 것이다. 단 한 방울이었겠지만, 아마도 그 한 방울이 범람의 첫 물결이었으리라. 한때 나는 믿음이 있었으며 헌신적이었고 학교에서 한자리 얻기 위해 기꺼이 이글대는 석탄불 위에도 누웠고 무슨 짓이든 할 용의가 있었다—그런데 우지끈! 무슨 수를 써도 가망이 없었고, 막은 내렸고, 죄다 끝장이 나버렸다. 이제 그것을 잊어버리는 문제만이 남아 있었다. 내 머릿속에서 외쳐대는 온갖 상반된 목소리들이 가라앉아서 한 가락을 가진 노래를 불러주기만 한다면, 그리고 그것들이 제발 불협화음만 내지 않아준다면, 과거야 어찌 됐든 상관하지 않으리라. 그래, 불확실한 극단적인 음정만 피해준다면 말이다. 그러나 마음을 놓을 수는 없었다. 분노로 미칠 것 같았지만 지나칠 정도로 그것을 '자제'하고 있었다. 그 얼어붙은 미덕, 그 얼어붙게 하는 악덕으로 그것을 내리누르고 있었던 것이다. 분노심을 품으면 품을수록 내게는 연설을 하고 싶은 예전의 충동이 간절히 되살아났다. 길을 걸을 때도 내 입술에서는 걷잡을 수 없이 말이 쏟아져 나왔다. 내가 무슨 일을 저지르게 될지 겁이 나기 시작했다. 정말이지 모든 것이 마음속에서 이리저리 표류했다. 집이 그리웠다.

그리하여 그 얼음이 녹아내려 나를 익사시킬지도 모를 홍수를 이룬 어느 날 오후, 나는 눈을 뜨고, 북부에서 맞는 나의 첫 겨울도 어느새 다 가왔음을 발견했다.

13

처음에는 창문에서 돌아앉아 책을 읽어보려고도 했지만 마음은 자꾸 자꾸 묵은 문제로 되돌아갔다. 더는 견딜 수가 없어 나는, 마음이 극도로 심란하긴 했지만, 그 골치 아픈 생각에서 벗어나 찬바람이나 쐬려고 집에서 뛰쳐나오고 말았다.

문간에서 나는 어느 여자와 부딪쳤다. 그 여자는 내게 욕지거리를 퍼부어댔다. 하지만 나는 오히려 더 빨리 걸었다. 얼마 후 나는 집에서 몇 블록 떨어진 곳까지 걸어 나와 중심가인 다음 거리 쪽으로 걸음을 옮겼다. 거리는 얼음과 거뭇거뭇한 눈으로 뒤덮였고 머리 위에선 얄브스름한 안개 사이로 햇살이 가냘프게 새어들었다. 나는 살을 에는 듯한 바람을 맞으며 고개를 숙이고 걸었다. 그러나 안에서 타오르는 신열로 몸이 뜨거웠다. 내가 간신히 고개를 든 것은, 체인을 달고 철커덕거리며 지나가던 차 한 대가 빙판 위에서 완전히 한 바퀴 빙그르 돌았을 때였다. 차는 다시 조심스럽게 방향을 돌려 철컥덕철커덕 달려 나갔다.

나는 싸늘한 공기 속에서 눈을 껌벅이며 천천히 발걸음을 뗐고, 내 마음은 끊임없이 계속되는 내부의 열띤 논쟁으로 얼얼했다. 휘날리는 눈 속에서 할렘 전체가 따로따로 흩어지는 것 같았다. 갈 곳을 모르는 처지가 되어버렸다는 생각이 들었고, 그러자 잠시 섬뜩한 적막감이 느껴졌다. 눈이 눈 위로 떨어지는 소리가 들리는 것 같았다. 그게 무슨 뜻일까? 나는, 끝없이 늘어서 있는 이발소, 미장원, 과자점, 간이 식당, 생선 가게, 돼지 내장 집들을 물끄러미 들여다보며 진열장 앞으로 바짝 붙어 걸어갔다. 눈송이들은 그 틈바구니로 재빨리 수놓으며 날아들어 커튼이며 베일을 드리워놓는가 하면 다시 금방 그것을 벗겨버리곤 했다. 나는 종교용품이 가득 찬 진열장에서 번쩍이는 붉은빛과 황금빛에 시선이 끌렸다. 유리창에 낀 엷은 성에의 막 뒤로 조잡하게 채색된 마리아와 예수의 석고상 두 개가 해몽서, 사랑의 가루약, '신은 사랑'이라는 글자판, 값비싼 기름, 플라스틱 주사위 등에 둘러싸여 있었다. 누비아 흑인 노예의 검은 나신상이 금빛 터번 아래서 나를 쳐다보고 빙긋 웃고 있었다. 나는 그곳을 지나 뻣뻣한 가발 타래들과, 검은 피부를 희게 만드는 기적을 보장한다는 연고들이 놓인 진열장으로 갔다. "당신도 정말 미인이 될 수 있다"고 광고판 하나가 선언하고 있었다.

"더욱 흰 피부로 더욱 큰 행복을 찾으세요. 사교 모임에서 돋보이도록 하세요."

나는 주먹으로 유리창을 깨부수고 싶은 격렬한 충동을 억누르며 걸음을 서둘렀다. 바람이 일고 눈발은 가늘어졌다. 어디로 갈까. 영화관? 거기서 한잠 잘 수 있을까? 나는 이제 진열장은 거들떠보지도 않고 걸음을 옮겼고, 지금 또 혼자 중얼거리고 있다는 사실을 알았다. 그때 길모퉁이 저 아래, 한 노인이 괴이하게 생긴 수레 양켠에 손을 갖다 대고 손을 녹이고 있는 모습이 눈에 띄었다. 수레의 난로 연통이 가느다란 나선형 연기를 뭉실뭉실 내뿜으며 나를 향해 느릿느릿 고구마 굽는 냄새를 풍겨 보내 불쑥 찡한 노스탤지어를 불러일으켰다. 나는 마치 총이라도 맞은 것처럼 그 자리에 우뚝 멈춰 서서 숨을 깊숙이 들이마셨다. 옛날 일들이 떠오르고, 마음은 과거로 물결쳐갔다. 집에서 우리는 벽난로의 뜨거운 석탄 위에 고구마를 굽곤 했다. 그리고 그 식은 것들을 점심 삼아 학교에 싸가지고 가서 선생의 눈을 피해 제일 큰《세계지리》책 뒤에 몸을 가리고, 연한 껍질을 눌러 달콤한 속이 나오면 몰래 우물우물 먹어댔다. 그래, 우린 고구마를 설탕에 절여 먹는 것도 좋아했고, 파이 반죽 속에 넣어 기름을 잔뜩 부어 구운 것도 좋아했고, 돼지고기와 함께 볶아 그 근사하게 갈색이 된 기름을 번들번들 발라 먹는 것도 좋아했고, 그냥 날것으로 씹어 먹기도 했다—그 고구마는, 오래전의 일이었다. 시간은 도저히 돌이켜볼 수 없을 만큼 끊임없이 늘어나서 휘돌아오르는 연기처럼 가냘프게 뻗은 것 같았지만, 지나간 시간 이상으로 고구마들은 더 그리웠다.

나는 다시 걸음을 옮겼다.

"따끈따끈한 고구마! 캐롤라이나 군고구마 사시오."

노인이 큰 소리로 외쳐댔다. 길모퉁이에서 노인은 군용 외투 같은 것을 둘러 입고, 발에다 삼베 자루를 두르고, 머리에는 털모자를 덮어 쓴 채 느릿느릿 종이 봉지들을 쌓아올리고 있었다. 아래쪽 석쇠 속의 벌건 석탄 덩이가 뿜는, 후끈 달아오르는 열기 속으로 들어가노라니 수레 옆구리에 '군고구마'라고 쓰인 조잡한 표지가 눈에 띄었다.

"군고구마 얼마죠?"

나는 갑자기 허기를 느끼며 물었다.

"10센튼데 아주 달다우."

노인이 말했다. 나이 탓인지 목소리가 떨렸다.

"변비를 일으키는 놈은 하나도 없고, 여기 이놈들은 진짜 달다우. 이 노오란 것들 말이오. 몇 개나 드릴까?"

"하나만요. 맛이 그렇게 좋다면 하나면 되겠죠."

노인은 나를 힐끔 훑어보았다. 그의 눈언저리에는 눈물 같은 것이 맺혀 있었다. 그는 빙그레 웃으며 임시변통으로 만든 그 가마 뚜껑을 열고 장갑 낀 손을 그 속으로 조심조심 디밀었다. 군고구마들은—즙이 나와 부글거리는 것들도 있었다—벌겋게 단 석탄 덩이 위에 걸쳐놓은 철사망 위에 놓여 있었다. 석탄불은 바람이 밀려들자 푸른 불길로 낮게 솟아올랐다.

노인이 군고구마 한 개를 꺼내고 뚜껑을 닫자 후끈한 열기가 내 얼굴을 달궜다.

"옛수다."

노인은 고구마를 봉지에 넣으려 했다.

"봉지는 관두세요. 여기서 먹을 거니까."

"고맙소."

그는 10센트짜리 은화를 받아 쥐었다.

"달지 않으면 하나를 더 그냥 드리리다."

나는 가르기도 전에 그것이 단고구마라는 것을 알았다. 갈색 즙이 부글부글 껍질을 뚫고 흘러나왔다.

"어서 갈라 먹어요."

노인은 권했다.

"젊은이가 여기서 먹겠다니 가르면 버터를 좀 발라드리지. 집에 가져가는 손님이 많다오. 집에 가면 버터가 있으니까."

고구마를 가르니 달큰한 속 알맹이가 솟아올라 차가운 공기 속에서 모락모락 김을 냈다.

"일루 갖다 대슈."

노인이 말했다. 그는 수레 옆구리에 달린 선반에서 단지를 꺼냈다.

"일루 대요."

나는 고구마를 갖다 대고, 노인이 무르녹은 버터 한 숟가락을 고구마에 발라주는 것을, 그리고 버터가 고구마 안으로 스며들어가는 것을 지켜보았다.

"감사합니다."

"천만에. 그런데 할 말이 있소."

"뭔데요?"

나는 물었다.

"젊은이가 근래에 먹어본 것 중에서 그게 제일 맛있는 게 아니면 돈을 돌려드리지."

"그렇게까지 말할 필요 없어요. 보면, 저도 맛있는 것인 줄 아니까요."

"맞아. 하지만 맛있게 보인다고 전부 맛있는 건 아니니까. 하지만 이놈들은."

나는 한입 깨물었다. 지금까지 먹어본 것 중에서 제일 달고 따끈한 것 같았다. 그래서 나는 순식간에 밀어닥치는 고향 생각에 마음을 진정시키느라고 발길을 돌려 그곳을 떠났다. 군고구마를 우물우물 먹으며 길을 걸어가자니 갑자기 강렬한 해방감이 나를 압도했다—길을 걸어가면서 무얼 먹고 있다는 사실만으로도 그랬다. 유쾌하기 짝이 없는 일이었다. 나는 이제, 누가 날 보든, 체모 있는 일이 뭐가 됐든, 신경 쓸 필요가 없었다. 그따위 제기랄 것들! 군고구마가 사실 달기도 했으려니와, 그런 생각을 하니 정말 꿀맛 같았다. 학교에서나 고향에서 날 알던 사람이 지나가다 지금의 나를 본다면 얼마나 기겁을 할까! 그놈들을 샛길로 밀어처넣고 고구마 껍질을 얼굴에 잔뜩 처발라주리라. 우리네는 참 이상한 족속이야 하고 나는 생각했다. 정말이지, 우리가 좋아하는 것을 들이대기만 해도 더할 나위 없는 굴욕을 느끼니 말이야. 다 그러는 건 아니지만 대개가 그래. 백주에 이들에게 다가가서 곱창 한 묶음이나 잘 삶은 돼지 내장 같은 걸 앞에 대고 흔들어대기만 해도 그렇지! 그러면 얼마나 기절초풍을 하느냔 말이야! 그래서 나는 블레드소우를 향해 다가가서, 사람들이 꽉 찬 멘즈 하우스의 로비에서 그의 허울 좋은 겸양을 폭로하는 나의 모습을 그려보았다. 나는 거기서 그를 보고, 그는 나를 본다. 그가 나를 거들떠보지도 않자, 나는 격분하여 한두 자쯤 되는 그 더러운 날 곱창을 훽 꺼내어 끈적끈적한 덩어리들이 바닥에 뚝뚝 떨어지는 그 곱창을 그의 얼굴 앞에다 대고 흔들며 이렇게 외친다.

"블레드소우, 부끄러운 줄도 모르고 똥창을 먹는 놈! 난 네놈을 돼지 똥창을 즐기는 자로 고발한다! 하! 그리고 네놈은 똥창을 먹되 그것도 남의 눈이 없다고 생각될 때 아주 몰래 살금살금 먹는단 말이다! 네놈은 숨어서 돼지 똥창을 즐기는 놈이다. 블레드소우, 난 네놈을 더러운 습관에 빠져 있는 자로 고발한다! 블레드소우, 거기서 똥창을 꺼내놔라! 블레드소우, 우리가 다 볼 수 있도록 그걸 꺼내란 말이다! 난 만인의 눈앞에 네놈을 고발한다."

그러면 녀석은 몇 발이나 되는 그것들을 끄집어내놓는다. 겨자 잎, 돼지 귀, 잘린 돼지 살, 그리고 나무라는 듯한 흐릿한 눈을 가진 검은 눈의 콩과 함께.

그러한 광경이 눈앞에 맴돌자 나는 고구마가 목구멍에 멜 만큼 통쾌하게 웃음을 터뜨렸다. 그래, 다른 사람들이 보는 데서라면, 그건, 아흔아홉 살의, 체중이 90파운드 나가고 애꾸눈에 꼼짝 못하는 절뚝발이 노파를 강간한 죄로 녀석을 고발하는 것보다 더욱 고약하겠지! 블레드소우는 완전히 찌그러들고, 완전히 김새고 만다! 녀석은 땅이 꺼지게 한숨을 내쉬고 창피해서 고개를 떨구겠지. 사회적 지위도 그만이야. 주간지들은 냅다 공격해댈 것이고. 사진 위에 '저명 교육 인사 야비한 흑인 근성 발휘'라는 제목이 붙을걸! 그의 적수들은 젊은이들에게 나쁜 본을 보였다고 그를 비난하겠지. 신문 사설들은 저마다 그에게 해명을 하든지 공직에서 물러나든지 하라고 요구할 것이고. 남부에서는 백인들이 그를 버리겠지. 방방곡곡에서 그가 화제에 올라 이사들의 전 재산을 동원한다 해도 무너지는 그의 위신을 떠받쳐줄 수 없을 것이다. 결국 추방되어 자동 판매 식당의 접시닦이가 되는 것으로 끝장나겠지. 남부에서는 쓰레기차 일자리도 구하지 못할 테니까. 이거 너무 유치하고 맹랑한 생각이로군 하고 나는 생각했다. 하지만 제기랄, 좋아하는 걸 부끄러워하다니! 이젠 그따위 체면 집어치워버릴 작정이었다. 나는 나니까! 나는 고구마를 게걸스럽게 먹어치우며 다시 그는 노인에게 달려가 20센트를 디밀었다. "두 개 더 줘요" 하며.

"드리고말고. 있기만 하면 원하는 대로 드리지. 보아하니 젊은인 진짜 고구마를 먹을 줄 아는 사람 같구먼. 이것도 당장 먹어치우려우?"

"주시는 대로 당장 먹어치우죠."

"버터를 발라드릴까?"

"그래요."

"그래, 그래야 제대로 맛을 내서 먹을 수 있을 테니까. 발라드리고말고."

노인은 고구마를 건네줬다.

"보아하니 젊은이는 옛날식으로 고구마를 먹는 사람 같아."

"타구나길 그렇게 타고난걸요. 천생 고구마 인생이에요."

"그럼 남(南)캐롤라이나 주에서 온 게로군."

노인은 빙긋 웃으며 말했다.

“남캐롤라이나는 아무것도 아니에요. 제가 온 데서는 고구마라면 정말 사족을 못 쓰지요.”

“더 먹을 수 있겠거든 오늘 밤이나 내일 오슈.”

노인은 등 뒤에 대고 소리쳤다.

“우리 집 할멈이 따끈따끈한 고구마 파이 튀김을 가지고 나올 테니.”

따끈따끈한 파이 튀김이라 하고, 나는 그곳을 떠나며 우울하게 생각했다. 한 개를 먹어도 배탈이 날지 몰라……. 평소에 좋아하는 걸 가지고 부끄럽게 생각지 않기로 하고 나니 이젠 또 별로 많이 소화를 시킬 수가 없을 것 같다. 지금까지 진짜 하고 싶었던 것은 하지 않고 다른 사람들이 기대하는 것만 열심히 하느라 정말 얼마나 많은 것을 손해봤는가 말이다.

쓸데없는 낭비였지. 얼마나 몰지각한 낭비였느냔 말이야! 그러나 정말 좋아하지 않았던 것들은 어떤가? 좋아해선 안 된다고 생각되어서가 아니고, 좋아하지 않는 것이 품위와 교양의 표시라고 생각되어서도 아니다—정말 구미에 안 맞아 좋아하지 않았던 것들 말이다. 그런 생각을 하니 마음이 괴로워졌다. 그걸 어떻게 알겠는가? 그건 선택의 문제였다. 결정하기 전에 여러 가지를 면밀히 따져봐야 할 문제였다. 내가 너무 많은 것에 대해 내 나름의 태도를 정해본 적이 없었다는 이유만으로도 적잖은 문제를 일으킬 것들이 있을 테니까.

난 지금까지 용인되어 있는 태도만을 용인해왔고, 그런 방식이 인생을 단순하게 보이도록 만들었다…….

그러나 고구마 문제는 아니었다. 고구마에 관해선 문제가 없었고, 나는 마음만 내키면 언제 어디서라도 고구마를 먹을 작정이었다. 고구마의 수준을 계속 유지하라. 그러면 인생은 달 것이다—얼마간은 비록 거북스럽겠지만. 그러나 길거리에서 고구마를 먹는 자유는 시내로 들어서자마자 기대했던 것보다는 훨씬 만족스럽지 못한 것으로 판명되고 말았다. 고구마 꽁지를 씹으니 입 안에 고약한 맛이 가득 번졌고, 그래서 나는 그걸 길가에 내던져버렸다. 서리 맞은 고구마였다.

바람이 몰아쳐 나는 한 무리의 어린애들이 포장 상자에 불을 붙이고 있는 샛길로 들어섰다. 잿빛 연기가 낮게 드리워 점점 짙어가는 것 같아 나는 매운 내를 맡지 않으려고 고개를 숙이고 눈을 감은 채 걸어갔다. 가슴이 쓰리기 시작했다. 그래서 눈을 비비고 기침을 하며 연기에서 빠져나오다가 하마터면 무엇인가에 걸려 넘어질 뻔했다. 그 무엇인가는, 인도를 따라, 그리고 연석(緣石) 너머 차도까지, 마치 실어 내가기를 기다리는 쓰레기 더미처럼 아무렇게나 쌓여 있었다. 그때 나는, 그 침울한 표정의 군중을 보았다. 그들은 어떤 건물을 바라보고 있었다. 두 백인이 어느 노파가 앉은 의자를 끌어내고 있었다. 노파가 주먹으로 힘없이 백인들을 때렸다. 머리는 손수건으로 동여매고, 남자 구두에, 남자들이 입는 묵직한 푸른 스웨터를 입은, 어머니 같아 보이는 노파였다. 놀라운 광경이었다.

사람들은 묵묵히 구경을 했고, 두 백인은 의자를 끌어내면서 노파의 주먹질을 피하려 했고, 주먹질 하는 노파의 얼굴에는 분노의 눈물이 줄줄 흘러내렸다. 나는 믿을 수가 없었다. 무엇인가, 무슨 예감 같은 것이 나를 휩쌌다. 순식간에 스쳐가는 무슨 불길한 느낌 같은 것이었다.

"그냥 놔둬. 우릴 그냥 놔두라고."

노파는 소리쳤다. 두 사내가 주먹질을 피해 머리를 잡아빼며 얼른 노파를 연석 위에 주저앉히고는 다시 서둘러 건물 안으로 들어갔기 때문이었다.

도대체 무슨 일이야 생각하며 나는 주위를 둘러보았다. 도대체 무슨 영문이야? 노파는 연석에 쌓인 물건들을 가리키며 흑흑 흐느껴 울었다.

"저놈들 하는 짓 좀 봐. 보라니까."

노파는 나를 똑바로 보며 말했다. 그제서야 나는 쓰레기 더미라고 생각했던 것이 실은 헌 세간살이임을 깨달았다.

나는 당황하여 시선을 돌리고 빠른 속도로 불어나는 사람들 무리를 노려보았다. 얼굴들이 머리 위 창문들에서 골난 표정으로 내다보고 있었다. 두 사내가 층계 꼭대기에서 다 부서진 서랍장을 들고 다시 나타났을 때 또 한 사내가 밖으로 나와서, 그들 뒤에 서서 구경꾼들을 내려다보며 주의를 환기시켰다.

"이봐요. 서둘러요, 서둘러. 하루 종일 걸리겠어."

그러자 사내들이 장롱을 가지고 내려왔다. 나는 구경꾼들이 침울하게 길을 터주고, 사내들이 터벅터벅 걸어 나와 투덜투덜 장롱을 연석 위에 내려놓고는 좌우를 거들떠보지도 않고 다시 건물 안으로 들어가는 것을 보았다.

"저것 봐."

내 옆의 호리호리한 남자가 말했다.

"저놈들 한번 혼쭐을 내줘야 해."

나는 잠자코 그의 얼굴을 쳐다봤다. 그의 얼굴은 차가운 공기 속에서 긴장되어 잿빛이 되었고, 그의 눈은 층계를 오르는 사내들을 쫓았다.

"암, 저놈들이 저 짓을 못하게 해야 해."

다른 남자가 말했다.

"그런데 이 많은 사람 중에 그만한 용기를 가진 사람이 아무도 없단 말이야."

"용기는 충분해요."

호리호리한 남자가 말했다.

"불을 붙여놓는 사람이 없어서 그렇지. 나서는 사람만 있으면 돼요. 형씨 말은 형씨에게 용기가 없다는 거겠지."

"내가 말이오?"

다른 남자가 대꾸했다.

"내가 말이오?"

"좀 봐요. 좀 봐."

노파가 말했다.

그녀의 얼굴은 여전히 나를 향하고 있었다. 나는 돌아서서 두 사람 있는 데로 가까이 다가갔다.

"저 사람들이 누굽니까?"

나는 더 바짝 붙어 서서 물었다.

"집행린가 뭔가겠지. 저놈들이 누구인가는 쥐뿔도 관심 없소."

"집행리라고. 웃기시네."

다른 사내가 말했다.

"저 짐 나르는 자들은 다름 아닌 모범수들이라우. 일 끝마치는 대로 곧장 다시 수감될 신세지."

"누가 됐든 알 바 없어요. 누구든지 이 노인네들을 길거리로 내쫓을 권리가 없어."

"저 사람들이 이분들을 집에서 쫓아내고 있단 말인가요?"

내가 물었다.

"여기서도 그런 짓을 할 수가 있나요?"

"이봐요, 어디서 왔소?"

그는 나를 향해 홱 돌아서며 말했다.

"아니면 어디서 쫓아내는 것 같소? 이 사람들은 지금 강제로 퇴거당하는 거라니까!"

난 어리둥절했다. 다른 사람들이 나를 물끄러미 돌아보았다. 나는 강제 퇴거당하는 것은 한 번도 본 적이 없었다. 누군가 킥킥 웃었다.

"저 사람 어디서 왔대요?"

번뜩 뜨거운 열기가 나의 전신을 휩쌌다. 나는 돌아섰다.

"보십시오, 여러분."

나는 내 목소리에 서슬 푸른 기운이 어리는 것을 느꼈다.

"난 정중하게 물었어요. 대답하기 싫으면 그만이지 날 우스운 놈으로 만들지는 말아요."

"우스운 놈! 빌어먹을, 신경 긁어대는 자들은 모두 우스운 놈들이지. 당신 도대체 누구요?"

"그건 알아 뭐 해요. 난 나지. 공연히 내게 허튼소리 하지 마세요."

나는 그에게 새로 배운 말투로 퉁명스럽게 쏘아붙였다.

바로 그때 짐 나르던 사내 하나가 세간을 한 아름 안고 층계를 내려왔다. 나는 노파가 손을 뻗어 올리며 "내 성경책에 손대지 말아라, 이놈들아" 하고 악을 쓰는 것을 보았다. 그러자 사람들이 우르르르 앞으로 몰려나갔다.

그 백인은 벌게진 눈으로 군중을 쓱 훑어보았다.

"어디 있어요, 아주머니?"

그는 말했다.

"성경책이라고는 안 보이는데."

그러자 노파는 그의 팔에서 성경책을 홱 낚아채 움켜쥐고 악을 썼다.

"이놈들이 남의 집에 들어가서 못하는 짓이 없어. 그냥 쿵쿵거리며 들어와서 남의 생활을 통째로 산산조각 낸단 말이야. 하지만 여기 이것까진 안 돼. 내 성경책은 손 못 대!"

백인은 군중을 훑어보았다.

"이봐요, 아주머니."

그는 노파에게라기보다는 우리를 향해 말했다.

"누가 이런 짓 하고 싶어서 하는 줄 아시오. 어쩔 수 없어 하는 거지. 여기서 이런 일을 하라고 보내서 왔단 말이에요. 내 맘 같아서야, 지옥문이 얼어붙을 때까지 당신네들을 여기서 살라고 하고 싶지만……"

"이런 백인 놈들, 아이구 하느님, 이런 백인 놈들."

노파는 하늘을 쳐다보며 신음하듯 말했다. 그때 한 노인이 내 옆을 밀치고 지나 노파에게 갔다.

"여보, 여보."

노인은 노파의 어깨에 손을 얹고 말했다.

"이건 관리인 때문이지 이 양반들 때문이 아냐. 관리인이 장본인이지. 그자는 은행 핑계를 대지만 말이오. 하지만 임자도 그자가 장본인인 걸 알잖나. 그자하고 20년 이상을 지내보지 않았나 말이야."

"그런 소리 말아요."

노파는 말했다.

"백인 놈들은 다 마찬가지예요. 하나뿐이 아니에요. 그놈들은 다 우리를 원수로 알고 있어요. 하나같이 다 더럽고 비열한 놈들이라니까."

"맞아."

굵은 음성 하나가 말했다.

"맞는 말이야. 다 마찬가지야!"

무언가가 격렬하게 내 마음속에서 움직였다. 그래서 잠시 나는 다른 사람들에 관해서는 잊었다. 이제 생각해보면 그들에게는 어딘가 자의식 같은 것이 있었던 모양이다.

마치 그들이, 아니 우리가 강제 퇴거의 현장을 목격하는 것이 창피스러운 듯, 우리 모두가 어떤 수치스러운 사건에 공연히 끼어드는 듯 말이다. 그리하여 우리는 연석을 따라 늘어선 가재도구들을 건드리지 않으려고, 그리고 그것들을 너무 유심히 보지 않으려고 조심했다. 왜냐하면 우리는 궁금하고 재미있었지만, 궁금하고 재미있는 중에도 보고 싶지 않은 것을 수치감 속에서 목격하고 있었기 때문이며, 그 일이 벌어지는 동안 노파가 내내 가슴이 꺼지는 듯 울어댔기 때문이었다.

나는 눈에 불이 오르고 목구멍이 꽉 메어오는 것을 느끼며 그 늙은이들을 바라보았다. 노파의 흐느낌은 내게 야릇한 힘을 미쳤다—어린애가 자기 부모의 눈물을 보고 무섭고 불쌍한 생각이 들어 울음을 터뜨릴 때와 같았다. 나는 치솟아오르는 뜨겁고 어두운 감정의 소용돌이가 나를 그 늙은 부부에게 당기는 것을 느끼며 돌아섰다. 나는 그런 기분을 두려워했다. 나는, 거기 길가에서 노부부가 울고 있는 광경이 내게 불러일으키기 시작하는 그 감정을 경계했다. 그 자리를 떠나고 싶었지만 떠나기는 너무 부끄러웠고, 또 떠나기에는 이미 급속하게, 너무 깊이 이 사건에 휩쓸렸다.

나는 옆으로 비켜서서 두 사내가 계속 인도에 내다 쌓는, 그 어지럽게 흐트러진 세간살이들을 봤다. 그러다 구경꾼들이 밀치는 바람에 나는 아래를 내려다보았다. 타원형 사진틀에서 노부부의 젊었을 때 사진이 나를 내다보고 있었다. 슬프고도 근엄한 위엄이 어린 얼굴들이었다. 야릇한 감회가 솟아오르고, 그것은 어두운 거리에서 더듬거리는 히스테리컬한 목소리처럼 내 머릿속에서 찡찡 울려대기 시작했다. 19세기의 그날 그때에도 기대라고는 거의 갖지 않고 살았던 듯한 표정으로 그들은 나를 돌아보았고, 나는 환상을 갖지 않은, 그 엄숙한 긍지를 가진 표정이 갑자기 질책같이, 경고같이 느꼈다. 나의 눈길은 한 쌍의 조잡하게 조각된, 반질반질한 골편에 멎었다. 소위 '딱따기'라는 것으로 시골에서 춤출 때 음악 반주하는 데 쓰이기도 하고, 흑인 분장할 때 순회 악단에서 쓰이기도 하던 것이었다. 소, 혹은 사슴, 혹은 양의 납작한 늑골로 만드는 것인데 그 납작한 뼈다귀를 때리면 마치 육중한 캐스터네츠나 북을 치는 소리가 났다(이 노인이 순회 악단의 단원이었을까?). 푸른 식물들이 심긴 화분들이 더러운 눈 속에 무수히 늘어서 있었다. 필경 얼어 죽고 말리라. 담쟁이, 칸나, 토마토 등. 그리고 어느 바구니 속에는 머리칼을 세우는 빗, 가발 걸이들, 머리 마는 인두, 검붉은색 우단 바탕에 '신이여 우리 가정에 축복을'이라고 은색 글씨가 새겨진 판지 등이 들었다. 옷장 위에는 행운의 돌인 정복자 존의 광석들이 흩어져 있었다. 그리고 백인들이 광주리 하나를 내려놓는 걸 보니 그 속에는 얼음사탕과 장뇌가 가득 든 위스키 병, 조그만 이디오피아 국기, 퇴색한 에이브러햄 링컨의 철판 사진, 잡지에서 뜯어낸 할리우드 스타가 웃는 사진이 들어 있었다. 그리고 한 베개 위에는 형편없이 금이 간 정교한 도자기 몇 점과 '세인트 루이스 만국 무역 박람회'를 축하하는 기념 쟁반이 놓여 있었다……. 나는 현기증 같은 것을 느끼며, 흑옥과 진주가 박힌, 접은 채 둔 낡아빠진 레이스 부채를 바라보았다.

백인들이 나오자 사람들이 우르르 밀리면서 서랍장을 넘어뜨렸고, 그 안의 내용물이 내 발 앞 눈 속으로 쏟아져 나왔다. 나는 허리를 굽혀 물건들을 집어넣기 시작했다. 구부러진 공제 조합 기장. 녹슨 소매 단추 한 쌍. 놋쇠 반지 세 개. 부적 삼아 실에 꿰어 발목에 맬 수 있게끔 못 구멍을 낸 10센트짜리 은화 한 개. 어린애 필체로 '할머니, 난 할머니가 좋아요'라는 글이 쓰여진 화사한 카드 한 장. 흑인 분장을 한 백인처럼 보이는 사람이 어느 오두막 문간에 앉아 밴조를 뜯는 사진이 붙어 있고 그 위에는 한 소절의 악보와 '내 고향 오두막집에 돌아가'라는 가사가 적힌 또 한 장의 카드. 못 쓰게 된 흡입기 하나. 녹슨 고리가 달린 반짝이는 유리 염주 하나. 토끼발 하나. 포수의 미트같이 생긴 셀룰로이드로 된 야구 점수판 하나—여기엔 몇 년 전 어느 야구 시합 점수가 기록되어 있었다—오래되어 누래진 고무 꼭지가 붙은 헌 모유 유축기 하나. 닳아빠진 어린애 신발 한 짝. 바래고 구겨진 푸른 리본으로 묶은 먼지 낀 어린애의 머리칼 한 타래. 구역질이 날 것만 같았다. 나는 손에, '무효'라는 천공 도장이 찍힌, 시효가 지난 생명보험 증서를 세 장 쥐고 있었다. 그리고 '마커스 가비(흑인의 단결을 주창한 흑인 지도자) 추방되다'라는 제목과 함께 거대한 체구의 흑인이 찍힌, 누렇게 변색된 신문 사진 한 장.

나는 몸을 돌려, 혹시 못 보고 빠뜨린 것이 없나 허리를 굽히고 더러운 눈 속을 휘적였다. 내 얼어붙은 발자국 속에 놓인 무슨 물건이 손끝에 닿았다. 오래되어 찢어지고, 검은 잉크 글씨가 누렇게 변한, 금방 부스러질 것만 같은 서류 한 장이었다. 거기엔 이렇게 쓰여 있었다.

해방 증서

본인 소유였던 흑인, 프리머스 포로보는 1859년 8월 6일 본인에 의해 해방되었음을 만인에게 고함.

서명: 존 사뮤엘즈. 메이컨에서…….

나는 서류를 얼른 접어 그 노란 종이 위에서 번쩍이는 눈이 녹은 물방울을 닦아내고 서랍 속에 다시 던져 넣었다. 두 손은 떨렸고 나는 먼 거리를 달려온 사람처럼, 혹은 번잡한 거리에서 똬리를 튼 뱀을 만난 사람처럼 숨을 헐떡거렸다. 그것은 그보다 더 오래전부터, 시간적으로 더 이전부터였다고 나는 혼잣말로 중얼거렸다. 그러나 그럼에도 나는 그렇지 않았다는 것을 알고 있었다. 나는 서랍을 장롱에 다시 넣고는 취한 사람처럼 비틀비틀 연석 쪽으로 나아갔다.

그러나 마음은 안정되어주지 않았다. 쓰디쓴 물만 입 안에 가득했고, 그 쓴 물은 노부부의 물건들을 향해 내뱉어졌을 따름이었다. 나는 돌아서서 널린 물건들을 다시 물끄러미 바라보았으나 눈앞에 널린 것들을 바라본 게 아니라, 내면의 눈으로나 외면의 눈으로나, 모퉁이를 돌아 저 어둡고 멀리 떨어진, 오래전 나 자신의 기억이라기보다는 떠오르는 말들을, 연이어 들려오는 말의 반향들을, 영상들을, 집에서 귀를 기울이지 않아도 들려왔던 그것들을 보았다. 그리하여 나는 마치 내가 잃어버려서는 안 되는, 어떤 고통스러우면서도 귀중한 것을 박탈당하는 것 같은 느낌이 들었다. 그것은 썩은 이빨처럼 판단을 내리기가 곤란한 그 무엇이었다. 말하자면 잠시 동안 격렬한 고통만 견디면 그 고통의 원인이 사라지리라는 것을 알면서도 한없이 고통을 참아가며 잃고 싶지 않은 어떤 것이었다. 그리고 그러한 박탈의 느낌과 함께 어렴풋한 인식의 고통이 뒤따랐다. 쓰레기들, 남루한 의자들, 무겁기만 한 구식 다리미들, 바닥이 우그러든 양은 세숫대야들…….

이 모든 것들이 저들이 가지고 있어야 할 의미보다 더 많은 의미를 가지고 내 가슴속에서 쿵쿵거렸다.

그런데 왜 나는, 사람들의 무리 가운데 서서 하나의 환상처럼, 어느 춥고 바람 부는 날 빨래를 너는 어머니의 모습을 보았던 것일까? 너무나 추운 탓으로, 훈훈한 빨래들은 미처 수증기가 증발도 하기 전에 얼어붙어 빨랫줄에 빳빳하게 걸려 있었다. 치맛자락을 휘날리는 바람 속에서 어머니의 손은 희고 거칠었으며 그 반백의 머리는 어두워가는 하늘 속에서 아무것도 쓰고 계시지 않았다……. 왜 그것들은 물체로서의 그 본질적 의미를 넘어서 지금까지도 나를 불안하게 만드는 것일까? 그리고 내게는 왜 지금 그것들이, 좁은 거리에 부는 차가운 바람에 흔들려 금방이라도 들쳐 올려질 것 같은 베일 뒤에 가려진 듯 보이는 걸까?

"들어갈 테야."

고함 소리에 나는 휙 돌아섰다. 노부부는 그때 층계 위에 있었다. 노인이 아내의 손을 붙잡고 있었고, 백인들이 위쪽에서 몸을 내밀었으며, 나는 사람들에 밀려 층계 가까이 갔다.

"들어갈 수 없어요, 아주머니."

사내가 말했다.

"난 기도를 하고 싶어."

노파가 말했다.

"난들 어쩔 수 있습니까? 기도를 하려거든 여기 바깥에서 할 수밖에 없어요."

"들어갈 테야."

"이 안에선 안 돼요."

"그냥 들어가서 기도를 하려는 것뿐이야."

노파는 성경책을 움켜쥐며 말했다.

"길거리에서 이처럼 기도를 올리는 건 당치 않아."

"미안해요."

사내가 말했다.

"거, 기도하게 들여보내지 뭘 그래."

군중 속에서 누군가 소리쳤다.

"당신들 저 양반들 물건 전부 길가에서 끄집어내놨으면 됐지……. 뭘 더 원해? 피를 보겠다는 거야?"

"맞아. 그 노인네들 기도하게 들여보내라고."

"우린 그게 탈이야. 그 제기랄 놈의 기도 말이야."

다른 목소리가 외쳤다.

"들어갈 수 없어요. 알아요?"

백인이 말했다.

"법적으로 퇴거 명령을 받은 겁니다."

"하지만 그냥 들어가서 방바닥에 꿇어앉기만 하겠다니까요."

노인이 말했다.

"우린 여기서 20년이 넘게 살았소. 잠깐이면 되는데 왜 못 들어가게 하는지 그 까닭을 모르겠어……."

"이봐요, 말했잖아요."

사내가 말했다.

"난 명령을 받고 나온 거라고, 괜히 시간 뺏지 말아요."

"들어갈 테야."

노파가 말했다.

너무 난데없이 일어난 일이라 나는 어떻게 된 건지 영문을 알 수 없었다. 노파가 성경책을 꽉 움켜쥐고 층계를 치달아 올라갔고, 남편은 노파를 뒤따르고, 백인은 그들 앞을 막아서서 팔을 벌렸다.

"집어넣겠어."

그는 소리 질렀다.

"정말 감옥에 집어넣어버리겠어."

"그 노인네한테서 손을 떼!"

누군가 군중 사이에서 고함을 질렀다.

그때 층계 꼭대기에서 사내들이 노인을 밀어붙였고, 나는 노파가 뒤로 넘어지는 것을 보았다. 군중은 분노를 터뜨렸다.

"저 백인 새끼 죽여!"

"저놈이 노인네를 때렸어!"

한 서인도 여자가 내 귀에 대고 악을 썼다.

"저 더러운 짐승 같은 놈이 노인네를 때렸어!"

"물러서, 안 그러면 쏘겠다."

사내는 눈을 부라리며 총을 빼들고 문간으로 물러나면서 소리 질렀다. 문간에는 두 모범수가 팔에 가득 물건들을 안은 채 어쩔 줄 모르고 서 있었다.

"정말 쏠 테다. 당신네들 지금 무슨 짓을 하고 있는 줄 몰라? 쏜단 말이야!"

사람들은 주춤거렸다.

"저 안엔 여섯 발밖에 없잖아."

자그만 친구가 소리 질렀다.

"다 쏘고 나면 어떡할 거야."

"맞아. 네놈들은 숨을 데도 없어."

"당신들 나서지 않는 게 좋아요."

집행리가 소리쳤다.

"이 동네 와서 우리네 여자 하나쯤 때릴 수 있다고 생각하면 바보 같은 수작이지."

"잔소리 집어치우고 저 새끼 때려눕히자!"

"다시 생각해보는 게 좋을 거야."

백인이 소리쳤다.

나는 사람들이 계단을 뛰어오르는 것을 보았다. 갑자기 머리가 쪼개지는 것 같았다.

사람들이 백인을 공격할 작정이라는 것을 알 수 있었다. 나는 두렵기도 하고, 분하기도 하고, 역겹기도 하고, 기분 좋기도 했다. 일이 터졌으면 싶기도 했고, 나중 일이 무섭기도 했으며, 내가 보고 있는 광경에 분노와 울화가 치밀기도 했고, 그러는가 하면 두려움에 휩싸이기도 했다. 그것은 백인에 대한 것도 아니요, 공격의 결과에 대한 것도 아니요, 그 폭동의 광경이 내 내부에서 풀어놓을지도 모르는 그 어떤 것에 대한 것이었다. 그러자 두려움의 밑에서부터, 내가 이제까지 익혀온 바 있는 완충 작용을 하는 온갖 문구들이 한꺼번에 들끓어 올랐다. 나는 거대한 암흑의 구덩이 가장자리에서 비틀거리는 것 같았다.

"안 돼요. 안 됩니다!"

나는 나도 모르게 소리 질렀다.

"흑인 여러분! 형제들! 흑인 형제 여러분! 이러시면 안 됩니다. 우리는 법을 지키는 사람들입니다. 우리는 법을 지키는 사람들이고 웬만해서는 화를 내지 않는 사람들이에요."

나는 재빨리 군중 사이를 헤치고 나가 그들을 마주하고 계단 위에 서서 아무 생각도 없이 이것저것 뒤엉킨 감정들에 북받쳐 재빠르게 말을 쏟아냈다.

"우리는 법을 지키는 사람들입니다. 웬만해서는 화를 내지 않는 사람들이에요…….”

사람들은 멈춰 서서 귀를 기울였다.

백인 사내도 놀라고 있었다.

“옳아. 하지만 지금은 분통이 터진단 말이야.”

누군가 소리 질렀다.

“네, 그 말이 옳습니다.”

나는 되받아 소리쳤다.

“우리는 분노하고 있습니다. 하지만 현명하게 행동합시다. 그러니까…… 이러지 말자는 말씀입니다……. 며칠 전에 신문에 났던 그 위대한 지도자의 현명한 행동을 본받읍시다.”

“뭐라고? 이봐 누구 말이오?”

서인도인의 목소리가 외쳤다.

“자, 저 친구 집어치우고, 딴 놈들 데려오기 전에 저 백인 자식 때려눕히자고…….”

“안 돼, 기다려요.”

나는 고함을 질렀다.

“지도자를 따릅시다. 조직을 해요, 조직을! 우리에겐, 여러분도 읽었겠지만, 저 앨라배마 주의 현명한 지도자 같은 분이 필요합니다. 그분은 자기 감정을 억누르고 현명한 행동을 선택한 강한 분이셨습니다…….”

“이봐, 그게 누군데? 그 사람이 누구야?”

바로 이거다 하고 나는 생각했다. 사람들이 내 말을 듣고 있다. 열심히 듣고 있어. 아무도 웃는 사람이 없다. 웃는다면 난 죽어야지! 나는 배에다 힘을 주었다.

“그 현명한 분은” 하고 나는 말을 이었다.

“여러분이 읽은 것처럼, 그 탈주자가 군중 사이를 빠져나가 그분의 학교로 달려가서 보호를 요청했을 때, 그 현명한 분은, 합법적인 일을, 법을 준수하는 일을 할 수 있을 만큼 충분히 강하셨습니다. 그래서 그 분은 그를 법과 질서의 집행자들에게 넘겨주고……”

“그래!”

누군가 소리쳤다.

“그래, 그 친구가 몰매를 맞게끔 말이지.”

아이구! 그게 아니었다. 솜씨가 서툰 탓인지 의도와는 영 딴판이었다.

“그분은 현명한 지도자였습니다.”

나는 고함을 질렀다.

“그분은 법에서 벗어나지 않았습니다. 그게 현명한 행동이 아니었겠습니까?”

“그래, 옳아. 그 사람 현명해.”

그 사내는 화를 내며 웃었다.

“자, 이젠 저 자식을 좀 해치우게 비켜서.”

사람들은 고함을 질렀고 나는 최면에라도 걸린 듯 웃음으로 응수했다.

“하지만 그게 인간적인 일이 아니겠습니까? 결국 그분은 자신을 보호해야 했던 것이며, 왜냐하면……”

“그 작자 비겁한 밀고자야.”

한 여자가 악을 쓰듯 외쳤다. 목소리가 경멸감에 가득 차 있었다.

“네, 옳습니다. 그분은 현명했고 비겁했습니다. 그러나 우리는 어떻습니까? 우리는 어떻게 해야 하겠습니까?”

나는 그런 반응에 갑작스레 전율을 느끼고 소리 질렀다.

“저 사람을 보십시오.”

나는 외쳤다.

"그래, 저 사람을 좀 보시오."

중산모를 쓴 노인 하나가 교회에서 목사의 말에 맞장구치듯 소리 질렀다.

"그리고 저 노인 부부 좀 보십시오……."

"그래, 형제자매인 프로보 씨는 어떻소?"

그가 말했다.

"이건 정말 세상에 둘도 없는 창피야!"

"그리고 온통 길바닥에 팽개쳐진 저분의 세간살이들을 좀 보십시오. 눈 속에 처박힌 저분의 세간살이들을 좀 봐요. 노인 어른, 연세가 얼마나 되셨습니까?"

나는 큰 소리로 물었다.

"여든일곱이오."

노인은 말했다. 나지막하고 당황한 목소리였다.

"그게 어때서요? 우리 웬만해서 화 안 내는 동포가 알아듣도록 큰 소리로 한번 말해보세요."

"여든일곱이오."

"여러분, 들었습니까? 이분은 여든일곱입니다. 이분이 여든일곱 해 동안 모아놓은 것 좀 보십시오. 닭의 내장처럼 눈 바닥에 너즈러진 저것들 좀 봐요. 그래 우리는 법을 잘 지키는 사람들이고 웬만해서 화를 내지 않아서 날이면 날마다 한 쪽 뺨을 맞으면 다른 쪽 뺨을 내미는 사람들입니다. 우리는 어떻게 해야 합니까? 여러분은 어떻게, 저는 어떻게, 그리고 저분은 어떻게 했을 것 같습니까? 어떻게 해야 할까요? 저는 우리가 현명하게, 법을 준수하여 행동하기를 제안합니다. 이 허섭스레기들을 보십시오. 두 노인 양반이 더러운 방 속에 갇혀 저런 허섭스레기 속에서 살아야만 하겠습니까? 아주 위험한 일입니다. 화재의 위험이 있단 말이에요. 깨진 헌 접시들, 부서진 의자들, 네, 네, 네! 저 할머니 좀 보십시오. 누군가의 어머니, 누군가의 할머니일 것입니다. 우리는 저런 분을 '큰엄마'라고 부릅니다. 저분들은 우리의 응석을 받아주는 사람입니다……. '여러분은' 알고 있습니다. '여러분은' 다 기억합니다. 저분의 이부자리와 닳아빠진 신발을 보십시오. 나는 저분이 누군가의 어머니라는 걸 알고 있습니다. 아까 헌 유축기가 눈 바닥으로 떨어지는 걸 봤으니까요. 저분은 누군가의 할머니이기도 합니다. 아까 전 '할머니, 보세요'라고 쓰인 카드를 봤습니다. 그러나 우리는 법을 지키는 사람들입니다. 어느 광주리를 들여다봤더니 무슨 뼛조각이 있더군요. 딱따기 뼈였어요……. 이 연로한 부부는 과거에 춤을 추었던 것입니다……. 제가 본 것은…… 할아버지, 무슨 일을 하고 계십니까?"

나는 물었다.

"날품팔이를 하고 있소……."

"……날품팔이를 하신다고요? 여러분, 들으셨습니까? 그런데 눈 바닥에 내장처럼 너즈러진 저분의 물건들을 보십시오……. 저분이 하신 노동은 다 어디로 갔지요? 저분이 거짓말을 하는 걸까요?"

"제기랄. 아냐, 거짓말 아냐."

"아니고말고."

"그럼 이분의 노동은 다 어디로 갔습니까? 이분의 헌 블루스 곡 레코드와 화분을 보십시오. 이분들은 소박하고 건실한 사람들입니다. 그런데 모든 게 쓰레기처럼 내팽개쳐져 여든일곱 해가 태풍처럼 회오리쳐 버려졌습니다. 여든일곱 해가 후욱! 하고 태풍 속의 콧바람처럼 말입니다. 이분들을 보십시오. 이분들은 제 어머니, 아버지 같기도 하고 할머니, 할아버지 같기도 합니다. 그리고 저는 여러분과 같이 생겼고 여러분도 저와 같이 생겼습니다. 이분들을 보십시오. 그러나 우리는 현명하고 법을 잘 지키는 사람들임을 잊지 맙시다. 또 저기 문간에 45구경을 가지고 서 있는 저 법(法)을 보시고 그 점을 잊지 마십시오. 새파란 피스톨을 들고 새파란 서지 옷을 입은 저 사람을 봐요. 저 사람을 보십시오! 여러분은 한 벌의 서지 옷을 입고, 한 자루의 45구경을 든 한 사람만을 보는 것이 아닙니다. 여러분은 저마다 열 명의 사람을, 열 자루의 총을, 열 벌의 따뜻한 옷을, 열 명의 살진 배를, 백만의 열 배나 되는 법을 봅니다. 법, 그래 우리 남부에선 저자들을 법이라고 부릅니다. 법이라고요!

그러나 우리는 현명하고 법을 잘 지킵니다. 책장 모서리가 접힌 성경을 든 이 할머니를 보십시오. 이분은 여기서 무엇을 얻어내려는 걸까요? 이분은 신앙을 머리로 받아들였습니다. 그러나 신앙은 머리가 아니라 마음에 있다는 사실을 우리는 다 압니다. '마음이 깨끗한 자는 복이 있나니'라고 성경은 말합니다. 머리가 가난한 자에 대해서는 이야기가 없습니다. 이분은 무엇을 하려고 할까요? 머리가 깨끗한 자는 어떻습니까? 그리고 눈이 깨끗한 자, 너무 깨끗해서 거짓말을 하나도 놓치지 않고 알아보는, 얼음물같이 깨끗한 눈을 가진 자는요? 저기 저, 서랍들이 온통 빠져나온 이분의 캐비닛을 보십시오. 여든일곱 해 동안 저 서랍들을 오만 잡동사니 허섭스레기로 가득 채워온 이 할머니가 이제 법을 어기려 합니다……. 이분들에게 무슨 일이 난 것입니까? 이분들은 우리 동족입니다. 여러분의 동족이고 저의 동족이며 여러분의 부모이고 저의 부모입니다. 이분들에게 도대체 무슨 일이 났습니까?"

"내가 말해주지!"

한 뚱뚱한 사내가 분개한 얼굴로 사람들 사이를 헤치고 나오며 소리 질렀다.

"빌어먹을, 이 양반들은 재산을 박탈당한 거야. 이 미친 새끼야, 썩 꺼져버려!"

"박탈당했다고요?"

나는 한 손을 들어 올리며 그 말이 목구멍에서 날카롭게 올리도록 소리쳤다.

"참 좋은 말입니다. '박탈당했다', '박탈당했다', 여든일곱 해의 세월 말고 또 무얼 박탈당했다는 겁니까? 이분들은 아무것도 가진 것이 없어요. 아무것도 가질 수 없고요. 아무것도 가진 적이 없습니다. 그런데 누가 재산을 박탈당했다는 겁니까?"

나는 부르짖었다.

"우리는 법을 잘 지키는 사람들입니다. 그런데 누가 강제 박탈을 당하고 있다는 겁니까? 우리입니까? 이 늙으신 분들이 지금 눈 바닥에 나와 있습니다. 그러나 우리는 지금 이분들과 함께 있습니다. 이분들의 물건을 보십시오. 용변 볼 화장실 하나 없고 할 말 외쳐댈 창문 하나 없습니다. 그리고 우리는 지금 이분들과 함께 있습니다. 이분들을 보세요. 들어가 기도할 판잣집 하나 없고 블루스를 노래할 골목 하나 없습니다. 이분들 앞에는 총이 있고 우리도 이분들과 함께 총 앞에 서 있습니다. 이분들은 이 세상을 다 원하는 것이 아니고 예수님만을 원합니다. 예수님밖엔 원하지 않아요. 양탄자도 깔리지 않은 마룻바닥에서 단 15분간만 꿇어앉아 있기를 원합니다……. 어때요. '법률' 양반? 예수님만큼 값어치 있는 15분을 우리가 가질 수 있나요? 당신네가 세상을 온통 독차지했으니, 우린 우리 예수님을 가져도 되겠습니까?"

"난 명령을 받고 왔어, 청년."

사내는 조소를 머금고 권총을 흔들며 소리쳤다.

"자네 말이 옳아. 다들 이 일에 상관들 말라고 하란 말이야. 이건 법에 따라 하는 일이야. 불가피한 경우엔 쏠 수밖에 없어……."

"하지만 기도는 어떻습니까?"

"이젠 못 들어간다니까!"

"정말입니까?"

"정말이잖고."

"저 사람을 보십시오."

나는 성난 군중을 향해 외쳤다.

"새파란 강철 피스톨을 들고 새파란 서지 옷을 입은 저 사람을. 들으셨지요? 저 사람이 법입니다. 저 사람은 우리가 법을 잘 지키는 사람들이라 우릴 쏘아 넘어뜨리겠답니다. 그렇습니다. 우린 박탈당해왔습니다. 그뿐인가요? 저 사람은 자기를 신이라고 생각하고 있어요. 저 위, 좌우에 죄수들을 거느리고 기둥에 기대 선 저 사람을 보십시오. 찬바람이 도는 것 같지 않습니까? 바람이 이렇게 묻는 소리가 들리지 않아요? '당신은 당신의 중노동을 가지고 무엇을 했소? 무엇을 했소?' 하고 말이오. 여러분이 여든일곱 해 동안 얻지 못했던 모든 것을 보노라면 여러분은 부끄러운 생각이 들 것입니다……."

"여보게, 그걸 저 사람들에게 말해주게."

한 노인이 끼어들어 말했다.

"그러면 자기가 사람이 아니라고 생각될 거야."

"네, 이 노인 양반들은 꿈의 책 한 권을 가지고 있었습니다. 그러나 책장은 텅 비었고 숫자도 쓰여 있지 않았습니다. 이 책은 '장님의 눈'이라고 불리웠습니다. '대소망 전서', '아프리카의 비법', '이집트의 지혜'라고도 했습니다……. 하지만 그것은 눈이 멀고 광채를 잃었습니다. 사팔뜨기 목수처럼 온통 백내장이 끼어 똑바로 보지를 못합니다. 우리가 가진 것은 오직 성경뿐입니다. 그런데 이 '법률' 양반이 지금 그것도 못 갖게 합니다. 그럼 우리는 어디로 가는 겁니까? 여기서 나가 어디로 간단 말입니까? 냄비 하나 없이……."

"저 백인 새끼한테 간다."

아까 그 거구의 사내가 층계 위로 돌진하며 소리쳤다.

누군가가 나를 떠밀었다.

"안 돼요. 잠깐."

나는 소리 질렀다.

"이제 비켜!"

사람들이 우르르르 나를 밀치는 바람에, 나는 한 발의 총성을 들으며 뒤로 넘어져 어지러운 발길과 덧신들의 난장판 속에 휩쓸리고 말았다. 발길에 짓밟힌 눈 바닥의 감촉이 양손에 차디찼다. 또 한 발의 총소리가 머리 위에서 풍선 터지는 소리를 내며 울렸다. 비틀비틀 일어서며 보니 층계 꼭대기에서 총을 쥔 손이 군중의 오르내리는 머리 위 공중으로 치켜올려지더니, 곧 군중이 백인을 눈 바닥으로 질질 끌고 내려왔다. 그들은 나지막하고 긴장된, 북받쳐오르는 발악적인 소리를 내면서 백인을 좌우에서 후려갈겼는데, 그들이 내는 소리는 불평의 투덜거림이 증오로 이글거리는 몇천 마디 욕설로 폭발해버린 듯했다. 나는 한 여인이 뾰족한 구두 뒤꿈치로 백인을 때려대는 것을 보았다. 그녀는 휑한 검은 눈에 표정 없는 탈 같은 얼굴을 하고, 겨냥을 하여 치고 또 겨냥을 하여 치곤 했는데, 피가 솟구쳐 나오자 이제 두 발로 질질 끌려가며 양편의 군중에게 몰매를 맞는 백인 옆을 쫓아 뛰어다녔다. 갑자기 수갑 하나가 번쩍 반원을 그리며 공중으로 튕겨 올라 길 저편으로 날아가는 것이 보였다. 한 사내애가 사람들 사이에서 집행리의 멋진 모자를 머리에 얹고 걸어 나왔다. 집행리는 이리저리 휘돌리다가 한차례 연거푸 재빠른 주먹질을 당하면서 차도로 밀려났다. 나는 흥분하여 제정신이 아니었다. 군중이 사내를 쫓아 우르르르 몰려갔다. 그들은 마치 거인이 비좁은 장소에서 몸을 뒤트는 것처럼 이리 밀리고 저리 밀렸다—어떤 사람들은 웃었고, 어떤 사람들은 욕설을 퍼부었으며, 어떤 사람들은 한결같이 침묵을 지켰다.

"짐승 같은 놈이 저 얌전하신 할머니를 때렸어. 가엾게도."

서인도 출신 여자가 소리쳤다.

"흑인 여러분들, 저런 짐승 같은 놈 이제까지 본 적이 있나요? 저놈이 그래 신사요? 짐승이지! 흑인 여러분, 앙갚음을 해줘요. 자기가 한 못된 짓을 1천 배로 갚아줘요. 손자의 손자 대까지 가도록 흠씬 갚아주란 말이에요. 두들겨 패요. 우리 멋진 흑인 여러분, 여러분의 여자를 보호해야죠! 건방진 짐승 놈에게 손자의 손자 대까지 가도록 앙갚음을 해줘요."

"우리는 박탈당했소."

나는 있는 목청을 다해 소리쳤다.

"우리는 박탈당하고 이제 기도를 하려고 합니다. 들어가서 기도를 합시다. 자, 대기도회를 가져봅시다. 하지만 앉을 의자가 좀 필요할 겁니다……. 무릎을 꿇고 머리를 갖다 댈 의자 말이에요. 의자가 좀 있어야겠어요."

"이 아래 의자가 몇 개 있어요."

여자 하나가 인도 쪽에서 소리 질렀다.

"의자 몇 갤 들여가면 어떨까요?"

"그래야죠."

나는 소리쳤다.

"다 가져오십시오. 전부 가져와요. 저 쓰레길 안 보이게 숨기십시오. 본래 있던 자리에 도로 갖다놓으세요. 차도와 인도의 통행을 방해하고 있습니다. 그건 위법입니다. 우리는 법을 잘 지키는 사람들이니 거리에 있는 쓰레기는 치워야 합니다. 눈에 안 보이게 치웁시다. 숨겨요. 이 양반들의 부끄러운 물건을 숨겨요! '우리의' 부끄러움을 말입니다!"

"어서요. 여러분."

나는 소리치면서 층계로 내달려가 의자 하나를 집어 들고 돌아왔다. 나는 이제 내 행동이 어떤 행동인지 더는 따져보지 않았다. 나머지 사람들도 나를 따라 세간살이를 몇 개씩 집어 들고 집 안으로 끌고 들어갔다.

"진작 이래야 했어."

한 남자가 말했다.

"정말이야."

"아주 통쾌해요."

여자 하나가 말했다.

"정말 아주 통쾌해요."

"흑인 여러분, 여러분이 자랑스러워요."

서인도 여자가 소리 질렀다.

"자랑스러워요."

우리는 썩은 양배추 냄새가 나는 침침하고 작은 아파트로 뛰어 들어가 세간살이를 내려놓고 더 가지러 돌아갔다. 남자, 여자, 어린아이 할 것 없이 물건들을 들고 고함치고 웃어대며 뛰어 들어갔다. 나는 모범수 두 명이 어디 갔나 찾아보았다. 그들은 어디론가 사라지고 없는 것 같았다. 그러곤, 차도 쪽으로 내려가는데 언뜻 한 명이 보이는 것 같았다. 그 자는 의자 하나를 들고 안으로 들어가고 있었다.

"그래, 당신도 법을 잘 지키는 사람이군요."

그렇게 소리 지르고 나서 나는 그자가 다른 사람이란 것을 알았다. 백인은 백인이었지만 전혀 딴사람이었다.

그 사내는 나를 향해 웃으면서 그대로 안으로 들어갔다. 그리고 내가 차도에 이르렀을 때 보니 백인 남녀 서넛이 서서 세간살이가 하나씩 들어갈 때마다 격려를 보내고 있었다. 마치 무슨 명절날 같았다. 나는 그것을 막고 싶지 않았다.

"저 사람들 누굽니까?"

내가 층계에서 물었다.

"어떤 사람들요?"

누군가 되물었다.

"저 사람들 말이오."

나는 손으로 가리키며 말했다.

"저 백인들 말인가?"

"네, 뭐 하러 왔죠?"

"우리는 민중의 친구다."

백인 중 하나가 소리 질렀다.

"무슨 민중의 친구란 말이오?"

나는 그자가 "당신네 민중"이라고 대꾸하면 덤벼들 작정을 하고 소리 질렀다.

"우리는 모든 민중의 친구다."

그자는 소리쳤다.

"우리는 도와주러 왔어."

"우린 형제애를 신봉해."

다른 자가 외쳤다.

"좋아요. 그럼 그 소파를 들고 와요."

나는 소리쳤다. 나는 그들이 나타나서 꺼림칙했고, 그들이 모두 군중과 합세하여 퇴거당한 물건들을 다시 끌고 들어가기 시작했을 때 실망스러운 기분이 들었다. 저런 사람 얘기를 어디서 들었더라?

"행진을 하는 게 어때요?"

그 백인들 가운데 하나가 지나가며 큰 소리로 말했다.

"행진을 왜 안 해요!"

나는 생각해보지도 않고 인도 쪽에 대고 소리를 질렀다.

사람들은 즉각 그것을 받아들였다.

"행진을 하자……."

"좋은 생각이야."

"데모를 하자……."

"퍼레이드를 벌이자!"

사이렌 소리가 들리고 이내 순찰자들이 그 블록 안으로 돌아 들어오는 것이 보였다. 경찰이었다. 나는 군중을 살피며 그들의 표정을 눈여겨봤다. 누군가 "경찰이 온다"고 소리 지르자 다른 자들이 "올 테면 오라고 해" 하고 대꾸하는 소리가 들렸다.

이게 다 어떻게 되어가는 거지 하고 생각하며 한 백인이 건물 안으로 달려 들어가고 경찰관들이 차에서 뛰어내려 달려오는 것을 보았다.

"무슨 일이야?"

노란 방패 모양의 배지를 단 경관이 계단 위에 대고 소리쳤다.

이미 조용해져 있었다. 아무도 대답이 없었다.

"무슨 일이냐고 물었잖아."

경관이 또 한 번 물었다.

"당신."

그는 나를 똑바로 가리켰다.

"우리는…… 저 길가의 쓰레기 더미를 치우고 있었습니다."

나는 내심 긴장하여 큰 소리로 말했다.

"뭔데?"

그가 물었다.

"청소 운동입니다."

그렇게 소리치면서 웃음이 나오려고 했다.

"이 노인 양반들이 세간살이를 온통 길가에 어질러놔서…… 길을 치웠죠……."

"그래 퇴거 집행을 방해하고 있다는 말이군."

그는 소리지르며 군중 사이를 뚫고 들어왔다.

"저 사람은 아무 짓도 안 했어요."

한 여자가 내 등 뒤에서 소리쳤다.

나는 주위를 둘러보았다. 등 뒤 계단 위에는 집 안으로 들어갔던 사람들이 우글거렸다.

"우리는 다 같은 일행이다."

군중이 한곳으로 모이자 누군가 소리쳤다.

"길을 비켜!"

경관이 명령했다.

"안 그래도 길을 치우던 중입니다."

누군가 군중 뒤쪽에서 소리 질렀다.

"마호니!"

경관이 다른 경관에게 고함을 질렀다.

"폭동 진압 부대를 불러!"

"폭동이라고?"

백인 중 하나가 소리쳤다.

"폭동은 무슨 폭동이오?"

"폭동이라면 폭동이야."

경관이 말했다.

"그런데 당신네 백인들은 여기 할렘에서 뭘 하는 거요?"

"이 시의 시민이 아무 데나 가고 싶은 데 못 가오?"

"이봐! 경찰이 또 온다!"

누군가 소리쳤다.

"올 테면 오라고 해!"

"경찰국장 오라고 해!"

내가 감당하기에는 일이 지나치게 커지고 말았다. 일은 이미 온통 걷잡을 수 없이 되었다. 내가 뭐라고 했길래 일이 이렇게 되었나 말이다. 나는 계단에 있는 사람들 뒤로 슬금슬금 빠져나가 다시 복도로 들어갔다. 어디로 갈까? 나는 황급히 노부부의 아파트 방으로 뛰어 올라갔다. 하지만 여긴 숨을 데가 아냐 하고 생각하며 나는 다시 계단 쪽으로 돌아섰다.

"아니! 그쪽으로 가면 안 돼요."

누군가가 말했다.

나는 홱 돌아섰다. 백인 처녀 하나가 문간에 서 있었다.

"이 안에서 뭐 하는 거야?"

공포가 불같은 분노로 변하여 나는 소리쳤다.

"놀라게 할 생각은 없었어요."

처녀가 말했다.

"형제, 참 훌륭한 연설이었어요. 끝부분만 들었지만 분명히 사람들을 감동시켜 행동으로 이끌었어요……."

"행동!"

내가 말했다.

"행동이라고……."

"겸손해할 것 없어요, 형제."

그녀가 말했다.

"다 들었으니까."

"이봐요, 아가씨. 우리 여기서 나가는 게 좋겠어. 아래층엔 경찰이 득실거리는 데다가 또 오고 있어요."

나는 목구멍이 벌떡벌떡 뛰는 걸 가까스로 진정하고 말했다.

"아, 그래요. 옥상으로 해서 넘어가시는 게 좋겠어요."

그녀가 말했다.

"안 그러면 누구에게든 들키고 말 테니까."

"옥상으로?"

"어려울 것 없어요. 옥상으로 올라가서 계속 건너 넘기만 하면 이 블록의 끝 집이 나와요. 그리로 가서 문을 열고 놀러온 사람처럼 아래로 걸어 내려가는 거예요. 빨리 가세요. 경찰이 댁을 모를수록 효과가 있을 테니."

효과라니 무슨 뜻일까? 그리고 '형제'니 뭐니 하는 건 또 뭘까?

"고맙소."

나는 말하고 황급히 계단 쪽으로 뛰어갔다.

"잘 가요."

그녀의 목소리가 뒤에서 물결처럼 솟구쳤다. 돌아보니 어둠침침한 문간의 희미한 불빛 속에서 그녀의 흰 얼굴이 힐끔 비쳐 보였다.

나는 단숨에 계단을 뛰어올라 조심스럽게 문을 열었다. 갑자기 햇빛이 옥상 위에서 확 타오르는 듯했다. 바깥은 바람이 몰아치고 추웠다. 내 앞으로 건물과 건물들을 구획해주는, 눈이 얼어붙은 야트막한 담들이 장애물처럼 블록이 끝나는 길모퉁이까지 죽 뻗었고, 앞에는 또 빈 빨랫줄들이 바람에 떨고 있었다. 나는 바람의 칼질을 받는 눈발을 뚫고 옥상에서 옥상으로 민첩하게, 그러면서도 조심스럽게 건너갔다. 저 멀리 동남쪽 비행장에서 비행기들이 떠올랐다. 나는 이제 달렸고, 달리면서 오르내리는 모든 교회의 첨탑들과, 하늘을 뒤로하고 급하게 드러누운 연기를 뿜는 굴뚝들을 보았다. 저 아래 거리에서 사이렌 소리와 고함 소리가 들려왔다. 나는 달렸다.

그런데 그때 담을 기어오르며 돌아보니 어떤 사내가 지붕 사이의 낮은 담들을 넘어 미끄러지기도 하고 넘어지기도 하면서 헉헉대며 허겁지겁 나를 쫓아오는 것이 보였다. 나는 몸을 돌이켜 달아났다. 되도록이면 줄지어 있는 굴뚝들을 방패막이 삼으면서. 나는 왜 이 사내가 "서라!"고 고함을 지르지 않는지, 왜 총을 쏘지 않는지 의아스러웠다. 나는 엘리베이터 기계실 뒤로 몸을 피해 달리면서 건너편 옥상으로 단숨에 뛰어넘어가 아래로 내려갔다. 손에 닿는 눈은 차디찼고 무릎은 덜덜 떨려 부딪쳤으며 발가락이 꽉 죄었다. 다시 뛰어올라가며 돌아보니 검은 옷을 입은 작달막한 사내의 모습이 아직도 뒤를 쫓아오고 있었다. 길모퉁이까지가 1마일이나 되는 듯싶었다. 나는 내 눈앞에 솟은, 넘어가야 할 지붕이 아직 몇 개나 남았나 세어보려고 했다. 달리면서 일곱까지 헤아렸을 때 고함 소리와, 더 요란해진 사이렌 소리가 들려왔다. 돌아보니 사내는 여전히 내 뒤를 따라 짧은 다리로 허우적거리며 달려왔고, 내가 한 건물의 문을 열고 내려가려고 했을 때도 그는 역시 뒤쫓아왔다. 문이 굳게 잠긴 것을 알고 나는 다시 달려 눈 속을 지그재그로 뛰었다. 발밑에서 자갈이 절걱거리는 곳을 지났는데, 그때도 그는 내 뒤에 있었다. 어느 칸막이를 훽 뛰어넘어 커다란 새집을 스치고 지나갔을 때 기겁한 흰 새들이 푸드덕 날아올라 별안간 말똥가리처럼 커져서 내 눈앞에서 미친 듯이 날개를 푸덕거렸다. 그놈들이 푸덕이며 솟아올라 저쪽으로 날아갔다가 성난 듯 활주하여 되돌아왔을 때 태양은 어찔어찔하게 눈부셨다. 또 달리면서 돌아보니 한순간 이젠 없을 거라고 생각했던 그 사내가 여전히 팔짝팔짝 쫓아오고 있었다. 왜 이자는 총을 쏘지 않는 것일까? 왜일까? 여기가 고향 같기만 하다면! 아무 집이나 들어가도 누구든 아는 사람이 있는 고향 같기만 하다면! 얼굴이나 이름으로, 혹은 혈통이나 배경으로, 혹은 망신스런 일이나 자랑스런 일로, 혹은 종교로, 아는 사람이 있을 텐데.

들어서니 거긴 융단이 깔린 복도였다. 방망이질하는 가슴을 안고 아래로 내려가는데, 개 한 마리가 아파트 꼭대기 층에서 미친 듯이 짖어대기 시작했다. 그래서 나는 민첩하게 몸을 움직였다. 마치 품에 유리잔이라도 품고 가듯 나는 살짝 조용하게 계단의 가장자리를 타고 뛰어내렸다. 층계 밑을 내려다보니 저 아래 희부연 불빛이 유리문을 통해 새어

나오는 것이 보였다. 그런데 아까 그 아가씨는 어떻게 되었을까? 그 아가씨가 사내에게 날 뒤쫓게 한 게 아니었을까? 거기서 무얼 하고 있었을까? 나는 펄쩍 뛰어내렸다. 아무도 마주친 사람은 없었다. 나는 현관에 멈춰서 심호흡을 하며, 위에서 사내가 문을 여는 소리가 들리는지 귀를 기울이며 옷을 털고 매무새를 단정히 했다. 그러고 나서 영화에서 본 사람들처럼 아주 태연하게 거리로 걸어 나왔다. 위에서는 아무런 소리도 나지 않았다.

긴 블록이었다. 내가 내려왔던 건물은 동서로 뻗은 거리가 아니라 남북으로 뻗은 거리로 향한 건물이었다. 일단의 기마 경찰들이 쏜살같이 길모퉁이를 돌아 질주해갔다. 말굽 소리가 눈 속에서 둔탁하게 들려왔고 기마 경찰들은 안장 위에 높이 앉아 고함을 질렀다. 나는 달음질이 되지 않도록 신경을 쓰면서 걸음 속도를 빨리 했다. 계속 앞으로 나아갔다. 끔찍한 일이었다. 도대체 내가 뭐라고 했기에 이 같은 일이 벌어지고 말았을까? 이 일이 어떻게 끝장이 날 것인가? 죽는 사람이 생길지도 모를 일이었다. 또 권총으로 머리를 두들겨 맞을 사람들이 있을지도 몰랐다. 나는 길모퉁이에서 걸음을 멈추고, 쫓아오던 그 형사가 없나 살펴보고는 버스를 찾았다. 길게 뻗은 백설의 거리는 텅 비었고, 놀라 날아올랐던 그 비둘기들은 아직도 머리 위에서 맴돌았다. 나는 사내가 나를 내려다보고 있지 않나 옥상을 유심히 살펴보았다. 고함 소리는 계속 커졌고, 조금 있으니 또 한 대의 녹색과 백색 칠을 한 순찰차가 앵앵거리며 모퉁이를 돌아 내 곁을 쏜살같이 지나쳐서 아까 그 구역으로 달려갔다. 나는 한 블록을 건너질렀다. 거기엔 저마다 네온사인으로 치장한 여러 장의사가 죄다 낡아빠진 갈색 석조 건물들 안에 들어 있었다. 공들여 치장한 영구차들이 연석에 늘어서 있었고, 그중 하나는 고딕 아치 모양의 창이 달린 짙은 회색 차였는데, 창문을 통해 관 위에 쌓인 조화(弔花)들이 보였다.

나는 걸음을 서둘렀다.

내 눈앞에는 아직도 그 야트막한 계단 아래 서 있던 처녀의 얼굴이 사라지지 않았다. 그런데 날 따라 지붕을 넘어왔던 그 작자는 누굴까? 날 추적한 걸까? 그렇다면 왜 그처럼 한마디도 안 했고 왜 혼자뿐이었을까? 그래, 그리고 왜 순찰차를 보내 날 체포하지 않았을까? 나는 장의사가 많은 그 블록에서 황급히 벗어나 눈 덮인 거리를 휩쓰는 눈부신 햇빛 속으로 들어가서, 전혀 바쁠 것 없다는 티를 내보이며 속도를 늦춰 한가로운 걸음으로 걸어갔다. 나는 전혀 생각도 없고 연설도 못하는 멍청이처럼 보이고 싶었다. 그래서 인도로 느릿느릿 발을 끌듯 걸어가는 시늉을 하려다가 뒤를 언뜻 훔쳐보고는 역겨운 기분이 들어 그만두고 말았다. 내 바로 앞에서 차가 한 대 멈추더니 남자 하나가 왕진 가방을 들고 뛰어 내렸다.

"빨리요, 의사 선생님."

한 남자가 현관에서 소리쳤다.

"진통이 벌써 시작됐어요!"

"잘됐군."

의사가 소리 질렀다.

"그거 기다렸던 일 아니오."

"네, 하지만 예정일이 아니란 말입니다."

그들이 복도 안으로 사라지는 것을 지켜봤다. 제기랄, 애기가 시간 정해놓고 나오나 하고 나는 생각했다. 모퉁이에서 신호등이 바뀌기를 기다리는 몇몇 사람들 사이로 섞여 들어갔다. 그리고 이제 탈출에 성공

했나 보다고 겨우 안심을 하려는 순간, 나지막하면서도 날카로운 목소리가 옆에서 들려왔다.

"아주 노련한 설득 솜씨였소, 형제."

갑자기 나는 죄여놓은 스프링처럼 팽팽히 감긴 듯, 멍한 기분으로 돌아봤다. 작달막하고, 평범한 외양에 눈썹만 무성한 사내가 얼굴에 조용한 웃음을 띠고 내 옆에 서 있었다. 전혀 경찰 같지 않았다.

"무슨 말씀입니까?"

나는 느릿느릿, 무뚝뚝한 어조로 물었다.

"경계하지 마시오. 난 친구요."

그가 말했다.

"뭘 경계한단 말이오. 그리고 댁은 내 친구가 아닌데."

"그럼 숭배자라고 해둡시다."

"숭배자라뇨?"

"당신 연설의 숭배자요."

그가 말했다.

"듣고 있었소."

"무슨 연설 말입니까? 난 연설한 적 없어요."

내가 말했다.

그는 이해할 만하다는 듯 빙그레 웃음을 띠었다.

"훈련을 아주 잘 받으신 것 같군요. 자, 와요. 길거리에서 나랑 같이 있는 게 눈에 띄면 좋을 것 없을 테니. 어디 가서 차나 한잔 합시다."

무언가 거절하라고 명령했지만 나는 호기심이 생겼고, 무엇보다도 내심 우쭐한 기분이 들었던 것 같다. 더욱이 안 간다고 하면 죄를 인정하는 것으로 여겨질지도 모를 일이었다. 게다가 사내는 경찰이나 형사

같지도 않았다. 잠자코 나는 사내를 따라 그 블록 끄트머리쯤에 있는 간이 식당으로 갔다. 들어가기 전에 사내는 창문으로 안을 살폈다.

"자리를 잡아요, 형제. 저기 벽 쪽에 조용히 이야기할 수 있는 곳으로. 난 커피를 가져오겠소."

나는 사내가 펄쩍거리듯 몸을 뒤흔들며 건너편으로 건너가는 것을 지켜보다가 테이블을 찾아 앉고는 그를 관찰했다. 식당 안은 훈훈했다. 늦은 오후 시간이라 그런지 몇 안 되는 손님만이 여기저기 테이블에 앉아 있었다. 나는 사내가 아주 익숙하게 음식 판매대로 가서 주문하는 모습을 보았다. 반죽 과자류가 진열된, 환하게 불을 켜놓은 진열대를 들여다보는 그의 동작은 영락없이 활달한 작은 동물, 말하자면 목표물인 케이크 조각 냄새를 쫓는 데 정신이 없는 강아지의 동작과 같았다. 그래, 저자가 내 연설을 들었다 이거지. 좋아. 할 말이 무언가 들어보기로 하지. 나는 그가 빠르게 몸을 흔들며 팔짝팔짝 뛰듯이 뒤꿈치에서 발끝으로 내리딛는 걸음걸이로 내 쪽을 향해 다가오는 것을 보면서 생각했다. 사내는 마치 그런 걸음걸이를 일부러 익힌 것 같았다. 그래서 이자가 연극을 하고 있는 게 아닌가 하는 생각이 들었다. 어느 구석인지 그에게는 진짜 같지 않은 데가 있는 것 같았다—나는 그 생각을 금방 떨쳐버렸다. 그날 오후가 온통 비현실적인 면이 있었으니 말이다. 사내는 나를 찾아 둘러보는 기색도 없이 곧장 내 테이블로 왔다. 빈자리가 많은데도 다른 데 아닌 바로 이 자리에 내가 앉은 걸 알기나 한 듯 말이다. 그는 양손에 든 컵 위에 케이크 접시를 얹어 들고 와서 능숙하게 내려놓고 자리에 앉으며 그중 하나를 내게 디밀었다.

"치즈 케이크 좋아하실 것 같아서."

사내가 말했다.

"치즈 케이크요?"

나는 대꾸했다.

"처음 들어본 건데요."

"맛이 좋아요. 설탕 드릴까?"

"먼저 하슈."

내가 말했다.

"아니요, 먼저 해요, 형제."

나는 그를 바라보고서 설탕을 세 스푼 타 넣고 설탕 통을 그에게 밀어 주었다.

"고마워요."

나는 그가 '형제'니 뭐니 하는 것에 대해 한마디 해주고 싶은 충동을 억누르며 말했다.

그는 빙긋 웃고서, 포크로 치즈 케이크를 잘라 엄청나게 큰 덩이 하나를 입 안으로 쑤셔 넣었다. 매너가 형편없군 하고 생각하며 나는 보란 듯이 작게 자른 치즈 케이크를 집어 들어 그걸 품위 있게 입에 넣음으로써 내심 그를 나보다 하위에 두려고 했다.

"저 말이오."

그는 커피를 한입 벌컥 들이켜고 말했다.

"난 들어간 이후, ……아니, 오랫동안 그처럼 효과적인 웅변을 들어본 적이 없소. 당신은 아주 단시간 안에 사람들을 행동하게 했어요. 어떻게 그렇게 할 수 있었는지 이해가 안 가요. 우리네 연설가들이 좀 들었더라면 좋았을걸. 단 몇 마디로 당신은 사람들을 행동하게 했어요. 다른 사람들 같았으면 지금까지도 쓸데없는 장광설만 늘어놓으며 시간을 허비하고 있었을 텐데. 아주 유익한 경험을 하게 해줘서 감사하고 싶소."

나는 잠자코 커피를 들었다. 사내를 믿을 수도 없었을뿐더러 얼마만큼이나 말을 해야 탈이 없을지 몰랐다.

"이 집 치즈 케이크는 맛이 좋소."

그는 내가 뭐라고 대꾸하기도 전에 말했다.

"정말 아주 좋아요. 그건 그런데, 어디서 연설하는 걸 배웠소?"

"아무 데서도 배우지 않았어요."

나는 지나치다 싶을 만큼 재빨리 대답했다.

"그렇다면 소질이 다분하시오. 천부적이오. 믿기가 어렵소."

"난 화가 났을 뿐이에요."

나는 상대편의 정체를 알기 위해선 이 정도는 시인해두기로 마음먹고 말했다.

"그렇다면 댁의 화는 능숙하게 억제된 셈이었소. 웅변적이었어요. 왜 그랬죠?"

"왜냐고요? 안됐다는 생각이 들어서였겠죠……. 글쎄 모르겠어요. 그냥 한마디 해보고 싶은 생각이 났는지도 모르겠고. 사람들이 모여 있길래 한마디 한 거죠. 믿지 않으시겠지만 사실 난 나 자신도 무슨 말을 할지 몰랐으니까……."

"제발."

그는 알 만하다는 듯 웃으며 말했다.

"네?"

"냉소적으로 말씀하시려고 하는데 난 댁을 들여다보고 있어요. 난 말이지요, 댁이 하고 싶었던 말을 아주 주의 깊게 들었어요. 당신은 굉장히 격해 있었소. 감정이 분기되어 있었단 말이오."

"그랬을지도 몰라요."

나는 말했다.

"그 사람들을 보고 뭔가 생각났던가 보죠."

그는 이제 몸을 앞으로 기울이고 나를 유심히 바라보고 있었다. 입가엔 여전히 웃음을 띠고.

"아는 사람들 생각이 났어요?"

"그랬던 것 같아요."

나는 말했다.

"이해할 것 같소. 당신은 죽음을 지켜보고 있었으니까……."

나는 포크를 떨어뜨렸다.

"죽은 사람은 없었어요."

나는 긴장되어 말했다.

"뭘 하려는 수작입니까?"

"'도시 포장도로에서의 죽음'을 보고 있었단 말이오……. 내가 어디선가 읽은 탐정 소설인가 뭔가의 제목이오……."

그는 웃었다.

"비유적으로 말해서 그렇다는 거요. 그 사람들은 살아 있지만 죽어 있소. 산송장이죠……. 반대 상태의 결합이랄까."

"아니, 무슨 횡설수설입니까?"

내가 말했다.

"그 노인네들, 농사꾼 타입 아뇨? 산업 조건에 박살이 나고 쓰레기 더미 위에 던져져 버림받은 사람들이오. 당신이 아주 잘 지적했어요. '87년의 세월, 그런데 보여줄 건 아무것도 없다'고 말했잖소. 더없이 지당한 말이었지."

"그 사람들의 그런 꼴을 보니 꽤 안됐다는 생각이 들었던 모양이죠."

"물론 그랬겠죠. 그러곤 아주 감명 깊은 연설을 했어요. 하지만 일일이 개개인에게 감정을 낭비해서는 안 됩니다. 개개인은 중요하지 않아요."

"'누가' 중요하지 않다고요?"

나는 물었다.

"그 늙은이들 말이오."

그는 냉혹하게 말했다.

"물론 가슴 아픈 일이긴 해요. 하지만 그 사람들은 이미 죽은 사람들이오. 폐물이죠. 역사는 그 사람들 곁을 지나가버렸소. 불행한 일이긴 하지만 그 사람들에 대해서는 어찌할 수가 없어요. 그 사람들은, 잘라내버려야 할 죽은 가지와 같소. 나무가 싱싱한 열매를 맺을 수 있도록 말이오. 그렇지 않더라도 역사의 폭풍은 어떻게든 그 사람들을 쓰러뜨리고 말 것이오. 오히려 폭풍이 그들을 치는 게 낫죠……."

"하지만 말입니다……."

"잠깐, 마저 들어보시오. 이 사람들은 늙은 사람들이오. 사람은 늙어가는 법이고 사람의 유형도 낡아가는 법이오. 게다가 이 사람들은 너무 늙었소. 남은 것이라고는 이제 신앙뿐이오. 이제 생각할 수 있는 것은 그것밖에 없어요. 그러니 결국 버림받고 말죠. 죽었어요. 왜냐하면 그들에게는 역사적 상황의 필요에 대처하여 일어설 능력이 없으니까."

"하지만 난 그 사람들이 좋습니다."

나는 말했다.

"난 그 사람들이 좋아요. 그 사람들을 보면 내가 아는 남부 사람들이 생각납니다. 이런 생각을 갖게 되기까지는 오랜 시간이 소요되었지만 그 사람들은 나와 똑같은 사람들이에요. 내가 몇 해 동안 학교에 다녔다는 점만 빼놓고는."

그는 둥글고 붉은 머리를 절레절레 흔들었다.

"아니요, 형제. 당신은 잘못 생각하고 있소. 또 감상적이 되어 있소. 당신은 그 사람들과 같지 않소. 과거엔 같았을지 모르지만 이젠 그렇지 않아요. 그렇지 않았다면 그런 연설은 절대 하지 못했을 것이오. 과거엔 같았을지 모르나 그건 다 지나갔어요. 죽었죠. 당장은 그런 생각이 안 들지 몰라도 당신의 과거는 죽었소! 당신은 아직 완전히 당신의 그 부분, 지나간 농사꾼의 자아를 떨쳐버리지 못했지만 그건 죽었고, 당신은 결국 그걸 완전히 탈피하고 어떤 새로운 존재로 태어나게 될 거요. 역사가 당신의 두뇌 속에 이미 태어났어요."

"나 좀 보세요."

나는 말했다.

"도무지 무슨 소릴 하는 건지 모르겠습니다. 난 한 번도 농사짓고 살아본 적도 없고 농업을 공부해본 적도 없어요. 하지만 내가 왜 그런 이야기를 했는지 이유는 알고 있어요."

"그럼 뭐였소?"

"그 노인네들이 길거리로 쫓겨나는 걸 보고 속이 뒤집혔기 때문이었죠. 그 때문이오. 댁이 뭐라고 해석해도 좋지만 나는 화가 났을 뿐이었어요."

그는 어깨를 으쓱해 보였다.

"그 문제로 이러니저러니 하지 맙시다."

그는 말했다.

"내 생각엔 당신이 또 그 일을 할 수 있을 것 같아요. 혹 우리를 도와 일해볼 생각이 있을지 모르겠소만."

"누구를 도와서요?"

나는 갑자기 흥분해서 소리쳤다. 도대체 무슨 꿍꿍이속인가 말이다.

“우리 조직과 함께 말이오. 우리에겐 이 구역을 담당할 말솜씨 좋은 사람이 필요해요. 사람들 불만을 분명히 표현할 수 있는 사람 말이오.”

그가 말했다.

“하지만 아무도 사람들의 불만에 관심을 갖지 않아요. 설령 불만이 분명히 표현되었다고 해봐요. 누가 귀담아듣고, 누가 관심을 갖습니까?”

“있습니다.”

그는 알고 있다는 듯 웃으며 말했다.

“그런 사람들이 있어요. 그리고 항의의 외침이 토로되면 그걸 듣고 행동할 사람들이 있습니다.”

그가 말하는 방식에는 어딘가 아리송하면서도 척하는 데가 있었다. 무슨 이야기를 하든 다 안다는 듯, 자신만만하기 짝이 없는 이 백인 좀 봐 하고 나는 생각했다. 이자는 내가 무서움을 느낀다는 사실도 깨닫지 못하고 있다. 그러면서도 이야기는 너무나 자신만만한 투다. 나는 일어섰다.

“죄송합니다.”

나는 말했다.

“나도 할 일이 있는 사람이라 내 일 아닌 다른 사람 불만에는 관심이 없습니다…….”

“하지만 당신은 그 노인네 부부에게 관심이 있었소.”

그는 미간을 모으며 말했다.

“그 사람들 당신의 친척이었소?”

“물론이죠. 우린 다같이 흑인이 아닙니까.”

이렇게 말하고 나는 웃기 시작했다.

그는 내 얼굴을 지그시 응시하며 빙그레 웃었다.

“농담이 아니라 진짜 친척이었느냔 말이오.”

“그럼요. 타고나길 같은 동족으로 타고났죠.”

나는 말했다.

효과는 전격적이었다.

“왜 당신네들은 걸핏하면 동족을 내세우는 거요?”

그는 눈을 부라리며 쏘아붙였다.

“그럼 뭘 내세웁니까?”

나는 얼떨떨하여 말했다.

“당신은 그 사람들이 백인이었대도 내가 거기에서 얼쩡거렸을 거라고 생각하는 모양이죠?”

그는 두 손을 들고 소리 내 웃었다.

“자, 이제 그건 그만 따집시다.”

그는 말했다.

“당신은 아주 효과적으로 그 사람들을 도왔어요. 당신은 개인주의자인 척하지만 난 그걸 믿을 수가 없어요. 당신은 민중에 대한 사명을 알고 그것을 잘 수행하는 사람으로 보였소. 개인적으로는 그걸 어떻게 생각하든, 당신은 당신네 동포의 대변자였고 또 당신에겐 그들을 위해 일해야 할 의무가 있어요.”

그는 내게 너무 복잡한 인물이었다.

“이봐요. 커피와 케이크 잘 먹었습니다. 난 그 노인네들에게도 관심 없고 당신네 일에도 관심 없어요. 다만, 한마디 하고 싶었을 따름이었지. 연설하기를 좋아하니까 말이오. 그다음 일은 내겐 납득이 안 가는 일이에요. 당신은 사람을 잘못 짚었어요. 경찰들에게 맨 먼저 고함을 질렀던 사람들 중에 하나를 붙들어야 했을 텐데…….”

나는 일어섰다.

"잠깐만."

그는 봉투 한 장을 꺼내 뭔가 끄적였다.

"마음이 달라질지 모를 일 아니겠소. 금방 말한 딴 친구들은 내가 이미 알고 있는 사람들이오."

나는 그가 내민 흰 종이를 바라보았다.

"날 의심하는 건 현명한 일이오."

그는 말했다.

"당신은 내가 누군지 모르니 나를 믿지 않습니다. 응당 그래야지요. 그러나 희망을 버리지 않겠소. 언젠가는 당신이 스스로 날 찾아올 것이고 그땐 사정이 달라져 있을 테니. 그때에는 당신은 각오가 되어 있을 것이니 말이오. 이 번호를 돌려 브라더 잭을 찾으면 되오. 당신 이름은 댈 필요가 없고 그저 우리가 나눴던 얘기만 하면 됩니다. 오늘 밤에 마음이 정해지면 8시경에 전화를 해줘요."

"좋아요."

나는 종이를 받으며 말했다.

"설마 이게 필요할까 싶지만, 사람 일이란 또 모르니까."

"그래 생각을 해보시오, 형제. 시대는 무덤과 같고 당신은 아주 분노하고 있는 것 같으니."

"그저 한마디 해보고 싶었을 따름이었다니까요."

나는 또다시 말했다.

"하지만 당신은 분노하고 있었소. 그리고 때로 개인적 분노와 조직화된 분노의 차이는 범죄적 행위와 정치적 행위와 같아요."

그는 말했다.

나는 웃었다.

"그렇다면? 나는 범죄자도 아니고 정치가도 아니에요, 형제. 그러니까 말이죠, 사람을 잘못 짚었다니까요. 아무튼 커피와 케이크 고마웠습니다……. 형제."

나는, 얼굴에 조용한 웃음을 띠고 앉아 있는 그를 두고 나왔다. 길을 건너고 나서 유리창을 통해 보니 그는 아직도 그 자리에 앉아 있었다. 나는 옥상에서 날 쫓아왔던 게 바로 이 사람이었다는 생각이 들었다. 그는 날 쫓아온 게 아니라 같은 방향으로 달아나고 있었을 뿐이었던 것이다. 나는, 자신만만하게 이야기했다는 사실 외에는, 그가 한 말을 거의 이해할 수가 없었다. 어쨌든 난 그자보다 달아나기는 더 잘했다. 아마도 그것은 무슨 계략이었을 것이다. 그는 많은 것을 알고 있다는 인상을 주었고, 표면의 말에 나타난 것보다 훨씬 깊이 알고 이야기한다는 인상을 주었다. 그가 아는 거라고는 그가 나와 똑같은 길로 달아났다는 사실뿐인지도 몰랐다. 하지만 그는 무엇이 무서웠을까? 연설은 내가 했지 그가 한 것은 아니었지 않은가. 아파트에서 만났던 그 처녀 말로는 내가 발각이 안 될수록 효과적일 거라고 했다. 그 말은 뚱딴지 같았다. 하지만 그가 도망친 이유는 바로 그 때문인지도 몰랐다. 그는 발각이 안 되어 효과적이기를 바랐던 것이다. 무슨 일에 효과적이란 말인가? 분명 그는 나를 비웃었다. 쏜살같이 옥상을 뛰어넘고, 검정 칠을 한 희극 배우처럼, 흰 비둘기가 옆에서 날아오르자 유령이라도 본 듯 기겁을 하고 웅크렸던 내 꼴이 바보처럼 보였을 게 틀림없었다. 빌어먹을 자식. 그렇게 잘난 척할 필요 있느냔 말이다. 제놈이 모르지만 내가 아는 것도 있을 거란 말이다. 다른 놈을 구하라지. 나를 무슨 일에 이용해 먹고 싶은 것뿐이겠지. 다들 누군가를 무슨 목적에 이용하고 있단 말이다. 하필 나를 연설가로 하고 싶어하는가 말이야. 제놈이 직접 하라지. 나는 집으로 향했다. 그자를 그처럼 깡그리 물리쳐버린 게 점점 기분이 좋아졌다.

이제 땅거미가 졌고, 훨씬 더 추워졌다. 그런 추위는 처음이었다. 도대체 무엇 때문일까 하고 나는 머리를 바람 부는 방향으로 숙인 채 생각에 잠겼다. 따뜻한 고향의 날씨를 놔두고 이처럼 추운 데로 와서, 바랄 것도 없으면서, 추위에 떨며, 집에서 쫓겨나기까지 하며, 기대할 아무것도 없으면서 영영 돌아가지 않는 것은 도대체 무엇 때문인가 말이다. 한 노파가 질퍽한 보도에 눈을 박은 채 시장 바구니를 양손에 들고 구부정한 모습으로 지나갔다. 그걸 보니 집에서 쫓겨난 노인 부부가 떠올랐다. 결말은 어떻게 됐고 그들은 지금 어디에 있을까? 정말 끔찍한 느낌이었어. 그 사내가 뭐라고 그랬던가—도시 포장도로 위의 죽음? 그런 일이 얼마나 자주 일어나는 것일까? 그런데 그자가 메리 아줌마의 경우를 알면 뭐라고 그럴까? 그녀는 전혀 죽지도 않았을뿐더러, 뉴욕이라는 곳에서도 전혀 박살이 나지 않았다. 제기랄. 그녀는 이곳에서 살아나가는 법을 아주 잘 알았다. 대학에서 훈련받은 나보다도 훨씬 말이다—훈련! 블레드소우 식으로 하기지. 그래, 그게 맞는 말이다. 그래, 박살이 나는 건 나지 메리가 아니다. 메리 아줌마를 생각하고 나는 기분이 좀 풀렸다. 나는 집에서 쫓겨나던 그 노파와 같이 무력한 메리 아줌마를 상상할 수가 없었다. 그래서 아파트에 도착했을 즈음에는 이미 우울한 기분을 떨쳐버렸다.

(2권에 계속)

옮긴이 송무

고려대학교 영문학과를 졸업하고, 동대학원에서 석사 및 박사 학위를 받았다. 뉴욕주립대학교 객원교수와 브라운대학 객원교수이며 및 경상국립대학교 영어교육과 교수로 재직했다. 저서로는 《영문학에 대한 반성》《시적 텍스트를 이용한 영어교육》《숲동네 친구들》《젠더를 말한다》《사유의 공간》(공저) 등이 있으며 역서로는 서머싯 몸의 《달과 6펜스》《인간의 굴레》 등이 있다.

보이지 않는 인간 1

1판 1쇄 발행 1983년 2월 20일
2판 1쇄 발행 1999년 5월 30일
3판 1쇄 발행 2012년 11월 10일
4판 1쇄 발행 2025년 12월 5일

지은이 랠프 엘리슨 | 옮긴이 송무
펴낸곳 (주)문예출판사 | 펴낸이 전준배
출판등록 2004. 02. 11. 제 2013-000357호 (1966. 12. 2. 제 1-134호)
주 소 04001 서울시 마포구 월드컵북로 21
전화 02-393-5681 | 팩스 02-393-5685
홈페이지 www.moonye.com | 블로그 blog.naver.com/imoonye
페이스북 www.facebook.com/moonyepublishing | 이메일 info@moonye.com

ISBN 978-89-310-2628-3 04800
ISBN 978-89-310-2365-7 (세트)

• 잘못 만든 책은 구입하신 서점에서 바꿔드립니다.

문예출판사® 상표등록 제 40-0833187호, 제 41-0200044호

■ 문예세계문학선

★ 서울대, 연세대, 고려대 필독 권장 도서 ▲ 미국대학위원회 추천 도서
● 《타임》 선정 현대 100대 영문 소설 ▽ 《뉴스위크》 선정 세계 100대 명저

1 **젊은 베르테르의 슬픔** 괴테 / 송영택 옮김
▲▽ 2 **멋진 신세계** 올더스 헉슬리 / 이덕형 옮김
▲●▽ 3 **호밀밭의 파수꾼** J. D. 샐린저 / 이덕형 옮김
4 **데미안** 헤르만 헤세 / 구기성 옮김
5 **생의 한가운데** 루이제 린저 / 전혜린 옮김
6 **대지** 펄 S. 벅 / 안정효 옮김
●▽ 7 **1984** 조지 오웰 / 김승욱 옮김
▲●▽ 8 **위대한 개츠비** F. 스콧 피츠제럴드 / 송무 옮김
▲●▽ 9 **파리대왕** 윌리엄 골딩 / 이덕형 옮김
10 **삼십세** 잉게보르크 바흐만 / 차경아 옮김
★▲ 11 **오이디푸스왕 · 안티고네 외** 소포클레스 · 아이스킬로스 / 천병희 옮김
★▲ 12 **주홍글씨** 너새니얼 호손 / 조승국 옮김
▲●▽ 13 **동물농장** 조지 오웰 / 김승욱 옮김
★ 14 **마음** 나쓰메 소세키 / 오유리 옮김
★ 15 **아Q정전 · 광인일기** 루쉰 / 정석원 옮김
16 **개선문** 레마르크 / 송영택 옮김
★ 17 **구토** 장 폴 사르트르 / 방곤 옮김
18 **노인과 바다** 어니스트 헤밍웨이 / 이경식 옮김
19 **좁은 문** 앙드레 지드 / 오현우 옮김
★▲ 20 **변신 · 시골 의사** 프란츠 카프카 / 이덕형 옮김
★▲ 21 **이방인** 알베르 카뮈 / 이휘영 옮김
22 **지하생활자의 수기** 도스토옙스키 / 이동현 옮김
★ 23 **설국** 가와바타 야스나리 / 장경룡 옮김
★▲ 24 **이반 데니소비치의 하루** 알렉산드르 솔제니친 / 이동현 옮김
25 **더블린 사람들** 제임스 조이스 / 김병철 옮김
★ 26 **여자의 일생** 기 드 모파상 / 신인영 옮김
27 **달과 6펜스** 서머싯 몸 / 안흥규 옮김
28 **지옥** 앙리 바르뷔스 / 오현우 옮김
★▲ 29 **젊은 예술가의 초상** 제임스 조이스 / 여석기 옮김
▲ 30 **검은 고양이** 애드거 앨런 포 / 김기철 옮김
★ 31 **도련님** 나쓰메 소세키 / 오유리 옮김
32 **우리 시대의 아이** 외덴 폰 호르바트 / 조경수 옮김
33 **잃어버린 지평선** 제임스 힐턴 / 이경식 옮김
34 **지상의 양식** 앙드레 지드 / 김붕구 옮김
35 **체호프 단편선** 안톤 체호프 / 김학수 옮김
36 **인간 실격** 다자이 오사무 / 오유리 옮김
37 **위기의 여자** 시몬 드 보부아르 / 손장순 옮김
●▽ 38 **댈러웨이 부인** 버지니아 울프 / 나영균 옮김
39 **인간 희극** 윌리엄 사로얀 / 안정효 옮김
40 **오 헨리 단편선** 오 헨리 / 이성호 옮김
★ 41 **말테의 수기** R. M. 릴케 / 박환덕 옮김
42 **파비안** 에리히 케스트너 / 전혜린 옮김
★▲▽ 43 **햄릿** 윌리엄 셰익스피어 / 여석기 옮김
44 **바라바** 페르 라게르크비스트 / 한영환 옮김
45 **토니오 크뢰거** 토마스 만 / 강두식 옮김
46 **첫사랑** 이반 투르게네프 / 김학수 옮김
47 **제3의 사나이** 그레이엄 그린 / 안흥규 옮김
★▲▽ 48 **어둠의 심장** 조지프 콘래드 / 이덕형 옮김
49 **싯다르타** 헤르만 헤세 / 차경아 옮김
50 **모파상 단편선** 기 드 모파상 / 김동현 · 김사행 옮김
51 **찰스 램 수필선** 찰스 램 / 김기철 옮김
★▲▽ 52 **보바리 부인** 귀스타브 플로베르 / 민희식 옮김
53 **페터 카멘친트** 헤르만 헤세 / 박종서 옮김
★ 54 **몽테뉴 수상록** 몽테뉴 / 손우성 옮김
55 **알퐁스 도데 단편선** 알퐁스 도데 / 김사행 옮김
56 **베이컨 수필집** 프랜시스 베이컨 / 김길중 옮김
★▲ 57 **인형의 집** 헨리크 입센 / 안동민 옮김
★ 58 **소송** 프란츠 카프카 / 김현성 옮김
★▲ 59 **테스** 토마스 하디 / 이종구 옮김
★▽ 60 **리어왕** 윌리엄 셰익스피어 / 이종구 옮김
61 **라쇼몽** 아쿠타가와 류노스케 / 김영식 옮김
▲▽ 62 **프랑켄슈타인** 메리 셸리 / 임종기 옮김
▲●▽ 63 **등대로** 버지니아 울프 / 이숙자 옮김
64 **명상록** 마르쿠스 아우렐리우스 / 이덕형 옮김
65 **가든 파티** 캐서린 맨스필드 / 이덕형 옮김
66 **투명인간** H. G. 웰스 / 임종기 옮김
67 **게르트루트** 헤르만 헤세 / 송영택 옮김
68 **피가로의 결혼** 보마르셰 / 민희식 옮김

(뒷면 계속)

★ 69 **팡세** 블레즈 파스칼 / 하동훈 옮김
70 **한국단편소설선** 김동인 외 / 오양호 엮음
71 **지킬 박사와 하이드** 로버트 L. 스티븐슨 / 김세미 옮김
▲ 72 **밤으로의 긴 여로** 유진 오닐 / 박윤정 옮김
★▲▽ 73 **허클베리 핀의 모험** 마크 트웨인 / 이덕형 옮김
74 **이선 프롬** 이디스 워튼 / 손영미 옮김
75 **크리스마스 캐럴** 찰스 디킨슨 / 김세미 옮김
★▲ 76 **파우스트** 요한 볼프강 폰 괴테 / 정경석 옮김
▲ 77 **야성의 부름** 잭 런던 / 임종기 옮김
★▲ 78 **고도를 기다리며** 사뮈엘 베케트 / 홍복유 옮김
★▲▽ 79 **걸리버 여행기** 조너선 스위프트 / 박용수 옮김
80 **톰 소여의 모험** 마크 트웨인 / 이덕형 옮김
★▲▽ 81 **오만과 편견** 제인 오스틴 / 박용수 옮김
★▽ 82 **오셀로 · 템페스트** 윌리엄 셰익스피어 / 오화섭 옮김
★ 83 **맥베스** 윌리엄 셰익스피어 / 이종구 옮김
▽ 84 **순수의 시대** 이디스 워튼 / 이미선 옮김
★ 85 **차라투스트라는 이렇게 말했다** 니체 / 황문수 옮김
★ 86 **그리스 로마 신화** 이디스 해밀턴 / 장왕록 옮김
87 **모로 박사의 섬** H. G. 웰스 / 한동훈 옮김
88 **유토피아** 토머스 모어 / 김남우 옮김
★▲ 89 **로빈슨 크루소** 대니얼 디포 / 이덕형 옮김
90 **자기만의 방** 버지니아 울프 / 정윤조 옮김
▲ 91 **월든** 헨리 D. 소로 / 이덕형 옮김
92 **나는 고양이로소이다** 나쓰메 소세키 / 김영식 옮김
★ 93 **폭풍의 언덕** 에밀리 브론테 / 이덕형 옮김
★▲ 94 **스완네 쪽으로** 마르셀 프루스트 / 김인환 옮김
★ 95 **이솝 우화** 이솝 / 이덕형 옮김
★ 96 **페스트** 알베르 카뮈 / 이휘영 옮김
▲ 97 **도리언 그레이의 초상** 오스카 와일드 / 임종기 옮김
98 **기러기** 모리 오가이 / 김영식 옮김
★▲ 99 **제인 에어 1** 샬럿 브론테 / 이덕형 옮김
★▲100 **제인 에어 2** 샬럿 브론테 / 이덕형 옮김
101 **방황** 루쉰 / 정석원 옮김
102 **타임머신** H. G. 웰스 / 임종기 옮김
●103 **보이지 않는 인간 1** 랠프 엘리슨 / 송무 옮김
●104 **보이지 않는 인간 2** 랠프 엘리슨 / 송무 옮김
▲105 **훌륭한 군인** 포드 매덕스 포드 / 손영미 옮김
106 **수레바퀴 아래서** 헤르만 헤세 / 송영택 옮김
▲107 **죄와 벌 1** 표도르 도스토옙스키 / 김학수 옮김
▲108 **죄와 벌 2** 표도르 도스토옙스키 / 김학수 옮김
109 **밤의 노예** 미셸 오스트 / 이재형 옮김
110 **바다여 바다여 1** 아이리스 머독 / 안정효 옮김
111 **바다여 바다여 2** 아이리스 머독 / 안정효 옮김
112 **부활 1** 레프 톨스토이 / 김학수 옮김
113 **부활 2** 레프 톨스토이 / 김학수 옮김
▲●114 **그들의 눈은 신을 보고 있었다** 조라 닐 허스턴 / 이미선 옮김
115 **약속** 프리드리히 뒤렌마트 / 차경아 옮김
116 **제니의 초상** 로버트 네이선 / 이덕희 옮김
117 **트로일러스와 크리세이드** 제프리 초서 / 김영남 옮김
118 **사람은 무엇으로 사는가** 레프 톨스토이 / 이순영 옮김
119 **전락** 알베르 카뮈 / 이휘영 옮김
120 **독일인의 사랑** 막스 뮐러 / 차경아 옮김
121 **릴케 단편선** R. M. 릴케 / 송영택 옮김
122 **이반 일리치의 죽음** 레프 톨스토이 / 이순영 옮김
123 **판사와 형리** F. 뒤렌마트 / 차경아 옮김
124 **보트 위의 세 남자** 제롬 K. 제롬 / 김이선 옮김
125 **자전거를 탄 세 남자** 제롬 K. 제롬 / 김이선 옮김
126 **사랑하는 하느님 이야기** R. M. 릴케 / 송영택 옮김
127 **그리스인 조르바** 니코스 카잔차키스 / 이재형 옮김
128 **여자 없는 남자들** 어니스트 헤밍웨이 / 이종인 옮김
129 **사양** 다자이 오사무 / 오유리 옮김
130 **슌킨 이야기** 다니자키 준이치로 / 김영식 옮김
131 **실종자** 프란츠 카프카 / 송경은 옮김
132 **시지프 신화** 알베르 카뮈 / 이가림 옮김
133 **장미의 기적** 장 주네 / 박형섭 옮김
134 **진주** 존 스타인벡 / 김승욱 옮김
135 **황야의 이리** 헤르만 헤세 / 장혜경 옮김
136 **피난처** 이디스 워튼 / 김욱동 옮김
137 **이상한 나라의 앨리스 · 거울 나라의 앨리스** 루이스 캐럴 / 이순영 옮김
138 **빨강 머리 앤** 루시 모드 몽고메리 / 이순영 옮김